FAUSSES PROMESSES

DU MÊME AUTEUR

Cette nuit-là, Belfond, 2009 ; J'ai Lu, 2011
Les Voisins d'à côté, Belfond, 2010 ; J'ai Lu, 2012
Ne la quitte pas des yeux, Belfond, 2011 ; J'ai Lu, 2012
Crains le pire, Belfond, 2012 ; J'ai Lu, 2013
Mauvais pas, Belfond, 2012 ; J'ai Lu, 2013
Contre toute attente, Belfond, 2013 ; J'ai Lu, 2014
Mauvais garçons, Belfond, 2013 ; J'ai Lu, 2014
Fenêtre sur crime, Belfond, 2014 ; J'ai Lu, 2015
Mauvaise compagnie, Belfond, 2014 ; J'ai Lu, 2015
Celle qui en savait trop, Belfond, 2015 ; J'ai Lu, 2016
Mauvaise influence, Belfond, 2015 ; J'ai Lu, 2016
La Fille dans le rétroviseur, Belfond, 2016 ; J'ai Lu, 2017
En lieux sûrs, Belfond, 2017

Vous pouvez consulter le site de l'auteur à l'adresse suivante :
www.linwoodbarclay.com

LINWOOD BARCLAY

FAUSSES PROMESSES

Traduit de l'anglais (Canada)
par Renaud Morin

belfond

Titre original :
BROKEN PROMISE
publié par Orion Books, une marque de The Orion Publishing Group Ltd, Londres

Tous les personnages de ce livre sont fictifs et toute ressemblance avec des personnes réelles, vivantes ou mortes, serait pure coïncidence.

Retrouvez-nous sur www.belfond-noir.fr
ou www.facebook.com/belfond

Éditions Belfond,
12, avenue d'Italie, 75013 Paris.
Pour le Canada,
Interforum Canada, Inc.,
Bureau 1100,
Montréal, Québec, H2L, 4S5.

ISBN : 978-2-7144-7479-7
Dépôt légal : janvier 2018

Belfond | un département **place des éditeurs**

place
des
éditeurs

Pour Neetha

1

Je hais cette ville.

LE PREMIER JOUR

2

David

Deux heures avant que l'enfer se déchaîne, j'étais au lit, réveillé depuis cinq heures, à réfléchir aux circonstances qui m'avaient ramené, à l'âge de quarante et un ans, dans la maison de mon enfance.

Non que la pièce soit exactement telle que je l'avais laissée presque vingt ans auparavant. Le poster Ferrari ne couvrait plus le papier peint à rayures bleues, et la maquette de l'*Enterprise* que j'avais assemblée – avec ses gouttelettes de colle durcies, pareilles à de l'ambre, visibles sur le fuselage du vaisseau – ne trônait plus sur la commode. Mais c'était la même commode. Et c'était le même papier peint. Et c'était le même lit à une place.

Évidemment, il m'était parfois arrivé d'y dormir au fil des années, en simple visiteur. Mais y revenir en tant que résident permanent ? Y *vivre* ? Avec mes parents et mon fils, Ethan ?

Bon Dieu, quelle situation merdique. Comment en était-on arrivé là ?

Ce n'est pas vraiment une question. La réponse est compliquée, mais je la connais.

La chute avait commencé cinq ans auparavant, après le décès de ma femme, Jan. Une triste histoire qui ne mérite pas d'être rappelée ici[1]. Après tout ce temps, je n'ai pas eu d'autre choix que de laisser certaines choses derrière moi. Je m'étais fait peu à peu à mon rôle de père célibataire. J'élevais Ethan, neuf ans à présent, seul. Cela ne fait pas de moi un héros. J'essaie simplement d'expliquer comment les choses se sont passées.

Désireux de prendre un nouveau départ pour mon fils et moi, j'avais quitté mon travail de journaliste au *Promise Falls Standard* – une décision pas si difficile étant donné le manque d'intérêt manifesté par la direction du journal à la perspective de couvrir tout ce qui ressemblait de près ou de loin à l'actualité – pour un poste d'éditeur au service des nouvelles locales du *Boston Globe*. Le travail était mieux payé, et Boston avait beaucoup à offrir à Ethan : le Musée des enfants, l'Aquarium, le marché de Faneuil Hall, les Red Sox, les Bruins. Quoi de mieux pour un petit garçon et son père ? Mais…

Il y a toujours un *mais*.

Mais la plupart de mes responsabilités d'éditeur s'exerçaient le soir, après que les journalistes avaient rendu leurs copies. Je pouvais accompagner Ethan à l'école, et je passais même parfois à midi pour l'emmener déjeuner, puisque ma présence au journal n'était pas requise avant trois ou quatre heures de l'après-midi. Mais cela signifiait que la plupart du temps, je ne dînais pas avec mon fils. Je n'étais pas là pour m'assurer qu'il consacrait plus de temps à ses devoirs qu'à ses jeux vidéo. Je n'étais pas là pour l'empêcher de regarder d'innombrables émissions consacrées à la chasse au canard dans des trous perdus, ou à des épouses décérébrées de célébrités du sport non moins décérébrées ou à ce qui se trouvait être la dernière célébration de l'inculture américaine et/ou de ses

1. *Ne la quitte pas des yeux*, Belfond, 2011 (traduction Irène Offermans). (*N.d.É.*)

pitoyables excès. Ce qui me perturbait le plus, cependant, c'était que je n'étais pas vraiment là. Être père, c'est en grande partie être dans les parages, disponible. Être père, ce n'est pas ne pas être là.

À qui Ethan était-il censé raconter qu'il craquait pour une fille – sans doute peu probable à neuf ans, mais sait-on jamais –, et s'il avait affaire à une petite brute ? Était-il censé solliciter Mme Tanaka ? Une brave femme, assurément, heureuse de gagner de l'argent en gardant un petit garçon cinq soirs par semaine, maintenant que son mari était décédé. Mais Mme Tanaka n'était pas d'une grande aide pour ce qui concernait les problèmes de mathématique. Elle ne sautait pas comme un cabri avec Ethan quand les Bruins marquaient pendant les prolongations. Et il n'était pas évident de la persuader de se saisir d'une manette, histoire de faire quelques tours de circuit virtuels.

Quand je passais la porte, fatigué, généralement entre onze heures et minuit – et je n'allais *jamais* boire des coups après le bouclage du journal parce que je savais que Mme Tanaka voulait retourner dans son propre appartement –, Ethan était déjà endormi. Je devais résister à la tentation de le réveiller pour lui demander comment sa journée s'était passée, ce qu'il avait mangé au dîner, s'il avait eu des difficultés avec ses devoirs, ce qu'il avait regardé à la télévision.

Combien de fois m'étais-je écroulé sur le lit, le cœur gros, persuadé que j'étais un mauvais père, que j'avais fait une énorme bêtise en quittant Promise Falls ? Oui, le *Globe* était un meilleur journal que le *Standard*, mais tout l'argent que je gagnais en plus était largement reversé sur le compte en banque de Mme Tanaka. Sans parler de mon loyer exorbitant.

Mes parents avaient proposé de s'installer à Boston pour m'aider, mais c'était hors de question. Mon père, Don, avait plus de soixante-dix ans, et Arlene, ma mère, n'avait que deux ans de moins que lui. Je n'allais pas les déraciner, surtout après la récente frayeur que papa nous avait causée. Une crise cardiaque sans gravité. Il allait bien à présent, reprenait des forces, avalait ses cachets, mais il n'était pas en état de déménager. Peut-être un jour dans une résidence pour personnes âgées de Promise Falls, quand la maison demanderait trop d'entretien à maman et lui, mais s'installer dans une grande ville à plus de trois cents kilomètres de là – soit plus de trois heures de route – n'était pas envisageable.

Alors, quand j'avais appris que le *Standard* cherchait un journaliste, j'avais ravalé ma fierté.

La mort dans l'âme, j'avais appelé le rédacteur en chef.

« J'aimerais revenir », lui avais-je dit.

En fait, c'était inespéré. À mesure que leur chiffre d'affaires diminuait, la plupart des journaux, dont le *Standard*, taillaient dans les effectifs pour diminuer leurs dépenses. Cependant, il n'y avait plus qu'une douzaine de personnes à la rédaction du *Standard,* journalistes, rédacteurs et photographes compris. (La plupart des journalistes avaient à présent une double casquette ; ils écrivaient des articles *et* prenaient des photos, même si, dans les faits, ils avaient quatre, voire six casquettes, puisqu'ils alimentaient également l'édition en ligne, faisaient des podcasts, tweetaient… et j'en passe. Ils n'allaient pas tarder à faire du portage à domicile pour les quelques abonnés encore attachés à l'édition papier.) Deux personnes étaient parties au cours de la même semaine pour se lancer dans des entreprises extra-journalistiques – l'une dans les relations publiques, « le côté obscur », comme je les avais baptisées un jour, et l'autre pour devenir assistante vétérinaire –, de sorte que le journal n'était plus en mesure de fournir son habituelle couverture approximative des événements de Promise

Falls. (Pendant des années, la plupart des lecteurs avaient surnommé leur journal le *Sous-Standard*, ce qui n'était pas vraiment étonnant.)

Pour moi, cela signifiait retrouver un travail beaucoup moins intéressant. Je le savais. Ce n'était pas du vrai journalisme. Mon job consisterait à combler le vide entre les publicités, du moins les rares encarts qui subsistaient à l'intérieur du journal. Je pondrais des articles et réécrirais des dépêches aussi vite que j'étais capable de les taper.

Mais le bon côté, c'était que j'aurais des horaires de bureau normaux. Je passerais plus de temps avec Ethan, et quand je serais retenu au travail le soir, ses grands-parents, qui l'aimaient au-delà de toute mesure, garderaient un œil sur lui.

Le rédacteur en chef du *Standard* me proposa le poste. Je donnai mon préavis au *Globe* et à mon propriétaire et revins habiter à Promise Falls. Je m'installai chez mes parents, mais uniquement le temps que je trouve autre chose. Ma première tâche consisterait donc à trouver une maison pour Ethan et moi. À Boston, je pouvais à peine me permettre de louer un appartement, mais ici, je nous trouverais un foyer digne de ce nom. Les prix de l'immobilier étaient en chute libre.

Et puis tout avait tourné à la catastrophe à une heure quinze de l'après-midi, le premier lundi de mon retour au *Standard*.

Je revenais d'interviewer des gens qui pétitionnaient pour l'installation d'un passage piéton dans une rue passante avant qu'un de leurs enfants ne se fasse tuer, quand la chef de la rédaction, Madeline Plimpton, entra en salle de rédaction.

— J'ai une annonce à faire, dit-elle d'une voix étranglée. Nous ne sortirons pas de journal demain.

C'était curieux : le lendemain n'était pas férié.

— Ni après-demain. C'est avec une profonde tristesse que je vous annonce la fermeture du *Standard*.

Elle dit d'autres choses. Sur la chute abyssale de la rentabilité du journal, sur la quasi-disparition de ses recettes publicitaires et de celles que lui apportaient les petites annonces, sur l'effondrement du lectorat, sur l'incapacité à trouver un *business model* viable.

Et tout un tas d'autres calamités.

Certains membres de la rédaction se mirent à pleurer. Une larme roula sur la joue de Madeline elle-même, laquelle, accordons-lui le bénéfice du doute, était probablement sincère.

Pour ma part, je ne pleurai pas. J'étais bien trop furieux. J'avais démissionné du *Boston Globe*. J'avais quitté un boulot correct et bien payé pour revenir ici. En sortant de la salle de rédaction, je passai devant le rédacteur en chef abasourdi, l'homme qui m'avait embauché, et lui lançai : « C'est rassurant de savoir que tu n'étais pas dans la confidence. »

Dehors, sur le trottoir, je sortis mon portable pour appeler mon ancien rédac chef à Boston. Est-ce que mon poste avait été pourvu ? Est-ce que je pouvais revenir ?

« On ne vous remplace pas, David, dit-il. Je suis désolé. »

J'en étais donc là, à vivre aux crochets de mes parents.

Sans femme.

Sans travail.

Sans avenir.

Le parfait loser.

Il était sept heures. L'heure de se lever, de passer sous la douche, de réveiller Ethan, et de le préparer pour l'école.

J'ouvris la porte de sa chambre. C'était l'atelier de couture de ma mère, mais elle avait vidé la pièce quand nous avions emménagé.

— Hé, mon pote, dis-je. Il est l'heure de se bouger.

Il était immobile sous les couvertures, qui le dissimulaient totalement à l'exception de sa tignasse de cheveux blonds en bataille.

— Debout, là-dedans !

Il remua, se retourna, rabattit suffisamment le dessus-de-lit pour me voir.

— Je me sens pas bien, murmura-t-il. Je crois pas que je vais pouvoir aller à l'école.

Je m'approchai du lit et me penchai pour poser la main sur son front.

— Tu n'es pas chaud pourtant.

— Je crois que c'est mon ventre.

— Comme l'autre jour ? (Mon fils acquiesça de la tête.) Ce n'était rien finalement, lui rappelai-je.

— Je crois que ça pourrait être différent.

Ethan laissa échapper un petit gémissement.

— Lève-toi et habille-toi, on verra comment tu te sens à ce moment-là.

C'était devenu récurrent ces deux dernières semaines. Quel que soit le mal dont il souffrait, il en était délivré le week-end, ce qui lui permettait d'engloutir quatre hot-dogs en dix minutes, et de déployer plus d'énergie que tous les autres occupants de cette maison réunis. Ethan ne voulait pas aller à l'école, et, jusqu'à maintenant, je n'avais pas réussi à lui faire dire pourquoi.

Mes parents, persuadés que faire la grasse matinée, c'était rester au lit passé cinq heures et demie – je les avais entendus se lever alors que j'avais les yeux fixés à ce sombre plafond –, étaient déjà dans la cuisine quand j'y fis mon entrée. Ils avaient pris leur petit-déjeuner, et mon père, assis à la table de la cuisine avec sa quatrième tasse de café, s'efforçait encore de comprendre comment lire les infos sur la tablette iPad que ma mère lui avait achetée après que le

Standard avait cessé de se matérialiser sur leur paillasson tous les matins.

Il tapait si fort sur l'appareil avec son index qu'il était sur le point de le séparer de son support.

— Mais bon sang, Dan, dit ma mère, on dirait que tu veux casser l'écran. Il faut le tapoter gentiment.

— Je déteste ce truc. Tout bouge dans tous les sens.

En me voyant, ma mère adopta le ton excessivement enjoué qu'elle utilisait toujours quand les choses partaient à vau-l'eau.

— Bonjour ! Bien dormi ?

— Très bien, mentis-je.

— Je viens de refaire du café, dit-elle. Tu en veux une tasse ?

— Je peux me servir.

— David, je t'ai parlé de cette caissière du Walgreens ? Comment s'appelle-t-elle déjà ? Ça va me revenir. Toujours est-il qu'elle est jolie comme un cœur et qu'elle s'est séparée de son mari et…

— Maman, s'il te plaît.

Elle cherchait constamment à me caser. « Il est temps. Ethan a besoin d'une mère. Tu as assez pleuré, maintenant », me rappelait-elle sans cesse.

Je ne pleurais jamais.

J'avais eu six rancards au cours de ces cinq dernières années, avec six femmes différentes. J'avais couché avec l'une d'elles. Point barre. Perdre Jan, sans parler des circonstances qui avaient entouré sa mort, m'avait rendu allergique à tout engagement, et ma mère aurait dû le comprendre.

— Je dis simplement, persista-t-elle, qu'à mon avis, elle serait assez réceptive si tu l'invitais à sortir. Quel que soit son nom. La prochaine fois qu'on ira là-bas ensemble je te la montrerai.

Mon père intervint :

— Enfin, Arlene, fous-lui la paix. Et soyons réalistes, il a un gosse et pas de boulot. Ça ne fait pas exactement de lui le parti idéal.

— Ça fait plaisir de pouvoir compter sur ton soutien, papa.

Il fit une grimace, recommença à taper sur sa tablette.

— Je ne sais vraiment pas pourquoi je ne peux plus me faire livrer un bon vieux journal à ma porte. Il doit bien y avoir des gens qui ont encore envie de lire un vrai journal.

— Ils sont tous vieux, lui dit ma mère.

— Eh bien, les vieux ont eux aussi le droit d'être informés des nouvelles du monde.

J'ouvris le frigo et farfouillai à l'intérieur jusqu'à trouver le yaourt préféré d'Ethan, ainsi qu'un pot de confiture de fraises. Je les posai sur le comptoir et sortis un paquet de céréales du placard.

— Ils n'arrivent plus à gagner de l'argent, continua ma mère. Toutes les petites annonces sont parties sur Craigslist et Kijiji. Je n'ai pas raison, David ?

Je marmonnai vaguement, remplis un bol de Cheerios pour Ethan, qui, je l'espérais, ne tarderait pas à descendre. J'attendrais qu'il se montre avant de verser le lait et de couronner le tout d'une bonne cuillerée de yaourt à la fraise. Je laissai tomber deux tranches de Wonder Bread blanc, la seule sorte de pain de mie que mes parents aient jamais achetée, dans le toaster.

— Je viens de refaire du café. Tu en veux une tasse ? demanda ma mère.

Mon père releva la tête.

— Tu viens de me poser la question, dis-je.

— Non, objecta mon père.

Je le regardai.

— Si, elle me l'a demandé, il y a cinq secondes.

— Dans ce cas, rétorqua-t-il avec une véritable hargne dans la voix, tu aurais peut-être dû répondre, qu'elle n'ait pas à te le demander deux fois.

Avant que j'aie pu dire quoi que ce soit, maman choisit d'en rire.

— J'oublierais ma tête si elle n'était pas vissée sur mon crâne.

— Ce n'est pas vrai, dit mon père. C'est moi qui ai perdu mon foutu portefeuille. Qu'est-ce que ça a été emmerdant d'arranger tout ça.

Ma mère versa du café dans un mug qu'elle me tendit avec un sourire.

— Merci, maman.

Je me penchai pour planter un baiser sur sa joue tannée pendant que mon père se remettait à agresser la tablette.

— Je voulais te demander si tu avais quelque chose de prévu ce matin, me dit-elle.

— Pourquoi ? Qu'y a-t-il ?

— Enfin, si tu as des entretiens d'embauche, je ne voudrais pas t'empêcher d'y aller…

— Maman, dis-moi simplement ce que tu veux.

— Je ne veux pas m'imposer. C'est seulement si tu as le temps.

— Bon Dieu, maman, parle !

— Ne parle pas à ta mère sur ce ton, dit mon père.

— Je peux le faire moi-même, mais si tu sors, il y a des choses que je voulais déposer chez Marla.

Marla Pickens. Ma cousine. Plus jeune que moi d'une dizaine d'années. La fille de la sœur de maman, Agnes.

— Pas de problème, je peux m'en charger.

— J'ai préparé un chili, et j'en ai tellement de reste que j'en ai congelé une partie, et comme je sais qu'elle aime vraiment mon chili, il y en a aussi pour elle. Et je lui ai acheté d'autres petites choses. Quelques plats cuisinés. Ça ne vaut pas le fait-maison, mais quand même. Cette petite ne doit pas manger suffisamment. Ce n'est pas à moi de faire des commentaires là-dessus, mais Agnes ne va pas assez souvent la voir, je trouve. Ça lui fera du bien de te voir. C'est toujours nous, les vieux, qui passons, ça la changera.

— Bien sûr.

— Depuis cette histoire avec le bébé, elle n'est pas dans son état normal.

— Je sais. Je m'en occupe, dis-je en ouvrant le réfrigérateur. Tu aurais une bouteille d'eau que je puisse mettre avec le déjeuner d'Ethan ?

Papa lâcha un « Ha ! » indigné. Je savais où ça allait nous mener. J'aurais dû m'abstenir de poser cette question.

— C'est la plus grosse arnaque du monde, l'eau en bouteille. Celle qui sort des robinets de cette ville est excellente, et je sais de quoi je parle. Il n'y a que les gogos qui paient pour ça. Bientôt, ils vont trouver le moyen de nous faire payer l'air qu'on respire. Et la télé ? Avant, il fallait juste une antenne, et on la regardait gratis. Maintenant il faut payer pour le câble. C'est comme ça qu'on fait du fric. En trouvant le moyen de faire payer aux gens ce qu'ils avaient pour rien avant.

— Je pense que Marla passe trop de temps seule, reprit ma mère, indifférente à la diatribe paternelle, qu'elle a besoin de sortir, de faire des choses qui l'empêchent de penser à ce qui s'est passé, de…

— J'ai dit que je le ferais, maman.

— Je disais simplement, continua-t-elle, avec un soupçon de tension dans la voix, que ce serait bien que nous fassions tous un effort pour elle.

— Ça fait dix mois, Arlene, rappela papa, sans détacher les yeux de l'écran. Il faut qu'elle tourne la page.

Ma mère soupira.

— Bien sûr, Don, comme si c'était le genre de chose qui s'oubliait. Allez vous promener et ça passera, c'est ta solution à tout.

— Elle est devenue un peu cinglée, si tu veux mon avis. (Il releva la tête.) Il reste du café ?

— Je viens de dire que j'en avais refait. Alors, qui n'écoute pas, ici ? (Puis, comme si l'idée lui était venue après coup :) Quand tu arriveras chez elle, n'oublie pas de lui rappeler qui tu es. Ça lui facilite toujours les choses.

— Je sais, maman.

— Tu as avalé tes céréales sans problème, j'ai l'impression, dis-je à Ethan une fois dans la voiture.

Comme il était en retard – lambinant de façon ostentatoire pour me faire croire qu'il était vraiment malade –, je lui avais proposé de l'amener à l'école au lieu de l'obliger à marcher.

— J'imagine.

— Quelque chose ne va pas ?

Il regarda par la vitre le spectacle de la rue.

— Non.

— Tout va bien avec ton professeur ?

— Oui.

— Tout va bien avec tes amis ?

— Je n'ai pas d'amis, dit-il, en continuant à regarder ailleurs.

Je ne savais pas quoi répondre à ça.

— Je sais que ça prend du temps, quand on change d'école. Mais il ne reste plus aucun des enfants que tu connaissais avant qu'on parte pour Boston ?

— Ils sont presque tous dans des classes différentes, dit Ethan. (Puis, avec une pointe d'accusation dans la voix :) Si on ne m'avait pas fait déménager à Boston, je serais encore probablement dans la même classe qu'eux.

(Il me regardait, à présent.) On ne pourrait pas retourner là-bas ?

C'était une surprise. Il voulait retrouver une situation où j'étais rarement à la maison le soir ? Où il ne voyait presque jamais ses grands-parents ?

— Non, je ne crois pas.

Un silence de quelques secondes, puis :

— Quand est-ce qu'on aura notre maison à nous ?

— Il faut d'abord que je trouve un boulot, mon gars.

— Tu t'es totalement fait baiser.

Je lui lançai un regard, qu'il soutint, pour vérifier si j'étais choqué.

— Ne parle pas comme ça, dis-je. Si tu commences à parler comme ça devant moi, tu le feras devant Nana.

Sa grand-mère et son grand-père avaient toujours été Nana et Poppa pour lui.

— C'est ce que Poppa a dit. Il a dit à Nana que tu t'étais fait baiser. Quand ils ont arrêté de fabriquer le journal juste après ton arrivée.

— Oui, eh bien, je suppose que c'est vrai. Mais je n'étais pas le seul. Tout le monde a été viré. Les journalistes, les gens de l'imprimerie, tout le monde. Mais je cherche quelque chose. N'importe quoi.

Si vous cherchez la signification du mot « honte » dans le dictionnaire, un des exemples doit sûrement être : « Discuter de votre situation professionnelle avec votre fils de neuf ans. »

— Bon, je n'aimais pas me retrouver avec Mme Tanaka tous les soirs, dit Ethan. Mais quand j'allais à l'école à Boston, personne…

— Personne quoi ?

— Rien.

Il garda le silence quelques secondes, puis demanda :

— Tu vois le carton de vieux trucs que Poppa a au sous-sol ?

— Tout le sous-sol est rempli de vieux trucs. « Surtout quand mon père y est », faillis-je ajouter.

— La boîte à chaussures ? Celle qui contient des affaires qui appartenaient à son père dedans ? Mon arrière-grand-père. Des médailles, des rubans, de vieilles montres, des trucs comme ça ?

— Ah oui, d'accord, je vois la boîte dont tu parles. Et alors ?

— Tu crois que Poppa regarde ce qu'il y a dedans tous les jours ?

Je rangeai la voiture le long du trottoir à quelques centaines de mètres de l'école.

— Mais qu'est-ce que tu me chantes ?

— Laisse tomber. Ce n'est pas important.

Ethan s'extirpa de la voiture sans un au revoir et se dirigea vers l'école comme un condamné marche à l'échafaud.

Marla Pickens habitait une petite maison de plain-pied dans Cherry Street. D'après ce que je savais, la maison appartenait à ses parents – tante Agnes et son mari, Gill – qui remboursaient l'emprunt immobilier, mais Marla s'efforçait de payer la taxe foncière et les charges avec l'argent qu'elle gagnait. Ayant fait carrière dans le journalisme, et conservant un certain respect pour la vérité et l'exactitude, je n'avais pas beaucoup d'estime pour la manière dont ma cousine gagnait sa vie ces derniers temps. Elle avait été recrutée par une entreprise du Web pour rédiger des avis bidon en ligne. Une entreprise de rénovation cherchant à redorer et accroître sa réputation Internet pouvait ainsi avoir recours aux services de Surf-Rep, qui employait des centaines de pigistes pour déposer des avis aussi élogieux que fictifs sur la toile.

Marla m'avait montré un jour celui qu'elle avait laissé pour un couvreur d'Austin, au Texas. « Un arbre est tombé sur notre maison et a fait un gros trou dans le toit. L'entreprise Marchelli s'est déplacée dans l'heure, a réparé la toiture et reposé les bardeaux, et tout cela pour un prix très raisonnable. Je ne saurais trop les recommander. »

Marla n'avait jamais mis les pieds à Austin, ne connaissait personne chez Marchelli Roofing, et n'avait jamais, de toute sa vie, fait appel à un entrepreneur pour faire quoi que ce soit.

— Pas mal, hein ? C'est un peu comme écrire une toute petite nouvelle.

Sur le moment, je n'avais pas eu l'énergie de me lancer dans une discussion avec elle.

Je pris la bretelle de contournement pour traverser la ville, passant à l'ombre du château d'eau de Promise Falls, un édifice d'une trentaine de mètres qui évoquait un vaisseau-mère extraterrestre sur pilotis.

Arrivé chez Marla, je me garai dans l'allée à côté de sa Mustang d'un rouge passé vieille d'une vingtaine d'années et attaquée par la rouille. J'ouvris le hayon de ma Mazda 3 et empoignai deux sacs de courses réutilisables que ma mère avait remplis de plats surgelés. Cela me gênait un peu de faire ça : je me demandais si Marla ne prendrait pas comme une insulte le fait que sa tante la croie trop désemparée pour préparer ses propres repas, mais après tout, si ça faisait plaisir à maman…

En remontant l'allée, je remarquai les mauvaises herbes qui poussaient dans les fissures du pavage en pierre.

Je gravis les trois marches du porche, transférai tous les sacs dans ma main gauche et, alors que je frappais à la porte, je remarquai une tache sur l'encadrement.

La maison tout entière avait besoin d'être repeinte ou, à défaut, d'un bon coup de nettoyeur haute pression, si bien que cette tache, qui se trouvait à hauteur d'épaule et ressemblait à une empreinte de main, ne détonnait pas tant que cela. Mais un détail retint mon attention.

Elle ressemblait à une traînée de sang. Comme si quelqu'un avait écrasé là le plus gros moustique du monde.

Je l'effleurai avec hésitation de l'index. Elle était sèche.

Comme au bout de dix secondes Marla ne répondait toujours pas à la porte, je toquai à nouveau. Cinq secondes après, je tournai la poignée.

C'était ouvert.

Je poussai la porte et me glissai à l'intérieur.

— Marla ? C'est ton cousin David !

Rien.

— Marla ? Tante Arlene voulait que je te dépose quelques bricoles. Du chili maison, et d'autres trucs. Où es-tu ?

Je m'avançai dans la pièce principale qui dessinait un L. La partie de la maison donnant sur la rue consistait en un salon exigu meublé d'un canapé râpé, d'une paire de fauteuils inclinables défraîchis, d'une télévision à écran plat et d'une table basse supportant un ordinateur portable ouvert en mode veille que Marla avait sans doute utilisé pour dire tout le bien qu'elle pensait d'un plombier de Poughkeepsie. À l'arrière de la maison, sur la droite, se trouvait la cuisine. Un peu plus loin, sur la gauche, un petit couloir desservait deux chambres et une salle de bains.

En refermant la porte derrière moi, je remarquai une poussette rangée en position repliée.

— Qu'est-ce que… ? dis-je tout bas.

Je crus entendre quelque chose. Au fond du couloir. Une sorte de… miaulement ? Un gazouillis ?

Un bébé. On aurait dit un bébé. Avec cette poussette derrière la porte, ça n'aurait rien eu de vraiment surprenant.

Mais dans cette maison, à cette heure, ça l'était.

— Marla ?

Je posai les sacs par terre et traversai la pièce. Je m'avançai dans le couloir.

Je m'arrêtai devant la première porte et jetai un coup d'œil à l'intérieur. C'était sans doute censé être une chambre à coucher, mais Marla en avait fait un dépotoir : meubles mis au rebut, cartons vides, rouleaux de moquette, vieux magazines, éléments de chaîne hi-fi vieillots. Marla semblait bien partie pour devenir une accumulatrice compulsive.

Je passai à la porte d'à côté, qui était fermée. Je tournai le bouton et poussai.

— Marla, tu es là ? Est-ce que ça va ?

Le bruit que j'avais entendu s'amplifia.

Il s'agissait bien d'un bébé. Qui devait avoir entre neuf et douze mois, estimai-je. Je ne savais pas trop si c'était un garçon ou une fille, en dépit de la couverture bleue qui l'enveloppait.

Les bruits que j'avais entendus étaient ceux d'un nourrisson qui tétait avec contentement une tétine en caoutchouc tout en essayant d'agripper le biberon en plastique avec ses doigts minuscules.

Marla tenait le biberon d'une main, berçant le nourrisson avec son autre bras. Elle était assise sur une chaise rembourrée dans un coin de la chambre. Sur le lit, des paquets de couches, des vêtements de bébé, une boîte de lingettes.

— Marla ?

Elle me dévisagea et chuchota :

— Je t'ai entendu appeler, mais je ne pouvais pas venir t'ouvrir. Et je ne voulais pas crier. Je pense que Matthew est presque endormi.

J'entrai avec hésitation dans la chambre.

— Matthew ?

Marla sourit en hochant la tête.

— Il n'est pas magnifique ?

Lentement, je dis :

— Oui, en effet. (Et, après un silence :) Qui est Matthew, Marla ?

— Comment ça ? demanda-t-elle, penchant la tête en signe d'incompréhension. C'est Matthew, quoi !

— Ce que je veux dire… c'est à qui est Matthew ? Tu fais du baby-sitting pour quelqu'un ?

Marla me regarda en clignant des yeux.

— Matthew est à moi, David. Matthew est mon bébé.

Je fis de la place et m'assis au bord du lit, près de ma cousine.

— Et quand Matthew est-il arrivé, Marla ?

— Il y a dix mois, dit-elle sans hésitation. Le 12 juillet.

— Mais… je suis venu ici plusieurs fois pendant ces dix mois, et c'est la première fois que je le vois. Alors imagine ma perplexité.

— C'est difficile à… expliquer. C'est un ange qui me l'a apporté.

— J'ai besoin d'un peu plus de détails, fis-je remarquer doucement.

— C'est tout ce que je peux dire. C'est comme un miracle.

— Marla, ton bébé…

— Je n'ai pas envie de parler de ça, dit-elle tout bas, détournant la tête pour admirer le visage de celui-ci.

Je continuai en douceur, comme si je roulais au pas sur un pont branlant qui menaçait de céder sous mes roues.

— Marla, ce qui est arrivé, à toi… et à ton bébé… ça a été une tragédie. On a tous eu énormément de peine pour toi.

Dix mois auparavant. Un triste épisode pour tout le monde, mais pour Marla, il avait été dévastateur.

Elle effleura du doigt le tout petit nez de Matthew.

— Tu es tellement adorable, toi.

— Marla, il faut que tu me dises à qui est vraiment ce bébé… et pourquoi il y a du sang sur ta porte d'entrée.

3

L'inspecteur Barry Duckworth, en ce jour anniversaire de son entrée en fonction dans la police de Promise Falls, était confronté au plus grand défi de sa carrière.

Allait-il être capable de passer devant la boutique de donuts qui se trouvait sur le chemin du poste sans faire un crochet par le drive-in pour acheter un café et un beignet glaçage chocolat ?

Après tout, s'il y avait un jour où il aurait été en droit de s'accorder ce petit plaisir, c'était bien celui-là. Vingt ans de maison, dont presque quatorze au grade d'inspecteur. Ça se fêtait, non ?

Sauf qu'il était seulement dans la deuxième semaine de sa dernière tentative de perte de poids. Le mois dernier, la balance avait affiché cent trente kilos, et il avait estimé qu'il était peut-être temps de réagir. Maureen, cet ange, avait cessé de lui rappeler constamment son problème de surpoids, comprenant que la décision de manger moins devait venir de lui. Si bien que, deux semaines auparavant, il avait décidé que la première étape serait de faire une croix sur le donut qu'il avalait tous les matins. D'après le site Internet du magasin, sa pâtisserie préférée renfermait près de trois cents calories. Mazette. En supprimant ce beignet, au bout de cinq jours vous aviez éliminé mille cinq cents calories de votre régime. Sur un an, cela représentait soixante-douze mille calories.

Cela revenait à se passer de nourriture pendant quelque chose comme trois semaines.

Ce n'était pas la seule mesure qu'il essayait de prendre. Il avait supprimé les desserts. Bon, ce n'était pas tout à fait exact. Il avait supprimé son *second* dessert. Lorsque Maureen faisait une tarte – surtout celle au citron meringuée –, il ne pouvait jamais se limiter à une part. Il en prenait un bon morceau après le dîner, puis y retournait et égalisait le bord de la dernière part. Ce n'était en général qu'une lichette, et combien pouvait-il y avoir de calories dans une lichette ? Du coup, il en prenait une deuxième.

Il avait fait un réel effort pour renoncer aux lichettes.

Il se trouvait à un bloc d'immeubles de la boutique de donuts.

« Je ne m'arrêterai pas. »

Duckworth avait néanmoins envie d'un café. Il pouvait passer au drive-in et commander uniquement une boisson, non ? Quel mal y avait-il à ça ? Il pourrait le prendre noir, sans sucre, sans crème. Mais une fois dans la file, serait-il capable de résister au…

Son portable sonna.

Le véhicule étant équipé du Bluetooth, il n'avait pas à sortir son téléphone de la poche de sa veste. Il n'avait qu'à presser un bouton sur le tableau de bord. Autre avantage : le nom du correspondant apparaissait sur l'écran.

Randall Finley.

— Merde, dit Duckworth dans sa barbe.

L'ancien maire de Promise Falls. Disons l'ancien maire *déchu* de Promise Falls. Quelques années auparavant, alors qu'il était candidat pour un siège au Sénat, on avait appris qu'il avait eu recours, une fois au moins, aux services d'une prostituée mineure.

L'électorat n'avait pas vraiment apprécié. Non seulement il avait échoué dans sa tentative d'ascension de la pyramide politique, mais il s'était fait virer de son poste de maire aux élections qui avaient suivi. Il ne l'avait pas bien pris, d'ailleurs. Il avait publiquement concédé sa défaite après avoir presque descendu une bouteille entière de Dewar's, et avait traité ceux qui l'avaient lâché de « clique d'enculés ». Les chaînes d'information locales n'avaient pas pu diffuser ses propos, mais la version YouTube, non censurée, était devenue virale.

Finley avait déserté la scène publique pendant un moment, pansé ses blessures, puis il avait créé une entreprise d'embouteillage d'eau minérale après avoir découvert une source sur un terrain qu'il possédait au nord de Promise Falls. Même si elle était loin de rivaliser avec Évian, il l'avait baptisée, avec sa modestie coutumière, Finley Springs Water. C'était une des rares entreprises du coin à recruter, surtout parce qu'elle travaillait beaucoup à l'export. Depuis quelque temps, l'économie de la ville était en chute libre. Le *Standard* avait coulé, laissant une cinquantaine de personnes sur le carreau. Le parc d'attractions Five Mountains avait fait faillite, et sa grande roue et ses montagnes russes évoquaient les vestiges d'une étrange civilisation disparue.

Thackeray College, touché par une chute des inscriptions, avait licencié le jeune personnel enseignant qui n'avait pas encore été titularisé. À la sortie du lycée, les jeunes quittaient la ville en nombre pour chercher du travail ailleurs. Quant à ceux qui restaient, ils traînaient dans les bars du coin presque tous les soirs de la semaine, se bagarraient, bombaient les boîtes à lettres ou renversaient des pierres tombales.

Les propriétaires du Constellation Drive-in, lieu de rendez-vous incontournable de la région de Promise Falls depuis cinquante ans, qui avaient mené bataille contre le magnétoscope, le lecteur DVD et Netflix, avaient fini par agiter le drapeau blanc. Encore quelques week-ends, et une petite part de l'histoire locale serait perdue. On racontait que l'écran serait démonté, et que le promoteur Frank Mancini voulait construire une sorte de quartier résidentiel à la place, même si Duckworth ne comprenait pas qu'on veuille bâtir davantage de logements dans une ville que tout le monde essayait de fuir.

C'était toujours celle où il avait grandi, mais elle était pareille à un costume jadis neuf, aujourd'hui lustré et élimé.

Paradoxalement, la situation avait empiré depuis que cette tête de nœud de Finley n'était plus maire. Malgré toutes ses combines embarrassantes, c'était un défenseur enthousiaste de cette ville de quarante mille habitants – en fait, on était plus proche des trente-six mille d'après le dernier recensement –, et il se serait battu pour maintenir à flot les secteurs en difficulté avec l'énergie qu'il aurait mise à défendre sa dernière bouteille de whisky.

Si bien que, lorsque Duckworth lut son nom sur l'écran, il décida, à regret, de prendre l'appel.

— Allô !

— Barry !

— Bonjour, Randy.

S'il comptait passer à la boutique de donuts, c'était maintenant qu'il allait devoir mettre son clignotant et tourner le volant, et il savait que s'il s'engageait dans la file du drive-in, il ne pourrait pas se retenir de commander un de ces divins anneaux de pâte moelleuse. Mais Finley l'entendrait passer sa commande à la borne, et même si l'ancien édile ignorait qu'il s'était lancé dans un régime, Barry ne voulait pas que quiconque soit informé de ses écarts alimentaires.

Il continua donc sur sa lancée.

— Où êtes-vous ? demanda Finley. Dans votre voiture ?

— Je suis en route pour le poste.

— Faites un crochet par Clampett Park. L'extrémité sud. Près du sentier.

— Et pourquoi je ferais ça ?

— Il y a quelque chose que vous devriez voir.

— Randy, si vous étiez encore maire, je serais peut-être encore à votre disposition, et ça ne me dérangerait pas que vous ayez mon numéro de portable privé, mais vous n'êtes plus le maire. Et depuis un certain temps. Alors s'il y a quelque chose à signaler, faites comme tout le monde.

— Ils vont sans doute vous envoyer sur place de toute façon. Ça vous évitera un détour inutile au poste.

Barry Duckworth soupira.

— Très bien.

— Je vous retrouve à l'entrée du parc. J'ai mon chien avec moi. C'est grâce à lui que je suis tombé dessus. Je le promenais.

— Tombé sur quoi ?

— Ramenez-vous.

Le trajet conduisit Duckworth de l'autre côté de la ville, où il savait que Finley vivait toujours avec sa femme, Jane, d'une patience à toute épreuve. Randall l'attendait avec son chien, un schnauzer nain à poil gris. Celui-ci tirait sur sa laisse pour retourner dans le parc, qui bordait une zone boisée et plus loin, au nord, Thackeray College.

— Vous avez mis le temps, remarqua Finley quand Barry descendit de sa voiture de patrouille banalisée.

— Je ne suis pas à votre service.

— Bien que sûr que si. Je suis un contribuable.

Finley était vêtu d'un jean à ceinture élastique, de chaussures de course, et d'un blouson léger fermé jusqu'au col. C'était un matin de mai frisquet. Le quatrième, pour être exact, et le sol était encore recouvert des feuilles mortes de l'automne précédent qui, six semaines auparavant, étaient dissimulées par la neige.

— Qu'avez-vous trouvé ?

— C'est par là. Je pourrais détacher Bipsie, on aurait qu'à la suivre.

— Non, dit Duckworth. Quoi que vous ayez découvert, je ne veux pas que Bipsie y touche.

— Ah oui, bien sûr. Alors, comment ça va ?

— Très bien.

Comme Duckworth ne lui demandait pas de ses nouvelles, Finley attendit un instant avant de dire :

— Je fais une bonne année. On est en train d'agrandir l'usine. On embauche deux autres personnes. Vous avez peut-être entendu parler de l'une d'elles, dit-il avec un sourire.

— Non. De quoi parlez-vous ?

— Ça ne fait rien.

Ils suivirent un sentier qui longeait la lisière des bois, lesquels étaient séparés du parc par une clôture grillagée noire d'environ un mètre vingt de haut.

— Vous avez perdu du poids ? demanda Finley. Vous allez l'air en forme. Donnez-moi votre secret, parce que je perdrais bien quelques kilos moi-même.

Il se tapota le ventre de sa main libre.

Duckworth n'avait perdu qu'un seul kilo en quinze jours, et il savait très bien que ça ne se voyait pas.

— Qu'est-ce que vous avez trouvé, Randy ?

— Il vaut mieux que vous le voyiez par vous-même. Ça a dû se passer pendant la nuit, parce que je me promène ici avec Bipsie deux fois par jour ; tôt le matin, et avant d'aller me coucher. Bon, il commençait à faire nuit quand je suis passé hier soir, alors j'ai pu passer à côté, mais ça m'étonnerait. Je ne l'aurais peut-être même pas remarqué ce matin, mais la chienne a foncé droit sur la clôture quand elle a senti l'odeur.

Duckworth décida de ne plus s'embêter à demander à Finley d'être plus direct, mais il se prépara au pire. Il avait vu quelques cadavres au fil des ans, et supposait qu'il en verrait encore plein d'autres avant de prendre sa retraite. Après vingt ans de boutique, il avait fait plus de la moitié du chemin. Mais on ne s'y faisait jamais tout à fait. Pas à Promise Falls, en tout cas. Duckworth avait enquêté sur plusieurs homicides, de simples affaires de violences conjugales ou des rixes de bar pour la plupart, mais aussi sur quelques affaires qui avaient focalisé l'attention de tout le pays.

Aucune n'avait été ce qu'on pourrait appeler une partie de plaisir.

— C'est un peu plus loin, dit Finley. (Bipsie se mit à aboyer.) Arrête ! Calme-toi, petite teigne !

Bipsie se calma.

— Juste là, sur la clôture, indiqua Finley, le doigt pointé.

Duckworth s'arrêta et étudia la scène qu'il venait de découvrir.

— C'est pas banal, hein ? Un putain de massacre. Vous aviez déjà vu un truc pareil ?

Duckworth ne dit rien, mais la réponse était non, jamais.

Randall Finley continua sur sa lancée :

— S'il y en avait eu juste un, voire deux, bien sûr, je n'aurais pas appelé. Mais regardez combien il y en a. J'ai compté. Il y en a vingt-trois, Barry. Il faut être complètement taré pour faire ça !

Barry les compta lui-même. Randy avait raison. Pratiquement deux douzaines.

Vingt-trois écureuils morts. Et des gros. Onze gris, douze noirs. Chacun avait un bout de ficelle blanche, celle qu'on utilise pour ficeler les colis, fermement noué autour du cou, et était pendu à la lisse métallique qui couronnait la clôture.

Les animaux étaient alignés sur trois mètres environ, chacun pendu à une trentaine de centimètres de ficelle.

— Je ne les porte pas dans mon cœur, ces rats des arbres, mais il devrait y avoir une loi contre ça, non ? s'indigna Finley.

4

David

— Marla, je suis sérieux. Il faut que tu me parles.

— Je devrais le coucher pour qu'il fasse une petite sieste, dit-elle en berçant le bébé dans ses bras et en effleurant ses lèvres avec la tétine du biberon. Je crois qu'il est rassasié.

Elle posa le biberon sur la table de nuit. Le bébé, les yeux clos, émit de petits gargouillis de contentement.

— Il n'était pas comme ça au début, expliqua Marla. Il a beaucoup pleuré hier. Il avait peur et tout.

J'allais lui demander pourquoi un bébé dont elle voulait me faire croire qu'il était avec elle depuis des mois aurait eu peur, mais je laissai filer.

— Je suis restée avec lui toute la nuit, continua-t-elle, et on a noué un lien fort, nous deux. (Elle partit d'un petit rire.) Je dois faire peur à voir. Je ne me suis pas douchée ce matin, ni maquillée, ni rien. Hier soir je l'ai couché quand il a arrêté de pleurer, et j'ai filé au magasin acheter deux, trois bricoles. Je sais que je n'aurais pas dû le laisser seul, mais il n'y avait personne que j'aurais pu appeler, c'était trop tôt, et j'avais un besoin urgent de provisions. L'ange a apporté le minimum.

— Qui d'autre est au courant pour Matthew ? demandai-je. Est-ce que tante Agnes… Est-ce que ta mère sait ?

— Je ne lui ai pas encore annoncé la bonne nouvelle. Tout ça est arrivé tellement vite.

Les incohérences persistaient.

— Vite comment ?

— D'accord, reconnut Marla sans quitter le bébé des yeux, ça ne fait pas vraiment dix mois que j'ai Matthew. Hier, en fin d'après-midi, plus ou moins à l'heure où *Dr Phil* passe à la télé, j'étais en train de rédiger des avis pour une entreprise de climatisation dans l'Illinois quand on a sonné à la porte.

— Qui était-ce ?

Un faible sourire.

— Je te l'ai dit. L'ange.

— Parle-moi de cet ange.

— Bon, d'accord, ce n'était pas vraiment un ange, mais c'est difficile de la voir autrement.

— C'était une femme.

— C'est ça.

— La mère ?

Marla me lança un regard sévère.

— C'est moi la mère maintenant.

— D'accord, mais jusqu'au moment où elle t'a confié Matthew, c'était elle la mère ?

Avec hésitation, comme si elle était réticente à l'admettre, elle concéda :

— Peut-être.

— Elle ressemblait à quoi ? Elle avait l'air comment ? Elle était blessée ? Tu as vu du sang ? Il y avait du sang sur sa main ?

Marla secoua lentement la tête.

— Tu sais que je n'ai pas la mémoire des visages, David. Mais elle était très gentille, cette femme. Habillée tout en blanc. C'est pour ça que quand je pense à elle je vois un ange.

— Elle a dit qui elle était ? Elle t'a donné son nom ? Elle t'a laissé un moyen de la contacter ?

— Non.

— Tu n'as pas demandé ? Tu n'as pas trouvé ça bizarre ? Une femme qui se présente à ta porte et te confie un bébé ?

— Elle était pressée. Elle a dit qu'elle devait s'en aller, fit-elle d'une voix qui s'éteignit.

Elle posa Matthew au milieu du lit et l'entoura de coussins, créant une sorte de rempart autour de lui.

— En attendant d'avoir un petit lit, je dois faire ça. Je ne voudrais pas qu'il tombe. Tu pourrais m'aider ? Pour le lit ? Il y a un IKEA à Albany ? Ou peut-être qu'ils auraient ça chez Walmart. C'est plus près. Je ne pense pas pouvoir caser un lit d'enfant, même démonté, dans la Mustang, et je crois que j'aurais du mal à le monter. Je suis assez nulle pour ce genre de chose. Je n'ai même pas de tournevis. Enfin, il y en a peut-être un dans les tiroirs de la cuisine, mais je n'en suis pas sûre. Ils ne mettent pas un petit bidule avec les pièces chez IKEA ? Pour qu'on puisse faire le montage même si on n'a pas tout un tas d'outils ? Je ne veux pas acheter un berceau d'occasion dans une boutique ou chez un brocanteur, parce qu'ils ont fait toutes sortes d'améliorations au niveau de la sécurité. J'ai vu ça à la télé une fois, un lit avec un côté qu'on pouvait soulever et abaisser, et qui est tombé par accident sur le cou du bébé. (Elle trembla.) Je ne veux pas de ça.

— Bien sûr que non.

— Alors tu pourrais m'aider ? À trouver un petit lit ?

— J'imagine, oui. Mais il y a quelques petites choses à régler d'abord.

Marla m'écoutait à peine. Je me demandais si elle n'était pas sous traitement, ce qui aurait expliqué son apparent détachement de la réalité. Si elle avait consulté un psychiatre depuis la perte de son bébé et qu'on lui ait prescrit quelque chose pour traiter la dépression ou l'anxiété, je n'étais pas au courant. Il n'y avait aucune raison que je le sois. Et je n'allais pas me mettre à fourrager dans son armoire à pharmacie, parce que je ne saurais pas quoi penser de ce que j'y trouverais.

Peut-être qu'elle ne prenait rien, et qu'elle était simplement dans cet état depuis qu'elle avait mis au monde un enfant mort-né. Mon père avait plus ou moins visé juste, avec le manque de tact qui le caractérisait, en disant qu'elle était devenue « un peu cinglée ». Je ne connaissais l'histoire que par bribes. La mère de Marla, Agnes, qui avait été sage-femme quand elle avait une vingtaine d'années, était là, à ses côtés, avec leur médecin de famille, un certain Dr Sturgess, si ma mémoire était bonne. Ma mère avait évoqué leur sentiment d'horreur quand ils avaient pris conscience que quelque chose n'allait pas. Raconté que Marla avait pu tenir l'enfant, brièvement, avant qu'on ait dû le lui enlever.

Que c'était une petite fille.

« Quelle tristesse, vraiment, disait ma mère chaque fois qu'elle pensait à sa nièce. Ça lui a fait quelque chose. Quelque chose s'est cassé, c'est ce qui s'est passé à mon avis. Et le père, il était où, hein ? Est-ce que tu crois qu'il l'aurait aidée à traverser tout ça ? Penses-tu ! »

Le père était étudiant à Thackeray College. Et avait sept ou huit ans de moins que Marla. Je ne savais pas grand-chose d'autre sur son compte. Même si cela n'avait pas la moindre importance à présent.

Est-ce qu'on avait signalé la disparition d'un bébé à la police ? Si le journal existait toujours, si j'avais encore eu ma carte de presse, j'aurais appelé le poste pour leur demander s'ils avaient entendu quelque chose à ce sujet. Mais pour le citoyen lambda, c'était un peu plus compliqué. Est-ce que je souhaitais alerter les autorités avant d'avoir découvert de quoi il retournait exactement ? Il était possible que Marla fasse vraiment du baby-sitting pour quelqu'un, mais qu'elle se soit laissé entraîner dans une sorte d'affabulation.

Je veux dire, cette histoire d'ange à sa porte ?

— Marla, tu entends ? Il y a des choses à régler.

— Quelles choses ?

Je choisis de jouer le jeu, de faire comme si nous étions confrontés à une situation normale.

— Eh bien, je suis sûr que tu veux que tout soit légal et fait selon les règles. Alors si tu veux que Matthew soit à toi, il va y avoir des papiers à signer. Des questions de nature juridique à résoudre.

— Je ne pense pas que ce soit nécessaire, dit-elle. Quand il sera plus âgé, quand il ira à l'école, ou même plus grand que ça, et qu'il devra passer son permis de conduire ou quoi, je leur dirai que j'ai égaré son certificat de naissance, que je ne le retrouve plus. Il faudra bien qu'ils fassent avec.

— Ça ne marche pas comme ça, Marla. La ville a des registres d'état civil.

Elle continua, sans se démonter :

— Il faudra simplement qu'ils reconnaissent que c'est le mien. Tu en fais toute une histoire. La société voudrait absolument tout mettre par écrit, c'est une obsession.

— Mais il faut quand même qu'on sache qui a donné naissance à cet enfant, persistai-je. Pour connaître ses antécédents médicaux, par exemple. Tu dois savoir qui étaient sa mère et son père, quels maladies ou problèmes ils pourraient avoir.

— Pourquoi ne veux-tu pas que je sois heureuse, David ? Tu ne crois pas que je mérite un peu de bonheur après tout ce que j'ai enduré ?

Je ne savais pas quoi dire, mais Marla me tira elle-même d'embarras :

— Je vais faire un brin de toilette. Maintenant que tu es là, je vais pouvoir prendre une douche, me changer. Je pensais sortir avec Matthew pour faire quelques courses.

— La poussette, derrière la porte. Tu l'as achetée hier ?

— Non, c'est l'ange qui l'a apportée. Ta mère t'a donné d'autres petits plats pour moi ?

— Oui. Je vais te mettre tout ça au congélateur.

— Merci. Je ne serai pas longue.

Elle se glissa dans la salle de bains et ferma la porte.

Je jetai un rapide coup d'œil au bébé, constatai qu'il dormait paisiblement et avait peu de chances de s'évader de sa prison de coussins. Je mis les plats surgelés que ma mère m'avait confiés dans le congélateur de Marla – à défaut d'autre chose, j'ai un grand sens pratique –, puis j'allai dans le salon pour examiner la poussette. Elle était en position repliée, ce qui permettait de la ranger facilement dans le coffre d'une voiture ou dans un placard.

Sur la poignée droite, il y avait d'autres taches qui ressemblaient à celle que j'avais vue sur le montant de la porte.

Je la dépliai et actionnai une petite pédale pour la bloquer. La poussette avait servi. Les roues en caoutchouc, autrefois noires et lisses, étaient devenues rugueuses. De vieux Cheerios rassis étaient coincés dans les fissures du siège. Une petite poche à fermeture à glissière était fixée au dossier. Je l'ouvris et plongeai la main à l'intérieur. J'y trouvai trois hochets, une petite voiture en bois avec de grosses roues, un prospectus pour une boutique qui vendait du matériel de puériculture, un paquet de lingettes pré-imprégnées à moitié plein, et quelques mouchoirs en papier.

Le prospectus retint mon attention. Quelques mots imprimés d'un côté, sur une étiquette.

C'était une adresse. Il ne s'agissait pas d'une pub distribuée au hasard, mais d'un prospectus ciblé pour Baby Makes Three, une boutique de vêtements pour bébés de Promise Falls. Et, plus important encore, il y avait un nom associé à l'adresse.

Rosemary Gaynor. Elle habitait au 375, Breckonwood Drive. Je connaissais la rue. Elle se trouvait dans un quartier chic, certainement plus agréable que celui de Marla, à quelques kilomètres d'ici.

Je sortis mon portable, lançai l'application qui me permettrait de trouver un téléphone pour le domicile des Gaynor. Mais une fois le numéro sous mon pouce, je me demandai si passer cet appel était ce qu'il y avait de plus intelligent à faire.

Il était peut-être plus sensé d'aller directement chez ces gens.

Et tout de suite.

J'entendis de l'eau couler dans la salle de bains. La douche. Le téléphone toujours en main, j'appelai chez moi.

On décrocha à la première sonnerie.

— Oui ?

— Papa, il faut que je parle à maman.

— Qu'est-ce qu'il y a ?

— Passe-la-moi.

Un bruit de tâtonnement, un « Il veut te parler » étouffé. Et puis :

— Qu'est-ce qu'il y a, David ?

— Il est arrivé quelque chose chez Marla.

— Tu lui as donné le chili ?

— Non. Je veux dire, si, je l'ai apporté. Mais… maman, il y a un bébé ici.

— Quoi ?

— Elle a un bébé. Elle prétend que c'est le sien. Elle dit qu'une femme aurait sonné à sa porte et le lui aurait donné. Mais son histoire ne tient pas la route. Maman, je commence à me demander… je m'en veux de dire ça, mais je me demande si… nom de Dieu, ça a l'air totalement dingue… je me demande si elle n'a pas volé ce gosse à quelqu'un.

— Oh, non, dit ma mère. Ça ne va pas recommencer.

5

Barry Duckworth demanda que des agents aillent faire du porte-à-porte dans les quartiers alentour, au cas où un riverain aurait remarqué quoi que ce soit de suspect la nuit précédente. Quelqu'un avec un gros sac, peut-être, traînant à proximité de la clôture assez longtemps pour y pendre deux douzaines d'écureuils.

Le premier flic en tenue à arriver sur les lieux, un gaillard d'un mètre quatre-vingts répondant au nom d'Angus Carlson, vit dans cette mission l'occasion de peaufiner son numéro de stand-up.

— Cette affaire pourrait être un véritable casse-noisettes, dit-il à Duckworth. Mais je me sens prêt à grimper aux arbres pour la résoudre. Néanmoins, si on ne trouve pas rapidement un témoin, je vais avoir l'impression de faire l'écureuil.

Duckworth avait croisé Carlson sur plusieurs scènes de crime au cours de ces derniers mois. Il semblait croire qu'on lui avait confié le rôle de Lennie Briscoe, l'inspecteur de *New York, police judiciaire* joué par Jerry Orbach, qui avait toujours un bon mot à placer à la fin du prologue. D'après les rares conversations que Duckworth avait eues avec lui, il savait qu'il était arrivé ici quatre ans auparavant après avoir été en poste dans une banlieue de Cleveland.

— Épargnez-moi vos calembours, lui dit Duckworth.

Il passa un coup de fil au service de la protection animale de la ville, tomba sur une certaine Stacey, qu'il mit au courant.

— J'ai dans l'idée que cette affaire relève peut-être plus de votre domaine de compétence, mais j'ai des hommes qui ratissent la scène en ce moment. Ce serait bien de savoir à quel genre d'individu on a affaire avant qu'on commence à pendre les chats et les chiens des gens aux réverbères.

Duckworth retourna vers sa voiture. L'ancien maire, Randall Finley, était resté en arrière pour regarder les agents arriver, prendre des photos, fouiller la zone, mais quand il vit Duckworth quitter les lieux, il lui emboîta le pas en traînant Bipsie au bout de sa laisse.

— Vous voulez savoir ce que j'en pense ? demanda Finley.

— J'en meurs d'envie, Randy.

— Je parie qu'il s'agit d'une sorte de secte de tarés. C'est probablement un rite d'initiation.

— Difficile à dire.

— Mais vous me tiendrez au courant.

En ouvrant la portière de son véhicule banalisé, Duckworth le fusilla du regard. L'ex-politicien pensait-il sincèrement détenir une quelconque autorité sur lui ?

— Si j'ai des questions, je ne manquerai pas de vous contacter, dit-il avant de se mettre au volant et de claquer la portière.

Finley n'en avait manifestement pas terminé. Il ne s'était pas écarté de la voiture. Barry baissa sa vitre électrique.

— Quelque chose vous tracasse encore ?

— Quelque chose que je veux que vous sachiez. Je n'en parle pas à beaucoup de gens, pas encore, mais j'estime que vous devez être mis dans la confidence.

— De quoi s'agit-il ?

— Je vais me représenter…, dit Finley en marquant un temps d'arrêt pour ménager son effet. (Comme le visage de Barry n'exprimait ni stupeur ni ravissement, il poursuivit :)

Promise Falls a besoin de moi. Tout est parti en couille depuis que je ne suis plus aux manettes. Dites-moi que je me trompe.

— Je ne m'intéresse pas à la politique.

— À d'autres, dit Finley avec un grand sourire. La politique a tout à voir avec la manière dont vous faites votre métier. Si les élus merdoient, laissent les boulots disparaître, les gens se désespèrent, picolent davantage, se bagarrent plus, cambriolent plus de maisons. Dites-moi que ce n'est pas vrai.

— Randy, vraiment, il faut que j'y aille.

— Ouais, ouais, je sais. Vous êtes sur la piste d'un tueur d'écureuils en série. Je dis simplement que quand je reviendrai aux affaires...

— Si.

— *Quand* je reviendrai aux affaires, je compte changer certaines choses, et cela pourrait concerner la chef de la police. Il me semble que vous feriez un bon candidat pour ce genre de poste.

— Je suis satisfait de faire ce que je fais. Et, si je peux me permettre, les électeurs n'ont peut-être pas oublié votre habitude de recourir aux services de prostituées de quinze ans.

Finley plissa les yeux.

— Tout d'abord, il n'y a eu qu'une seule prostituée mineure, et elle m'avait dit avoir dix-neuf ans.

— Ah, d'accord. Allez-y, présentez-vous. Votre slogan est déjà tout trouvé : « Elle m'a dit qu'elle avait dix-neuf ans. Votez Finley. »

— Je me suis fait entuber, Barry, et vous le savez. J'étais un bon maire. J'ai fait des trucs ; je me suis démené pour sauver des emplois. Cette histoire personnelle était hors sujet et ne méritait pas tout le foin qu'en ont fait les médias. Maintenant que cette garce de Plimpton a fermé le *Standard*, je me dis que je n'ai plus à m'inquiéter qu'on publie trop d'articles hostiles sur mon compte et que j'ai vraiment un coup à jouer. Je suis en situation de contrôler le message. Ce n'est pas comme si les médias d'Albany en avaient quelque chose à carrer de ce qui se passe dans le coin, à moins qu'on me surprenne en train de me taper une chèvre ou ce genre de truc. Ce que j'essaie de vous dire, c'est que si vous pouviez être mon informateur, je vous en serais très reconnaissant. Et, bien sûr, je ferais en sorte de vous renvoyer l'ascenseur un jour ou l'autre.

— Vous pensez qu'être tenu informé d'une affaire de tortionnaire d'écureuils va vous mener à la victoire ? demanda Barry.

— Bien sûr que non, dit Finley en secouant la tête. Je parle en général. S'il se passe quoi que ce soit que vous estimez être dans mon intérêt de savoir, vous me passez un coup de fil. C'est tout. Ce n'est pas la mer à boire. C'est bien d'avoir une oreille en interne. Imaginons par exemple que Son Altesse royale Amanda Croydon, je ne sais pas, se fasse arrêter pour conduite en état d'ivresse.

— Je ne pense pas que notre maire actuelle ait les mêmes problèmes que vous, Randy.

— Bon d'accord, oublions l'ivresse au volant, mais je ne sais pas, moi, imaginons qu'elle fasse déneiger son allée par une équipe de la voirie. (Il fit un grand sourire.) On dirait presque un truc cochon. Enfin, bref, si vous entendiez quoi que ce soit qui ressemble à un détournement de l'argent du contribuable ou si elle prenait des libertés avec la loi, vous pourriez me remonter l'info. Même topo pour la chef de la police. Elle doit avoir des dossiers. Vous vous rendez compte qu'on a une mairesse et une cheffesse de la police ? On devrait rebaptiser la ville Fouffe Falls.

— Je dois y aller, Randy.

— Parce que, soyons réalistes, dit l'ex-édile en se penchant plus près, on a tous des choses dont on aimerait que personne n'apprenne l'existence. Certains… je veux dire, j'en suis l'exemple parfait, n'ont plus rien à cacher. Tout a déjà été déballé. Mais il y en a d'autres qui aimeraient bien que la terre entière ne soit pas informée de leurs petites affaires.

— Je ne vois pas trop où vous voulez en venir, dit Duckworth en plissant les yeux.

Finley sourit d'un air narquois.

— Qui a dit que je voulais en venir quelque part ?

— Nom de Dieu, Randy, est-ce que… ? Dites-moi que ce n'est pas une menace foireuse de votre part.

Finley recula comme s'il avait reçu une gifle, mais continua à sourire.

— Comment pouvez-vous dire une chose pareille ? Je fais la conversation, c'est tout. À ma connaissance, votre réputation au sein de la police de Promise Falls est irréprochable. Demandez à n'importe qui. Une carrière sans tache. (Il se pencha à nouveau à la portière.) Vous êtes un bon flic et un bon père de famille.

Il mit l'accent sur le mot *famille*.

— À plus tard, Randy, dit Duckworth, qui remonta sa vitre et mit le contact.

Finley lui fit un geste amical d'au revoir de la main, mais Duckworth ne regardait pas son rétroviseur.

Il prit la direction de Thackeray College.

Le campus était suffisamment proche du parc pour que les étudiants le traversent, y fassent leur jogging, s'y droguent et s'y envoient en l'air. L'un d'eux avait pu tuer ces écureuils ou être témoin de la scène.

C'était peut-être une perte de temps et d'énergie. Deux douzaines d'écureuils se feraient écraser dans les rues de Promise Falls avant la fin de la journée, et pour autant, la police n'irait pas inculper les conducteurs pour délit de fuite.

Duckworth n'aurait pas été surpris de trouver un paquet de noisettes sur son bureau quand il retournerait au poste. Déposé là par Angus Carlson ou quelqu'un d'autre.

Après tout, la chasse à l'écureuil était légale la plus grande partie de l'année dans l'État de New York. Deux ans auparavant, les pompiers de Holley avaient même organisé une collecte de fonds pour décerner un prix à qui tuerait les cinq plus gros spécimens. La police de Promise Falls n'allait donc pas employer toutes ses ressources à identifier le tueur de deux douzaines de ces bestioles.

Ce qui inquiétait Duckworth, c'était qu'une personne puisse trouver divertissant de tuer vingt-trois petits animaux et de les pendre à la vue de tous.

Qu'est-ce qui pouvait la pousser, ou *le* pousser, car c'était très vraisemblablement un homme, à faire une chose pareille ?

Et quel serait son prochain exploit ? La littérature était pleine de psychopathes qui s'étaient fait la main sur des animaux domestiques et d'autres créatures pendant leur enfance.

Il quitta la route principale et franchit les grilles d'enceinte de Thackeray College. De beaux et majestueux bâtiments de brique rouge pourvus d'imposantes colonnes blanches, dont certains étaient plus que centenaires. Il y avait quelques exceptions architecturales. Le pavillon de chimie avait cinq ans, et le centre sportif avait été construit dix ans plus tôt.

Alors qu'il suivait la route qui conduisait aux bâtiments administratifs, passant devant Thackeray Pond, le lac miniature de l'université, qui mesurait environ quatre cents mètres de large, Duckworth remarqua une équipe d'ouvriers en train d'installer un poteau équipé d'un bouton rouge et portant un petit écriteau. Il roulait trop vite pour distinguer ce qui y était écrit, mais ça lui rappela les anciennes bornes d'alarme incendie.

Il se gara sur un emplacement réservé aux visiteurs et, une fois à l'intérieur du bâtiment, consulta un répertoire pour situer le bureau du directeur de la sécurité du campus.

Alors qu'il s'enfonçait dans le bâtiment, il repensa à ce que Randall Finley avait dit, et à ce qu'il avait pu sous-entendre.

Est-ce que Randy pensait pouvoir faire pression sur lui et obtenir ainsi qu'il l'informe des ragots qui circuleraient à l'intérieur du service afin d'alimenter sa campagne s'il briguait un nouveau mandat de maire ?

Si tel était son plan, il pouvait s'asseoir dessus parce que, comme Finley l'avait lui-même fait remarquer, la carrière de Duckworth était exemplaire. Il s'était toujours tenu à carreau.

À peu près, en tout cas.

Évidemment, il lui était arrivé de temps à autre de prendre quelques raccourcis avec la loi. Comme tous les flics du service. Mais il n'avait jamais touché de pots-de-vin. Jamais fabriqué de fausses preuves, ni gardé pour lui certaines saisies, comme de l'argent liquide ayant servi dans une vente de drogue, par exemple.

Peut-être que, avant de rencontrer Maureen, il y a longtemps, il avait laissé quelques jolies filles qui avaient pris quelques libertés avec les limitations de vitesse s'en tirer avec un simple avertissement.

Peut-être que cela lui avait permis d'obtenir un ou deux numéros de téléphone.

Mais il mettait ça sur le compte de la jeunesse et de l'inexpérience. Il ne prendrait jamais un tel risque aujourd'hui. Finley n'était certainement pas remonté vingt ans en arrière pour essayer de trouver des…

— Je peux vous renseigner ?

Barry se trouvait devant un comptoir d'accueil, à l'entrée des bureaux de la sécurité du campus. Un jeune homme, l'oreille percée de plusieurs clous et qui avait une tête d'éternel étudiant, venait de lui proposer son aide.

— Je veux voir votre patron, dit Duckworth.

— Vous avez rendez-vous ?

Duckworth montra rapidement sa plaque et, quelques secondes plus tard, il se retrouvait assis face à Clive Duncomb, le chef de la sécurité de Thackeray College.

Celui-ci avait entre quarante-cinq et cinquante ans. Un petit mètre quatre-vingts pour soixante-quinze kilos environ, une mâchoire forte et carrée et d'épais sourcils du même brun que ses cheveux. Il était svelte, et portait une chemise qui paraissait une taille trop petite, comme s'il savait qu'elle mettrait en valeur ses biceps, lesquels étaient de taille respectable. Gonflette, supposa Duckworth. Il ne mangeait probablement pas un donut tous les matins en allant au travail, non plus.

— Ravi de vous rencontrer, dit Duncomb. Rappelez-moi votre nom.

Duckworth le lui dit.

— Et vous êtes inspecteur de police ?

— En effet.

— Que puis-je faire pour vous ?

— Il faut que je vous parle d'un incident qui s'est produit cette nuit.

Duncomb hocha la tête d'un air grave et soupira. Il se pencha en arrière dans sa chaise, bras tendus, paumes à plat sur le bureau.

— Je ne peux pas dire que je suis surpris de vous voir. J'attendais plus ou moins quelqu'un de la police de Promise Falls. Les rumeurs vont vite. Je le comprends. Difficile de garder indéfiniment le secret sur ces choses. Mais je veux que vous sachiez que j'ai la situation bien en main. Nous sommes très bien organisés, et mon équipe est sur l'affaire. Mais je peux comprendre votre inquiétude, et ça ne me dérange pas de vous mettre au courant des mesures que nous avons prises.

Duckworth se demanda quel genre de mesures l'université pouvait prendre pour protéger la communauté des écureuils, et était pour le moins surpris d'apprendre que l'affaire avait revêtu un caractère prioritaire.

— Je vous écoute.

— Vous avez peut-être remarqué, en arrivant ici, certaines des bornes d'urgence qu'on est en train d'installer sur le campus.

— Des bornes d'urgence ?

— Il suffit de presser le bouton ; ça envoie un message à l'équipe de sécurité, leur indique votre position, et on envoie immédiatement quelqu'un. Un peu comme une alarme incendie, ou ces dispositifs d'urgence qu'ils installent dans les rames de métro des grandes villes.

— Et pourquoi faites-vous ça ?

Duncomb retira ses mains du bureau et se pencha en avant sur sa chaise. Il dévisagea le policier avec méfiance.

— Vous êtes en train de me dire que vous n'êtes pas ici à cause des tentatives de viol qui ont été perpétrées sur le campus ? On a un dingue en liberté, il terrorise toutes les femmes qui fréquentent le parc de Thackeray College.

6

David

— De quoi est-ce que tu parles, maman ? Qu'est-ce qui « ne va pas recommencer » ? Marla a déjà volé un bébé ?

— Pendant que tu étais à Boston, dit-elle. Il y a eu un incident.

— Quel genre d'incident ?

— À l'hôpital. Elle s'est introduite dans le pavillon de la maternité et a tenté de repartir avec le bébé d'une autre femme.

— C'est pas vrai !

— Ça a été affreux. Marla était presque arrivée au parking, quand quelqu'un l'a repérée et arrêtée. Elle ne passe plus inaperçue depuis qu'elle se rend régulièrement à l'hôpital pour consulter un psychologue ou un psychiatre, je crois. Il s'appelle… je ne me rappelle plus. Je l'avais sur le bout de la langue, pourtant. Oh, comme c'est agaçant.

— Ne t'inquiète pas pour ça. Raconte-moi juste ce qui s'est passé.

— Eh bien, la police a été appelée. Pour les calmer, Agnes et Gill leur ont expliqué que Marla avait perdu un enfant, qu'elle était mentalement instable, qu'on ne devait pas la tenir pour responsable de ses actes en raison de son état, et qu'elle se faisait aider.

— Je n'ai jamais entendu parler de cette histoire.

— C'est Agnes qui n'a pas voulu que ça s'ébruite. Tu sais comment elle est. Mais les choses finissent toujours par se savoir. Les gens de l'hôpital ont parlé. Malgré tout, ton père et moi, on n'a jamais rien dit à personne. Mais on ne peut pas arrêter la machine à rumeurs une fois qu'elle est lancée. Agnes, bien sûr, s'est assurée que l'hôpital n'intenterait rien contre ta cousine, et on a persuadé les parents de ne pas porter plainte. Agnes a fait en sorte que l'hôpital prenne en charge tous les frais qui n'étaient pas couverts par leur assurance. On s'est fait tellement de souci pour Marla, on se demandait si elle arriverait à se reprendre. Je ne pensais pas qu'elle recommencerait. Ça va tuer Agnes. Elle va piquer une crise, c'est sûr. Tu sais à quel point elle se soucie de l'opinion des gens.

— Je ne pense pas qu'elle ait pris ce bébé-là à l'hôpital. Ce n'est pas un nouveau-né. Il a au moins neuf ou dix mois. Il faut que tu appelles Agnes, que tu la fasses venir ici.

— Quelque part une mère doit être en train de devenir folle parce qu'elle ne sait pas où est son bébé. Attends une minute. (Elle éleva la voix.) Don !

— Quoi ? répondit le père de David, qui semblait se trouver dans une autre pièce.

— Ils ont parlé d'un bébé disparu ?

— Quoi ?

— Tu n'écoutais pas la radio ? Est-ce qu'ils ont dit que la police était à la recherche d'un bébé disparu ?

— Nom de Dieu, elle n'a pas remis ça ?

— Ils en ont parlé ou pas ?

— Je n'ai rien entendu.

Ma mère s'adressa à moi :

— Ton père dit qu'il n'a pas…

— J'ai entendu. Je sais peut-être d'où vient le bébé.

— Tu sais qui est sa mère ?

— Est-ce que tu connais une certaine Rosemary Gaynor ?

— Non, ce nom ne me dit rien.

— Peut-être qu'il dira quelque chose à Agnes. C'est peut-être une amie de Marla.

— Je ne pense pas que Marla ait des amis. Elle passe le plus clair de son temps cloîtrée dans sa maison et ne sort que pour faire ses courses.

— Appelle Agnes. Dis-lui de venir ici le plus vite possible. Je veux aller chez les Gaynor, mais ça m'inquiète un peu de laisser Marla seule avec le bébé… Je devrais peut-être appeler la police, tout compte fait.

— Oh, je ne ferais pas ça à ta place, dit ma mère avec prudence. Agnes voudra arranger cette affaire à sa façon. Et tu ne sais pas vraiment ce qu'il en est. Si ça se trouve, Marla fait juste du baby-sitting pour quelqu'un.

— Je lui ai déjà posé la question.

— Mais peut-être qu'elle fait quand même du baby-sitting, et qu'elle s'imagine que c'est son propre bébé. Quand on pense à ce qu'elle a traversé…

La douche s'arrêta.

— Il faut que je te laisse, maman. Je te tiens au courant. Dis à Agnes de rappliquer au plus vite.

Je remis le téléphone dans mon blouson.

— David ? appela Marla de derrière la porte close.

Je m'en approchai à quelques dizaines de centimètres.

— Oui ?

— Tu as dit quelque chose ?

— Non.

— Tu étais au téléphone ?

— Il fallait que je prenne un appel.

— Tu n'étais pas en train de parler à ma mère, dis-moi ?

— Non, répondis-je de bonne foi.

— Parce que je ne veux pas qu'elle vienne ici. Elle va en faire tout un plat.

Je n'avais pas envie de mentir, ni même de l'induire en erreur.

— J'ai appelé ma mère, mais je lui ai demandé de joindre Agnes. Son aide te serait bien utile. Elle sait tout sur les bébés. Elle a été sage-femme, non ?

Je regrettai aussitôt mes paroles, parce qu'elles risquaient de rappeler à Marla le jour où elle avait perdu son enfant. Agnes était présente non seulement en tant que mère de Marla, mais aussi parce qu'elle avait les compétences requises pour mettre un enfant au monde.

Elles n'avaient pas été d'un grand secours.

— Tu n'avais pas le droit ! s'écria Marla. (Elle ouvrit la porte à la volée, enveloppée dans une serviette.) Je ne veux pas être là quand elle va débarquer.

Elle alla dans sa chambre en tapant du pied et claqua la porte.

— Marla, dis-je mollement. Il faut que tu…

— Je m'habille. Et je dois trouver quelque chose où faire dormir Matthew. On va aller chercher un lit de bébé.

Je n'avais pas de siège enfant. Cela faisait plusieurs années qu'Ethan n'en avait plus besoin. Mais à cet instant, cela semblait constituer un problème mineur comparé à tout le reste. Si Marla était déterminée à quitter la maison et disposée à le faire en ma compagnie, je les mettrais, elle et Matthew, dans la voiture, ferais mine d'aller chercher un lit de bébé, conduirais comme si j'avais un bocal de poissons rouges sur le siège passager, mais me dirigerais vers la maison des Gaynor au lieu d'un magasin de meubles.

On verrait comment Marla réagirait.

— Cinq minutes ! dit-elle.

Il lui en fallut quatre pour ressortir, vêtue d'un jean et d'un pull-over miteux, les cheveux encore mouillés. Elle avait le bébé dans ses bras. Elle l'avait emmitouflé dans tellement de couvertures qu'il était difficile de voir ce qu'il portait.

— Prends la poussette, dit-elle. Je ne veux pas avoir à le porter quand on sera dans les magasins. Oh, et laisse-moi prendre un autre biberon dans le frigo.

Je ne me voyais pas rappeler ma mère devant Marla pour lui dire qu'on sortait. Je supposais qu'à l'instant où Agnes arriverait et ne trouverait personne, mon portable se mettrait à sonner. Je pliai la poussette et en sortant, pendant que Marla fermait la porte à clé, je jetai encore un coup d'œil à la traînée sanglante sur l'encadrement.

Ce n'était peut-être pas du sang. Ça pouvait être de la terre. Quelqu'un avait peut-être fait des plantations. Sauf que Marla n'était pas vraiment branchée jardinage.

— Je pense que tu devrais monter derrière, lui dis-je. Si l'airbag se déclenche devant, je ne voudrais pas qu'il écrase le bébé dans tes bras.

— Conduis prudemment, dit Marla.

— C'est bien mon intention.

Je l'installai sur la banquette arrière, derrière le siège passager, avec Matthew dans ses bras. J'ouvris le hayon, déposai la poussette dans le coffre, puis je me mis au volant.

— On va où ? demanda-t-elle. Au Walmart ? Ou peut-être chez Sears, au Promise Falls Mall ?

— Je ne sais pas trop, dis-je en mettant le cap à l'ouest. (Même si j'avais grandi dans cette ville, c'est en devenant reporter pour le *Standard* que j'avais appris à en connaître les moindres recoins. J'étais capable de trouver Breckonwood sans l'assistance d'un GPS.) Ce ne serait peut-être pas mal de commencer par Walmart.

— D'accord, dit-elle placidement.

Il ne me fallut pas longtemps pour atteindre le quartier des Gaynor. Breckonwood se trouvait dans une des enclaves les plus huppées de la ville. Les maisons y coûtaient bien plus cher que le pavillon moyen de Promise Falls, mais elles n'atteignaient pas les mêmes sommets qu'il y avait dix ans, quand la ville était prospère. Madeline Plimpton habitait dans le coin. Elle avait donné une fête chez elle pour les employés du *Standard*, à l'époque où il y avait des choses à célébrer dans le secteur de la presse écrite.

— Je ne vois aucun magasin par ici, remarqua Marla.

— Il faut que je fasse un saut quelque part.

Je tournai dans Breckonwood, craignant de tomber sur une demi-douzaine de voitures de police et un véhicule de reportage venu d'Albany. Mais la rue était tranquille, ce qui me soulagea. Si quelqu'un avait signalé la disparition d'un enfant, elle aurait été en ébullition. Je repérai le numéro 375 et garai la voiture le long du trottoir.

— Cet endroit te dit quelque chose ? demandai-je en me retournant pour regarder Marla et Matthew, qui arborait un tout petit sourire.

Elle fit non de la tête.

— Tu connais une certaine Rosemary Gaynor ?

Marla me dévisagea d'un air soupçonneux.

— Je devrais ?

— Je ne sais pas. À toi de me le dire.

— Jamais entendu parler.

J'hésitai.

— Marla, l'idée a dû te traverser l'esprit que ce bébé, Matthew, ne venait pas de nulle part.

— Je t'ai dit d'où il venait. La femme qui a frappé à ma porte.

— Mais elle a bien dû trouver Matthew quelque part, non ? Quelqu'un a dû l'abandonner pour qu'elle puisse te le confier.

Elle était déroutée.

— Ça devait être quelqu'un qui ne pouvait pas s'en occuper. Ils se sont renseignés et se sont rendu compte que je pouvais lui offrir un bon foyer.

Elle me gratifia d'un sourire qui semblait aussi innocent que celui de Matthew.

Je ne jugeai pas utile de prolonger cette conversation. Du moins pour le moment.

— Ne bouge pas, dis-je. Je reviens dans une minute.

Je descendis de voiture, en mettant les clés dans ma poche, et j'observai le numéro 375. La construction était plus récente que la plupart de ses voisines, ce qui donnait à penser qu'une maison plus ancienne avait été rasée pour construire celle-ci à la place. Un jardin soigneusement aménagé, deux niveaux, un garage double, facilement quatre cents mètres carrés de surface habitable. Si quelqu'un était là, un SUV haut de gamme se trouvait sans doute derrière cette porte de garage.

J'allai sonner. Attendis.

Je me retournai vers la voiture. Marla parlait au bébé, tête baissée. Une dizaine de secondes s'étaient écoulées sans que personne ne réponde ; je pressai la sonnette une seconde fois.

Vingt autres secondes passèrent. Rien. Je sortis mon portable, rouvris l'appli qui m'avait dégoté le numéro des Gaynor, tapotai le numéro et portai le téléphone à mon oreille. À l'intérieur, j'entendis la sonnerie en écho.

Pas de réponse.

Il n'y avait personne.

J'entendis une voiture approcher. Une Audi noire. Elle tourna rapidement dans l'allée et s'arrêta à quelques centimètres de la porte fermée du garage, en faisant hurler ses freins.

Un homme mince, la trentaine finissante, vêtu d'un costume de prix, veste ouverte, cravate de travers, ouvrit brusquement la portière et descendit de voiture.

— Qui êtes-vous ? demanda-t-il en s'avançant vers moi à grandes enjambées, ses clés suspendues à son index.

— Je cherche Rosemary Gaynor. Vous êtes M. Gaynor ?

— C'est moi, Bill Gaynor, et vous, vous êtes qui ?

— David Harwood.

— Vous avez sonné ?

— Oui, mais personne…

— Nom de Dieu, soupira Gaynor, qui tripotait son trousseau pour trouver la clé de la porte d'entrée. J'ai appelé pendant tout le trajet depuis Boston. Pourquoi est-ce qu'elle ne décroche pas ce foutu téléphone ?

Il inséra la clé, la tourna, et poussa la porte en criant :

— Rose ! Rose !

J'hésitai un moment sur le seuil avant de suivre Gaynor à l'intérieur. Le hall d'entrée avait la hauteur de deux étages, avec un immense lustre au plafond. Sur la gauche et la droite, une salle à manger et un salon. Gaynor piquait droit vers l'arrière de la maison.

— Rose ! Rose ! continuait-il à crier.

J'étais à quatre pas derrière lui.

— Monsieur Gaynor, monsieur Gaynor, avez-vous un bébé, d'environ…

— *Rose !*

Cette fois, lorsqu'il cria son nom, c'était différent. Sa voix était glacée d'horreur.

L'homme tomba à genoux. Une femme gisait par terre devant lui.

Elle était sur le dos, une jambe tendue, l'autre bizarrement pliée. Son chemisier, qui, à en juger par le col, semblait blanc, était trempé de sang, et déchiré grossièrement au niveau du ventre.

À quelques pas de là, un couteau de cuisine avec une lame de vingt-cinq centimètres. Lame et manche couverts de sang.

Du sang, bon Dieu, il y en avait partout. Des empreintes de pas sanglantes conduisaient à des portes coulissantes en verre au fond de la cuisine.

— *Oh, mon Dieu, Rose ! Oh, mon Dieu, Rose ! Oh, mon Dieu !*

Soudain, l'homme redressa la tête, comme si une pensée horrible venait de se présenter à son esprit. Plus horrible encore que la scène devant lui.

— Le bébé, murmura-t-il.

Il se leva d'un bond, ses jambes de pantalon poissées de sang, puis se précipita hors de la cuisine, laissant dans son sillage des empreintes de chaussures sanglantes. En tournant pour monter l'escalier au pas de course, il manqua glisser sur le sol en marbre.

Je criai :

— Attendez ! Monsieur Gaynor !

Il n'écoutait pas. Il hurlait :

— Matthew ! Matthew !

Il monta les marches deux à deux. Je restai au pied de l'escalier. J'avais dans l'idée qu'il allait redescendre dans quelques secondes.

Gaynor disparut au fond d'un couloir du premier étage. Un autre appel angoissé :

— *Matthew !*

Quand il reparut en haut des marches, son visage était livide de terreur.

— Il a disparu. Matthew a disparu. Le bébé a disparu.

Il ne me regardait pas. On avait plutôt l'impression qu'il se parlait à lui-même, qu'il essayait d'assimiler la situation.

— Le bébé a disparu, répéta-t-il, presque haletant.

En m'efforçant de garder une voix calme, je dis :

— Matthew n'a rien. Matthew est avec nous. Il va bien.

Il regarda par-dessus son épaule, par la porte d'entrée restée grande ouverte, vers ma voiture garée le long du trottoir.

Marla était toujours sur la banquette arrière, Matthew dans ses bras. Elle regardait la maison à présent.

Sans la moindre espèce d'expression sur le visage.

— Comment ça, *nous* ? demanda Gaynor. Pourquoi Matthew est-il avec vous ? Qu'est-ce que vous avez fait ?

(Il tourna la tête vers la cuisine.) C'est vous qui avez fait ça ? Vous ? Vous avez...

— Non ! m'empressai-je de répondre. Je ne pourrais pas expliquer ce qui s'est passé ici, mais votre fils, lui, est sain et sauf. J'ai essayé de comprendre...

— Matthew est dans la voiture ? C'est Sarita qui est avec lui ? Il est avec la nounou ?

— Sarita ? dis-je. Sa nounou ?

— Ce n'est pas Sarita. Où est Sarita ? Qu'est-ce qui lui est arrivé ?

Et puis il se mit à courir vers ma voiture.

7

Agnes Pickens n'était pas très contente des muffins.

Il y en avait deux douzaines, arrangés sur le plateau au centre de l'énorme table de la salle du conseil. Il y avait du café et du thé à disposition, sur une desserte le long du mur, et rien ne semblait manquer. Décaféiné, crème, sucre, lait, sucrettes. Et des exemplaires du dernier rapport d'avancement avaient été répartis sur la table, devant chaque chaise. Mais Agnes balaya du regard l'assortiment de muffins et n'en trouva aucun au son. Aux myrtilles, à la banane, au chocolat, oui, et, soyons réalistes, un muffin au chocolat n'est rien d'autre qu'un gâteau en forme de muffin, mais le son brillait par son absence. Il y en avait aux fruits, c'était déjà ça.

Quand vous étiez directrice d'hôpital et que vous convoquiez une réunion du conseil de bon matin, faire un effort pour proposer des produits sains était la moindre des choses. Même si les muffins au chocolat étaient préférés à ceux au son, elle pourrait au moins dire que ces derniers ne manquaient pas.

La réunion devait commencer dans cinq minutes, et Agnes était passée pour s'assurer que tout était conforme à ses attentes. Constatant que ce n'était pas le cas, elle alla à la porte et cria :

— Carol !

On vit la tête de Carol Osgoode, l'assistante personnelle d'Agnes, émerger d'une pièce au fond du couloir.

— Oui, madame Pickens ?

— Il n'y a pas de muffins au son.

Carol, une jeune femme approchant de la trentaine, cheveux mi-longs bruns et iris assortis, battit nerveusement des paupières.

— Je viens de demander aux cuisines de monter un assortiment de…

— Je vous avais demandé de vérifier qu'il y avait des muffins au son.

— Je suis désolée, je ne me rappelle pas…

— Carol, je vous l'ai dit. Je m'en souviens parfaitement. Appelez Frieda et dites-lui d'en monter une demi-douzaine. Je sais qu'ils en ont. Je les ai vus à la cafétéria il y a vingt minutes. Volez-les s'il le faut.

La tête de Carol disparut.

Agnes posa son sac à main sur la table, en sortit son téléphone et se rendit compte qu'il n'était pas allumé. Comme son application HuffPost avait mis du temps à se charger ce matin-là, ainsi que certains de ses autres programmes, elle avait éteint le portable avec l'intention de le rallumer tout de suite après. Un reboot express. Mais, sur ces entrefaites, le toaster avait éjecté sa tranche de pain de seigle, et elle avait oublié de le rallumer. Elle appuya sur le bouton en haut à droite et le maintint enfoncé, ensuite, elle actionna le minuscule commutateur sur le côté gauche pour couper la sonnerie.

Agnes posa le téléphone sur la table, puis pianota impatiemment sur la surface cirée avec ses ongles rouges. Cette réunion n'allait pas être agréable. Elle ne se réjouissait pas de la présider. Les nouvelles étaient inquiétantes. Les derniers classements étaient sortis, et l'hôpital de Promise Falls était au-dessous de la moyenne pour le nord de l'État de New York. Les établissements les plus proches, ceux de Syracuse et d'Albany, obtenaient entre soixante-quinze et quatre-vingt-cinq pour cent de satisfaction, alors que Promise Falls avait récolté un soixante-neuf. Un chiffre totalement injuste et arbitraire, de l'avis d'Agnes. C'était pour beaucoup une affaire de perception. Les gens du coin pensaient que si vous aviez besoin de soins médicaux de première qualité, il fallait aller dans une grande ville. Plus grande, en tout cas, que Promise Falls. Ce qui voulait dire Syracuse ou Albany, voire New York.

Bien sûr, le Promise Falls General avait connu quelques difficultés onze mois auparavant avec cette épidémie de *C.difficile*. Quatre patients âgés avaient contracté l'infection bactérienne, et l'un d'eux était mort. Manque de chance, le *Promise Falls Standard* paraissait encore à l'époque ; il en avait fait ses choux gras pendant pratiquement deux semaines. Mais c'était le genre de chose qui pouvait se produire dans n'importe quel hôpital, et qui survenait presque immanquablement. Agnes Pickens avait institué des procédures d'hygiène encore plus rigoureuses que celles prévues dans le règlement, et avait réussi à juguler l'épidémie. Où était l'article à la une du *Standard* sur le sujet ?

Demandez à n'importe qui en ville s'il accepterait d'être soigné au Promise Falls General, systématiquement, on vous répondra : « Euh, si vous pensez qu'il y a ne serait-ce qu'une chance sur cent pour que vous me transportiez à Syracuse ou Albany avant que je meure, je préférerais éviter le PFG. » Changer cette perception des choses était la priorité d'Agnes.

Une femme en uniforme vert pâle et coiffée d'une charlotte entra dans la pièce avec une assiette de muffins au son.

— Tenez, madame Pickens.

— Frieda, mettez-les avec les autres, dit Agnes. Et j'espère que vous vous êtes lavé les mains avant de toucher la nourriture.

— Bien sûr, madame.

Elle ajouta les nouveaux muffins sur le plateau et s'esquiva au moment où Carol entrait dans la pièce.

— Ils sont arrivés, annonça-t-elle.

— Faites-les entrer, dit Agnes.

Dix personnes entrèrent à la file, se saluant d'un signe de tête, échangeant des banalités. Des hommes d'affaires locaux, deux médecins, le collecteur de fonds de l'hôpital.

— Bonjour, Agnes, dit un homme d'une soixante d'années aux cheveux argentés.

— Docteur Sturgess, répondit-elle en lui serrant la main, avant d'ajouter : Jack.

Jack Sturgess, comme s'il s'attendait à une réprimande, sourit et dit :

— J'ai commencé à rentrer mes notes dans le système cette semaine. Juré. Plus de papier.

En entendant sa remarque, quelques collègues ricanèrent tandis qu'ils se servaient du café ou du thé, et prenaient place dans les chaises capitonnées à hauts dossiers réparties autour de la table. Plusieurs piochèrent dans le plateau de muffins, et Agnes en vit au moins trois choisir ceux au son.

Elle aimait avoir raison, même pour ce genre de broutille.

Elle aimait aussi être aux commandes. Elle aimait beaucoup ça. Elle qui n'avait jamais été médecin était responsable de cet établissement. Son diplôme d'infirmière en poche, elle s'était essayée au métier de sage-femme à Rochester pendant deux ans avant de reprendre des études de gestion. Elle avait postulé et décroché un poste dans le service administratif de cet hôpital et, au fil des années, avait gravi les échelons jusqu'au sommet.

Agnes Pickens prit place en bout de table et se contenta de quelques paroles de bienvenue.

— Je veux entrer tout de suite dans le vif du sujet, dit-elle en posant son portable sur la table, écran tourné vers le haut, à côté de son exemplaire du rapport. Vous remarquerez sur la première page du document devant vous que les classements sont sortis et qu'ils ne sont pas satisfaisants. Ces résultats sont honteux. Ils ne reflètent pas la qualité du travail que nous faisons ici au Promise Falls General.

À l'autre bout de la table, une femme prit la parole :

— Il ne faut pas prendre ces choses pour...

— Docteur Ford, je suis en train de parler. Bien que ce classement soit totalement injuste, le seul moyen d'y répondre est de redoubler d'efforts dans chaque service. Nous devons passer en revue tout ce que nous faisons ici et trouver un moyen de le faire encore mieux. Par exemple, nous sommes toujours à la traîne concernant la numérisation des dossiers. Il est d'une importance capitale que toutes les données pertinentes concernant les patients soient saisies dans le système afin d'éviter tout risque d'allergie ou d'interaction médicamenteuse. Or certains personnels continuent à noter ces informations sur papier et laissent à d'autres le soin de saisir ces données.

— Je plaide non coupable, glissa Jack Sturgess. Je suis passé au tout-informatique.

— Le Dr Sturgess est une source d'inspiration pour nous tous, dit Agnes.

Son téléphone vibra. Elle baissa les yeux sur l'écran. C'était sa sœur, Arlene Harwood, qui appelait. Elle remarqua également, pour la première fois, qu'elle avait deux messages sur sa boîte vocale. Agnes estima que cela pouvait attendre. Le téléphone bourdonna six fois, les vibrations parcourant la table telle une infime secousse sismique.

— J'observe une certaine réticence de la part de certains personnels sur cette question de l'informatisation des données, et le message que je tiens à faire passer est que personne ne saurait en être dispensé. Personne. Et ce n'est pas la base qui renâcle. Ce sont les médecins, les chirurgiens, les spécialistes qui ont l'air de penser que cette responsabilité est d'une certaine manière indigne d'eux. C'est en partie un problème de génération. Les médecins plus jeunes, qui ont grandi avec la technologie, ne sont pas…

Le téléphone vibra de nouveau. C'était Arlene, qui faisait une deuxième tentative.

Agnes Pickens avait horreur d'être dérangée quand elle était occupée. Elle prit l'appareil, appuya sur un bouton pour refuser l'appel.

— Comme je le disais, que certaines personnes qui travaillent ici ne soient pas aussi calées en informatique que leurs collègues plus jeunes n'est pas une excuse. Ils vont devoir…

Un message apparut sur son téléphone. D'Arlene : APPELLE-MOI !!! ÇA CONCERNE MARLA.

Agnes examina l'écran plusieurs secondes.

— Veuillez m'excuser, finit-elle par dire en repoussant sa chaise. À mon retour, je veux cinq idées sur la façon de remonter dans le classement.

Elle empoigna son portable et quitta la salle du conseil en fermant la porte derrière elle. Elle composa le numéro du domicile de sa sœur et colla le téléphone à son oreille.

— Agnes ?

— Je suis en pleine réunion du conseil. Quel est le souci avec Marla ?

— Mon Dieu, je n'ai pas arrêté d'appeler.

— Qu'est-ce qu'il y a ?

— Elle a recommencé. David vient d'appeler. Je l'ai envoyé chez elle avec du chili et…

— Recommencé quoi, Arlene ?

— David l'a trouvée en train de s'occuper d'un bébé.

Agnes ferma les yeux et effleura sa tempe de sa main libre, comme si elle pouvait, par ce simple geste, repousser la migraine qu'elle sentait poindre.

— Il n'y a pas eu d'incident ici, dit Agnes. Si quelqu'un avait enlevé un bébé à l'hôpital, j'en aurais été immédiatement informée. David doit se tromper.

— Je ne sais pas où elle l'a trouvé. Mais je fais confiance à David. S'il dit qu'il y a un bébé, c'est qu'il y a un bébé.

— Mon Dieu. Cette gamine, je vous jure.

— Ce n'est pas une gamine. C'est une adulte, et elle a été traumatisée. Ce n'est pas sa faute.

— Ne me fais pas la leçon, Arlene.

C'était sans fin, pensa Agnes. Elle était enfermée dans son rôle de sœur cadette.

Elle n'était pas seulement plus jeune qu'Arlene. Elle était beaucoup plus jeune. Leur mère avait eu Arlene à l'âge de vingt ans, et n'était tombée enceinte d'Agnes qu'à trente-cinq ans. Il y avait eu un autre enfant, un garçon prénommé Henry, deux ans après Arlene, et puis un gouffre de treize ans. Tout le monde supposait qu'Agnes avait dû être un accident. Ses parents, effectivement, n'avaient pas prévu de l'avoir. Mais une fois qu'ils avaient su qu'elle était en route, ils avaient choisi de la garder. L'idée de mettre un terme à la grossesse ne leur avait jamais traversé l'esprit, sans qu'ils soient pour autant particulièrement religieux ni farouchement hostiles à l'avortement.

Ils s'étaient juste dit : « Après tout, faisons-le, cet enfant ! »

Bien qu'elle ait un frère et une sœur aînés, Agnes avait grandi avec le sentiment d'être une enfant unique. Son frère et sa sœur n'avaient pas grand-chose à partager avec elle. Ils étaient déjà au lycée ou venaient d'y entrer quand elle était née. Si bien qu'ils n'avaient jamais été camarades de jeux, n'étaient jamais allés à l'école ensemble. Arlene et Henry, ayant deux ans de différence, entretenaient un lien dont Agnes pouvait seulement rêver. Elle en avait éprouvé du ressentiment pendant des années, jusqu'à ce que Henry soit tué dans un accident de voiture, il y avait presque vingt ans de cela. Ce n'était qu'à ce moment-là qu'Arlene avait commencé à s'intéresser davantage à elle.

Mais le mal était fait.

Arlene avait l'air de s'arroger le monopole familial du bon sens. Mais laquelle des deux dirigeait un hôpital ? Avait ce niveau de responsabilité ? Laquelle était partie de rien et avait gravi les échelons jusqu'à superviser un budget de plusieurs millions de dollars ? Et pourtant, David avait causé moins de souci à Arlene et Don que Marla ne leur en avait occasionné à Gill et elle. Marla avait été difficile dès le départ. Ses années d'adolescence avaient été un cauchemar. Coucheries, alcool, drogue, échec scolaire.

Agnes et Gill avaient cru que les choses se tasseraient quand Marla passerait le cap de la vingtaine. Mais les problèmes avaient persisté. Des soupçons de trouble de la personnalité, une difficulté à reconnaître les gens, des sautes d'humeur. Un médecin avait même suspecté un trouble bipolaire. Mais au moins, avec le soutien financier de ses parents, elle vivait de manière indépendante dans une petite maison, faisait des petits boulots par-ci par-là, et puis, plus récemment, cette activité de rédaction d'avis sur Internet.

Cela donnait à Agnes des raisons d'espérer. Il était possible que Marla soit en train d'accéder à une vie normale. Sauf accidents de parcours, elle allait peut-être pouvoir passer à un type de travail plus conventionnel. Agnes aurait bien essayé de lui trouver quelque chose à l'hôpital, mais après l'incident avec le bébé, c'était devenu irréalisable.

Elle était en mesure de tirer quelques ficelles. Elle avait des relations en ville. Le maire, le président de la chambre de commerce, la chef de la police. Qui tous se trouvaient être des femmes. Celles-ci comprenaient combien il était important d'aider un enfant à trouver son chemin dans le monde.

Mais Marla avait rencontré ce garçon.

Un *étudiant*, bon Dieu. À Thackeray College. Un garçon du coin, le fils d'un paysagiste, figurez-vous.

Et il l'avait mise enceinte.

Qu'est-ce qui lui avait pris de commencer une histoire avec quelqu'un de si jeune, qui n'avait même pas terminé ses études ? Qui n'avait aucune perspective d'avenir, à part aider son père à tondre des pelouses et à planter des arbustes ? Agnes s'était renseignée sur son compte. Quelques années auparavant, il avait même été soupçonné dans le meurtre d'un avocat du coin et de sa famille[1]. Le garçon avait été innocenté, mais on pouvait penser que la police ne se serait pas intéressée à lui s'il n'avait pas eu quelque chose de louche au départ. Il préparait un diplôme de lettres, ou de philosophie, ou d'une autre discipline tout aussi inutile.

Oui, reconnaissait Agnes, ce qui était arrivé avec le bébé avait été tragique pour Marla, et elle était parfaitement en droit de faire son deuil. Elle avait eu besoin de temps pour se remettre de cette épreuve, et Agnes estimait qu'elle avait elle-même été une bonne mère pendant cette période en aidant Marla à se relever. Mais qui aurait pu prévoir qu'elle ferait ça ? Qu'elle s'introduirait dans son propre hôpital pour kidnapper un nouveau-né ?

Plusieurs mois avaient passé depuis, et Agnes croyait à présent que Marla allait mieux. Elle avait recommencé à rédiger ses avis sur Internet de chez elle. La prochaine étape serait d'arriver à la faire sortir de la maison, entrer de nouveau dans le *monde*.

Mais maintenant *ça*.

Marla avec un autre bébé.

— Ils sont à la maison ? demanda Agnes à Arlene.

---

1. *Les Voisins d'à côté*, Belfond, 2010 (traduction Marieke Merand-Surtel). (*N.d.É.*)

— La dernière fois que je lui ai parlé, oui. Je pense que David hésitait à appeler la police.

— Dis-moi qu'il ne l'a pas fait, dit Agnes d'une voix sévère. On n'est pas obligés d'impliquer la police. Ça peut s'arranger. Quoi qu'il se soit passé, on doit pouvoir gérer la situation. Tu as appelé Gill ?

— J'ai appelé à la maison et laissé un message. Je n'ai pas son numéro de portable, apparemment.

Gill, qui travaillait à domicile en tant que consultant en gestion, avait dit qu'il avait rendez-vous avec un client dans la matinée, se rappela Agnes.

— Très bien, je vais y aller, dit-elle avant de raccrocher.

La porte de la salle du conseil s'ouvrit et Jack Sturgess apparut.

— Il y a un problème, Agnes ?

Elle croisa brièvement son regard.

— Marla, dit-elle.

— Quoi ? Que s'est-il passé ?

Elle le frôla en se dirigeant vers la salle de conférences. Les membres du conseil ressemblaient à des enfants coupables qui se seraient envoyé des boulettes de papier pendant que leur professeur était descendue au secrétariat.

Debout derrière sa chaise, Agnes déclara d'une voix égale :

— Je crains que nous ne soyons contraints de reporter la réunion. Un imprévu s'est présenté qui réclame mon attention immédiate.

Elle jeta son téléphone dans son sac et quitta la pièce. Elle passa devant son bureau et prit l'escalier. L'ascenseur pouvait mettre une éternité si un transfert de patient était en cours. Une fois sortie du bâtiment, Agnes reprit son téléphone, sélectionna un de ses contacts, appuya sur son nom.

Le téléphone sonna neuf fois avant que quelqu'un ne réponde.

— Oui ?

Un homme, qui paraissait à la fois surpris et agacé.

— Gill, on a un problème avec Marla.

— Bon sang, encore ! dit son mari. Ne quitte pas, laisse-moi juste… C'est bon, j'étais avec un client. Qu'est-ce qui s'est passé ?

— Elle a recommencé. Elle a pris un autre bébé.

— Bordel de merde.

— Je suis en route.

— Rappelle-moi quand tu en sauras plus.

— Tu ne viens pas ?

— Je suis en plein milieu d'un truc, là.

— Tu es incroyable, conclut-elle avant de laisser tomber son portable dans son sac.

Agnes se demanda quel était au juste le truc au milieu duquel se trouvait Gill. Très vraisemblablement les cuisses d'une garce.

8

David

Je courus après Bill Gaynor alors qu'il piquait lui-même un sprint vers ma voiture. Jusque-là, Marla était restée impassible, mais lorsque Gaynor fonça dans sa direction, son visage changea. La peur agrandit ses yeux. Je la vis baisser la tête, vérifiant probablement que sa portière était verrouillée. Elle prit ensuite Matthew dans ses bras et le serra contre elle.

— Matthew !

— Monsieur Gaynor ! criai-je.

Je tendis le bras pour tenter de le prendre par les épaules et de le ralentir.

Il fit volte-face, tenta de me frapper et, ce faisant, s'emmêla les pinceaux. Alors qu'il tombait sur la pelouse, je trébuchai sur sa cheville et tombai à côté de lui. Je me relevai à toute vitesse et, penché sur lui, je lui dis :

— Vous allez m'écouter à la fin !

Tout ce que je voulais à présent, c'était empêcher Gaynor de faire du mal à Marla ou de l'effrayer. Je voulais calmer le jeu, aussi irréaliste que cela puisse paraître. Quelques instants auparavant, Gaynor avait découvert sa femme assassinée dans leur maison, et il avait toutes les raisons de se comporter comme il le faisait. Mais je craignais que, dans son état, le pire ne puisse arriver.

Il s'assit, puis se jeta sur moi. Deux larges paumes contre ma poitrine. Je tombai à la renverse.

Il se releva en une seconde, et se dirigea à nouveau vers la voiture. Quand il parvint à sa hauteur, il avait pris tellement d'élan qu'il dut amortir le choc avec ses mains, qui heurtèrent le haut de la portière de Marla, et la voiture tangua. Il saisit la poignée, tira dessus, s'aperçut qu'elle était verrouillée.

Marla hurla.

Gaynor tira encore sur la poignée à deux reprises, pensant peut-être pouvoir forcer la serrure.

— Allez-vous-en ! cria Marla.

Gaynor mit sa main en visière suffisamment longtemps pour apercevoir le bébé à travers la vitre. Il serra le poing et frappa sur le carreau.

— Ouvrez cette putain de portière !

Marla lui cria une seconde fois de s'en aller.

J'étais arrivé à la voiture à présent, cherchant fébrilement les clés dans ma poche. J'aurais pu déverrouiller les portières aussi vite que Marla les avait verrouillées, mais je n'étais pas sûr que cela soit une bonne idée. Il valait mieux que Marla et le bébé restent dans cette voiture, du moins jusqu'à l'arrivée de la police.

— Matthew ! cria Gaynor.

Il fit le tour de la voiture en courant, mais avant qu'il puisse atteindre l'autre portière, Marla se pencha maladroitement, le bébé toujours dans ses bras, et la verrouilla elle aussi. Il tira sur la poignée une seconde trop tard.

— Il est à moi ! hurla Marla, la voix étouffée par l'effet filtrant du verre.

Une femme, qui avait sans doute entendu tout le vacarme, sortit d'une maison de l'autre côté de la rue. Il lui fallut deux secondes pour comprendre ce qu'il se passait, puis elle retourna chez elle précipitamment.

« Elle va appeler la police », pensai-je.

Gaynor cogna deux fois sur la vitre de Marla avec la paume de la main, avant de se décider à essayer la portière côté conducteur.

Merde.

Marla n'avait pas eu le bras assez long pour verrouiller celle-ci.

Je soulevai la télécommande, appuyai sur le bouton, mais il était trop tard.

Gaynor ouvrit la portière et plongea dans l'habitacle. Il se mit à genoux sur le siège passager de manière à pouvoir atteindre l'arrière. Quand il se jeta en avant pour s'emparer de Matthew, Marla libéra une de ses mains et le tapa sur les bras.

— Arrêtez ! criai-je. Arrêtez !

Je ne savais pas trop auquel des deux je m'adressais. Je voulais simplement mettre le holà avant qu'il y ait des blessés.

Arrivé derrière Gaynor, je le ceinturai pour essayer de le sortir de la voiture. Il me donna un coup de pied, me touchant au tibia. Ça me fit un mal de chien, mais je ne lâchai pas prise.

— Arrêtez ! criai-je. On essaie de vous aider !

Au moment même où je disais cela, je m'interrogeai sur la véracité de mes paroles. J'essayais peut-être d'aider au sens où je tâchais de comprendre ce qui s'était passé.

Mais il en allait autrement pour Marla.

L'enfant de Bill Gaynor était en sa possession, et je n'étais pas encore en mesure d'expliquer comment cela avait pu se produire.

Et à cet instant, pendant ce millième de seconde, au beau milieu de ce chaos, je me rappelai la traînée sanglante sur la porte de ma cousine.

Oh, non.

— Donnez-le-moi ! cria Gaynor à Marla, qui continuait à frapper toute partie de son anatomie à sa portée.

Elle lui assena deux ou trois coups sur la tête.

— Marla ! Arrête ! Arrête !

Pendant que je luttais avec Gaynor, réussissant à l'extirper presque entièrement de la voiture, Marla cala Matthew sous son bras, tel un ballon de rugby, ouvrit brusquement la portière arrière de l'autre côté, descendit de voiture, et se mit à courir.

Gaynor réussit à se retourner – il était plus jeune et en meilleure condition physique que moi – et à me plaquer contre l'intérieur de la portière, côté conducteur, et il propulsa son poing dans mon ventre. Je le lâchai et tombai à genoux sur le trottoir.

Alors que je suffoquais, le souffle coupé, Gaynor contournait la voiture par l'arrière et rattrapait Marla qui traversait la pelouse en courant. Tandis que je me relevais péniblement, je le vis l'empoigner par le bras.

— Allez-vous-en ! cria-t-elle, en se retournant pour protéger le bébé de son père.

Une fois encore, je criai :

— Attendez !

Gaynor restait concentré sur Marla, qu'il tenait toujours par le bras. Il enfonçait ses doigts dans sa chair, et elle hurlait de douleur.

— Je vais le lâcher !

Cela suffit : il lâcha prise et recula d'un demi-pas. Pendant plusieurs secondes, tout se figea. On entendait plus que nos respirations. Superficielle et rapide pour Gaynor, la cravate de travers, les cheveux ébouriffés, les bras le long du corps. Marla, bouche grande ouverte, aspirait de grandes goulées d'air. Et puis moi, qui avais encore du mal à respirer normalement après ce coup de poing reçu dans le ventre.

À moitié plié en deux, je fis le tour de la voiture, une main levée, dans une sorte de geste de conciliation timoré.

Les yeux hagards de Gaynor passèrent de Marla à moi, et retour. Des larmes coulaient sur sa joue, et Matthew, lui aussi, se mit à pleurer.

— S'il vous plaît, dit Bill Gaynor à Marla. Ne lui faites pas de mal.

Elle secoua la tête, sidérée par cette prière.

— Lui faire du mal ? C'est vous qui essayez de lui faire du mal.

— Non, non, je vous en prie.

Je réussis enfin à me redresser tout à fait, enjambai le trottoir et m'avançai sur la pelouse.

— Marla, dis-je. Ce qui importe maintenant, avant toute chose, c'est que rien n'arrive à Matthew. D'accord ?

Elle me dévisagea avec méfiance.

— D'accord.

— Ça doit être notre principale préoccupation, n'est-ce pas ?

— C'est mon fils, dit Gaynor. Dites-lui de me rendre mon…

Je levai la main dans sa direction et hochai la tête.

— Nous voulons tous la même chose, que Matthew soit en sécurité.

Au loin, le bruit des sirènes.

— Bien sûr, dit ma cousine.

— Marla, il s'est passé quelque chose dans cette maison, la police va arriver. D'ici quelques minutes, ça va grouiller de monde, et les flics vont vouloir nous poser des tas de questions, on ne voudrait pas que Matthew soit exposé à ça, n'est-ce pas ? Certaines personnes vont croire une chose et d'autres vont croire autre chose, mais l'essentiel, c'est que Matthew soit en sécurité.

Elle ne dit rien, mais serra le bébé plus fort contre elle.

— Tu me fais confiance, Marla ?

— Je ne sais pas.

— Nous sommes cousins. Nous sommes de la même famille. Je ne ferais jamais rien qui puisse te blesser. Je veux t'aider, et je veux t'aider à traverser ça. Tu dois me faire confiance.

Le regard de Gaynor continuait de faire la navette entre nous deux.

— J'imagine, dit-elle.

Je vis son étreinte sur Matthew, qui n'avait pas cessé de pleurer, se relâcher très légèrement.

Les sirènes se rapprochaient. Je détachai mes yeux de Marla une demi-seconde, aperçus un véhicule de patrouille tourner l'angle au bout de la rue, gyrophares allumés.

— Donne-le-moi, dis-je.

Je me tournai vers Gaynor :

— Vous voulez bien qu'elle me le donne ?

Il me sonda du regard.

— D'accord, dit-il lentement.

Marla était comme pétrifiée. Elle avait jeté un rapide coup d'œil dans la rue, elle aussi, et l'arrivée imminente de la police remplit son regard d'effroi.

— Si je ne peux pas l'avoir…

— Marla.

— Si je ne peux pas l'avoir, alors peut-être que personne…

— Ne dis pas une chose pareille, Marla.

Bon Dieu, de quoi était-elle capable ? De se précipiter sur la chaussée et de se jeter sous la voiture de police, le bébé dans ses bras ?

Le véhicule de patrouille – le seul pour l'instant – s'arrêta dans un crissement de pneus, et deux agents, un Noir et un Blanc, en descendirent précipitamment. J'étais presque certain de les reconnaître tous les deux du temps où je faisais des reportages pour le *Standard*. Le Noir s'appelait Gilchrist, le Blanc Humboldt.

— Donnez-le-moi ! cria Gaynor à Marla avant de s'avancer vers elle d'un air menaçant.

Gilchrist sortit son arme, mais la garda pointée vers le sol.

— Monsieur ! aboya-t-il, sa voix claquant comme un coup de tonnerre. Veuillez vous éloigner de cette dame !

Gaynor regarda le flic, montra Marla du doigt.

— C'est mon fils ! Elle a mon fils !

La situation, déjà explosive, était à deux doigts de dégénérer totalement. Les flics ne savaient absolument pas dans quoi ils avaient mis les pieds. Ils pensaient sans doute qu'il s'agissait d'une dispute à propos du droit de garde. Une grosse querelle conjugale.

— Agent Gilchrist ?

Il tourna brusquement la tête dans ma direction.

— Je vous connais ?

— David Harwood. Je travaillais pour le *Standard*. C'est ma cousine, Marla. Elle subit… un énorme stress, là, tout de suite, et elle était sur le point de me remettre le bébé. Et je pense que M. Gaynor, ici présent, n'y voit pas d'inconvénient.

— Tout le monde reste à sa place, ordonna Gilchrist, alors que son partenaire venait se mettre à ses côtés. Vous voulez bien nous mettre au jus, Harwood ?

— Ce sera plus facile à expliquer une fois que Marla m'aura donné le bébé.

Humboldt intervint :

— Ça vous va ? demanda-t-il à Bill Gaynor.

Gaynor fit oui de la tête.

— Et à vous, Marla ? demanda Gilchrist.

Lentement, Marla fit quatre pas dans ma direction. Elle me tendit le bébé en pleurs avec précaution. Je le soutins contre ma poitrine avec un bras, l'enveloppai de l'autre. Je sentis sa chaleur. Ses petits membres remuer.

Gilchrist rangea son arme dans son étui.

— La maison, dis-je d'une voix que je sentais sur le point de se briser. Il faut que vous alliez dans la… maison.

— Qu'est-ce qu'il y a dans la maison, monsieur ? demanda Humboldt.

Ce fut Gaynor qui lui répondit.

— Ma… Ma femme.

Il prononça ces deux mots avec une telle émotion qu'aucun des policiers ne ressentit le besoin d'en demander davantage.

Humboldt sortit une arme et s'approcha lentement de la porte d'entrée ouverte. La maison l'engloutit quand il pénétra dans le vestibule.

Gilchrist parla dans la radio fixée à son épaule ; il allait avoir besoin de renforts à Breckonwood. Sans doute un inspecteur et une unité de la police scientifique. Marla tourna vers moi ses yeux rougis. Je me demandai si elle allait me questionner sur ce qu'il y avait dans la maison, mais elle ne le fit pas.

Au lieu de quoi elle s'effondra lentement sur l'herbe. Une fois à genoux, elle se couvrit les yeux avec les mains et se mit à pleurer si fort que tout son corps tremblait.

Mon téléphone sonna. Il était dans la poche intérieure de mon blouson, contre ma poitrine, et j'eus l'impression de recevoir une décharge de défibrillateur. Un Matthew gémissant serré contre moi, je le sortis de ma main libre. Je vis qui c'était avant de porter l'appareil à mon oreille.

— Agnes.

— Je suis chez Marla et il n'y a personne. Mais qu'est-ce qui se passe, bon sang ?!

Matthew cria.

— Nous ne sommes pas là-bas.

— Qui… Oh, mon Dieu, c'est le bébé ?

— Oui. Écoute, Agnes…

— Où êtes-vous ? Où êtes-vous à la fin ?

Je ne m'en souvenais même plus. J'étais paralysé. Je jetai un coup d'œil à la maison, lui donnai le numéro.

— Une rue, David ? Ça me serait extrêmement utile.

Je dus faire un effort de réflexion.

— Breckonwood. Tu sais où ça se trouve ?

— Oui, répondit Agnes sur un ton brusque. Qu'est-ce que vous faites là-bas ?

— Il vaut mieux que tu viennes.

— Ta mère m'a dit que tu avais songé à appeler la police. Quoi qu'il se soit passé, tu ne dois pas le faire.

— Tante Agnes, nous n'en sommes plus là.

9

— Voyons si j'ai bien compris, dit Barry Duckworth, assis en face du responsable de la sécurité de Thackeray College, Clive Duncomb. Il y a un prédateur sexuel qui se balade sur le campus, et vous avez estimé que les flics de Promise Falls devaient être les derniers informés.

— Pas du tout, se défendit Duncomb.

— C'est comme ça que je vois les choses.

— Nous disposons des moyens nécessaires pour faire face à toutes sortes de situations, assura Duncomb. J'ai une équipe de cinq personnes.

— Oh, très bien, dit Duckworth. Et je suppose que vous pouvez compter sur vos étudiants pour donner un coup de main en cas de besoin. Ce sont vos apprentis chimistes qui font le travail de la police scientifique ? Vous avez une salle d'interrogatoire quelque part, ou vous utilisez un de vos amphis ? Je suppose que vos étudiants en art peuvent se charger des relevés d'empreintes. Ils doivent avoir beaucoup d'encre sous la main.

Duncomb, sans prononcer un mot, ouvrit le tiroir du bas de son bureau et en sortit un dossier rempli d'un bon centimètre de paperasse. Il l'ouvrit et commença à lire :

— « 14 janvier, 22 h 17, fenêtre du réfectoire vandalisée par jet de brique. Police de Promise Falls contactée.

Aucun personnel disponible. Demande adressée à la sécurité de Thackeray d'envoyer rapport par mail. 2 février, 3 h 03, un étudiant ivre hurle, torse nu, sur les marches de la bibliothèque. La sécurité appelle la police de Promise Falls. On lui demande d'envoyer une copie du rapport. » Je continue ?

— Pour vous, un carreau cassé et un gamin bourré, c'est comparable à un viol ?

Duncomb agita un index dans sa direction.

— Il n'y a pas eu viol à proprement parler. C'est une des raisons pour lesquelles nous avons choisi de ne pas déranger la police de Promise Falls, dit-il avec un sourire. Nous savons que vous êtes très occupés.

— C'est juste une question de priorités, rétorqua Duckworth.

— J'en ai conscience. J'étais dans la police de Boston avant d'occuper ce poste.

Duckworth était sur le point de dire à Duncomb qu'il devait donc savoir ce qu'il en était, mais il se ravisa. Il était parti du mauvais pied avec ce type, il aurait peut-être besoin de sa coopération pour élucider ce qui se passait ici, mais bon sang, il était remonté comme un coucou.

— Au nom de la police de Promise Falls, veuillez accepter nos sincères excuses pour notre manque de réactivité dans ces affaires.

Duncomb le gratifia d'un petit grommellement.

— Bon, dit-il en s'éclaircissant la voix, il faut que vous compreniez dans quelle situation je me trouve ici. Je subis une grosse pression de la part de ceux qui se trouvent plus haut dans la chaîne alimentaire. L'administration, l'entourage du président.

— Continuez.

— Il y a une grosse concurrence quand il s'agit de décider où envoyer son gamin faire ses études.

— C'est sûr.

— Et Thackeray a eu mauvaise presse il y a quelques années de cela. C'était avant que je n'arrive ici, à cause du président, de ce scandale de plagiat et de la fusillade. Vous vous rappelez ?

— Oui.

— C'est presque de l'histoire ancienne à présent. Je veux dire, les gens s'en souviennent, mais ils sont passés à autre chose. Ça remonte à presque dix ans. Si à l'époque certaines personnes ont pu songer à envoyer leur gamin dans une autre fac pour cette raison, ce n'est sans doute plus le cas. Ce que nous voulons éviter, c'est qu'on nous fasse à nouveau de la mauvaise publicité. Qu'on vienne à apprendre qu'un pervers s'en prend aux jeunes filles, et il n'en faudra peut-être pas plus pour que papa et maman décident d'envoyer la petite Susie se chercher un mari ailleurs.

Barry Duckworth n'aimait pas cet homme.

Duncomb prit une inspiration et continua :

— Alors avant d'appeler les marines, ou la police locale, nous allons faire tout notre possible pour trouver cet enfoiré. Mon équipe patrouille la nuit, et un de mes gars, une femme en l'occurrence, Joyce, la trentaine, et plutôt canon, joue les appâts, pour essayer de le débusquer.

Duckworth se redressa sur son siège.

— Vous plaisantez ?

— Quoi ? Ce n'est pas ce que vous feriez ?

— Est-ce que Joyce a reçu une formation technique appropriée ? Est-ce qu'elle maîtrise l'autodéfense ? Est-ce qu'elle est en contact radio permanent avec les autres membres de votre équipe ? Est-ce qu'ils la couvrent ?

Duncomb avait levé les deux mains en l'air.

— Wouah ! Pour commencer, j'ai été flic, et un sacré bon flic. Et Joyce a profité de ma formation et de mon expérience. Ensuite, elle a effectué un stage d'agent de sécurité assermenté. Et pour tous les autres trucs que vous avez mentionnés, je ne me ferais pas trop de souci, parce que je ne l'envoie pas dans la nature les mains vides.

— Elle est armée ?

Tout sourire, Duncomb imita un pistolet avec ses doigts et pressa la détente.

— Oh, que oui. Je ne lui demande pas de flinguer ce salopard, mais elle ne devrait avoir aucun problème pour le persuader de se tenir correctement.

Duckworth imaginait les innombrables façons dont cette approche pouvait très mal tourner.

— Combien d'agressions ? demanda l'inspecteur.

— Trois, répondit Duncomb. Au cours de ces deux dernières semaines. Toutes se sont produites tard le soir. Des filles qui rentraient à leur résidence en traversant le campus à pied, seules. Il y a beaucoup de zones boisées, d'endroits où se cacher. L'homme surgit, les attrape par-derrière, tente de les entraîner dans les buissons, en profite pour les peloter un peu.

Duckworth se demanda si Duncomb avait quitté la police de Boston de son propre chef.

— Chaque fois, la fille a réussi à se libérer et à s'enfuir. Personne n'a été blessé.

— Pas physiquement, précisa Duckworth.

— C'est ce que j'ai dit.

— Des suspects ?

— Juste des descriptions partielles, quoique les témoignages des trois victimes soient concordants. Un homme d'un mètre quatre-vingts, longiligne.

— Blanc ? Noir ?

Duncomb secoua la tête.

— Il portait une cagoule et un sweat à capuche. Comme ceux des joueurs de football, avec un numéro dessus.

— Il a dit quelque chose ?

— Non. Du moins, rien dont les filles se souviennent. Mais comme je l'ai dit, on s'en occupe, et les poteaux avec les boutons d'alarme seront tous en place d'ici la fin de la journée, alors je le sens bien : non seulement on va choper ce connard, mais les étudiantes vont se sentir beaucoup plus en sécurité.

— Je veux leurs noms.

— Vous dites ?

— Les trois jeunes femmes qui ont été agressées. Je veux leurs noms et leurs coordonnées. Elles doivent être interrogées.

— Je suppose que c'est faisable.

— Ce n'est pas un problème interne à Thackeray College, rappela Duckworth. C'est un problème qui concerne Promise Falls. Votre agresseur n'est peut-être pas un étudiant. Il vient peut-être de la ville. Et si c'est un étudiant, voire un membre du corps enseignant…

— Holà, ne vous aventurez pas sur ce terrain.

— … voire un membre du corps enseignant, rien ne l'empêche d'aller en ville et d'agresser quelqu'un. Vous avez besoin de nos moyens et de notre compétence. Il faut qu'on parle à ces jeunes femmes.

— Bon, bon, je vais vous donner leurs coordonnées. (Il posa les mains à plat sur le bureau.) On en a terminé ?

— Non, dit Duckworth. J'étais venu pour autre chose.

— Je vous écoute.

— Vous a-t-on signalé des actes de cruauté sur animaux ?

— De cruauté sur animaux ? répéta Duncomb en secouant lentement la tête. J'imagine qu'ils dissèquent toujours des grenouilles dans le bâtiment de biologie. Kermit a porté plainte ?

— Aucun chien ou chat empoisonné ? Aucune des bernaches qui se baladent ici n'a été décapitée ?

Duncomb fit non de la tête une dernière fois.

— Rien de ce genre. Pourquoi ?

Duckworth sentit une vibration dans sa veste.

— Excusez-moi. (Il sortit son téléphone et le colla à son oreille.) Duckworth…

Il écouta pendant plusieurs secondes, sortit un calepin et un stylo de sa poche. Il griffonna une adresse sur Breckonwood Drive, puis rempocha son téléphone.

Il se leva.

— N'envoyez pas votre Joyce jouer les appâts. Et je veux ces noms.

Duckworth posa une carte de visite sur le bureau et sortit de la pièce.

10

David

Bill Gaynor avait accepté que je tienne le bébé pendant qu'on désamorçait la situation, mais il n'était plus question de me laisser Matthew maintenant que Breckonwood grouillait de policiers.

Il accepta toutefois la suggestion de l'agent Humboldt de confier le bébé aux bras d'une policière en tenue qui, à son tour, le confierait au premier agent des services de protection de l'enfance de Promise Fall qui se présenterait.

Du reste, je n'imaginais pas que Gaynor veuille s'embarrasser d'un bébé en pleurs pendant qu'il tenterait de répondre aux questions qu'on lui poserait sur ce qui était arrivé à sa femme, Rosemary, dans cette cuisine. Surtout s'il fallait pour ce faire retourner à l'intérieur de la maison.

Je n'arrivais pas à me sortir cette image de la tête. Son regard mort. Le chemisier déchiré. Le sang.

Tout ce sang.

Gaynor n'était pas le seul qu'il fallait persuader de confier Matthew momentanément à la garde d'un tiers.

— Ils ne me le rendront jamais, protesta Marla. Une fois qu'ils me l'auront pris, ils ne me le rendront jamais.

Nous nous tenions à l'écart, près de ma voiture, et j'avais pris ma cousine dans mes bras, la serrant contre moi tandis qu'elle enchaînait les crises de larmes.

— On va devoir attendre de voir comme ça évolue, lui dis-je, même si je savais que nous avions plus de chances d'être frappés par une météorite que de voir le bébé des Gaynor rendu à Marla.

Matthew était l'enfant des Gaynor, je n'avais guère de doutes sur la question.

Ce n'était pas comme si on me l'avait démontré par A plus B, mais il n'était pas difficile de reconstituer les événements. On avait trouvé un bébé dans la maison de Marla. Elle avait donné une explication farfelue de sa présence chez elle, parlant d'un « ange » qui l'aurait déposé comme un colis FedEx. Il y avait le flyer nominatif dans la poussette. Quand Bill Gaynor était rentré chez lui d'un voyage d'affaires, il avait été pris de panique en constatant la disparition de son bébé, Matthew.

Et il avait immédiatement reconnu son fils dans ma voiture.

Les pointillés n'étaient pas bien difficiles à relier.

Je ne pensais donc pas que Marla ait beaucoup de chances de rentrer chez elle avec Matthew. Mais je ne pouvais m'empêcher de me demander quelles étaient les chances que Marla ait quelque chose à voir dans la mort de Rosemary Gaynor. Était-il possible, me demandai-je, en même temps que je m'efforçais de la consoler, que ma cousine soit capable d'une chose pareille ?

Honnêtement, je n'en avais aucune idée.

Les flics nous avaient posé quelques questions préliminaires, puis nous avaient demandé d'attendre l'arrivée de l'inspecteur. Peu après, je vis Barry Duckworth débarquer. J'avais fait sa connaissance quelques années auparavant, pas seulement pour mon travail au *Standard*, mais aussi pour des raisons d'ordre privé. Vêtu d'un costume gris qui lui allait mal, il ne semblait pas sortir vainqueur de sa bataille avec la balance de la salle de bains.

Il jeta un regard dans ma direction en se dirigeant vers la maison, une brève expression de perplexité sur le visage. Au début il avait peut-être cru que j'étais là en reportage mais, le *Standard* ayant mis la clé sur la porte, il devait y avoir une autre raison.

Il allait vite l'apprendre.

Une fois à l'intérieur de la maison, je le vis s'entretenir avec l'agent Gilchrist, qui avait interrogé Gaynor. Quelle épreuve ça devait être pour lui !

Duckworth lui serra la main, et puis on ferma la porte.

— Qu'est-ce que tu as vu dans la maison ? me demanda Marla.

Elle avait déjà saisi l'essentiel. Il y avait maintenant assez de policiers pour comprendre qu'un drame s'était joué à l'intérieur.

— Sa femme, dis-je. Dans la cuisine. Elle a été poignardée. Elle est morte.

— C'est horrible, dit Marla. (Elle marqua une pause.) Tu sais ce que je pense ?

— Qu'est-ce que tu penses, Marla ?

— Je te parie que c'est lui qui l'a tuée. Cet homme. Son mari. Je suis sûre que c'est lui le meurtrier.

Je la regardai.

— Qu'est-ce qui te fait dire ça ?

— Juste une impression. Mais je te parie que c'est lui. Et quand ils comprendront que c'est lui, ils ne lui laisseront pas la garde du bébé.

Je voyais où elle voulait en venir.

— Marla, tu connaissais cette femme ?

— Tu m'as déjà posé la question. Chez moi. Je t'ai répondu que je n'avais jamais entendu parler d'elle.

— Est-ce que tu aurais pu la rencontrer quelque part ?

Comme je n'avais pas de photo à montrer à Marla, ma question était un peu vaine. Et même si j'avais eu une photo, ça n'aurait pas été d'une grande utilité. Aussi la réponse de Marla ne me surprit-elle pas :

— Je ne pense pas. Je ne sors pas beaucoup.

— Tu es déjà venue ici ? demandai-je. Dans cette maison ?

Marla releva la tête et étudia le bâtiment un long moment.

— Je ne pense pas. Mais elle est très jolie. J'aimerais bien avoir une maison comme celle-là. Elle est si grande, et la mienne est si petite. J'aimerais trop aller à l'intérieur pour jeter un coup d'œil.

— Pas maintenant, ça ne te plairait pas.

— Ah, oui.

— Donc tu me dis que tu n'es pas venue dans cette maison, ni hier ni avant-hier pour Matthew ? Que ce n'est pas ici que tu l'as trouvé ?

— Je t'ai déjà raconté comment il est arrivé jusqu'à moi, dit-elle avec lassitude. Tu ne crois pas à mon histoire ?

— Évidemment que j'y crois, dis-je. Bien sûr que si.

— On ne dirait pas.

Je jetai par hasard un coup d'œil dans la rue, dont les deux issues avaient été bloquées. Une femme souleva le ruban de la police, passa rapidement dessous, et s'avança dans notre direction d'un pas décidé. Quand un agent fit mine de l'arrêter, elle le repoussa.

— C'est ta mère, dis-je à Marla, que je sentis se raidir dans mes bras.

— Je ne veux pas lui parler, dit-elle. Elle va se mettre en colère.

— Elle peut t'aider. Elle connaît des gens. De bons avocats, déjà.

Marla me regarda avec un étonnement triste.

— Pourquoi est-ce que j'aurais besoin d'un avocat ? Est-ce que je vais avoir des ennuis ?

— Marla ! appela Agnes. Marla !

Marla se détacha de moi et se retourna pour faire face à ma tante qui approchait. Agnes la serra dans ses bras trois secondes, donnant à peine le temps à sa fille de lui rendre la pareille. Ensuite, me regardant d'un air sévère, elle demanda :

— Qu'est-ce qui se passe ici ?

Marla répondit :

— Tout ça est... est assez difficile à expliquer, maman, mais...

— C'est pour ça que je pose la question à ton cousin, s'impatienta Agnes, les yeux toujours fixés sur moi.

J'avais la bouche sèche. Je m'humectai les lèvres et dis :

— Je suis passé voir Marla. Elle s'occupait d'un bébé. Une adresse sur une publicité glissée dans la poussette m'a conduit ici. Le mari, qui était en voyage d'affaires, est arrivé au même moment. Nous sommes entrés et nous avons découvert sa femme... Morte.

Le visage d'Agnes se décomposa.

— Et puis il y a la nourrice. M. Gaynor a hurlé le nom d'une certaine Sarita. J'ai l'impression qu'il s'attendait à la trouver à la maison.

— Mon Dieu, dit Agnes. Qui sont ces gens ? Qui est cette femme, celle qui a été tuée ?

— Rosemary Gaynor, dis-je.

Agnes me tourna brusquement le dos et regarda la maison, comme si, en la fixant avec suffisamment d'intensité, elle pourrait l'amener à fournir quelques réponses. J'eus le loisir de contempler son dos pendant dix bonnes secondes avant qu'elle ne s'adresse de nouveau à moi.

— Le bébé ?

— La police ou les services sociaux s'en occupent. M. Gaynor est en train de répondre aux questions de la police.

— Il s'appelle Matthew, précisa Marla en s'approchant de nous pour prendre part à la conversation.

— Qu'est-ce qui t'a traversé la tête ? Comment ça s'est passé ? Comment t'es-tu retrouvée avec ce bébé ? Tu n'as donc rien appris après ce que tu as fait dans mon hôpital ? Rien du tout ? lui demanda sa mère en rafale.

— Je...

— Je n'en reviens pas. Quelle mouche t'a piquée ? Qu'est-ce que tu as fait ? Tu l'as enlevé au centre commercial ? Est-ce qu'elle a pris le bébé pour aller faire un tour ? (Elle se plaqua la main sur la bouche.) Dis-moi que tu ne l'as pas enlevé ici, chez eux. Dis-moi que tu n'as rien à voir avec ça.

Les yeux de Marla s'emplirent de larmes.

— Je n'ai rien fait de mal. On me l'a donné. Quelqu'un a sonné à ma porte et m'a demandé de m'en occuper.

— Qui ça ? demanda Agnes d'un ton sec. La mère ? Cette Mme Gaynor ?

— Je ne sais pas qui c'était. Elle ne m'a pas dit son nom.

— Franchement, Marla, personne ne croira une histoire pareille. (Plus pour elle-même qu'à notre intention, elle ajouta :) Il va falloir trouver mieux.

Et elle me lança un regard exaspéré.

— La police lui a parlé ?

— Brièvement, répondis-je. Ils analysent la scène de crime et nous ont demandé de rester dans les parages. Un inspecteur est là, et sans doute une unité de la police scientifique.

— Elle ne dit rien à personne. Pas un mot. (Elle brandit un index sous le nez de sa fille.) Tu entends ? Tu ne dis rien à la police. Même s'ils te demandent la date de ton anniversaire, tu leur dis que tu ne parleras qu'en présence de ton avocat.

Agnes fouilla dans son sac à main, en sortit un téléphone. Elle fit défiler ses contacts, trouva un numéro, qu'elle appela.

— Oui, Agnes Pickens à l'appareil. Passez-moi Natalie. Je me fiche qu'elle soit avec un client ; passez-la-moi *tout de suite.*

Je supposai qu'il s'agissait de Natalie Bondurant. Une des plus brillantes juristes de Promise Falls. Elle m'avait aidé dans le passé.

— Natalie ? Agnes Pickens à l'appareil. Quoi que vous soyez en train de faire, laissez tomber. J'ai un problème. Non, pas avec l'hôpital. Je vous expliquerai quand vous serez là. (Elle indiqua à Natalie où elle la trouverait et mit fin à l'appel avant qu'on puisse lui objecter quoi que ce soit.) Ça vaut aussi pour toi, me dit Agnes.

— Quoi donc ?

— Pas un mot à la police. Tu n'as rien à déclarer.

La première pensée qui me passa par la tête fut un puéril : « Ce n'est pas toi qui commandes. » Que je tournai ainsi :

— C'est à moi de décider ce que je dirai à la police, Agnes.

Elle n'apprécia pas.

— David, dit-elle tout bas pour que Marla n'entende pas, tu ne comprends donc pas ce qui s'est passé ici ?

— Je pense qu'on ne le sait pas encore.

— Ce qu'on sait depuis suffisamment de temps, c'est que Marla a besoin d'être protégée. Quoi qu'elle ait fait, ce n'est pas sa faute. Elle a des problèmes. Elle n'est pas responsable de ses actes. Nous devons tous veiller sur elle.

— Bien sûr.

— Cela faisait longtemps qu'elle n'allait pas bien, mais perdre son bébé, ça l'a détruite psychologiquement.

— Qu'est-ce que tu dis ? demanda Marla.

— Rien qui te concerne, ma chérie. Je parle à David.

— Je tiendrai compte de tes remarques, dis-je à ma tante. Mais je ne pense pas que mon rôle dans cette affaire m'autorise à la boucler si la police commence à poser des questions.

Agnes secoua la tête.

— Tu es bien le fils d'Arlene. Têtu comme une mule. (Elle balaya du regard les différents véhicules de police.) Je vais voir qui est le responsable ici.

Elle partit en quête de cette autorité.

Ma cousine me regarda et me dit :

— Il faut que tu m'aides.

— C'est ce que ta mère est en train de faire. C'était probablement Natalie Bondurant qu'elle avait au téléphone. C'est une bonne avocate.

— Tu ne comprends donc pas ? Tu n'as pas entendu ce qu'elle a dit ? Elle a dit « J'ai » un problème.

— Marla, elle a juste voulu dire…

— Je sais ce qu'elle a voulu dire. Elle se soucie d'abord de sa propre réputation.

— Même si c'était vrai, tout ce qu'elle fait pour se protéger, elle, finira par te protéger, toi.

Les yeux de Marla bougeaient dans tous les sens, comme s'ils cherchaient un lieu sûr où fuir, mais n'en trouvaient aucun.

— J'ai… J'ai peut-être des ennuis.

Je m'approchai, posai les mains sur ses épaules. Je le lui avais déjà demandé, mais j'avais le sentiment qu'il était temps de faire une nouvelle tentative.

— Marla, regarde-moi. Dis-moi : est-ce que tu as fait quelque chose à cette femme ? À la mère de Matthew ? Peut-être que pendant un instant, tes nerfs ont lâché, et que tu as fait quelque chose que tu n'avais pas l'intention de faire ?

Au moment même où je posais la question, je me demandai si je voulais en connaître la réponse. Si Marla m'avouait qu'elle avait tué Rosemary Gaynor avant de prendre la fuite avec le bébé, est-ce que je pourrais le cacher à la police ?

Je savais comment Agnes répondrait à cette question.

— David, je ne pourrais jamais faire une chose pareille, dit Marla dans un chuchotement. Jamais.

— OK, OK, c'est bon.

— Tu m'aideras, hein ?

— Bien sûr que oui. Mais, sincèrement, même si tu as parfois des doutes sur les motivations de ta mère, sache que lorsqu'elle aura mis Natalie dans le coup…

— Non, non, fit Marla, les yeux implorants. C'est toi. C'est toi qui dois m'aider. C'est ce que tu fais, non ? Tu poses des questions et tu découvres des choses.

— Plus maintenant.

— Mais tu sais comment faire. Trouve la femme qui m'a donné Matthew. Trouve-la. Elle te dira que je dis la vérité.

— Marla…

— Promets, dit-elle, promets que tu m'aideras.

Je cherchais les mots justes. Je la serrai fort, la regardai droit dans les yeux, et lui dis :

— Tu sais que je suis de ton côté.

Elle m'enlaça et son visage sembla se fracasser comme une tasse à thé tombée par terre.

— Merci, dit-elle d'une voix étouffée, sans se rendre compte, manifestement, que ma réponse ne m'engageait absolument en rien.

11

— Je me demande ce qui se passe, dit Arlene Harwood, debout en haut de l'escalier du sous-sol. J'ai envie de téléphoner à David, mais je me dis que s'il avait quelque chose à nous dire, il appellerait. Quelle situation terrible. Vraiment terrible.

Don Harwood, assis à son établi, venait de serrer l'étau sur une lame de tondeuse à gazon qu'il comptait affûter. Son atelier du sous-sol – par opposition à celui du garage – était plus encombré qu'il ne l'était autrefois, depuis qu'il y avait installé un circuit de train électrique sur une planche de contreplaqué d'un mètre vingt sur deux mètres cinquante pour qu'Ethan y joue, avant que son père et lui n'aillent s'installer à Boston. Le garçon s'en était totalement désintéressé, mais pas Don, qui ne pouvait se résoudre à le démonter. Il y avait consacré beaucoup de travail. La gare à l'échelle 0, les personnages miniatures qui attendaient sur le quai, le passage à niveau qui clignotait, et même une réplique du château d'eau de la ville, avec l'inscription « Promise Falls » sur le côté.

— Je ne sais pas. (Il ne regardait pas Arlene, il avait les yeux fixés sur son étau, se demandant où il avait fourré son affûteuse. L'outil idéal pour rendre la lame de tondeuse aussi coupante qu'un rasoir.) Cette fille, c'est un nid à problèmes. Elle l'a toujours été, et le sera toujours. Ta sœur aurait dû la faire interner quelque temps, après qu'elle a essayé de s'enfuir avec ce bébé à l'hôpital.

Arlene descendit au milieu de l'escalier, suffisamment pour que Don puisse la voir jusqu'à mi-corps, s'il se décidait à détacher les yeux de la lame.

— C'est horrible de dire une chose pareille.

— Ah bon ? Peut-être que si elle l'avait fait, elle serait tranquille aujourd'hui. Merde, où est passée mon affûteuse ?

Don releva brusquement la tête, huma l'air.

— Arlene, tu as quelque chose sur le feu ?

— Quoi ?

— Ça sent le cramé.

— Oh, mon Dieu !

Elle se retourna et commença à remonter l'escalier au pas de course. Mais elle trébucha sur l'avant-dernière marche, tomba en avant et poussa un cri.

— Merde, fit Don, qui sauta de son tabouret et fonça dans l'escalier pour l'aider.

— Quelle crétine je fais ! dit-elle en essayant de se relever.

Don s'agenouilla à ses côtés.

— Tu as mal où ? Où est-ce que tu t'es cognée ?

— Juste la jambe. Sous le genou. Chiotte, alors ! Va éteindre la cuisinière !

Don la contourna et pénétra dans la cuisine. Un nuage de fumée s'élevait d'une poêle à frire. Une demi-douzaine de saucisses s'y carbonisaient. Don saisit le manche, fit glisser la poêle sur un autre feu, puis ouvrit un des placards du bas à la recherche du plus grand couvercle qu'il puisse trouver. Il en prit un et le plaqua sur la poêle, étouffant la fumée et les flammes qui commençaient à jaillir.

Il sentait son cœur battre la chamade, et il s'appuya contre le comptoir pour reprendre son souffle. Cela faisait longtemps qu'il n'avait pas monté une volée de marches en courant, certainement pas depuis son accident cardiaque.

Il entendit un bruit de pas traînants, leva les yeux et aperçut Arlene dans l'encadrement de la porte du sous-sol. Elle était parvenue à gravir les dernières marches, mais il y avait du sang sur son pantalon beige, sous son genou droit.

— Oh, chérie, tu t'es vraiment fait mal, dit-il.

— Ça va, ça va. Je faisais cuire des saucisses pour notre déjeuner. Je n'en reviens pas de les avoir oubliées.

— Ce n'est pas grave, dit-il. Je vais nous préparer autre chose. De la soupe. Je vais ouvrir une boîte de soupe.

Arlene alla jusqu'à la table de la cuisine en boitillant et se laissa tomber sur une chaise.

— Regarde ce que j'ai fait de ce pantalon. Je venais de l'acheter. Je ne sais pas si je pourrai le ravoir. Il ne sera jamais comme avant.

— Ne t'en fais pas pour ça. Laisse-moi jeter un coup d'œil.

Don s'écarta du comptoir et mit prudemment un genou à terre. Puis il retroussa la jambe du pantalon juste au-dessus du genou d'Arlene, et examina la blessure.

— Ça fait toujours foutrement mal, là, juste sur l'os. Tu t'es écorchée et ça va bien enfler. Tu as l'impression que c'est cassé ?

— Je ne pense pas.

— Ne bouge pas.

Il se releva péniblement en s'aidant de la table, et sentit ses os craquer. Il farfouilla dans le tiroir où il gardait une trousse de secours. Il nettoya la blessure, la banda, puis sortit une poche de glace souple du congélateur.

— Garde ça dessus, dit-il. Tiens, on va poser ta jambe sur une autre chaise pour empêcher la poche de glisser.

Il rabattit la jambe de pantalon pour que la poche de glace ne soit pas directement en contact avec la peau, puis il la mit en place.

— La vache, c'est froid.

— Tu vas t'habituer, tu verras. Il faut la laisser là un moment.

Arlene lui toucha le bras.

— Je perds la boule.

— Non.

— J'oublie des choses. De plus en plus.

— Comme nous tous. Je n'arrête pas d'oublier des trucs. Souviens-toi l'autre soir, j'essayais de me rappeler le nom de cet acteur, celui qui joue dans ce film ?

— Quel film ?

— Tu sais, celui où ils combattent cette chose, et où joue cette actrice. Celle que tu aimes bien…

Elle sourit d'un air triste.

— Tu es aussi atteint que moi.

— Ce que je dis, c'est qu'on oublie des choses qui ne sont pas si importantes que ça, comme des noms de stars de cinéma, mais on se souvient encore des choses importantes.

— Me rappeler que j'ai quelque chose sur le feu, c'est important. Une fois sur deux, je ne trouve plus mes clés ; l'autre jour, j'ai cru que j'avais perdu ma carte Visa, et je l'ai retrouvée dans le tiroir. Pourquoi je mettrais ma carte Visa dans un tiroir et pas dans mon portefeuille ?

Don approcha une troisième chaise, de façon à pouvoir s'asseoir à côté d'elle. Il passa un bras autour de son épaule.

— Tu vas très bien. On vieillit, on oublie des choses. Mais tu vas très bien. Ne t'inquiète pas pour les saucisses. Si tu es en état de marcher, on sortira déjeuner.

— Tu ne peux pas, dit Arlene tout à coup.

— Et pourquoi ça ?

— Parce que tu as rendez-vous avec Walden. Je n'aurais même pas dû faire les saucisses. Tu ne seras pas là pour le déjeuner.

— Quoi ? Qu'est-ce que tu racontes ? Walden Fisher ?

— Tu en connais d'autres, des Walden ?

— Il passe me voir ?

— À onze heures. Je crois qu'il a dit pour le café, pas pour déjeuner, mais si tu sors à onze heures, il y a de bonnes chances que ça se termine en déjeuner.

— Première nouvelle, dit Don avec un soupçon d'irritation.

— Oh, non, c'est pas vrai.

— Quoi ?

— Il a appelé hier. Je suis presque certaine que c'était hier. Il a dit qu'il allait passer. Je ne te l'ai pas dit ? Tu es sûr que je ne te l'ai pas dit ?

— Ça ne fait rien.

— Je l'ai noté. Je suis sûre de l'avoir noté. Regarde sur le calendrier.

Près du téléphone, le calendrier promotionnel d'un fleuriste local, qu'il recevait chaque mois de décembre, leur servait à noter leurs rendez-vous, surtout médicaux ces derniers temps.

— C'est marqué là, dit-il. Walden, onze heures.

— Je savais bien que je l'avais noté. J'étais sûre de te l'avoir dit. (La poche de glace glissa de sa jambe et tomba par terre.) Dieu tout-puissant !

Don se pencha, la ramassa avec précaution et la replaça sur la jambe de sa femme.

— Ça va mieux ?

— C'est surtout mon amour-propre qui en a pris un coup.

— Qu'est-ce qu'il peut bien me vouloir, Walden ? Ça fait des années qu'on ne s'est pas parlé.

Arlene secoua la tête.

— Eh bien, il sera là dans quelques minutes. Va te préparer. Je vais très bien, je t'assure.

— Il a dit de quoi il s'agissait ?

— Pour l'amour du ciel, Don, tu ne peux pas aller boire un café avec quelqu'un ? C'est un de tes amis.

— Ça se discute.

Walden Fisher, qui avait quinze bonnes années de moins que Don, était encore employé par la municipalité de Promise Falls. Avant que Don ne prenne sa retraite de son poste d'inspecteur des bâtiments, leurs chemins s'étaient parfois croisés, même si Walden travaillait aux services techniques de la ville, en tant que dessinateur. C'était là, cependant, que Don avait fait ses premières armes quand il était entré à la mairie dans les années soixante.

Don avait travaillé avec le père de Walden – décédé depuis longtemps – et, lorsque Walden était sorti de l'université avec son diplôme d'ingénieur, Don avait plaidé sa cause auprès du service du personnel. Le père de Walden avait pensé qu'une recommandation aurait plus de poids venant de quelqu'un qui n'était pas de la famille. Walden avait toujours reconnu à Don le mérite de lui avoir trouvé un boulot décent, avec des avantages sociaux à l'avenant, où le risque de se faire virer était minimal.

— Ça ne te tuerait pas d'avoir une vie sociale, dit Arlene à son mari.

— Je suppose. Mais je ne lui ai pas reparlé depuis que j'ai pris ma retraite.

— Tu es au courant, j'imagine ?

— Pour sa fille ? répliqua-t-il d'un ton brusque, presque sur la défensive. Bien sûr. Qui n'en a pas entendu parler ? C'est arrivé il y a trois ans seulement. Qui pourrait oublier ça ?

— Tu n'es pas obligé de m'agresser. Et je ne parle pas d'elle. Mais de la femme de Walden. Elle est morte il y a deux mois.

— Comment le sais-tu ? demanda Don d'une voix adoucie.

— Je lis le journal. Enfin, je le lisais, quand il y en avait encore un. C'était dans les avis de décès.

— Ah bon. Je n'étais pas au courant.

— Peut-être qu'il cherche simplement à s'échapper, à sortir de chez lui, maintenant que sa femme n'est plus là.

— Tu sais ce qu'il lui est arrivé ?

— Cancer, je crois. File, il risque d'arriver d'une seconde à…

On sonna à la porte.

Don restait figé. Il ne voulait pas quitter Arlene.

— Ça va, dit-elle.

Il lui rappela une fois de plus de garder la glace sur sa jambe et quitta la cuisine.

Il ouvrit la porte d'entrée. Walden Fisher était plus vieux et plus grisonnant que la dernière fois qu'il l'avait vu, c'était sûr, plus dégarni aussi. Sans être devenu gros, Walden s'était un peu empâté. Il devait avoir dans les cinquante-cinq ans à présent, estima Don.

— Ben ça, alors. Regardez qui voilà.

Walden lui sourit d'un air gêné.

— Salut, Don. Ça fait un bail.

Le téléphone se mit à sonner dans la cuisine.

— Tu as pris ta retraite ?

— Non, j'ai encore presque cinq ans à tirer. Mais j'ai accumulé tellement d'heures sup que je prends une journée par-ci par-là. J'ai pris presque tout le mois. Je tombe mal ? Tu savais que j'allais passer, non ?

Le téléphone sonna une deuxième fois.

— Oui, bien sûr. Qu'est-ce qui t'amène ?

— J'aurais besoin de tes lumières. Ça va se faire sur cinq ans, mais tout le service d'urbanisme et d'ingénierie de la ville va être informatisé. Comme la plus grande partie de l'infrastructure a été construite avant les ordinateurs, tout est sur papier. Plans, schémas, tout. Les caractéristiques de chaque canalisation, pile de pont, avaloir se trouvent sur d'immenses rouleaux de papier tenus par des élastiques, et Dieu sait où ils sont passés. Figure-toi que certains ont emporté leur travail avec eux quand ils sont partis en retraite.

— Je n'ai jamais fait ça, assura Don.

— Je ne dis pas que tu l'as fait, mais je reprends contact avec certains anciens, sans vouloir te vexer, pour voir s'ils savent où ces documents ont disparu. Une fois qu'on les aura retrouvés, on pourra tout transférer sur ordinateur.

— Je croyais tu prenais quelques jours de congé.

Walden haussa les épaules.

— Quand je suis au bureau, je n'ai pas le temps de faire ce que je fais maintenant.

Don laissa échapper la respiration qu'il avait retenue.

— Comme je te l'ai dit, je n'ai jamais rien rapporté à la maison, mais je pourrai peut-être combler certaines lacunes s'il y a des trucs que tu ignores. J'ai travaillé sur le château d'eau, déjà.

C'était la raison pour laquelle il en avait voulu une maquette sur son circuit de train.

Le téléphone se mit à sonner une troisième fois avant de s'arrêter brusquement.

— Écoute, dit Don, laisse-moi prendre mon blouson et on va au Kelly's. Je me laisserais bien tenter par un sandwich au bacon, peut-être une part de tarte.

Don laissa Walden sur le perron, mais avant d'aller prendre son blouson dans la penderie de l'entrée, il retourna à la cuisine. Il craignait qu'Arlene ne se soit levée pour répondre au téléphone, et c'était exactement ce qu'elle avait fait.

La poche de glace était par terre. Arlene était appuyée contre le comptoir, un pied levé, le combiné à la main.

Elle regarda Don et dit :

— Je pensais que c'était David qui appelait pour donner des nouvelles de Marla. Mais c'est l'école, et c'est David qu'ils cherchent. Ils avaient un numéro de portable, mais c'était son numéro à Boston, et il a changé de téléphone depuis. Il ne pouvait pas penser à le leur dire, non ?

— Tu vas m'expliquer ce qu'il y a ?

— Ethan. Il est arrivé quelque chose à Ethan.

12

Barry Duckworth conduisit Bill Gaynor dans la salle à manger, en s'assurant que la porte de communication avec la cuisine était bien fermée. Il tira deux chaises qui étaient glissées sous la table et les tourna l'une en face de l'autre.

— Monsieur Gaynor, asseyez-vous.

— Où est Matthew ?

— Matthew va très bien, ne vous inquiétez pas. S'il vous plaît, asseyez-vous.

Gaynor s'exécuta, et quand Duckworth s'assit à son tour, leurs genoux se touchaient presque.

— Ils ne vont pas le rendre à cette folle ?

— Ne vous en faites pas pour ça. Connaissez-vous cette femme, monsieur Gaynor ?

— Non, je ne l'ai jamais vue.

— Elle s'appellerait Marla Pickens. Ce nom vous dit quelque chose ?

L'homme secoua la tête d'un air las.

— Non.

Duckworth remarqua une photo sur la desserte contre le mur. Il la montra du doigt.

— C'est vous et votre femme ?

Gaynor paraissait plus âgé que l'homme sur la photo.

— Ça a été pris à notre mariage.

Duckworth regarda le cliché plus attentivement. Les cheveux noirs et raides de Rosemary Gaynor lui arrivaient aux épaules. Elle les portait encore coiffés ainsi. Ses yeux étaient marron foncé, son teint était pâle, son visage ne portait ni fard ni rouge à lèvres qui lui aurait donné un peu de couleur.

— Qu'est-ce qui va arriver à ma Rosemary ? demanda Gaynor.

— Je vous demande pardon ?

— Ma femme, dit-il en penchant la tête vers la porte de la cuisine. Qu'est-ce qui va lui arriver ? Qu'est-ce qu'ils vont lui faire ?

— Elle va être transportée au service de médecine légale. Une autopsie doit être pratiquée. Après cela, elle vous sera rendue afin que vous puissiez prendre vos dispositions.

— Pourquoi ?

— Pourquoi quoi ?

— Pourquoi faut-il lui faire subir ça ? Nom de Dieu, il suffit de la regarder pour savoir comment ça s'est passé…

Il cacha son visage dans ses mains et pleura.

— Je sais, dit Duckworth avec douceur. Mais l'examen de votre femme est susceptible d'apporter quantité d'informations utiles qui nous aideront à trouver celui qui l'a tuée. À moins que vous ayez déjà votre petite idée.

Sans lever les yeux, il secoua la tête.

— Non, je n'en ai *aucune* idée. Tout le monde adorait Rose. C'est l'œuvre d'un fou. Cette femme. Elle est folle. Elle avait Matthew, nom de Dieu ! (Il releva la tête, posa sur Duckworth ses yeux rougis.) C'est forcément elle. Elle a kidnappé Matthew et quand Rose a tenté de l'arrêter, elle a… elle a fait ça.

— C'est une possibilité que nous allons creuser, monsieur Gaynor. Mais pour l'heure, je dois avoir une idée de l'heure où les choses se sont passées. (Il lui fallait une chronologie des événements.) Quand avez-vous parlé à votre femme pour la dernière fois ? En partant au travail ce matin ?

— Non, c'était hier.
— Dimanche ?
— C'est ça. J'étais en déplacement. Pour affaires.
— Où étiez-vous ?
— À Boston. Depuis jeudi.
— Que faisiez-vous là-bas ?
— Je… J'assistais à une réunion à notre siège. Je suis dans les assurances. Neponset Insurance. Je passe beaucoup de temps là-bas. Parfois Rose vient… venait avec moi. Avant qu'on ait Matthew. Quand je devais rester là-bas un certain temps.
— Où séjourniez-vous ? demanda l'inspecteur en griffonnant dans son calepin.
— Au Marriott Long Wharf. C'est toujours là qu'ils me logent. En quoi est-ce important ?
— J'ai besoin d'avoir une vue d'ensemble, monsieur Gaynor.

Duckworth se disait qu'avant de quitter cette maison, il demanderait à quelqu'un de se renseigner sur le Marriott et Neponset Insurance pour corroborer la version de Gaynor. Même si jusqu'ici rien ne donnait à penser que Gaynor avait assassiné sa femme, les conjoints figuraient toujours en bonne place sur la liste des suspects. Boston n'était qu'à deux heures de voiture, en roulant pied au plancher. Il aurait pu quitter Boston la veille dans l'après-midi, rentrer chez lui, tuer Rosemary, puis y retourner à toute blinde, pour pouvoir prétendre n'en être jamais sorti.

Duckworth jugeait cette hypothèse peu probable, mais tant qu'il ne l'aurait pas invalidée, elle resterait une possibilité.

— Quand avez-vous quitté Promise Falls pour Boston ?
— Je vous l'ai dit, jeudi. Très tôt, pour être là-bas à dix heures. Nous avons terminé cette série de réunions hier soir, mais comme j'étais trop fatigué pour prendre la route, j'ai décidé de me lever de bonne heure ce matin. J'ai appelé

Rose pendant tout le trajet. À la maison, sur son portable. Elle ne répondait pas.

— Mais vous lui avez parlé hier. Dimanche.

L'homme confirma d'un signe de tête.

— Vers deux heures. Il y a eu un déjeuner. Un intervenant est venu faire une sorte de discours humoristique pour motiver les troupes. Quand ça a été fini, j'ai eu quelques minutes de battement avant la session suivante, alors j'ai appelé Rose avec mon portable.

— Et vous avez réussi à la joindre ?

Il fit oui de la tête.

— De quoi avez-vous parlé ?

— De rien, vraiment. Je lui ai dit qu'elle me manquait. Je lui ai demandé comment allait Matthew. Je lui ai dit que je rentrerais probablement le lendemain matin, mais que si je me décidais à rentrer dans la soirée je l'appellerais pour la prévenir.

— Vous ne l'avez donc pas rappelée ?

— Pas avant de prendre la route ce matin. (Il se mordit la lèvre.) J'aurais dû rentrer hier soir. Pourquoi je ne suis pas rentré ? J'aurais pu être là, j'aurais empêché ça.

— Nous en saurons davantage au fil de l'enquête, monsieur Gaynor, mais il semblerait que l'agression ait eu lieu hier dans l'après-midi. Rentrer hier soir n'aurait vraisemblablement rien changé.

Bill Gaynor ferma les yeux et inspira lentement.

— J'ai remarqué que vous aviez un système d'alarme, poursuivit Duckworth.

Gaynor rouvrit les yeux.

— Oui. Mais Rose ne le branchait que le soir, quand elle allait se coucher. Elle ne laissait pas l'alarme branchée dans la journée. Sinon elle aurait été obligée de la désactiver chaque fois qu'elle sortait pour aller faire des courses ou emmener Matthew se promener dans sa poussette. Elle ne la mettait en marche que le soir.

— D'accord. Est-ce qu'elle fermait la porte à clé au moins ?

Un rapide hochement de tête.

— Ça, elle le faisait presque toujours. Elle mettait le verrou chaque fois qu'elle rentrait à la maison.

— Et ses amies ? Est-ce que votre femme appartenait à un club quelconque ? Un club universitaire féminin ou un club de gym ? Quelque chose dans ce goût-là ?

— Non, répondit-il en secouant la tête.

— Je dois vous demander, monsieur Gaynor, s'il est possible qu'il y ait eu quelqu'un d'autre.

— Quelqu'un d'autre ?

Duckworth se tut, laissa la question faire son chemin.

— Oh, non, mon Dieu. Je veux dire, nous étions fidèles l'un et l'autre, et elle venait d'avoir un bébé. Je n'imagine pas que… C'est horrible de demander une chose pareille.

— Je suis désolé. Des démêlés avec la justice ?

— Vous plaisantez ? Bien sûr que non. D'accord, elle a eu une contravention pour excès de vitesse il y a une semaine environ, mais je n'appellerais pas ça avoir des démêlés avec la justice.

— Moi non plus, dit Duckworth avec douceur. Vous avez de la famille en ville ?

— Non. Nos familles sont réduites au minimum. J'étais fils unique et mes parents sont décédés quand j'étais adolescent. Quant à Rose, elle avait une sœur aînée, mais elle est morte il y a des années.

— Dans quelles circonstances ?

— En faisant de l'équitation. Elle est tombée de cheval et s'est brisé le cou.

Duckworth fit la grimace.

— Des parents ?

— Comme moi, Rose a perdu sa mère et son père assez jeune. Je crois qu'elle avait dix-neuf ans pour sa mère, et vingt-deux pour son père.

— Il n'y a donc aucun membre de la famille, ou de la belle-famille, qui pourrait avoir les clés de la maison.

— Non, juste Sarita.

— Qui est Sarita ?

— La nounou. Je ne sais pas où elle est. Elle devrait être là. Je suis presque sûr que c'est le jour où elle vient le matin.

— Quel est son nom de famille ?

Gaynor ouvrit la bouche mais aucun son n'en sortit.

— Son nom ? répéta Duckworth.

— Je crois… Je crois que je n'ai jamais su le nom de famille de Sarita. C'est Rose qui s'occupait de ces choses-là. (Il rougit de confusion.) Je sais que je devrais le savoir.

— Ça ne fait rien, dit Duckworth, en gardant sa désapprobation pour lui. Mais que pouvez-vous me dire d'elle ?

— Quand on a eu Matthew, j'ai pensé que ce serait une bonne idée que Rose se fasse aider. Elle a eu… des problèmes de santé au fil des années. Alors, l'idée d'avoir quelqu'un qui viendrait plusieurs fois dans la semaine pour donner un coup de main… Sarita n'est pas exactement une nounou, même si elle a reçu une formation et qu'elle a travaillé avec des enfants. L'idée, c'était qu'elle puisse être là ne serait-ce que pour prendre le relais. Donner à Rose l'occasion de sortir de la maison. Faire quelques courses sans avoir à trimballer Matthew, le siège auto et tout ça. Et puis Sarita aidait à d'autres choses. Le ménage, les lessives en retard, la cuisine. Ce genre de choses. Elle faisait tout ça avant de partir si elle devait aller à son autre travail.

— Son autre travail ?

— Oui. À temps partiel. Dans une maison de retraite ou un hôpital, quelque chose comme ça. Je ne sais pas exactement.

— Comment avez-vous trouvé Sarita ?

— Ce n'est pas moi qui m'en suis occupé. J'ai dit à Rose que je pensais que ce serait une bonne idée qu'elle se fasse aider, mais c'est elle qui a fait les recherches. Je crois qu'elle a vu une annonce sur un site quelque part. Il y avait un numéro de téléphone. Elle a appelé et Sarita est venue passer un entretien. Elle a plu à Rose et ça s'est fait comme ça.

— Et vous êtes sûr de ne pas connaître son nom de famille ?

Gaynor secoua la tête.

L'inspecteur se disait que Rosemary Gaynor avait sans doute le numéro de la nounou dans les contacts de son téléphone. Sinon il devait probablement être noté quelque part. Mais il lui vint une autre idée.

— Comment Sarita était-elle payée ? Vous devez bien avoir des talons de chèque. Avec son nom dessus.

— C'était… en liquide. On payait toujours Sarita en liquide. Elle n'est pas, à proprement parler… je ne suis pas certain que la présence de Sarita dans notre pays soit tout à fait légale.

— D'accord. Elle vient d'où ?

— Je n'imaginais pas que les Mexicains remontaient jusqu'ici, aussi loin au nord, mais il se pourrait qu'elle soit de là-bas. Ou bien des Philippines. Elle n'a pas tellement l'air d'une étrangère, comme si elle avait eu un parent américain. Un Américain blanc, s'entend…

Duckworth ne dit rien, nota quelque chose.

— Je suis désolé de ne pas être d'une grande aide pour vous. C'est important l'endroit d'où elle vient ? Je veux dire, cette folle qui détenait Matthew, c'est elle que vous devriez interroger.

— Vous voulez bien m'excuser cinq secondes ?

Il quitta la salle à manger, fit signe à l'agent Gilchrist d'approcher.

— Trouvez-moi où habite Marla Pickens et placez cette maison sous scellés. Exécution.

— Je m'en occupe.

Quand Duckworth retourna s'asseoir dans la salle à manger, Gaynor avait un téléphone à la main. Il ne passait pas d'appel et ne relevait pas ses mails. Il se contentait de le regarder fixement.

— J'ai le sentiment que je devrais appeler quelqu'un, dit-il. Mais je ne vois pas qui.

— Revenons-en à Sarita. Vous dites qu'elle aurait dû être là aujourd'hui. C'est exact ?

— Oui. Je suis certain que c'est sa matinée. Et hier. Elle était censée venir hier.

— D'accord. Si elle était censée être ici et qu'elle n'y est pas, cela nous laisse deux possibilités, monsieur Gaynor. La première, c'est qu'elle n'est peut-être pas étrangère à ça, ou, au minimum, qu'elle sait quelque chose à propos de la mort de votre femme et de l'enlèvement de votre fils. Et… (Duckworth hésita un moment.)… cela peut aussi vouloir dire qu'elle a des ennuis elle aussi.

Bill Gaynor cligna des yeux.

— Cette Marla n'aurait pas seulement tué Rose, elle a aussi assassiné Sarita, c'est ça ?

13

David

J'avais réinstallé Marla dans ma voiture, à l'avant, sur le siège passager, avant de m'asseoir au volant, puis nous n'avions plus bougé. L'agent Gilchrist avait confisqué mes clés, et le voilà qui revenait vers nous. Il demanda à voir le permis de conduire de Marla. Il parla dans sa radio pour transmettre les informations qui y étaient inscrites. Tout en continuant à nous surveiller pour s'assurer que nous ne quittions pas les lieux. Agnes s'était rapprochée du cordon de sécurité de la police, pour guetter l'arrivée de l'avocate Natalie Bondurant.

— Tu te souviens quand tu venais à la cabane ? demanda Marla.

La question paraissait sortie de nulle part.

— C'était il y a longtemps. Je n'y suis allé qu'une demi-douzaine de fois, quand j'avais seize ou dix-sept ans. Dix-huit peut-être ?

Marla faisait allusion à un endroit que ses parents possédaient sur le lac George, à une heure de voiture à peine au nord de Promise Falls. Et appeler ça une cabane ne lui rendait pas justice. Il s'agissait en fait d'une belle maison. La propriété était dans la famille de Gill Pickens depuis des générations. Il y avait bien longtemps, ce n'était qu'un simple chalet de rondins avec un appentis. Les parents de

Gill l'avaient détruit pour faire construire une maison à la place, mais on n'avait jamais cessé d'en parler comme de « la cabane ».

À l'époque où Agnes et ma mère s'entendaient mieux que maintenant, ma famille avait été invitée à y passer quelques week-ends. Je nageais, faisais du ski nautique et parcourais le lac de long en large dans le bateau de Gill à la recherche d'adolescentes. Marla était alors une petite fille. Elle avait probablement six ou sept ans.

— J'en pinçais pour toi, dit-elle doucement, tête baissée.

— Quoi ?

— D'accord, tu étais mon cousin et tu avais dix ans de plus, mais tu me plaisais vraiment. Tu ne te rappelles pas que je te suivais partout tout le temps ?

— Comme mon ombre.

Elle esquissa un sourire.

— Tu te souviens de la fois où je t'ai surpris avec Machine ?

J'inclinai la tête.

— Je ne sais pas de quoi tu parles.

— Dans le hangar à bateau. Je suis entrée et je t'ai surpris en train de peloter cette fille. Je crois qu'elle s'appelait Zenia ou quelque chose comme ça. Tu avais la main sous son tee-shirt.

— Ouais. Je m'en souviens. Je t'avais suppliée de ne le dire à personne.

Marla acquiesça de la tête.

— Je t'ai obligé à m'emmener à la marina dans le bateau de papa et à me payer quelque chose au snack-bar. J'ai été achetée pour le prix d'un milk-shake.

Je lui décochai un sourire.

— Oui. Ça aussi, je m'en souviens.

— J'aurais dû demander davantage, vu ce que j'ai fini par faire pour toi plus tard.

— Quoi ?

— Ce même été ?

— Je ne… Je ne vois pas à quoi tu fais allusion.

Elle agita la main, comme pour évacuer le sujet.

— Je n'ai que de bons souvenirs de la cabane. C'est là-bas que j'étais bien, tu sais ? Mais je ne pense pas pouvoir y retourner un jour.

Elle demeura silencieuse plusieurs secondes, avant d'ajouter :

— C'est là que je l'ai perdue, tu sais. Que j'ai perdu Agatha.

— Agatha, répétai-je.

— C'est comme ça que je l'aurais appelée. Son nom était déjà tout trouvé. Agatha Beatrice Pickens. Difficile à prononcer, je sais.

Ses yeux, qui n'avaient guère eu de répit ces deux dernières heures, se mouillèrent de nouveau.

— J'ignorais que ça s'était passé là-bas, dis-je.

— Il y avait cette infection à l'hôpital à ce moment-là, *C. diff*, ou peu importe comment ils appellent ça, et maman s'inquiétait à l'idée que j'y accouche. Mais elle voulait que personne ne sache qu'elle préférait tenir sa propre fille à l'écart de l'hôpital. Elle savait ce qui arriverait si elle m'envoyait ailleurs en même temps qu'elle racontait à la presse que l'hôpital était parfaitement sûr, que toutes les précautions étaient prises. Mais elle a une formation d'infirmière et a été sage-femme pendant un moment, il y a des années de cela… Tu le savais, non ?

— Oui.

— Alors elle m'a dit qu'elle était capable de s'occuper de moi aussi bien que n'importe qui. Mais comme elle ne voulait pas prendre trop de risques, elle a demandé au Dr Sturgess de l'assister. Ils m'ont donc installée à la cabane. C'était une bonne idée, et c'était vraiment agréable d'être là-bas. Reposant, tu comprends ?

— Bien sûr.

— Maman est restée avec moi. Le Dr Sturgess était prêt à intervenir à tout moment. Lorsque les contractions ont commencé à se rapprocher dangereusement, elle l'a appelé. Comme elle est directrice de l'hôpital, les gens, y compris les médecins, lui obéissent au doigt et à l'œil.

— J'ai remarqué.

— Alors quand le bébé a été sur le point de naître, elle lui a envoyé un message et il est arrivé vraiment vite. Et au début, ça se passait bien, même si j'avais très mal, tu sais ? *Vraiment* très mal, dit-elle d'une voix mourante.

Je ne savais pas quoi dire. Peut-être ne voulait-elle rien m'entendre dire. Qu'elle voulait juste parler.

— On m'a donné quelque chose. Le Dr Sturgess. Et ça m'a soulagée. Mais après, ça a commencé à mal tourner. À aller vraiment mal. Et quand le bébé… quand Agatha… est arrivée, elle ne respirait pas.

— C'était le cordon ? Le cordon ombilical ?

Je n'en savais pas beaucoup sur le sujet, mais j'avais entendu parler de nouveau-nés morts étouffés de cette manière.

Elle détourna le regard et hocha la tête.

— Oui. J'ai vu ça sur Internet, et ça arrive souvent, mais c'est rare que ça menace vraiment le bébé. C'est pourtant ce qui est arrivé. C'était un peu comme dans un mauvais rêve, parce que j'étais plus ou moins dans les vapes, mais je ne l'oublierai jamais. Tant que je vivrai.

— Je suis désolé, Marla. Je n'imagine même pas à quel point ça a dû être horrible.

— Au moins j'ai pu la prendre contre moi. Voir ses petits doigts parfaits. (Les larmes coulaient à présent.) Maman dit que je l'ai tenue deux ou trois minutes avant qu'ils me l'enlèvent. Tu n'aurais pas des mouchoirs en papier ?

Je montrai la boîte à gants du doigt. Elle l'ouvrit, prit trois mouchoirs, se tamponna les yeux et se moucha.

— Maman se sentait coupable.

— Comment ça ?

— Elle disait que tout était sa faute. Que si j'avais accouché à l'hôpital, ils auraient peut-être pu en faire plus pour la sauver. Ça a été un coup dur pour elle. Je sais qu'elle donne l'impression d'être une vraie garce, mais ça a presque été aussi dur pour elle que pour moi.

— Et toi ? demandai-je.

— Quoi, moi ?

— Tu la juges responsable ?

Elle prit plusieurs secondes pour répondre.

— Non. C'était logique, d'organiser les choses comme ça. Je veux dire, j'étais d'accord. Le Dr Sturgess disait que c'était la chose la plus raisonnable à faire. C'est juste… C'est juste la façon dont ça s'est passé. Si j'en veux à quelqu'un, je suppose que c'est à Dieu. C'est à lui que maman dit en vouloir, depuis qu'elle a arrêté de s'en vouloir à elle-même.

Je hochai la tête.

— Et je ne suis pas croyante. Enfin, je ne croyais pas vraiment en Dieu jusqu'à ce que j'aie eu besoin d'un coupable. Ça se tient ce que je dis ?

Elle scruta mon visage.

— Je crois, oui. C'est difficile de savoir comment faire face à ces choses.

— Et jusqu'à ce que tout parte en vrille, je passais plutôt un bon moment là-haut. Je veux dire, être là avec ma mère. Elle était sympa. Elle était vraiment gentille avec moi. Elle ne me jugeait pas comme elle le faisait d'habitude, même si je sais qu'elle était carrément furax quand elle a découvert que j'étais enceinte. Mais vers la fin, elle avait l'air de s'être fait une raison.

— Et le père ? demandai-je. Il a réagi comment ?

— Derek ?

— Oui. Je n'ai jamais su comment il s'appelait.

— Derek Cutter.

Ce nom me rappela quelque chose. Du temps où j'étais reporter au *Standard*.

— Je ne le lui ai pas dit tout de suite. Je ne lui avais pas beaucoup parlé pendant mes dernières semaines de grossesse. Maman ne voulait pas que j'aie le moindre contact avec lui. Je ne pense pas que j'étais vraiment amoureuse de lui de toute façon.

— C'est un étudiant ?

Elle hocha la tête à deux reprises.

— Il est du coin. Il n'a pas quitté la ville pour aller à la fac comme beaucoup de jeunes le font. Il a commencé à travailler en vivant chez ses parents, mais ensuite ils se sont séparés, ils ont vendu la maison, et sa mère est partie vivre ailleurs, je crois. Son père a emménagé dans un appartement, et Derek a commencé à partager une maison près de la fac avec d'autres étudiants.

— Il n'a pas eu la vie facile, on dirait.

— Non. Son père a un genre de boîte d'espaces verts. Quand il était ado, Derek travaillait pour lui. À tondre les pelouses, à aménager des jardins et ce genre de trucs. Mais quand la maison a été vendue, il a dû louer un garage pour stocker ses tondeuses et tout son matériel. Maman n'a jamais aimé Derek. Elle pensait que je devais me trouver quelqu'un dont les parents étaient avocats ou possédaient Microsoft ou avaient inventé Google. Quelqu'un de ce genre. Mais Derek, c'était un mec bien.

— Où est-ce que tu l'avais rencontré ?

— Dans un bar en ville. On s'est vraiment trouvés par hasard. J'ai peut-être menti sur mon âge. Je lui ai dit que je venais de sortir de fac, et il a dû en déduire que j'avais un ou deux ans de plus que lui, et pas sept. Mais je ne pense pas que l'âge soit si important que ça, pas toi ?

Mon téléphone sonna.

— Une minute.

C'était un appel de la maison. Ça pouvait être ma mère ou mon père, mais je pariais sur ma mère.

— Allô ?

— David ?

J'avais raison.

— Oui, maman.

— Qu'est-ce qu'il se passe ?

— C'est une longue histoire. Je ne peux vraiment pas t'expliquer, là, tout de suite. Je suis avec Marla, et Agnes est arrivée.

— Parce que je ne sais pas si c'est quelque chose dont tu veux que ton père s'occupe. Je le ferais bien moi-même mais je suis tombée dans l'escalier.

J'agrippai le volant de ma main libre.

— Maman, qu'est-ce qui s'est passé ?

— Je montais l'escalier et j'ai glissé, mais ce n'est rien. Seulement, l'école a appelé à propos d'Ethan.

Décidément, un malheur n'arrive jamais seul.

— Qu'est-ce qu'il a ? Il est blessé ?

— Je ne crois pas, mais il se serait bagarré. Avec un autre garçon. Ils l'ont envoyé à la vie scolaire et ils ont appelé ici pour te joindre. Tu leur as donné ton ancien numéro de portable quand tu l'as inscrit et tu as dû oublier de leur donner le nouveau, si bien qu'en cas d'urgence…

— Maman ! criai-je. Parle-moi d'Ethan !

— Ils veulent que tu viennes le chercher. Ils le renvoient à la maison.

Je fermai les yeux et soufflai.

— Je ne peux pas pour l'instant. Je dois rester où je suis.

— Où es-tu ?

— Demande à papa d'y aller. Il peut aller chercher Ethan, et je réglerai ça en rentrant à la maison. D'accord ?

— Je lui dirai. Qu'est-ce que Marla a fait, David ? Elle a vraiment enlevé un autre bébé ?

— Plus tard, maman.

Je mis un terme à la communication, rangeai le téléphone, et baissai la tête jusqu'à ce qu'elle touche le dessus du volant.

— Des ennuis ? demanda Marla.

— On dirait qu'ils volent en escadrille, dis-je. Mais ça va.

Je regardai la maison des Gaynor. La porte d'entrée était en train de s'ouvrir. L'inspecteur Duckworth émergea, braqua son regard sur ma voiture, et se dirigea vers nous. Mais deux autres personnes le précédaient et apparurent au niveau de la vitre de Marla.

Agnes et Natalie Bondurant.

— Tout va bien se passer, ma fille, dit Agnes. Tout va bien se passer.

Parvenu à la voiture, Duckworth demanda à Agnes et à Natalie de s'écarter.

— Marla Pickens ? Vous voulez bien descendre de voiture ?

— Elle n'a rien à déclarer, intervint Agnes alors que Marla commençait à ouvrir la portière. Agnes la repoussa.

— Madame Pickens, dit Natalie en s'adressant à Agnes. Laissez-moi prendre le relais. Bonjour, Barry.

— Natalie.

— Je représente Marla Pickens. Je suis désolée, mais elle ne répondra à aucune question pour le moment.

Duckworth considéra l'avocate d'un air las.

— J'enquête sur un meurtre, Natalie. J'ai des questions à poser.

— Je peux le comprendre. Mais dans l'immédiat ma cliente est en état de choc et n'est absolument pas en mesure d'être interrogée.

— Et quand pensez-vous au juste que votre cliente sera apte à répondre à nos questions ?

— Je ne suis pas en mesure de le dire.

— Eh bien, qu'elle le veuille ou non, vous allez devoir l'accompagner au poste dans exactement une heure.

Natalie gonfla sa joue avec sa langue.

— Elle n'aura toujours rien à vous dire là-bas.

— Dans ce cas, elle se taira au poste.

Agnes ouvrit la portière, prit Marla par le bras et l'aida à descendre. Natalie et elle l'escortèrent dans la rue, me laissant seul au volant.

— Vous avez un avocat, vous aussi ? demanda Duckworth, en me regardant par la portière ouverte.

— Pas encore.

Il jeta un coup d'œil à l'arrière de la voiture.

— D'où elle vient, cette poussette ?

— Elle appartient aux Gaynor, répondis-je.

— Nom de nom. Ouvrez le hayon.

Je descendis de la voiture. Alors que je tendais le bras pour prendre la poussette, Duckworth me donna une tape sur la main.

— Pas touche, dit-il. C'est vous qui l'avez déposée là ?

— Oui.

Duckworth soupira.

— Il faut qu'on parle tous les deux.

14

— Ça ne te dérange pas que je t'accompagne, tu es sûr ? demanda Walden Fisher à Don Harwood.

— Non, ça va. Il faut juste que j'aille chercher mon petit-fils à l'école et que je le ramène à la maison, expliqua Don en descendant les marches du perron en direction de sa Crown Victoria bleue qu'il possédait depuis une éternité. Vas-y, grimpe.

Fisher fit couiner la portière côté passager.

— Il faut que je mette un coup de WD-40 là-dedans.

— Il est malade ton petit-fils ?

— Non. Il s'est bagarré avec un autre gamin.

— Il s'est fait mal ?

— Ben, ils n'appelaient pas de l'hôpital, alors je suppose qu'il n'y a pas lieu de s'inquiéter. La vérité, c'est qu'il aurait bien besoin de s'endurcir, le gamin. Une bagarre de temps en temps, ça ne lui ferait pas de mal. Je passe le récupérer, je le ramène à la maison, et on pourra aller se prendre un café. Mais j'irai quand même voir Arlene en rentrant.

— Qu'est-ce qu'elle a ?

— Elle a juste fait un petit vol plané dans l'escalier, elle s'est amoché la jambe. Je veux m'assurer qu'elle va bien.

Walden hocha la tête avec bienveillance. Alors qu'il sortait de l'allée en marche arrière, Don se tourna vers lui et crut voir une expression de tristesse passer sur son visage.

— Arlene me disait que… Elle a vu l'annonce dans le journal au sujet de…

— Beth ?

— Oui, c'est ça, Beth. Je ne me rappelais plus son nom. Arlene me disait qu'elle était décédée récemment.

— Neuf semaines, dit-il. Le crabe.

— Désolé. (Il ne savait pas quoi offrir d'autre en guise de condoléances.) Je ne suis pas sûr de l'avoir rencontrée.

— Probablement à une fête de Noël quelconque, il y a un million d'années. Une autre époque… Elle n'a jamais été la même, après.

— Après le diagnostic ?

Walden fit non de la tête.

— Enfin, si, c'est vrai. Mais je pensais à après ce qui est arrivé à Olivia.

C'était un sujet que Don fuyait comme la peste. Il ne se tenait peut-être pas au courant des avis de décès comme le faisait Arlene, mais personne en ville n'ignorait ce qui était arrivé à Olivia Fisher. Trois ans auparavant, la jeune femme de vingt-deux ans avait été poignardée à mort, un soir, dans le parc du centre de Promise Falls, à quelques pas du pied des chutes qui avaient donné son nom à la ville.

Olivia Fisher était belle, jeune et avait toute la vie devant elle. Elle venait d'obtenir un diplôme en sciences de l'environnement à Thackeray, avait réussi à décrocher un travail dans un institut océanographique de Boston qui se consacrait à la préservation de la vie marine, et était sur le point d'épouser un jeune homme de Promise Falls.

Le monde attendait qu'elle en fasse un endroit plus hospitalier.

Personne n'avait été arrêté pour son assassinat. La police de la ville avait sollicité l'aide de l'État, et même d'un profileur du FBI, sans jamais faire aucun progrès véritable.

Don se sentait mal à l'aise ; il ne savait pas trop quoi dire.

— Ça a dû être dévastateur pour Beth. Et… pour toi aussi, dit-il, faute de mieux.

— Oui, mais j'ai fini par retourner au travail. Fallait bien. Je n'avais pas le choix. Le chagrin ne vous quitte pas, mais parfois, quand on s'investit à fond dans quelque chose, on fonctionne en pilote automatique. Ça devient mécanique, tu comprends ?

— Bien sûr, fit Don, même s'il n'en était pas si certain, en fait, en tout cas dans ce contexte.

Peut-être que pour son fils, David, ce serait plus clair. Il avait vécu un enfer lors de la mort de sa femme, Jan, quelques années auparavant.

— Mais Beth, elle était casanière, tu sais ? Elle prenait un petit boulot à temps partiel de temps à autre, et quand Olivia était petite, elle faisait du baby-sitting, elle avait monté une garderie à la maison. Et puis elle a laissé tomber lorsque Olivia a eu dans les dix ans. Si bien que tous les jours, quand j'allais au travail, Beth se retrouvait seule à la maison avec le fantôme d'Olivia pour toute compagnie. Je sais qu'il n'y a sans doute aucun moyen de le prouver, mais je pense que c'est à cause de ça qu'elle est tombée malade. Elle était tellement déprimée que ça l'a empoisonnée. Tu ne crois pas que c'est possible, ce genre de chose ?

— Je suppose que si.

— Ça a presque été aussi douloureux pour Vick. Peut-être pire.

— Vick ?

— Oh, désolé. Je continue à faire comme si tout le monde connaissait tous les détails ! Victor Rooney. Celui qui a failli devenir notre gendre. Ils devaient se marier trois mois plus tard. Lui aussi a touché le fond. Il s'est mis à boire. Il n'est jamais allé au bout de ses études en génie chimique. Il a trouvé un boulot chez les pompiers. Mais son problème d'alcool a empiré. Ils ont fait ce qu'ils ont pu pour lui, étant donné les circonstances. Ils l'ont envoyé deux fois dans un centre de désintoxication, mais il n'a jamais remonté la pente. Je pense qu'ils ont fini par le virer, ou qu'il a démissionné, l'un ou l'autre, et je ne sais pas non plus s'il a retrouvé un autre boulot. Il m'arrive de le croiser en ville au volant de son fourgon. Dommage. Ça m'avait l'air d'être un bon gars. J'avais fait sa connaissance à l'époque où il faisait un boulot d'été à la station d'épuration.

— Tate Whitehead, il bosse toujours là-bas ? Je le vois en ville de temps en temps. Il doit pas être loin de la retraite.

— Il est dans l'équipe de nuit, je crois. Là où il est censé faire le moins de dégâts.

— Ouais, Tate a bon cœur mais ce n'est pas une lumière. L'école est juste là.

— Je vais attendre dans la voiture.

— Comme tu veux.

Don trouva une place de stationnement, laissa les clés dans le contact au cas où Walden aurait voulu écouter la radio, et entra dans le bâtiment. Il suivit les panneaux jusqu'au bureau de la vie scolaire. La première personne qu'il vit en entrant fut son petit-fils assis sur une chaise devant un comptoir surélevé. Le visage d'Ethan était égratigné, et son jean était déchiré au genou. Il avait les yeux rouges.

— Je ne savais pas que tu viendrais, dit-il, étonné. Je pensais que ce serait papa.

— Il est très occupé.

— Il a un rendez-vous pour du travail ?

Don secoua la tête.

— Si seulement.

Une femme assise à un bureau derrière le comptoir se leva et vint sa rencontre.

— Je peux vous renseigner ?

— Je suis le grand-père d'Ethan. Et vous ?

— Je suis Mme Harrow, la directrice adjointe.

— Il y a eu un problème ?

— Il s'est battu avec un autre élève. Ils sont tous les deux exclus pour le restant de la journée.

— Qui est l'autre gamin ? Où est-il ? demanda Don.

— Ça doit être Carl Worthington.

— Qui a commencé ?

— Ce n'est vraiment pas la question. Nous avons une politique de tolérance zéro concernant la violence scolaire. C'est pourquoi ils sont punis tous les deux.

— C'est toi qui as commencé ? demanda Don à son petit-fils.

— Non, répondit Ethan doucement.

— Vous entendez, dit Don à la directrice adjointe. S'il n'a pas commencé, pourquoi est-ce qu'il serait exclu ?

— Carl dit que c'est Ethan qui a commencé. Je viens d'avoir Sam Worthington au téléphone, avec qui j'ai eu exactement la même conversation.

— C'est le père du gamin qui a commencé ?

La directrice adjointe allait répondre mais Don leva la main.

— Vous fatiguez pas. Je vais le ramener à la maison. De mon temps, on laissait les gosses régler ça entre eux et on ne se mêlait pas autant de leurs histoires. Allons-y, Ethan.

Don essaya d'obtenir quelques détails en rejoignant la voiture, mais le garçon ne voulait pas en parler. Quand il aperçut quelqu'un assis à l'avant de la Crown Victoria, il demanda :

— Qui c'est ?

— Un ami à moi. Enfin, si on veut. Quelqu'un avec qui j'ai travaillé il y a longtemps, avant de prendre ma retraite. Ne lui demande rien sur personne.

— Pourquoi est-ce que je ferais ça ?

— Je ne sais pas. Mais abstiens-toi, d'accord ?

Ethan monta à l'arrière de la voiture. Walden Fisher se retourna sur son siège et lui tendit la main.

— Walden.

Ethan accepta la poignée de main avec prudence.

— Je m'appelle Ethan. Je n'ai rien d'autre à dire.

— Bon, très bien.

De retour à la maison, Ethan bondit de la voiture comme si elle était bourrée d'explosifs et entra en courant avant son grand-père. Il trouva Arlene sur le canapé du salon en train de regarder CNN, une poche de glace sur la jambe. Elle voulut lui demander ce qui s'était passé, mais il monta en courant s'enfermer dans sa chambre.

Don demanda à sa femme comment elle allait, lui dit qu'il n'était pas obligé d'aller prendre un café avec Walden si elle avait besoin de lui, mais elle l'assura qu'elle allait bien, ce qui n'était pas la réponse qu'il espérait.

Ce fut donc avec une certaine réticence que Don Harwood se rendit au Kelly's. Il prit un café et une part de tarte à la cerise nappée de crème fouettée, et passa pratiquement une heure avec Walden à parler plans, ruptures de canalisation et lignes électriques enterrées. Puis il prit congé, rentra chez lui et s'affala sur son fauteuil inclinable avec l'intention de faire une sieste.

Mais il ne trouva pas le sommeil.

15

David

— Quel est votre rôle dans toute cette histoire ? me demanda Barry Duckworth.

Nous roulions dans sa voiture banalisée. Il était assis au volant et j'étais devant à côté de lui.

— Marla est ma cousine.

Je lui expliquai que j'étais passé ce matin-là avec de la nourriture préparée par ma mère.

— Pourquoi votre mère fait-elle ça ?

— Parce qu'elle est gentille.

— Ce n'est pas ce que je voulais dire. Marla Pickens est une adulte. Pourquoi votre mère ressent-elle le besoin de lui préparer de la nourriture ? Est-ce que Marla est au chômage ? Elle a été malade ?

— Elle a connu quelques mois difficiles.

— Pourquoi ?

— Elle… Elle a perdu un enfant. À la naissance. Une petite fille. Depuis, elle ne va pas bien.

Je n'entrai pas dans les détails, et je ne pris pas l'initiative de raconter l'histoire du bébé que Marla avait tenté de kidnapper à l'hôpital de Promise Falls. Je me doutais bien qu'il le découvrirait tôt ou tard, mais ce n'était pas moi qui allais le lui apprendre.

Ce n'était pas que je craignais la colère de ma tante si je divulguais cette information. Enfin, d'accord, peut-être un peu. Mais c'était vraiment Marla que je cherchais à protéger. Ce qu'elle avait fait à l'hôpital était absolument accablant dans les circonstances présentes, et je n'étais pas sûr que Duckworth ou qui que ce soit d'autre dans la police de Promise Falls ressente le besoin de mener une enquête très approfondie une fois cette information connue. Marla avait tué Rosemary Gaynor et pris la fuite avec le bébé. C'était aussi simple que ça. Affaire classée, allons boire une bière.

Je ne pensais pas que ce soit aussi simple. Mais ça pouvait l'être.

Nul ne pouvait nier que Matthew Gaynor se trouvait avec Marla. Et même si la manière dont le bébé avait fait irruption dans sa vie semblait peu vraisemblable, je n'étais pas certain que Marla soit capable du genre de sauvagerie dont j'avais pu voir les conséquences – ne serait-ce qu'un instant – à l'intérieur de cette maison.

J'espérais de tout mon cœur que ce n'était pas le cas.

— Ça veut dire quoi, elle ne va pas bien ? demanda Duckworth.

— Déprimée, renfermée. Elle se laisse aller. C'est pour ça que ma mère lui a préparé cette nourriture.

— Pourquoi vous ?

— Comment ça, pourquoi moi ?

— Pourquoi elle ne l'a pas apportée elle-même ?

Je passai la langue sur ma lèvre supérieure.

— J'avais le temps. Je suis revenu habiter chez mes parents. Je suis au chômage. Vous êtes peut-être au courant, le *Standard* a coulé.

— Et le bébé des Gaynor était là ? Chez Marla ?

Je confirmai d'un mouvement de tête.

— Et vous n'avez pas trouvé ça anormal ?

— Elle m'a dit qu'une femme lui avait confié le bébé hier.

— Comme ça, à l'improviste, quelqu'un a frappé à la porte et lui a dit : « Tenez, un bébé. »

— C'est ça.

Duckworth se passa la main sur la bouche.

— C'est pas banal.

— Elle affirme que ça s'est passé comme ça.

Il secoua lentement la tête, puis il dit :

— On m'avait dit que vous étiez parti vivre à Boston.

— J'étais parti. (Je supposai qu'il n'y avait rien de vraiment surprenant à ce que Duckworth s'intéresse à mon cas, dans la mesure où nous nous étions rencontrés à l'occasion de l'épreuve que j'avais traversée cinq ans auparavant.) Mais je suis revenu. Les choses ne fonctionnaient pas au *Globe*. Je travaillais le soir la plupart du temps et je ne voyais jamais Ethan. Vous vous souvenez d'Ethan ?

— Oui. Un gentil garçon.

Malgré les circonstances, j'étais incapable de ne pas m'inquiéter au sujet de ce qui s'était passé avec mon fils à l'école.

— Je voulais être près de mes parents, dis-je à Duckworth. Ils m'aident beaucoup. J'ai été réembauché au *Standard* mais le journal a fermé très vite après mon retour.

Duckworth voulut savoir comment j'avais fait le lien avec les Gaynor. Je le lui expliquai, et j'ajoutai que j'étais arrivé en même temps que le mari. Il me demanda aussi comment m'avait paru Bill Gaynor, avant qu'il découvre le cadavre de sa femme.

— Agité. Il a dit qu'il avait essayé de la joindre au téléphone.

Il me demanda si je connaissais une certaine Sarita.

— Non. Mais j'ai entendu Gaynor prononcer son nom. C'est la nounou. Vous ne l'avez pas interrogée ?

— Pas encore. (Il marqua un temps d'arrêt.) On va garder votre voiture.

— J'avais plus ou moins compris.

— Vous la récupérerez plus tard.

— Vous allez trouver mes empreintes sur cette poussette.

— Je sais, fit Duckworth.

— Et sans doute aussi dans la maison, ajoutai-je. J'y suis entré, brièvement, avec le mari. Sur la porte, peut-être à d'autres endroits. Je ne me souviens pas. Il se peut que j'aie touché quelque chose.

— Très bien, conclut Duckworth. Merci de ces précisions.

Je me dis, après coup, que je ne m'étais peut-être pas rendu service en lui racontant ça.

16

Deux patientes de Jack Sturgess étaient hospitalisées et il se sentait tenu de passer les voir avant de quitter l'hôpital et de retourner à son cabinet, situé à quelques blocs d'immeubles de là. Mais il ne cessait de penser à ce qu'Agnes lui avait dit avant de mettre un terme prématuré à la réunion du conseil.

Que Marla faisait à nouveau des siennes. Au moment même où on pense que les choses se sont apaisées, une autre bombe explose.

Sa première patiente était une dame âgée qui souffrait d'une fracture de la hanche. Elle s'était cassé la figure dans la maison de retraite où elle résidait, et Sturgess avait recommandé qu'on la garde en observation pendant deux jours avant de la renvoyer chez elle. La seconde était une fillette de sept ans prénommée Susie, opérée la veille des amygdales. Jadis, un enfant qui avait subi cette opération restait trois ou quatre jours à l'hôpital, mais à présent elle était généralement pratiquée en ambulatoire : admission le matin, passage au bloc et retour à la maison pour le dîner. Encore que le patient ne soit guère disposé à avaler quoi ce soit.

Mais Susie avait perdu beaucoup de sang pendant l'intervention, et on l'avait gardée pour la nuit.

— Comment va la princesse aujourd'hui ? demanda le médecin en s'approchant de son lit.

— Ça va, répondit-elle avec difficulté.

— Ça fait mal, hein ? dit-il en touchant sa propre gorge.

Susie hocha la tête.

— Ils te racontent que tu pourras manger des tonnes de glace après l'opération, mais une fois que c'est terminé, on n'a pas du tout envie de manger, c'est pas vrai ?

Nouveau hochement de tête.

— Même de la glace te ferait mal en descendant dans ta gorge. Mais je suis sûr que tu en voudras un bol d'ici cet après-midi. C'est une promesse. Je te renvoie à la maison aujourd'hui. Tout va très bien se passer.

Il posa sa paume sur la joue de la petite fille et lui sourit.

— Tu es drôlement courageuse, tu sais.

Susie esquissa un sourire.

— Je rate l'école, dit-elle tout bas.

— Et ça te fait plaisir ?

Un hochement de tête enthousiaste.

— Ce qu'on pourrait peut-être faire la semaine prochaine, c'est remettre tes amygdales en place, et après on les enlèverait à nouveau pour que tu puisses rater encore plus de jours d'école.

Cette idée la fit sourire.

— Vous blaguez, dit-elle d'une voix rauque. Je déteste pas l'école autant que ça.

— Repose-toi bien, dit Sturgess.

Alors qu'il retournait à sa voiture, ses pensées le ramenèrent à Marla Pickens. Il se demandait quel était le problème cette fois. Si elle avait enlevé un autre bébé à l'hôpital, tout le monde dans le bâtiment n'aurait parlé que de ça.

Il se dit qu'il apprendrait les détails tôt ou tard. Il était le médecin de la famille, après tout.

Sa voiture était garée dans le parking à plusieurs niveaux qui avait été construit quatre ans plus tôt. L'hôpital avait toujours eu des zones de stationnement en rez-de-chaussée, mais ces dix dernières années, il était devenu presque impossible de trouver une place, y compris dans les zones réservées au personnel, si bien qu'on avait bâti un parking sur cinq niveaux. On avait accordé aux médecins un accès exclusif à l'extrémité nord du premier niveau.

Sturgess sortit sa télécommande, appuya sur le bouton, vit les phares de son SUV Lincoln clignoter. Il allait mettre la main sur la poignée de la portière quand, derrière lui, près d'un des piliers, quelqu'un l'apostropha :

— Docteur Sturgess ?

Il n'eut pas le temps de réagir.

Le poing trouva le chemin de son estomac à l'instant où il se retourna. Il eut l'impression qu'il s'était enfoncé assez loin pour toucher sa colonne vertébrale. Il tomba aussitôt à genoux, la tête baissée, devant une paire de baskets usées.

Sturgess ne prit pas la peine de lever les yeux. Il ignorait qui était son agresseur, mais il savait très bien qui l'avait envoyé.

— Salut, Doc, dit l'homme qui se tenait au-dessus de lui. J'imagine que vous savez de qui je suis le messager.

La poitrine de Sturgess se soulevait comme il s'efforçait de retrouver son souffle. Le coup avait été bien placé. Il ne pensait pas avoir quoi que ce soit de cassé. L'homme n'avait pas frappé aux côtes. Il serait sans doute en état de marcher d'ici une minute ou deux.

— Oui, dit-il d'une voix rauque. Je sais.

— Il m'a chargé de vous dire que vous avez presque réglé votre ardoise, mais que le compte n'y est pas. Tant que vos dettes et les intérêts ne seront pas payés, il m'enverra vous rendre visite.

— Je comprends.

— Je n'en suis pas sûr. La prochaine fois, ça va saigner, dit l'homme en gloussant, parce que je vous couperai un de vos putains de doigts.

— J'ai compris le message, dit le médecin, qui avait presque retrouvé son souffle. Je lui ai donné cent mille dollars. Ça aurait dû le calmer.

— Si vous ne lui deviez que ça, j'imagine que oui. (Puis, sur un ton légèrement plus conciliant :) Vous ne vous êtes jamais dit que vous aviez peut-être un problème ?

— Quel problème ? fit Sturgess.

Il avait posé un pied au sol, et se remettait lentement debout. Il était à présent en mesure de regarder son agresseur droit dans les yeux. L'homme avait la trentaine, barbu, et devait peser pas loin de cent dix kilos.

Il posa doucement la main sur l'épaule du médecin.

— Vous croyez que ça m'amuse ? Vous croyez que ça me plaît de dérouiller les gens pour les faire raquer ? (Il secoua la tête.) Pas du tout. Je vous le dis, vous devriez peut-être vous faire aider. Les joueurs anonymes ou un truc du même genre. N'allez pas raconter à mon boss que je vous ai dit ça, il tient à son business, cela étant, si vous vous reprenez, il y aura toujours un débile prêt à cramer son salaire sur les canassons, ou au black-jack ou je sais quoi. Mais vous, vous êtes médecin, non ?

Sturgess confirma d'un signe de tête.

— Vous aidez les gens. Vous travaillez sans doute avec vos mains, à faire de la chirurgie, des trucs comme ça. Alors la prochaine fois que je vous verrai, je devrai vous amputer d'un de vos doigts, et ce ne sera pas bon pour la société, vous comprenez ? Imaginez un peu, je vous coupe le doigt, et après j'ai un accident de voiture ou quoi, et vous êtes le seul toubib de garde, mais vous pouvez pas m'opérer parce que votre main est bousillée. Vous saisissez l'ironie, non ?

— En effet.

— Eh bien alors, dit l'homme en gratifiant le médecin d'une dernière petite tape amicale sur l'épaule, vous feriez mieux de payer, parce que je conduis comme un gros manche.

Il ricana, tourna les talons et s'éloigna.

Sturgess ouvrit sa portière et s'effondra sur le siège conducteur. L'homme avait raison. Il fallait qu'il trouve une solution à son problème.

Mais d'abord il devait solder sa dette. Autrement il ne vivrait peut-être pas assez longtemps pour reprendre sa vie en main.

17

David

Une fois que l'inspecteur Duckworth en eut fini avec moi, je dus rentrer à la maison par mes propres moyens. Je songeai à appeler mon père, mais il avait déjà été mis à contribution en allant chercher Ethan à l'école, et je n'avais pas envie de répondre à toutes les questions qu'il ne manquerait pas de me poser. Quant à ma mère, d'après la brève conversation que j'avais eue avec elle, elle s'était fait mal à la jambe ; je n'allais pas la déranger non plus.

J'appelai donc un taxi.

On ne hèle pas un taxi à Promise Falls comme on le fait à New York. Contrairement à la grande ville, la plupart des gens d'ici possèdent leur voiture et s'en servent dans tous leurs déplacements, si bien qu'on ne trouve pas de taxi en maraude dans les rues de banlieue. Vous appelez la compagnie, et ils vous envoient quelqu'un. Après avoir passé l'appel, j'attendis au carrefour que j'avais indiqué.

Et je réfléchis.

Quelle matinée.

Il avait fallu que ma mère m'envoie chez Marla avec du chili.

Bien entendu, même si elle ne l'avait pas fait, nous aurions tous fini par être associés aux problèmes de ma cousine, parce que nous étions sa famille. Nous nous serions inquiétés ; nous l'aurions soutenue ; nous aurions suivi l'affaire avec intérêt.

Mais nous n'aurions pas été impliqués. Pas de cette manière.

Pour ma part, j'avais le sentiment d'avoir conservé une certaine distance protectrice.

Certes, j'avais promis à Marla de lui apporter mon soutien, mais ça n'allait pas beaucoup plus loin. J'aurais pu commencer à mener ma propre enquête pour essayer de trouver quelque chose qui corroborerait sa version des faits, mais dans quelle mesure y étais-je obligé ? Et il ne faisait guère de doute qu'Agnes ferait tout son possible – elle avait commencé en s'attachant les services de Natalie Bondurant – pour que Marla ne soit pas inculpée du meurtre de Rosemary Gaynor.

Le taxi arriva.

Dix minutes plus tard, j'étais rentré. Maman était allongée sur le canapé, papa assis dans son fauteuil inclinable. Ils ne lisaient pas, ne regardaient pas la télévision, regardaient simplement dans le vide. J'eus l'impression d'être entré par mégarde dans un foyer pour personnes âgées.

— Où est Ethan ? demandai-je.

— Je ne t'ai pas entendu arriver, dit mon père d'une voix basse et lasse. Où est ta voiture ?

— Qu'est-ce qui s'est passé avec Ethan ?

— Est-ce que Marla va bien ? demanda ma mère. Elle a rendu le bébé ?

— Il y a un problème avec ta voiture ? insista mon père.

Il fallait que je trouve un travail. Il fallait que je quitte cette maison. Je levai les mains en l'air en signe de reddition.

— Je vais vous répondre dans une minute. Pour l'instant, je voudrais des nouvelles d'Ethan.

— Il est là-haut dans sa chambre, dit ma mère.

— Qu'est-ce qui s'est passé ?

Mon père prit la parole.

— Il s'est battu avec un élève. Je n'en sais pas beaucoup plus, mais Ethan dit que ce n'est pas lui qui a commencé, et ça me suffit. Je n'ai pas pu voir l'autre gamin, mais j'espère qu'Ethan lui en a collé quelques-unes. J'ai son nom si tu veux. Au cas où tu voudrais qu'on aille dire un mot à son père, toi et moi.

Je levai de nouveau les bras au ciel.

— Laisse-moi parler à Ethan avant, d'accord ?

Ma mère fut incapable de se retenir.

— Et Marla ?

— Dans. Une. Minute.

Je montai à l'étage, frappai doucement à la porte d'Ethan, mais n'attendis pas qu'il me réponde pour entrer.

Il était allongé à plat ventre sur son lit, sur les couvertures, la tête enfouie dans son oreiller. Il roula sur le flanc et demanda :

— Où t'étais ?

— Pardon ?

— Pourquoi c'est Poppa qui a dû venir me chercher ?

— Parce que j'étais occupé. Et c'était assez malin de ta part d'essayer d'inverser les rôles, mais c'est moi qui pose les questions, d'accord ? Alors, qu'est-ce qui s'est passé ?

— Rien.

Je tirai la chaise placée devant l'ordinateur et m'assis à côté du lit.

— Ça ne va pas se passer comme ça. Avec qui t'es-tu battu ?

Il marmonna quelque chose.

— Parle plus fort.

— Carl Worthington.

— Il est dans ta classe ?

Ethan fit oui de la tête.

— Comment la bagarre a-t-elle commencé ?

— Il m'embête tout le temps.

— Comment la bagarre a-t-elle commencé ?

— Il a… Il m'a pris quelque chose à la récré et j'ai essayé de le reprendre.

— Qu'est-ce que c'était ?

— Un truc.

— Je ne suis pas d'humeur, Ethan. Accouche.

— La montre de Poppa. Enfin, une des montres de son père.

— Quoi ?

— Elle était dans le carton de vieux trucs au sous-sol. Des affaires de mon arrière-grand-père. Des décorations, des médailles, de vieilles lettres et des cartes postales, ce genre de trucs. Il y avait une montre, mais pas une montre comme les autres. Elle était grande et elle avait pas de bracelet.

— Une montre de gousset. Il y a très longtemps, les hommes gardaient leurs montres dans la poche de leur gilet. C'est ça que tu as pris ?

— On peut dire ça.

— Tu as demandé à ton grand-père de te la prêter ?

— Pas exactement.

— Tu n'as pas demandé son autorisation ?

— C'est juste que j'avais jamais rien vu de pareil et je voulais la montrer à mes copains. Ou la montrer à certains élèves pour qu'ils aient peut-être envie d'être mes copains.

Au lieu de me mettre en colère, je sentis mon cœur se serrer.

— Alors tu l'as apportée à l'école. Et ensuite ?

— On était tout un groupe à nous la passer pour la regarder, et Carl a dit qu'elle lui plaisait vraiment et il l'a mise dans sa poche. Je lui ai demandé de la rendre, mais il a pas voulu.

— Pourquoi tu n'as pas dit à ton institutrice qu'il te l'avait prise pour qu'elle l'oblige à te la rendre ?

— Parce que, si c'était passé par mon institutrice, Poppa l'aurait appris et j'aurais eu des ennuis. Alors j'ai attrapé

Carl et j'ai essayé de sortir la montre de sa poche, et il m'a donné un coup de poing dans la tête, et on est tombés par terre et tout le monde regardait, et puis M. Appleton est arrivé.

— Qui c'est, M. Appleton ?

— Il surveille la récré. On nous a envoyés à la vie scolaire. (La lèvre d'Ethan se mit à trembler.) Quand Poppa est venu me chercher, j'ai cru qu'il savait.

— Je ne pense pas qu'il soit au courant.

— Mais la prochaine fois qu'il regardera dans cette boîte, il verra que la montre n'y est pas…

Je fis signe à Ethan de s'asseoir et je le pris dans mes bras quand il commença à pleurer.

— Ce n'est pas grave, dis-je. On va arranger ça. Alors ce gamin, il a toujours la montre ?

Je le sentis hocher la tête contre mon épaule.

— Et à l'école, ils ne sont au courant de rien ?

— Non.

— D'accord.

— J'ai économisé un peu d'argent. On pourrait aller dans une boutique où ils vendent des vieux trucs et acheter une autre montre toute pareille.

Je lui tapotai le dos.

— Je te l'ai dit, on va arranger ça.

— Ne le dis pas à Poppa. Il nous jetterait dehors avant que tu aies pu trouver un travail et un endroit pour nous deux.

Cette remarque me blessa de bien des manières.

— Il ne ferait jamais une chose pareille. Je ne peux pas te promettre qu'il ne le découvrira pas, mais je vais voir ce que je peux faire. D'accord ?

Il hocha la tête, tira un mouchoir en papier de la boîte sur sa table de nuit et se moucha.

— C'est pour ça que tu jouais les malades ce matin ?

Ethan ne dit rien.

— Parce que tu ne voulais pas aller à l'école et tomber sur ce gamin ?

— Plus ou moins, dit-il tout bas. Peut-être. Il m'embête depuis que je suis revenu ici. Mais ce n'est pas le seul. Il y en a de plus méchants.

Je posai la main sur son épaule.

— Bon, écoute, pourquoi tu ne resterais pas ici encore un peu ?

— Je suis puni ?

— Non. Laisse-moi juste un quart d'heure avant de descendre.

Je savais que j'allais devoir mettre mes parents au courant de ce qui se passait avec Marla, la police et le cadavre que j'avais découvert. Je ne voulais pas qu'Ethan entende tout ça, même si je n'ignorais pas qu'avec Internet et tout le reste, il connaîtrait sans doute l'histoire dans ses grandes lignes avant la fin de la journée.

— Alors ? demanda mon père quand je retournai dans le salon.

— Une simple bagarre. Pas de quoi en faire un plat. Et toi, maman, qu'est-ce qui t'est arrivé ?

Elle me raconta sa chute dans l'escalier. Elle remonta la jambe de son pantalon pour me montrer sa blessure.

— Bon sang, maman, tu devrais aller à l'hôpital.

— Il n'y a rien de cassé. Ça ira. Maintenant, dis-nous ce qu'il se passe avec Marla ?

Ils me laissèrent raconter l'histoire pratiquement jusqu'au bout sans m'interrompre, à part un « Oh, là là » ou un « Mon Dieu » de ma mère de temps à autre. La première question de mon père, comme on pouvait s'y attendre, fut :

— Quand est-ce qu'ils vont te rendre ta voiture ?

— C'est tellement affreux, dit ma mère. Qu'est-ce qu'on peut faire pour l'aider, à ton avis ?

— Je ne sais pas, dis-je. Vraiment pas.

Je leur annonçai que je devais sortir, et je demandai à ma mère si je pouvais emprunter sa vieille Taurus. Elle ne conduisait presque plus, mais elle avait toujours sa voiture, et ses plaques étaient à jour.

— Les clés sont dans le tiroir, dit-elle.

Je savais que c'était sans doute une mauvaise idée. Se mêler des embrouilles de ses enfants, surtout quand elles vous amenaient à rencontrer directement d'autres parents, n'était pas toujours très judicieux.

Je sentais que le meilleur moyen de gérer M. Worthington quand je l'aurais en face de moi serait de lui dire qu'il s'agissait d'un malentendu. Je n'accuserais pas Carl d'avoir volé quoi que ce soit. Je dirais qu'Ethan avait accepté de laisser Carl garder la montre un moment, mais que la montre n'était pas à lui, quelque chose dans ce goût-là. J'expliquerais que c'était un souvenir de famille, qu'elle avait appartenu à l'arrière-grand-père d'Ethan. J'enjoliverais.

L'important, c'était de ne porter aucune accusation. D'être courtois. De récupérer cette foutue toquante.

J'ouvris l'application de recherche d'adresses pour S. WORTHINGTON. Il y en avait une, sur Sycamore.

Ce n'était pas très loin de chez mes parents, ce qui était logique, puisque Ethan et Carl fréquentaient la même école, mais cela semblait être au bout du monde. La rue où vivaient les Worthington comportait un alignement de maisons mitoyennes à loyer modéré entassées les unes sur les autres comme des boîtes à chaussures retournées sur une étagère. Des voitures dans un état de délabrement plus ou moins avancé étaient garées dans des allées trop courtes et mordaient sur le trottoir. Je n'aurais peut-être pas eu le courage de faire ça en temps normal, mais après la matinée que je venais de passer, il y avait une partie de moi-même qui n'en avait rien à foutre. Je serais gentil, mais j'allais récupérer la montre que ce petit merdeux avait piquée à mon fils.

Je trouvai la bonne maison, gravis les trois marches en ciment du perron, une main sur la rampe rouillée, et frappai.

Derrière la porte, un cri étouffé.

— Qui est-ce ?

Ça ne me semblait pas être une voix d'homme.

— Je cherche Sam Worthington ! criai-je en retour. Je suis le papa d'Ethan !

— Qui ça ?

— Ethan est un ami de votre fils ! Je suis juste passé pour…

Soudain la porte s'ouvrit en grand.

Une femme.

— Je suis Samantha, dit-elle, impassible. La plupart des gens m'appellent Sam.

La trentaine, cheveux châtains courts, portant un tee-shirt blanc moulant et un jean tout aussi ajusté. Ils lui allaient bien.

C'était une belle femme, mais, pour être honnête, la première chose que je remarquai fut le fusil de chasse qu'elle tenait dans ses mains, et le fait qu'il était pointé entre mes yeux.

18

— Qu'est-ce qu'il vous faudrait pour remettre Five Mountains sur pied ? demanda Randall Finley à Gloria Fenwick alors qu'ils se trouvaient dans les locaux de Finley Springs Water.

Le bureau était loin du standing de celui du petit empire de Promise Falls sur lequel il avait régné quand il était maire. À l'époque, il avait une grande table de travail en chêne, des fauteuils en cuir pour les visiteurs, et aux fenêtres des rideaux de velours, ou d'un tissu qui imitait très bien le velours en tout cas. Son bureau à l'usine d'embouteillage de Finley Springs, à huit kilomètres au nord de Promise Falls, sur un terrain qui appartenait à sa famille depuis cinq générations, manquait de charme. Un meuble métallique bon marché avec un plateau en stratifié imitation bois abîmé. Des chaises en plastique empilables. Il avait raccroché quelques-unes des photos encadrées qui ornaient autrefois les murs de son bureau de maire. Sur l'une d'elles, on le voyait échanger une poignée de main avec le présentateur de Fox News Bill O'Reilly. Sur une autre, l'ancien catcheur et gouverneur Jesse Ventura faisait semblant de lui donner des coups.

Il n'y avait jamais eu de calendrier *Penthouse* au mur du bureau du maire et il aurait peut-être dû enlever celui-là avant d'inviter Fenwick à venir le voir. Et puis merde. Il ne montrait rien qu'elle n'ait déjà vu dans son miroir.

Gloria Fenwick, quarante ans, mince comme un crayon, cheveux blonds mi-longs, vêtue d'un ensemble BCBG Anne Klein, avait été la directrice générale du parc à thème, et supervisait la fermeture du site pour le compte de la société mère. Ce qui impliquait de traiter avec les créanciers, de vendre certaines installations, de réceptionner les offres pour l'achat du terrain. Jusqu'ici, il n'y en avait eu aucune.

— Je ne sais même pas pourquoi j'ai accepté ce rendez-vous, dit-elle, debout, regardant la chaise en plastique la plus proche.

Le siège était fendu, et semblait prêt à pincer la peau d'une partie délicate de son anatomie si elle s'y asseyait.

— Vous avez accepté parce que vous savez que si une opportunité se présentait de vous faire bien voir de vos supérieurs, vous sauteriez dessus.

Fenwick prit une bouteille en plastique de Finley Springs Water posée sur le bureau. Elle la souleva pour l'examiner à la lumière vacillante du plafonnier au néon.

— Elle m'a l'air un peu trouble.

— On a eu quelques soucis de qualité sur le dernier lot, dit Finley. Parfaitement potable malgré quelques contaminants.

— Vous devriez en faire votre slogan publicitaire.

Le téléphone sonna sur le bureau de Finley. Il y jeta un coup d'œil pour lire le nom qui s'était affiché sans prendre l'appel.

— Vous ne voulez pas vous asseoir ?

— Cette chaise est fendue.

Finley se leva de derrière son bureau et en dénicha une autre qui paraissait moins hostile au très plaisant postérieur de Fenwick. Elle s'y assit, et Finley retourna à sa place.

— Votre parc a été une bouffée d'oxygène pour Promise Falls.

— Five Mountains ne rouvrira pas.

— Je pense que vos supérieurs n'ont pas de vision à long terme. Un parc comme ça, ça demande du temps pour se développer, pour trouver son public, comme on dit.

— En quoi cela vous concerne-t-il ?

Il se pencha en arrière, les doigts croisés sur la nuque, une posture qui fit saillir sa bedaine comme un wok retourné.

— Je cherche à revenir en politique. Je veux me remettre en selle. Promise Falls est sur la mauvaise pente. Cette ville est cassée. Les boîtes ferment, les gens s'en vont. Le journal a coulé. La prison privée, qui aurait créé un paquet d'emplois, n'a pas été construite ici. Une usine qui fabriquait des pièces détachées pour GM et Ford a perdu son contrat au profit du Mexique. Et comme si cela ne suffisait pas, le parc à thème du coin a plié ses gaules. Et ça, ça vous regarde.

— Ce n'était pas une opération viable, affirma Gloria Fenwick. Construire à cet emplacement était un mauvais calcul. Les schémas de circulation ont été mal évalués. Promise Falls est trop au nord d'Albany. Il n'y a pas d'autres attractions alentour, comme un groupement de magasins d'usine. Les gens doivent faire un trop grand détour pour venir ici. Quand ils vont d'un point A à un point B, ils ne passent jamais par Promise Falls. C'est pour ça que le parc a été fermé.

— Chaque fois que je passe devant en voiture, ça me ferait presque flipper. Voir la grande roue, les montagnes russes et tout le reste immobile, comme abandonné. Ça fout les jetons.

— Vous devriez y rester un moment, dit Fenwick. Mon bureau est toujours sur le site. C'est comme vivre dans une ville fantôme. Surtout tard le soir.

— Quoi qu'il en soit, quand je serai de nouveau aux affaires, déclara Finley en posant les mains sur son bureau et en se penchant en avant, je pourrai faire en sorte que Five Mountains soit exempté de taxe professionnelle ou de taxe foncière pendant cinq ans. Et passé ce délai, si le parc n'est toujours pas viable financièrement, cette exemption pourrait être prolongée, disons, de dix ans. Que les gens aient du boulot est plus important que de remplir les caisses.

Le téléphone sonna à nouveau. Il n'y toucha pas, mais quelques secondes après, ce fut au tour de son portable de se déclencher.

— Merde à la fin, c'est comme d'avoir des mouches qui vous bourdonnent tout le temps dans les oreilles.

— Vous auriez peut-être besoin d'un assistant, suggéra Fenwick.

— Ça vous intéresse ?

— Non.

— Parce que j'ai un peu prospecté, en fait, j'ai quelques noms en vue. Entre ma boîte à faire tourner, ma carrière politique à relancer, je me noie.

— C'est une plaisanterie ?

— Que voulez-vous dire ?

— Vous travaillez dans le secteur de l'eau.

— Oh, fit-il avec un grand sourire. Je l'ai pas vue venir, celle-là.

— Quand vous êtes-vous lancé dans cette affaire ?

— Il y a trois ans. Cette terre appartient à la famille Finley depuis cent treize ans. On a toujours su qu'il y avait une source naturelle sur la propriété, mais c'est moi qui ai décidé de m'intéresser à son potentiel financier. J'ai implanté une usine, et maintenant on fait un carton.

— Alors pourquoi tenez-vous à revenir en politique si votre affaire tourne bien ?

— J'aime apporter ma pierre à l'édifice. J'aime changer les choses.

Fenwick se demanda si Finley allait pouvoir garder son sérieux. Il y parvint. Ce qui ne l'empêcha pas de pousser la question plus loin.

— Un homme tel que vous a toujours un objectif en tête. Vous ne voulez pas vous remettre en selle pour être au service des gens. Vous voulez revenir pour vous servir. Vous revenez, vous rendez des services à des gens, ils vous renvoient l'ascenseur. C'est comme ça que ça marche.

— Une exploitante de parc à thème cynique, dit Finley. C'est comme découvrir que Willy Wonka détestait le chocolat. (Il se frotta les mains.) Voilà ce que je vous propose. Je ne demande pas la réouverture de Five Mountains. Je sais que ce n'est peut-être pas faisable. Mais si vous trouviez le moyen de dire, en sortant de cet entretien avec moi, que vous envisagez de réétudier une éventuelle réouverture, je vous en serais très reconnaissant.

— Vous voulez dire mentir.

Finley agita la main en l'air.

— Appelez ça comme vous voulez. Mais uniquement dans cette pièce.

— Qu'est-ce que Five Mountains a à y gagner ? Admettons que j'aille voir mes supérieurs pour leur vendre votre truc. Qu'est-ce que j'ai à y gagner ?

— De l'eau de source à volonté ? dit-il avec un grand sourire.

Fenwick regarda à nouveau la bouteille d'eau trouble.

— Si elle est livrée avec des antibiotiques.

Finley sortit une enveloppe blanche d'un tiroir de son bureau et la posa dessus.

— Et ça.

L'enveloppe faisait un petit centimètre d'épaisseur. Fenwick y jeta un coup d'œil, mais n'y toucha pas.

— Vous n'êtes pas sérieux. Vous vous prenez pour qui ? Tony Soprano ?

— Ce sont des honoraires de consulting. Je vous ai consultée au sujet des projets de votre société. Vous ne voulez pas voir combien il y a, au moins ?

— Non, dit-elle en se levant.

Finley fit glisser l'enveloppe sur le bureau pour la remettre dans le tiroir.

— Je sais que vous n'arrivez pas à vendre. (Il gloussa.) Si j'étais vous, je dirais à mes patrons de foutre le feu à tout le bazar et de toucher l'assurance. C'est le seul moyen de récupérer une petite partie de vos billes.

Fenwick le regarda.

— D'où vous sortez ça ?

Le sourire de Finley s'épanouit.

— J'ai touché un point sensible ?

— Au revoir, monsieur Finley. Je trouverai la sortie.

Il ne prit pas la peine de se lever quand elle quitta le bureau.

— Salope, dit-il.

Il se demanda s'il n'aurait pas pu mieux s'y prendre. C'était peut-être le calendrier *Penthouse*. Peut-être avait-il perdu toutes ses chances de convaincre Fenwick quand elle avait vu cette femme le minou à l'air.

Le téléphone sonna encore. Il le regarda et cria : « Ta gueule ! » Il souleva le combiné de quelques centimètres et le raccrocha violemment. Ce ne fut qu'à ce moment-là qu'il se rendit compte que l'appel provenait de son domicile. Ce qui signifiait que c'était soit sa femme, Jane, soit Lindsay, qui faisait à la fois office de femme de ménage et d'aide-soignante.

— Merde, dit-il avant de décrocher et de composer le numéro.

— Allô !

C'était Lindsay.

— Vous avez appelé ? demanda-t-il.

— Ça devait être Jane, dit-elle. Ne quittez pas.

Elle mit la ligne en attente, puis on décrocha sur un autre téléphone.

— Randy ? demanda Jane d'une voix fatiguée.

— Bonjour, mon cœur. Qu'est-ce qui se passe ?

— Tu aurais le temps de passer à la librairie aujourd'hui ? J'ai terminé mon livre.

— Bien sûr. Avec plaisir.

— N'importe quoi d'autre du même auteur. Il s'appelle… attends… Il s'appelle… comment s'appelle-t-il ?

— Je m'en occupe. À très vite.

Finley raccrocha, soupira, balaya du regard son bureau vide. Heureusement que Lindsay l'aidait à la maison, mais il avait tout autant besoin d'assistance ici.

Comme il l'avait dit à Fenwick, il ne s'en sortait plus. Il avait besoin d'aide. Quelqu'un qui organiserait son emploi du temps, gérerait sa campagne, s'occuperait des médias à Albany. Qui parlerait aux représentants du patronat local, les convaincrait de soutenir sa candidature.

Finley savait qu'il pouvait parfois prendre les gens à rebrousse-poil.

Le problème, c'était qu'il avait brûlé pas mal de ponts. Des gens qui avaient travaillé pour lui dans le passé s'étaient juré de ne plus jamais le faire. Jim Cutter, par exemple, qui avait été son chauffeur du temps où il était maire. Cet enfoiré de Cutter avait fini par lui casser le nez. Finley, avec le recul, savait qu'il l'avait probablement bien cherché, et s'il pensait qu'il y avait une chance sur un million pour que Cutter travaille à nouveau pour lui, mette son affaire de paysagiste entre parenthèses, Finley le reprendrait dans la minute. Cutter était un type intelligent. Trop intelligent, s'avisa Finley, pour revenir dans son équipe.

Aussi s'était-il renseigné pour trouver quelqu'un qu'il n'avait pas encore braqué contre lui. Quelqu'un qui connaissait les médias.

Il avait un nom. Quelqu'un qui s'était fait virer quand le *Standard* avait bu la tasse. Un certain David Harwood.

Qu'est-ce que ça coûte ? se dit-il, et il décrocha le téléphone.

19

— Qu'est-ce qu'il y a ? demanda Gill Pickens à sa femme, Agnes, dans le hall du poste de police. Qu'est-ce qui se passe ?

— Ils sont en train de l'interroger comme une vulgaire criminelle, voilà ce qu'il se passe, lui répondit-elle, les mains sur les hanches. On peut savoir où tu étais passé ?

— Pourquoi tu n'es pas avec elle ?

Agnes leva les yeux au ciel.

— Parce qu'ils n'ont pas voulu. Mais Natalie Bondurant est avec elle. J'espère simplement qu'elle sait ce qu'elle fait.

— Natalie est bonne, dit Gill.

— Tu veux dire professionnellement, ou c'en est encore une que tu t'es tapée derrière mon dos ?

Gill soupira.

— Sérieusement, Agnes.

— Ce n'est pas une réponse.

— C'est une bonne avocate. Une très bonne avocate. Tu le sais aussi bien que moi.

— Je te repose la question, où étais-tu passé ?

— Je te l'ai dit. J'étais avec un client. Je l'ai retrouvé au Holiday Inn Express d'Amsterdam. Il dirige une entreprise de nettoyage industriel, et il cherche à accroître sa rentabilité. Baldry. Emmett Baldry. Appelle-le si tu ne me crois pas.

— Pourquoi le retrouver au Holiday Inn ? demanda-t-elle. Tu prévoyais de traiter d'autres affaires sur place ?

Gil secoua la tête en chuchotant avec colère :

— C'est vraiment le moment ? Alors qu'on doit faire face à une nouvelle crise de Marla ? C'est de ça que tu veux parler ? Je te jure, Agnes, tu es obsédée par l'idée que je te suis infidèle, et c'est absolument n'importe quoi. Je te répète que j'ai eu un rendez-vous avec Emmett Baldry et que je suis venu ici aussi vite que j'ai pu. On pourrait parler de ce qui compte vraiment ? Qu'est-ce que dit Natalie ? Elle pense que Marla est vraiment dans le pétrin ?

— Elle en est toujours à recueillir des informations, répondit Agnes, acceptant implicitement de passer à autre chose comme le lui demandait son mari. Du moins pour le moment. Mais c'est différent de la dernière fois. Ça, je ne peux pas le contrôler.

— Où est-ce qu'elle a pris ce bébé ?

Agnes leva les yeux au ciel, comme si elle allait y trouver la réponse à cette question.

— Je ne sais pas. Elle prétend que quelqu'un a sonné à sa porte et le lui a donné.

— Et la mère ? La vraie mère ? Elle est morte ?

Agnes hocha la tête avec gravité.

— Notre fille l'a vraiment fait cette fois.

— Ma cliente n'a rien à déclarer, dit Natalie Bondurant.

Elle était assise à côté de Marla Pickens derrière une table en métal dans une salle d'interrogatoire du poste de police de Promise Falls. En face des deux femmes se trouvait l'inspecteur Barry Duckworth.

— Je comprends, dit-il. En fait, je voudrais avancer et j'ai besoin que vous m'y aidiez un peu. Je ne suis pas là pour vous piéger, Marla. (Il s'adressait directement à elle au lieu de passer par Natalie.) Vraiment pas. Je veux simplement comprendre ce qui s'est passé, et je pense que vous pourriez dissiper certaines zones d'ombre.

— Barry, s'il vous plaît, dit Natalie.

— Je suis sérieux, Natalie. Pour l'instant il n'est pas question d'inculper Mme Pickens d'enlèvement ni de quoi que ce soit de ce genre.

— D'enlèvement ? releva Marla.

Duckworth hocha la tête.

— Nous ne savons pas bien comment Matthew Gaynor vous a été confié, Marla, mais le plus urgent, c'est de comprendre ce qui est arrivé à sa mère. Je suis certain que vous voulez nous aider à y voir plus clair.

— Bien sûr.

— Ne lui répondez pas, intervint Natalie, en posant la main sur le bras de sa cliente.

— Mais c'est vrai. Je veux qu'ils trouvent celui qui a fait ça. Cette chose terrible.

— Terrible, en effet. Connaissiez-vous Rosemary Gaynor ?

— Vous n'avez pas à répondre à cette question, insista Natalie.

— Non. Enfin, je ne pense pas. Ce nom ne me dit rien.

Duckworth poussa une photo sur la table. Un agrandissement de la photo du profil Facebook de Rosemary Gaynor.

— Vous n'avez jamais vu cette femme ?

Marla examina le cliché.

— Je ne la reconnais pas.

— Très bien. J'aimerais expédier quelques petits détails administratifs avant de revenir à cette enquête. Quelle est votre adresse, Marla ?

— Vous la connaissez déjà, objecta Natalie. Vous avez pris son permis de conduire.

— S'il vous plaît, maître.

Marla lui donna son adresse et son numéro de téléphone.

— Je vis seule, ajouta-t-elle.

— Et vous faites quoi ?

— Ce que je fais ?

— Quel est votre travail ? Vous avez un emploi ?

— Oui, dit Marla. J'écris des critiques.

— Sans blague ? fit Duckworth en haussant les sourcils. Quel genre de critiques ? Des critiques de films ? De livres ? Vous faites les restaurants ?

— Ni films ni livres. Quelques restaurants. Mais surtout des entreprises.

Natalie, qui ne savait pas trop quelle direction prenait cette conversation, avait l'air sur ses gardes.

— Peut-être devrions-nous… ?

— Non, ça va, dit Marla. J'écris des avis sur des entreprises sur Internet.

— Comment ça marche, exactement ? demanda Duckworth.

— Eh bien, disons que vous dirigez… je ne sais pas… une entreprise de pavage. Votre métier, c'est de paver les allées des gens. Moi, je rédige un avis sur votre entreprise disant que vous avez fait du très bon boulot. (Elle sourit d'un air las.) Je ne touche pas grand-chose par avis, mais comme j'arrive à en caser beaucoup en une heure, ça chiffre assez vite.

— Je ne pense pas que cela ait le moindre rapport avec notre affaire, fit valoir Natalie.

Duckworth leva la main vers elle.

— Je suis juste curieux, à titre personnel, de savoir comment vous pouvez évaluer des entreprises auxquelles vous n'avez jamais fait appel.

— Voilà comment ça marche, expliqua Marla. Si vous êtes le patron de la boîte de pavage, vous contactez l'entreprise web pour laquelle je travaille, et vous dites que vous avez besoin d'un tas d'évaluations positives, comme ça, quand les gens chercheront un terrassier, ils vous choisiront, vous. Après ça l'entreprise m'envoie les infos et j'écris l'évaluation. J'ai peut-être une demi-douzaine d'identités virtuelles que je peux utiliser pour qu'on n'ait pas l'impression que tous les avis viennent de la même personne. Alors même si je n'y connais pas grand-chose en pavage, je suis capable de comprendre de quoi il s'agit, et dire qu'ils m'ont fait un bon prix, qu'ils ont respecté les délais, que l'allée était lisse comme un billard, ce genre de trucs.

— N'en dites pas plus, dit Natalie en serrant plus fort le bras de Marla.

— C'est fascinant, observa Duckworth. Vous faites quelques commentaires positifs sur des entreprises dont vous ne savez rien et que vous n'avez jamais fait travailler.

Marla confirma d'un hochement de tête.

— Donc, en d'autres mots, Marla, vous mentez, assena l'inspecteur.

La tête de la jeune femme partit brusquement en arrière, comme si on l'avait giflée.

— Pas vraiment, dit-elle. C'est l'Internet.

— Eh bien, dans ce cas, laissez-moi vous poser cette question : pourquoi avez-vous tenté d'enlever un bébé à l'hôpital de Promise Falls ?

— Holà, une minute, intervint Natalie, interloquée. Si vous avez le moindre élément permettant d'accréditer l'hypothèse que Mlle Pickens a enlevé Matthew Gaynor dans cet hôpital, alors j'aimerais voir…

Il leva la main.

— Non, pas Matthew. (Il parcourut des documents devant lui.) L'enfant s'appelait Dwight Westphall. Il n'avait que quelques jours quand votre cliente s'est introduite dans la maternité et…

— Je vous demanderais de vous abstenir d'employer des mots tels que « s'introduire », inspecteur.

— Nous ne sommes pas devant un jury, maître Bondurant… pas encore. Comme je le disais, Mlle Pickens ici présente a été arrêtée par la sécurité de l'hôpital en train de quitter l'établissement avec un bébé dans les bras. La police a été avisée, mais un arrangement a été trouvé entre la famille Westphall et l'hôpital, et les choses en sont restées là. Cet arrangement aurait-il quelque chose à voir avec le fait que votre mère est la directrice de l'hôpital, mademoiselle Pickens ?

Les larmes lui montaient aux yeux.

— Ce qui m'étonne, dit Duckworth à Bondurant, c'est que vous n'ayez pas été informée des antécédents de votre cliente. (Il se pencha au-dessus de la table et considéra Marla avec bienveillance.) C'est une bonne chose que Matthew soit sain et sauf, Marla. Vous vous êtes occupée de lui, et c'est bien. Peut-être qu'au moment où vous avez essayé de le prendre, Mme Gaynor vous est tombée dessus. Vous a menacée physiquement. C'est ce qui s'est passé ? Avez-vous agi en état de légitime défense ?

— C'était l'ange, dit Marla.

— Je vous demande pardon ?

— Je n'ai pas pris Matthew. C'est l'ange qui me l'a donné.

— Cet entretien est terminé, dit Natalie.

— Êtes-vous capable de décrire cet ange ? continua Duckworth.

Marla secoua la tête.

— Non.

L'inspecteur fit de nouveau glisser la photo de Rosemary Gaynor vers elle.

— C'était elle, votre ange ?

Marla jeta un autre regard à la photo.

— Je ne sais pas.

— Comment ça, vous ne savez pas ? C'est elle ou ce n'est pas elle.

— J'ai… J'ai du mal. Avec les visages.

— Mais ça s'est passé il y a moins de vingt-quatre heures.

— C'est la prosopagnosie.

Une expression de confusion passa sur le visage de l'avocat et de l'inspecteur.

— Je vous demande pardon. La proso quoi ? demanda Duckworth.

— J'en souffre, déclara Marla. Pas sévèrement, mais quand même. La prosopagnosie… l'agnosie visuelle.

— C'est quoi, ça ?

— Je ne me rappelle pas les visages. Je ne me rappelle pas à quoi ressemblent les gens. (Marla montra la photo du doigt.) Alors ça pourrait être cette femme qui m'a confié Matthew. Mais je n'en sais rien.

20

David

— Holà ! fis-je en m'écartant de la porte, les mains en l'air. Je n'avais vraiment pas envie de paraître menaçant alors que Sam – disons Samantha – Worthington braquait son fusil sur ma tête.

— Rappelez-moi votre nom ? demanda-t-elle. C'est quoi ces questions sur mon gamin ? C'est eux qui vous envoient ?

— Je crois qu'il y a une sorte de malentendu, dis-je, en baissant lentement les bras mais en gardant les mains à bonne distance de mon corps.

Pour ce que je pouvais en deviner, elle pensait que je portais une arme et que j'étais susceptible de m'en servir. Pourquoi se présenter à la porte avec un fusil, sinon ?

En m'efforçant de parler d'une voix égale, je repris tout depuis le début.

— Je m'appelle David Harwood. Je suis le père d'Ethan. Nos enfants vont à l'école ensemble. Ethan et Carl.

— Elle s'appelle comment, l'école ?

— Quoi ?

— Donnez-moi son nom. Le nom de l'école.

— Clinton Street Elementary.

— Comment s'appelle l'institutrice ?

Je dus faire un effort de mémoire.

— Mme Moffat.

Elle commença à baisser son fusil. Si elle me tirait dessus maintenant, ce serait ma poitrine qui serait emportée et pas ma tête. Un léger mieux, peut-être.

— J'ai réussi l'examen ? demandai-je. (Parce que c'était assurément l'impression que j'avais.)

— Peut-être.

De l'intérieur de la maison, quelqu'un appela.

— C'est qui, maman ?

Un garçon. Carl, vraisemblablement.

Sam tourna brusquement la tête, pas plus d'une seconde.

— Reste dans la cuisine, dit-elle.

Et Carl ne fit plus entendre le moindre bruit.

— Ce ne sont pas les parents de Brandon qui vous envoient ? me demanda Sam.

— Je ne connais pas de Brandon.

Elle m'examina cinq secondes encore, en respirant par le nez. Puis elle finit par baisser complètement son fusil, canon pointé vers le sol. Je relâchai mes bras, sans toutefois m'approcher de la porte.

— Qu'est-ce que vous voulez ?

— Là, tout de suite, changer de caleçon, dis-je. (Je guettai le début d'une esquisse de sourire, en vain.) Mon fils a donné au vôtre une montre ancienne. C'était une erreur. Ce n'était pas la sienne. Elle appartient à son grand-père. En fait, au père de son grand-père. C'est une sorte de relique familiale.

— Une montre ?

— Une montre de gousset. (Je formai un cercle avec mon pouce et mon index.) Un peu plus grande qu'un Oreo.

— Une minute, dit-elle. Restez là.

Elle ferma la porte. J'entendis une chaîne qu'on remettait en place.

Je fis le pied de grue sur le perron. Les mains dans les poches. Souris à une vieille dame qui poussait un petit caddie, et qui m'ignora.

J'avais découvert un cadavre, été interrogé par la police, et voilà qu'on venait de me menacer avec un fusil de chasse. Et ce n'était que le milieu de l'après-midi. Je n'osais pas imaginer ce que la suite de la journée me réservait.

Mon téléphone sonna.

Je l'extirpai de ma poche, jetai un coup d'œil au numéro. Inconnu au bataillon. C'était peut-être l'inspecteur Duckworth qui avait d'autres questions à me poser. J'acceptai l'appel et collai le téléphone à mon oreille.

— Allô !

— David Harwood ?

Une voix d'homme. Rauque, et plus forte que nécessaire.

— Qui le demande ?

— Randall Finley. Vous savez qui je suis ?

Il aurait été difficile de ne pas le savoir, *a fortiori* dans mon métier. L'ancien maire, dont la tentative pour briguer des fonctions plus élevées avait explosé en vol quand on avait appris qu'il avait eu recours aux services d'une prostituée mineure.

— Oui, je sais qui vous êtes.

— Je lisais vos papiers dans le *Standard*. Vous étiez un bon journaliste. Je crois que vous m'avez interviewé plus d'une fois dans le passé.

— Oui.

— Bon, voilà la raison de mon appel : j'ai entendu dire que le journal vous avait réembauché juste au moment où il coulait.

Je ne dis rien.

— Ça a dû être terrible. Vous étiez parti à Boston, c'est ça ?

— C'est ça, dis-je lentement.

— Et puis vous êtes revenu. Vous élevez un petit garçon tout seul, à ce que j'ai entendu dire. Après cette histoire avec votre femme il y a quelques années de cela.

— Que puis-je faire pour vous, monsieur Finley ?

— Je ne sais pas si vous êtes au courant de ce que je fais maintenant.

— Pas vraiment.

— Depuis que je ne suis plus au service de la population, j'ai créé une entreprise. D'embouteillage d'eau de source. Une eau pure, délicieuse, sans produits chimiques. Une affaire florissante.

— Génial.

— Mais j'envisage aussi de retourner dans la fonction publique. En tentant à nouveau ma chance à la tête de Promise Falls.

Quelle idée.

— Eh bien, voilà qui est intéressant, mais le fait est que je ne suis plus journaliste. Le *Standard* n'existe plus. Je ne fais plus de piges pour personne non plus. Le marché du journalisme free-lance est totalement sinistré. Si vous voulez de la publicité pour vos projets, si vous préparez un communiqué, vous devriez plutôt contacter les médias d'Albany. Ils continuent à couvrir notre actualité locale, si les sujets sont suffisamment intéressants, et je pense pouvoir affirmer qu'une tentative de come-back de votre part retiendrait leur attention.

— Non, non, vous n'y êtes pas du tout. Je vous offre un poste. Un boulot.

Je ne savais pas quoi dire.

— Vous êtes toujours là ?

— Oui, je suis là.

— Vous n'avez pas l'air très enthousiaste.

— Je ne pense pas être l'homme qu'il vous faut.

— Je ne vous ai même pas dit en quoi consistait ce travail. Mon problème, c'est que je ne peux pas tout gérer. Je ne peux pas diriger cette entreprise, mener une campagne, m'occuper des relations publiques, prendre les appels, répondre aux sollicitations des médias, faire parler de moi, et toutes ces conneries, sans que ma tête explose. Vous voyez le topo ?

— Bien sûr.

— Ce qu'il me faut, c'est un assistant, j'imagine. Quelqu'un qui gérerait les médias, ferait de la pub, mettrait des trucs sur Facebook et Twitter, auxquels je pige que dalle, mais j'ai cru comprendre qu'au jour d'aujourd'hui il fallait utiliser toutes les ressources disponibles. J'ai pas raison ?

— Je vous l'ai dit. Je ne pense pas être votre homme.

— Pourquoi ? demanda Finley. Parce que je suis un enfoiré ?

Une fois de plus, les mots me manquaient.

— Parce que c'est ce que je suis. Demandez autour de vous. Enfin, vous n'avez pas besoin de demander. Vous avez travaillé pour le journal. Vous savez comment je suis. Je suis un enfoiré. Et alors ? Vous savez combien de personnes auraient un boulot si elles refusaient de bosser pour des enfoirés ? Tout ce putain de pays serait au chômage. Alors qu'est-ce que ça peut faire que je sois un enfoiré ? Je suis un enfoiré prêt à vous payer mille dollars la semaine. Qu'est-ce que vous en dites ?

La porte s'ouvrit. Sam était revenue.

— Il faut que je vous laisse, dis-je en levant un index à l'intention de Sam.

— Vous commenceriez tout de suite si vous étiez intéressé, insista Finley. Voilà ce que je vous propose. Vous y réfléchissez et vous me donnez votre réponse demain. Vous n'êtes pas le seul type du *Standard* à être sans travail, vous savez. Mais d'après les informations que j'ai glanées ici et là, vous étiez peut-être le meilleur. Mille billets par semaine. Réfléchissez. On va se marrer. On va foutre un sacré boxon.

Randall Finley termina l'appel.

Abasourdi, je remis le téléphone dans mon blouson et regardai Samantha Worthington d'un air confus.

— Désolé.

— Mon fils n'a pas votre montre, dit-elle, et elle claqua la porte.

21

Barry Duckworth n'avait pas suffisamment d'éléments pour retenir Marla Pickens. Il n'eut pas d'autre possibilité que de la laisser partir avec Natalie Bondurant. Mais il pensait qu'il la reverrait d'ici peu. Les techniciens cherchaient des indices chez elle. Ils avaient trouvé du sang sur l'encadrement de la porte d'entrée, ainsi que sur la poignée de la poussette. Il n'aurait pas l'analyse ADN immédiatement, mais si ce sang était celui de Rosemary Gaynor, Marla Pickens était bonne pour la prison. Et avec un peu de chance, se disait Duckworth, il aurait même quelque chose sur elle avant cela.

Le fait qu'elle ait détenu le bébé de Rosemary – bon sang, pour un peu, il se serait cru dans un film d'horreur – n'apportait pas en soi la preuve qu'elle avait tué Mme Gaynor. C'était accablant, certes, mais pas une preuve. Son histoire d'ange venu à sa porte pour lui confier Matthew était totalement délirante, et n'était étayée par aucun élément objectif, si bien qu'il ne s'en inquiétait pas outre mesure. Ce n'était pas comme s'il devait réfuter sa version des faits. Il devait juste prouver que Marla se trouvait dans cette maison de Breckonwood Drive.

Et il fallait qu'il mette la main sur la nourrice.

Sarita.

Bill Gaynor ne lui avait été d'aucune aide, mais ils avaient trouvé le portable de sa femme dans son sac à main, lequel était posé en évidence sur le comptoir de la cuisine. Si le tueur y avait pris quoi que ce soit, et rien n'indiquait qu'il l'ait fait, il avait manifestement négligé l'argent liquide et les cartes de crédit.

Il ? s'interrogea Duckworth. Plus vraisemblablement *elle*.

Quand l'inspecteur en eut terminé avec Marla Pickens, il consulta son propre téléphone, qu'il avait senti vibrer pendant l'interrogatoire. Un e-mail d'un des agents présents sur la scène de crime l'informait qu'il y avait une « Sarita » parmi les contacts du portable de Mme Gaynor.

Pas de nom de famille.

Duckworth appuya sur le numéro qu'indiquait son écran. Au bout de trois sonneries :

— Allô !

Comme la voix semblait féminine, il demanda :

— Vous êtes Sarita ?

— Sarita ?

— C'est ça. Êtes-vous Sarita ?

— Sarita comment ?

Duckworth soupira.

— J'essaie de joindre Sarita. Est-ce que je suis en train de parler à Sarita ?

Bill Gaynor avait laissé entendre que Sarita était une immigrante illégale, mais l'inspecteur ne décela aucune trace d'accent étranger dans la voix de cette femme.

— Je n'ai pas de nom de famille. Je suis à la recherche de Sarita. Elle travaille comme nourrice.

— Qui la demande ?

Il hésita.

— Duckworth. Inspecteur Duckworth, de la police de Promise Falls.

— Je ne connais aucune Sarita. Il n'y a pas de Sarita ici. Vous vous êtes trompé de numéro.

— Je ne pense pas, non. Il est très important que je lui parle.

— Comme je vous l'ai dit, je ne sais pas comment vous avez eu ce numéro.

— Si vous n'êtes pas Sarita, est-ce que vous la connaissez au moins ? Parce que je…

On venait de lui raccrocher au nez.

— Merde !

Il n'aurait jamais dû dire qu'il était policier.

Il retourna à son bureau et, exactement comme il s'y était attendu, la nouvelle de sa première visite du matin avait fait le tour du poste. Un bocal de cacahuètes salées était posé devant son ordinateur, avec un post-it jaune sur lequel était écrit : *Pour payer tes indics.*

Les vingt-trois écureuils morts. Ça s'était vraiment passé aujourd'hui ? Il avait l'impression qu'une semaine s'était écoulée depuis.

Il ouvrit le couvercle, versa une poignée d'arachides dans sa paume et les lança dans sa bouche. Après quoi il saisit le numéro de téléphone qu'il venait de composer dans la fenêtre de recherche Google de son ordinateur. S'il s'agissait d'une ligne fixe, il y avait de bonnes chances pour que le nom du propriétaire de la ligne apparaisse.

Pas de bol.

Mais tout n'était pas perdu, même si le téléphone était un portable. À moins que ce ne soit un jetable, ils y associeraient un nom en un rien de temps. Duckworth pouvait mettre quelqu'un sur le coup.

Il fit suivre le mail de l'agent contenant le numéro de Sarita à Connor Stigler, aux communications, avec cette question : *À qui appartient ce numéro ?*

Après quoi il téléphona à sa femme, Maureen.

— Tu en as pris un ? lui demanda-t-elle.

— Un quoi ?

— En allant au travail. Un donut.

— Non. (C'était agréable de ne pas avoir à mentir pour une fois.) Mais il s'en est fallu de peu.

— On dirait que tu es en train de manger quelque chose, là.

— Des cacahuètes. Qu'est-ce qu'on mange ce soir ?

— Je n'en sais rien, moi. Qu'est-ce que tu nous prépares ?

— Sérieusement ?

— Pourquoi c'est toujours à moi de m'en occuper ? Tu as peut-être raté un épisode : je travaille, moi aussi.

— D'accord, je rapporte du poulet frit, de la purée et de la sauce.

— Bien essayé, dit Maureen. Ce sera du poisson. Du brochet… Et des légumes verts.

— Des légumes, dit Duckworth. Je passerai peut-être prendre du poulet, tout compte fait.

Maureen ignora la menace.

— Tu rentres tard ?

— Ça se pourrait. Je te tiens au courant. Des nouvelles de Trevor ?

Leur fils. Vingt-quatre ans. À la recherche d'un travail. Il ne vivait pas avec eux, ni avec qui que ce soit, d'ailleurs. Plus maintenant. L'amour de sa vie, une fille prénommée Trish, avec qui il avait parcouru l'Europe, avait rompu depuis peu. Trevor, effondré, disposait à présent d'un trois-pièces pour lui tout seul. Barry et Maureen avaient de ses nouvelles moins souvent qu'ils ne l'auraient voulu, et ils se faisaient du souci pour lui.

— Pas aujourd'hui, dit Maureen. Je l'appellerai peut-être, voir s'il a envie de venir dîner.

— Pour du poisson ? Tu peux toujours courir.

— Pas forcément ce soir.

— D'accord, fais ça. Il faut que je te laisse, là.

Il venait de remarquer que Connor avait déjà répondu à son mail.

L. SELFRIDGE 209 ARMOUR ROAD.

Au moment où il repoussait sa chaise, l'agent Angus Carlson passa devant son bureau, jeta un coup d'œil à Duckworth et au bocal de cacahuètes, et sourit.

Avant que l'inspecteur ait pu faire le moindre commentaire, Carlson déclara :

— C'est pas moi. (Puis, après une pause :) Il faudrait que j'aie une cacahuète à la place du cerveau pour me moquer d'un supérieur.

L'adresse sur Armour Road était celle d'un meublé, une maison victorienne de deux étages qui avait été divisée en appartements. Sur l'interphone près de la porte d'entrée, une étiquette portait la mention GÉRANT. Duckworth sonna. Quelques instants plus tard, une femme petite et costaud, n'ayant plus que quelques mèches de cheveux sur le crâne, vint à la porte, qu'elle entrebâilla à peine.

— C'est pour quoi ?

— Mademoiselle Selfridge ?

— C'est madame. Le patron est mort il y a quelques années. On est complet, mais vous pouvez laisser votre nom si vous voulez.

— Ce n'est pas une chambre que je cherche. Dites, c'était très impoli de me raccrocher au nez comme ça.

Les yeux de la femme s'agitèrent en tous sens.

— Hein ?

— Au téléphone, il y a quelques minutes. C'est moi qui ai demandé à parler à Sarita.

— Comment vous m'avez retrouvée ?

— Vous payez la facture de ce portable, madame Selfridge. Il y a certaines choses pour lesquelles on n'a pas besoin de la Sécurité intérieure.

— Je vous l'ai dit, je ne connais aucune Sarita.

— Je pense que si.

Elle commença à fermer la porte, mais Duckworth la bloqua avec son pied.

— Vous n'avez pas le droit.

— Je suppose que Sarita préfère faire profil bas, et que vous la laissez utiliser votre téléphone. Comme ça, elle n'a pas besoin d'en avoir un à son nom. Vous ajoutez un petit supplément au loyer tous les mois pour le service ?

— Je comprends pas ce que vous racontez.

L'inspecteur jeta un coup d'œil autour de lui, comme un acheteur potentiel venu évaluer la maison.

— À quand remonte votre dernière inspection incendie, madame Selfridge ? Ces gens qui viennent tout passer en revue, pièce par pièce, pour s'assurer que tout est aux normes ?

— Vous dites n'importe quoi.

— Je pourrais les appeler, là, tout de suite, si vous voulez. Les inviter à passer… (Il laissa sa phrase en suspens, le nez en l'air.) C'est quoi cette odeur ?

— C'est un cake à la banane et aux pépites de chocolat. Je viens de le sortir du four.

Duckworth lui adressa son sourire le plus chaleureux.

— Mon Dieu, ça sent merveilleusement bon. J'ai une théorie selon laquelle la première odeur que l'on sent en arrivant au paradis est pareille à celle-là.

— J'en fais chaque fois que j'ai un tas de vieilles bananes trop mûres de reste. Mixées et cuites, elles sont bonnes à manger.

— Ma mère faisait ça, elle aussi. Elle mettait même ses bananes noircies au congélateur jusqu'à ce qu'elle se décide à faire un cake avec.

— Dites-moi, à propos de cette histoire d'inspection incendie. Je suis presque aux normes ici, il y a des détecteurs de fumée et tout. Pas besoin qu'ils viennent se prendre le chou avec des broutilles.

— Ils peuvent être pinailleurs, dit Duckworth. Et si on en discutait en mangeant un peu de ce cake à la banane ?

La femme lui lança un regard noir, soupira, et ouvrit la porte en grand.

— Vous n'avez même pas besoin de me dire où se trouve la cuisine, dit-il. Je vais la trouver grâce à mon flair.

Quelques secondes plus tard, il était assis à la petite table de cuisine.

— Ce serait beaucoup vous demander de me couper l'entame ? demanda l'inspecteur. Là où il est le plus croustillant ? C'est quand il est encore chaud qu'il est le meilleur.

Mme Selfridge s'exécuta. Elle lui coupa l'entame et une autre tranche, les disposa sur une assiette ébréchée vert pâle qu'elle posa devant lui.

— Vous voulez le beurrer ? demanda-t-elle.

— Non, non, c'est très bien comme ça. J'essaie d'être raisonnable.

— Vous voulez du lait avec ? C'était comme ça que mon Leonard le prenait. Et j'ai un fond de cafetière si ça vous dit.

— Du café, ce sera très bien.

Elle posa un mug devant lui et s'assit. Le regarda croquer dans l'entame.

— Mon Dieu, soupira-t-il. Il est merveilleusement bon.

— Merci, dit-elle.

Elle marqua un temps d'arrêt, puis demanda :

— Alors, c'est quoi que vous voulez savoir sur Sarita ?

Duckworth leva la main.

— Pour l'instant, rien. (Il prit une autre bouchée de cake à la banane, puis but son café à petites gorgées.) J'en avais vraiment besoin. Et je ne me sens même pas coupable, parce que je ne me suis accordé aucun autre petit plaisir aujourd'hui.

— Vous essayez de perdre du poids ? Je ne dis pas que vous devriez. Je pose juste la question.

Il acquiesça d'un mouvement de tête.

— Je ne serais pas contre perdre quelques kilos. Mais c'est dur quand on adore manger.

— À qui le dites-vous. Il y a des jours, je regarde par terre et je me demande où sont mes pieds.

Duckworth rit.

— On n'a pas droit à un peu de plaisir dans la vie ? Et si la bonne nourriture nous donne du plaisir, on devrait nous pardonner d'aimer ça, non ?

Mme Selfridge hocha lentement la tête, posa les mains sur la table.

— Et je vais vous confier un petit secret.

— Quoi donc ?

— Aujourd'hui ça fait vingt ans.

— Vingt ans que vous êtes marié ?

Il secoua la tête.

— Vingt ans que je suis dans la police. C'est mon anniversaire aujourd'hui.

— Eh bien, félicitations. Ils font quelque chose de spécial pour vous aujourd'hui au poste ?

— Absolument rien du tout, dit Duckworth en prenant une autre bouchée.

Mme Selfridge le regarda manger.

— Je ne sais pas où elle est partie.

— Hmmm ? fit l'inspecteur, comme s'il avait oublié le motif de sa visite.

— Sarita. Je ne sais pas où elle est.

— Quand l'avez-vous vue pour la dernière fois ?

— Hier. En fin d'après-midi.

— Quel est son nom ? Son nom de famille.

— Gomez. Sarita Gomez.

— Et elle vous loue une chambre.

— Ouais.

— Elle vit seule ?

La femme hocha la tête.

— Depuis quand ?

— Ça va faire maintenant trois ans qu'elle loue chez moi. Jamais eu le moindre souci. C'est une brave fille.

— Elle a quel âge ?

— Vingt-six, vingt-sept ? Quelque chose comme ça. L'argent qu'elle gagne, elle l'envoie chez elle pour aider sa famille.

— Sa famille où ça ?

— Au Mexique, sans doute. Je ne sais pas où exactement. Ce ne sont pas mes oignons. Mais elle m'avait confié ça.

— Vous savez comment elle gagne sa vie ?

— Elle s'occupe du bébé d'une dame, et elle fait aussi des heures dans une ou deux maisons de retraite, je crois. Elle n'avait pas les moyens de se payer un portable, alors je lui laissais tout le temps le mien, à condition qu'elle ne s'en serve pas pour passer des appels longue distance au Mexique.

— Vous savez de quelles maisons de retraite il s'agit ?

Mme Selfridge fit non de la tête.

— Aucune idée. Mais le nom des gens chez qui elle fait la nounou, c'est Gaynor. Le prénom de la dame, c'est Rosemary. Je n'en sais pas beaucoup plus. Mais Sarita a dû travailler à la maison de retraite hier, parce qu'elle avait mis son espèce d'uniforme d'infirmière.

— Parlez-moi donc d'hier. De la dernière fois où vous l'avez vue.

— J'ai entendu la porte d'entrée s'ouvrir d'un coup et quelqu'un monter l'escalier en courant. Sa chambre est juste au-dessus de la mienne, et je l'ai entendue se déplacer bruyamment, alors je suis montée voir. Elle était en train de remplir une valise. Je lui ai dit : « Qu'est-ce qui se passe ? » Et elle m'a répondu : « Je m'en vais. »

— Où ça ?

— Elle ne l'a pas dit.

— Elle a dit pour combien de temps ?

Mme Selfridge secoua la tête.

— Elle n'a pas dit qu'elle déménageait, mais elle était vraiment nerveuse.

— Elle a dit pourquoi ?

— Non, mais je lui ai fait remarquer qu'elle avait du sang sur une manche, là. Elle a regardé la tache et a commencé à se changer. Elle s'agitait dans tous les sens comme un poulet sans tête. Ensuite elle a dévalé l'escalier avec sa valise. Il y avait une voiture qui l'attendait devant la maison.

— Une voiture ?

— Je ne l'ai pas bien vue. Je sais juste qu'elle était noire. Et elle a mis les voiles. C'était peut-être son petit copain. Ça se peut qu'elle ait eu un petit copain, mais il n'a jamais passé la nuit ici.

— Merci pour toutes ces informations.

Il finit sa seconde tranche de cake à la banane, vida sa tasse de café. Fit claquer ses lèvres pour manifester sa satisfaction.

— Qu'est-ce que vous diriez d'aller jeter un œil à la chambre de Sarita ? dit-il.

22

— Je veux qu'on s'occupe de cet homme, dit Agnes Pickens au moment d'entrer dans la maison familiale, suivie de Gill et de Marla.

— Agnes, dit Gill, l'inspecteur ne fait que son travail.

— Comme par hasard, il faut que tu prennes sa défense.

— Mais bon sang, ce n'est pas la question. Duckworth doit enquêter sur un meurtre, et il suit toutes les pistes, où qu'elles mènent.

— Il n'a pas à les suivre quand elles mènent à notre fille.

— Elle avait leur foutu bébé !

Sa voix ricocha sur les murs du très grand vestibule. Marla se tenait derrière eux, les bras le long du corps, le regard perdu.

— Pour l'amour de Dieu, Gill ! dit Agnes en prenant sa fille dans ses bras pour la protéger, comme si les paroles de son mari pouvaient la blesser physiquement. Ça nous aide beaucoup.

Marla restait les bras ballants.

— Monte dans ta chambre, ma chérie, dit Agnes. Pourquoi tu ne t'allongerais pas un instant ? Cette journée a été épuisante pour toi. Nous allons nous occuper de ça. (Puis se tournant vers son mari :) J'espère juste que Bondurant sait ce qu'elle fait.

— Je l'aime bien, commenta Marla tout bas. Je l'ai trouvée gentille.

— Oui, eh bien, il faut qu'elle soit bien plus que gentille.

— Quand est-ce que je vais pouvoir rentrer chez moi ? demanda Marla.

— Quand la police le décidera, dit Gill. Je suppose qu'ils vont tout retourner.

— Vous iriez récupérer mon ordinateur ? Que je puisse travailler ?

— Oui, dit Agnes. Occupe-toi de ça, Gill.

— Ils ne lui rendront pas son ordinateur tout de suite, dit son mari, exaspéré. Ils vont éplucher tous ses mails et examiner son historique de navigation. C'est ce qu'ils font dans ce genre d'enquête.

— Tu es expert en la matière ? demanda sa femme.

— Tu ne regardes jamais la télévision ? rétorqua-t-il.

Agnes se tourna vers sa fille.

— Est-ce que ça risque de poser un problème, ma chérie ? Est-ce qu'ils vont trouver sur ton ordinateur des choses que tu préférerais leur cacher ?

Marla regarda sa mère droit dans les yeux.

— Comme quoi ?

— Bon, on ne va pas s'inquiéter de cela pour l'instant. Tu as faim ? Tu veux manger quelque chose ?

— Je boirais bien un verre, dit Gill, qui se dirigea vers la cuisine.

— Peut-être des toasts, dit Marla.

— D'accord, on peut…

On sonna à la porte.

Agnes Pickens lâcha Marla et alla ouvrir. Le Dr Jack Sturgess, qui avait assisté au conseil d'administration ce matin-là, se tenait sur le seuil.

— Agnes, dit-il.

— Oh, Jack, merci d'être venu.

Gill s'arrêta et se retourna.

— Jack ?

— Je l'ai appelé pour lui demander de passer, expliqua Agnes. Je l'ai mis au courant au téléphone. J'ai pensé qu'il serait bien qu'il examine Marla.

— Je vais parfaitement bien, protesta l'intéressée.

— Gill, emmène Marla dans la cuisine et donne-lui quelque chose à manger pendant que je parle avec Jack.

Gill grommela quelque chose, puis emmena sa fille en la prenant par le bras. Une fois que Marla et lui furent hors de portée de voix, le médecin dit :

— C'est affreux. Vraiment affreux.

— Oui, acquiesça Agnes.

— Comment diable ce bébé a-t-il pu débarquer chez elle ?

— Je ne vois que deux explications possibles, et elles sont toutes les deux invraisemblables. Soit elle a vraiment tué cette femme et s'est enfuie avec l'enfant, soit elle dit la vérité et quelqu'un lui a apporté ce bébé chez elle.

— Comment va-t-elle ? Elle a vraiment cru que ce bébé était le sien ?

Agnes secoua la tête.

— Pas plus que la fois où elle a essayé d'enlever l'autre bébé à l'hôpital. Mais il va falloir tirer ça au clair.

— Je me demande si je ne devrais pas lui prescrire quelque chose, un calmant.

— À elle ou à moi ?

— Agnes, je…

— Tu aurais dû savoir que le traumatisme qu'elle a subi serait long à surmonter, Jack. Perdre un enfant, c'est absolument dévastateur.

— Bon sang, Agnes, même toi, tu ne l'as pas vu venir. Tu as fait suivre Marla ; tu as fait tout ce que tu as pu. Personne n'aurait pu prédire que Marla réagirait de cette façon, en volant des bébés et…

Gill réapparut.

— Jack, un verre ?

— Non, ça ira, merci, Gill.

— Comment va-t-elle ? demanda Agnes à son mari.

— Je lui ai montré le reste de spaghettis bolognaise qui était dans le frigo et elle m'a dit qu'elle en voulait bien un peu. Je les ai mis à réchauffer au micro-ondes. Alors, Jack, qu'en penses-tu ?

— Je suis bien en peine d'en penser quoi que ce soit. Ce serait peut-être une bonne idée de demander une autre évaluation psychiatrique. Dieu nous en garde, mais si la police l'inculpe, il faudra commencer à élaborer une stratégie, et son état mental pèsera dans la balance.

— Je parlerai au Dr Frankel, dit Agnes. Elle le voit depuis presque dix mois maintenant. Je suis sûre qu'il dira ce qu'on aura besoin qu'il dise.

— Il serait peut-être préférable de faire appel à quelqu'un qui ne travaille pas dans ton hôpital, suggéra Gill. Frankel fait partie du service de psychiatrie du PFG. Ça pourrait jouer contre Marla si cette affaire, comme dit Jack, finit devant les tribunaux. Le témoignage de Frankel pourrait être entaché en raison de sa relation professionnelle avec toi.

Dans la cuisine, le micro-ondes fit entendre son *ding*.

— Je reviens, dit Gill, et il disparut.

Le Dr Sturgess avait ouvert la bouche pour dire quelque chose quand Agnes et lui entendirent Gill s'écrier :

— Bon Dieu, Marla !

Ils se précipitèrent à la cuisine, où ils trouvèrent Gill d'un côté de la table, Marla de l'autre. Elle était debout, un couteau à steak dans la main droite, qu'elle tenait au-dessus de son poignet gauche.

— Ne m'approchez pas, avertit-elle.

— Marla ! dit Agnes ! Pose ça ! Tout de suite !

Les joues barbouillées de larmes, Marla regardait sa mère et le Dr Sturgess.

— Pourquoi ? demanda-t-elle.

— Ma chérie, pose ce couteau, dit Agnes.

— Pourquoi il a fallu que vous laissiez mourir mon bébé ?

Sturgess s'éclaircit la voix.

— Marla, dit-il posément, nous avons fait tout ce que nous avons pu. Vraiment.

— Je suis désolée, dit Agnes. Tu n'as pas idée à quel point.

— Vous auriez dû la sauver.

— C'est tout ce que nous voulions, dit sa mère. Simplement… Simplement, Dieu en a décidé autrement.

Gill contournait lentement la table, essayant de raccourcir la distance entre lui et sa fille.

— Pourquoi Dieu n'aurait-Il pas voulu qu'elle vive ? demanda Marla. Pourquoi est-ce qu'Il serait si méchant ?

— Il y a certaines choses qu'on ne comprendra jamais, dit Gill. Des choses horribles arrivent, je sais. Mais il faut essayer d'aller de l'avant. C'est dur. Mais on peut t'aider. On peut t'aider à faire ça. Je t'aime tellement.

— Nous t'aimons tous les deux, dit Agnes.

— Elle était tellement belle, dit Marla. Tellement parfaite. N'est-ce pas, maman ? N'est-ce pas qu'elle était parfaite ? Je ferme les yeux et j'essaie de l'imaginer et c'est de plus en plus difficile.

— Oui, elle était parfaite. Vraiment parfaite.

Marla lança un regard à son père.

— Ne fais pas ça.

Il s'immobilisa.

— S'il te plaît, mon cœur. Pose ça. Je suis sûr que le Dr Sturgess peut te donner quelque chose qui te fera du bien.

— Je peux t'aider, dit le médecin. Laisse-nous t'aider, Marla.

— Ils vont m'enfermer. Je vais aller en prison.

— Non, dit Agnes. On fera en sorte que ça n'arrive pas. Nous allons engager les meilleurs avocats. Si Natalie n'est pas à la hauteur, on trouvera quelqu'un d'autre.

— C'est ça, renchérit Gill. On fera tout ce qu'il faut.

— Ça m'étonnerait, dit Marla, qui baissa le couteau et s'entailla le poignet.

— Non ! cria Agnes, qui se couvrit la bouche avec les mains.

Gill se précipita et empoigna le bras droit de Marla pour lui faire lâcher le couteau, mais elle n'opposa aucune résistance. Il tomba par terre avec un cliquetis, manquant de peu la chaussure de Gill.

Marla laissa retomber son bras gauche. Du sang s'écoula de son poignet, recouvrit sa main comme de la peinture, et tomba goutte à goutte au bout de ses doigts.

Le Dr Sturgess se rua sur elle, attrapant un torchon accroché à la poignée de la porte du four au passage, et le noua fermement autour du poignet ensanglanté de Marla pendant que Gill soutenait son bras. Agnes était pétrifiée : les mains sur la bouche, elle observait la scène avec horreur.

— Appelle le 911 ! lui cria le médecin. Agnes ! Appelle une ambulance !

Elle courut jusqu'au téléphone mural, décrocha le combiné, et composa le numéro.

Pour la première fois depuis qu'on lui avait retiré Matthew, Marla s'autorisa un sourire.

23

David

Ethan avait dû me guetter depuis la fenêtre de sa chambre et me voir garer l'antique Taurus de sa grand-mère dans l'allée, parce qu'il m'attendait à la porte quand j'entrai dans la maison. Comme papa et maman étaient dans la cuisine, il pouvait me questionner sans qu'ils l'entendent.

— Tu l'as ? demanda-t-il. Tu as récupéré la montre ?

Je secouai la tête solennellement.

— Non.

— Il n'y avait personne ?

— Si, ils étaient là. La mère de Carl lui a parlé, et elle dit qu'il ne l'a pas.

— Il ment.

— Je sais.

— Tu n'as pas dit à sa mère qu'il mentait ?

— Viens dehors. (Je le conduisis sur le porche jusqu'aux fauteuils en osier blanc. Je le fis asseoir dans l'un d'eux et pris l'autre.) C'est compliqué, dis-je.

— Mais c'est lui qui l'a. Il ment.

— Ça n'aurait servi à rien que je dise ça à sa mère. Elle ne m'aurait pas cru. Écoute, si quelqu'un venait ici t'accuser d'avoir volé quelque chose et que tu disais que tu n'as rien volé, c'est toi que je croirais.

— Mais moi, jamais je volerais quelque chose.

— Oui, enfin, tu as quand même pris cette montre sans la permission de ton grand-père, lui rappelai-je.

Cela le désarçonna une seconde.

— Mais ce n'était pas vraiment du vol. J'allais la remettre à sa place.

Je hochai la tête, posai la main sur son épaule.

— Ce que j'essaie de te dire, c'est que les parents n'aiment pas penser que leurs enfants ont fait des choses qu'ils n'auraient pas dû faire. Nous vous défendons naturellement. Et c'est ce que la mère de Carl a fait avec lui.

— Tu lui as parlé, à Carl ?

— Non.

— Pourquoi ?

J'avais décidé de passer sous silence le fusil de chasse que Samantha Worthington avait pointé sur moi.

— Sa mère a fait en sorte que ça n'arrive pas.

Ethan avait l'air déconfit.

— Et Poppa ?

— Tu vas devoir lui dire.

— Moi ?

— Ouaip.

— Tu ne peux pas lui dire, toi ?

Je fis non de la tête.

— Ce n'est pas moi qui l'ai prise. J'ai essayé de te sauver la mise sur ce coup-là, mon pote. Mais j'ai échoué. Alors tu vas devoir avouer ce que tu as fait.

— Il va nous mettre dehors ?

— Non, il ne fera pas ça. Allons lui parler.

Ma mère était dans la cuisine. Elle pelait des pommes de terre sur le plan de travail, pratiquement en appui sur une seule jambe.

— Où est papa ? demandai-je.

— Je crois qu'il est dans le garage. Il est devenu affreusement silencieux cet après-midi. Au début, ça allait, mais au fil de la journée, je ne sais pas. Quelque chose ne va pas.

— Il est malade ? demandai-je. Son cœur ne fait pas des siennes, au moins ?

Ma mère secoua la tête, histoire de dédramatiser.

— Non, ça n'a rien à voir. J'ai pensé qu'il m'en voulait peut-être d'être tombée comme une idiote dans l'escalier, mais je ne crois pas que ce soit ça non plus. Je me demande si ça n'a pas un rapport avec Walden.

— Walden ?

— Walden Fisher. Il a appelé ton père à l'improviste, pour aller prendre un café. Tu te souviens de lui ?

— Non, aucun souvenir.

— Ton père lui avait donné un coup de pouce pour trouver un travail à la mairie il y a des années de cela. Je suis sûre que tu te souviens d'Olivia Fisher, cette affaire horrible ?

— La femme qui a été…

— Oui, c'est bien elle. C'était la fille de Walden. Enfin, bref, Walden vient de perdre sa femme cette fois, pauvre homme. Il travaille toujours pour la ville, et il voulait poser à ton père des questions sur toutes ces choses qui remontent au temps où il y travaillait lui-même. Ne me demande pas quoi, parce que je n'en sais rien et que ça ne m'intéresse pas. (Elle regarda Ethan.) Pourquoi tu fais cette tête-là ?

— Pour rien.

— Tu veux un cookie ?

— Non, merci.

— Viens, dis-je à Ethan. On va aller voir Poppa.

Il était bien dans le garage. Cette construction séparée, à l'arrière de la maison, servait de second atelier à mon père. Comme il était difficile à chauffer pendant l'hiver, il avait aussi aménagé un endroit où bricoler au sous-sol. Il était debout devant son établi, en train de trier des vis et de les laisser tomber dans un tiroir composé de dizaines de petits casiers en plastique. Papa était un bon trieur.

— Salut, dis-je.

— Hmm, fit-il, sans presque faire attention à nous.

Ethan me lança un regard inquiet, un regard qui disait : « Le moment est peut-être mal choisi. »

— Papa, tu aurais une seconde ?

Il se tourna à moitié pour nous regarder. Je ne savais pas comment une telle chose était possible, mais il avait l'air plus vieux que lorsque je l'avais vu plus tôt dans la journée. Je pensai à son cœur.

— De quoi s'agit-il ?

Je donnai à Ethan un petit coup de coude sur l'épaule.

— J'ai quelque chose à te dire, commença mon fils. Tu promets de ne pas te mettre en colère ?

Mon père le considéra avec curiosité.

— Je sais que tu n'as pas bousillé ma voiture. Tes pieds ne touchent pas les pédales. Je vois pas ce qui pourrait être pire que ça. Alors ça va.

— Tu sais pour la bagarre que j'ai eue avec Carl Worthington ?

— Ouais.

— C'était à cause de la montre de ton père. Celle que tu gardais dans une boîte au sous-sol avec d'autres trucs.

— D'accord, dit mon père.

— Je l'ai prise dans la boîte et je l'ai apportée à l'école pour la montrer aux copains. Carl me l'a prise et il a pas voulu me la rendre. Je suis vraiment désolé et je sais que j'aurais pas dû faire ça, que j'aurais dû te demander la permission de l'apporter à l'école, et je te rembourserai.

Le regard de mon père s'adoucit.

— C'était à cause de ça la bagarre ?

— J'ai essayé de la lui reprendre. Papa est allé chez lui pour la récupérer mais Carl a menti en disant qu'il l'avait pas. (Il marqua une pause pour reprendre son souffle.) Je sais que rien de tout ça serait arrivé si j'avais pas pris la montre.

Mon père resta silencieux plusieurs secondes. Puis :

— Eh bien, elle n'indiquait plus l'heure avec suffisamment de précision, de toute façon. Ce n'est pas si grave, on a fait bien pire.

Il posa la main sur la joue d'Ethan, la laissa là un moment, puis recommença à trier ses vis.

Ethan avait l'air d'un condamné à mort gracié par le gouverneur à minuit moins deux. Je désignai la maison d'un signe de tête, pour l'inciter à filer. Ce qu'il fit.

— Tout va bien, papa ?

— Oui, bien sûr, répondit-il en me tournant le dos.

— Tu as été plutôt coulant avec Ethan.

— C'est un bon gars. Il a merdé… ça arrive à tout le monde.

— Maman me dit que tu as revu un vieil ami du travail aujourd'hui.

— Pas vraiment. C'était son père, mon ami.

— Ça ne t'a pas fait plaisir de le voir ?

Un haussement d'épaules, le dos toujours tourné, tandis qu'il séparait les vis Robertson des Phillips.

— Oui et non. Je ne fréquente pas trop les gens avec qui j'ai travaillé. Je dis bonjour si je les croise dans la rue, mais ça s'arrête là, comme Tate.

Je ne savais pas du tout qui était Tate.

— J'ai suffisamment à faire pour ne pas vivre dans le passé. Ce n'est pas bon de ressasser des choses qui ont eu lieu il y a longtemps et pour lesquelles il n'y a strictement plus rien à faire.

— De quoi parle-t-on, papa ?

— De rien. Absolument de rien.

Un silence gêné s'ensuivit, et ce n'était pourtant pas faute de sujets de discussion. Marla, le bébé, Rosemary Gaynor.

Je n'arrivais toujours pas à me débarrasser de l'image du cadavre de cette femme par terre. J'avais beau m'efforcer de la chasser de mon esprit, elle y revenait sans cesse.

Et même si j'étais parvenu à la repousser, elle aurait été remplacée par celle d'un fusil de chasse pointé sur mon visage.

Je décidai de lancer un autre sujet de conversation.

— On m'a proposé un boulot aujourd'hui.

Cela poussa mon père à se retourner vers moi.

— Hé, mais c'est une excellente nouvelle, fils. C'est formidable.

— Je n'ai pas dit oui. En fait, je ne suis pas certain de vouloir le prendre.

Il fronça les sourcils.

— C'est quoi, ce boulot ?

— Tu te rappelles Randall Finley ?

— Oui, bien sûr. Un brave homme, ce Finley.

Cette remarque me prit de court.

— Quoi ?

— Oh, oui, il a été un bon maire. Tu es en train de me dire qu'il t'a proposé un boulot ?

— Oui. Une sorte de poste d'assistant. De directeur de campagne, peut-être. Il envisage de se représenter, mais il a déjà trop de pain sur la planche avec son usine d'embouteillage. Il a besoin de quelqu'un pour se charger des relations publiques, gérer les médias, ce genre de choses.

— La paye est bonne ?

— Mille dollars la semaine.

— Qu'est-ce qui te fait hésiter ? demanda mon père. C'est bien payé.

— Papa, c'est un connard.

— Bah, c'est un politicien.

— Tu te rappelles l'histoire de cette prostituée mineure ?

Mon père hocha la tête.

— Mais il ne savait pas qu'elle était mineure.

Était-ce bien à mon père que j'étais en train de parler ?

— Tu veux dire que si elle avait eu l'âge légal, ça aurait été normal ?

Il regarda par terre.

— Non, ce n'est pas ce que je dis. Je dis juste qu'il y a des degrés. Regarde Clinton dans les années quatre-vingt-dix. Regarde Spitzer, notre propre gouverneur, il y a quelques années. Ils obtiennent un peu de pouvoir et ils s'imaginent pouvoir faire n'importe quoi ; et puis ils se rendent compte que ce n'est pas possible et se font remettre à leur place. Ils apprennent. Est-ce que ça veut dire qu'on doit leur interdire définitivement toute fonction publique ?

Je ne répondis rien.

— Laisse-moi te raconter une histoire, reprit-il. Après qu'on s'est mariés, ta mère et moi, mais avant que je commence à travailler pour la municipalité, j'étais au chômage. Il y avait un type qui construisait des maisons dans le sud de la ville et qui cherchait à embaucher. Je savais des trucs sur lui. Je savais que c'était un ivrogne, qu'il maltraitait sa femme, qu'il battait ses enfants. C'était une merde intégrale, ce type. Mais j'avais une femme à faire vivre, le loyer à payer. J'avais des responsabilités. J'ai pris le boulot. Je n'étais pas fier de moi, mais veiller sur ta mère passait avant mon amour-propre. J'ai décidé que je ferais ce boulot tout en continuant à chercher mieux. Et dès que j'ai trouvé ce poste à la ville, j'ai donné mon préavis à ce salopard et je suis parti. Mais pendant tout ce temps, ta mère n'a jamais eu faim, et elle a toujours eu un toit au-dessus de la tête.

— Message reçu.

— D'accord, Finley est un trouduc, mais je pense qu'il aime cette ville, et c'est peut-être ce dont Promise Falls a besoin dans l'immédiat. Quelqu'un qui fera bouger les choses.

Je hochai la tête. Nous restâmes l'un en face de l'autre. Je le pris dans mes bras et lui tapotai le dos.

— Tu es quelqu'un de bien, dis-je, alors qu'il me rendait mon étreinte.

— N'en sois pas si sûr, dit mon père.

24

Travailler dans un parc d'attractions désert ne faisait pas peur à Gloria Fenwick. Du moins, dans la journée.

La société qui l'employait possédait Five Mountains et plusieurs autres parcs à travers le pays, et l'avait affectée dans certains d'entre eux au fil des ans. Elle était chargée de sa fermeture définitive maintenant que les enfants étaient retournés à l'école et leurs parents à leur dur labeur.

Fenwick avait ainsi pris l'habitude de déambuler parmi les chevaux de bois des manèges à l'arrêt. L'immobilité du Super Collider de Five Mountains la rassurait, elle qui n'avait jamais pu se résoudre à monter sur aucun des manèges du parc. Elle était incapable de rester à côté du grand huit quand il était en fonctionnement : elle sentait la structure trembler et vibrer, elle craignait toujours qu'elle ne s'effondre et que des dizaines de clients meurent sous les décombres.

Les stands de restauration rapide vides, les autos tamponneuses à l'arrêt, le parking désert. Cela lui convenait parfaitement.

Dans la journée. La nuit, eh bien, c'était une autre histoire. La nuit, l'endroit lui foutait vraiment les jetons.

Elle se sentait relativement en sécurité dans le bâtiment administratif du parc, où elle se trouvait à présent, alors que la nuit tombait. Elle avait encore une montagne de travail – sans mauvais jeu de mots. Plusieurs parcs d'attractions avaient soumis des offres pour racheter certains manèges de Five Mountains. Une entreprise italienne mettait plusieurs millions de dollars sur la table pour le Super Collider, qui pouvait être démonté, expédié par bateau, et réassemblé. Un groupe qui participait à la reconstruction de Jersey Shore après le passage de l'ouragan Sandy était intéressé par l'achat des stands de restauration. Un représentant de Disney souhaitait avoir des informations sur certains employés licenciés. Ils avaient peut-être du travail pour eux dans un de leurs parcs à thème.

Fenwick devait non seulement leur répondre à tous, mais également informer le siège des nouvelles offres. C'était là-bas que se prenaient toutes les décisions importantes. Elle n'était que l'agent de la circulation, qui orientait les demandes dans telle ou telle direction.

La fermeture du parc impliquait en outre d'innombrables autres tâches. Il fallait traiter avec les créanciers. Une femme avait engagé des poursuites après avoir perdu son dentier sur le grand huit. Elle ne voulait pas seulement que Five Mountains lui paie de nouvelles dents, elle voulait également être indemnisée pour les dommages psychologiques subis.

Quel monde de dingues, songea Fenwick.

Elle ne travaillait pas tout à fait seule. Elle avait un assistant qui filait à cinq heures précises, que le travail soit fini ou non. Et Five Mountains avait fait appel à une entreprise de gardiennage pour surveiller le parc, empêcher qu'il soit vandalisé, veiller à ce que la machinerie de l'attraction des bûches ne soit pas squattée par des sans-abri. D'habitude, c'était un certain Norm qui était là dans la journée. Il faisait trois rondes : à neuf heures, treize heures, et la dernière à dix-sept heures. Le soir, c'était Malcolm. Elle était certaine qu'il inspectait le parc à vingt-deux heures, parce qu'il lui était arrivé plus d'une fois de travailler aussi tard. Il était censé repasser à deux heures du matin, et puis quatre heures plus tard, à six heures.

Ce soir-là, Gloria se disait qu'elle ne verrait pas Malcolm. Elle espérait être partie à vingt et une heures trente au plus tard.

Elle était en train de dresser la liste de ce qu'elle aurait à faire le lendemain quand son portable sonna. Elle sourit. C'était Jason. Du siège. À des centaines de kilomètres de là. Quand il appelait aussi tard, ce n'était pas pour parler boulot.

— Salut, dit-elle.

— Qu'est-ce que tu fous ?

— Je suis toujours au parc.

— Allez, rentre chez toi. Tu travailles trop dur… À propos de dureté…

— Arrête, dit-elle avec un grand sourire.

Elle posa son stylo et se passa les doigts dans les cheveux.

— Tu viens ce week-end ?

— Je vais essayer, dit-elle, en reprenant son stylo pour noter : *Appeler avocat dentier*. Et pour le Memorial Day ? Tu viendras ?

— Oh, oui. Mais il faut que je te voie avant. Il faut *vraiment* que je te voie.

— Ah, oui ?

— J'ai pensé qu'on pourrait essayer un nouveau truc, dit Jason.

— Je t'écoute.

— D'accord, alors imagine. Tu es sur le lit, sur le dos, et…

— Qu'est-ce que je porte ? demanda-t-elle en griffonnant *Revoir offre sur autos tamponneuses*.

— Une paire de talons hauts. Tes escarpins noirs.

— Je les aime, ceux-là, dit Gloria. Je me sens cochonne quand je les porte. Mais j'ai du mal à marcher avec.

— Tu n'auras pas à marcher.

— D'accord, je suis sur le dos, en talons, et après ? Dis-moi si tu es là avec moi ? Parce que, comme ça se présente, je pourrais très bien prendre mon pied sans toi.

Souligné, avec un point d'interrogation à la fin : *Parler de Finley au siège ?*

— Oh, je suis là, et ma queue est très, très…

Il y eut un flash de lumière derrière la fenêtre de Gloria Fenwick.

— Mets-toi sur pause, dit-elle.

Elle posa le téléphone sur son bureau et se leva pour aller à la fenêtre. La lumière était toujours là, mais *bougeait* à présent.

La source lumineuse, qui éclairait la rangée de boutiques de souvenirs en face du bâtiment administratif dans lequel travaillait Fenwick, provenait de derrière, là où se trouvaient la plupart des attractions.

Attractions dont on avait coupé l'alimentation, et qui étaient en cours de démantèlement.

Elle retourna à son bureau, prit son portable et dit :

— Je vais devoir te rappeler.

— Qu'est-ce qui… ?

Elle raccrocha, puis contacta l'entreprise de gardiennage.

— Oui, bonsoir, c'est Gloria, à Five Mountains. Il se passe un truc ici. Il faut que vous envoyiez quelqu'un.

Téléphone en poche, elle quitta son bureau, descendit une volée de marches et se retrouva dans l'allée principale de Five Mountains. Sur sa gauche, les grilles d'entrée. Elle prit à droite, s'enfonçant à l'intérieur du parc.

Quand elle tourna l'angle du bâtiment, elle n'en crut pas ses yeux.

La grande roue, aussi haute qu'un immeuble de six étages, s'était mise à tourner.

Entièrement illuminée, elle évoquait un jeu de roulette se détachant sur le ciel noir. Un œil monstrueux qui tournoyait, éblouissant, et qui lui rappelait toujours les petits moulins à vent sur lesquels elle aimait souffler quand elle était enfant.

— Je rêve, dit-elle en se dirigeant vers la base du manège.

Ce n'était pas impossible, bien entendu. Toutes les attractions étaient encore reliées à l'alimentation électrique du parc. Il fallait pouvoir les mettre en route quand des acheteurs potentiels venaient voir ce que Five Mountains avait à vendre.

La grande roue tournait presque sans bruit. Sans les cris et les rires habituels. Les nacelles étaient vides.

À moins que…

Fenwick s'arrêta brusquement, attendit une autre rotation complète. Concentra son regard. Elle avait cru voir quelqu'un – non, ils étaient plusieurs – assis dans une des nacelles quand celle-ci avait fait un mouvement de balancier près du sol, là où il y avait davantage de lumière.

La roue fit un nouveau tour, et cette fois, Fenwick en eut la certitude. Il y avait trois personnes dans une nacelle. Toutes les autres étaient vides.

Des gamins, se dit-elle. Qui s'étaient introduits dans le parc en douce, avaient réussi à faire démarrer la roue et décidé de s'en payer une tranche.

Sauf qu'il devait y avoir quelqu'un d'autre. Quelqu'un capable d'arrêter l'appareil, ou ces trois-là resteraient coincés là pendant très longtemps.

Elle s'approcha au moment où la roue entamait une autre rotation. Elle vit les numéros peints au pochoir sur le flanc de chaque nacelle : 19… 20… 21… 22…

Elle arrivait. La nacelle 23. Avec trois personnes assises côte à côte.

— Hé ! cria-t-elle. On peut savoir ce que vous… ?

Quand la nacelle passa devant elle, Fenwick remarqua qu'aucun passager ne bougeait.

Et aucun ne semblait porter le moindre vêtement, non plus.

Elle arriva au pied de la roue, repéra les commandes. Elle n'avait jamais manœuvré une grande roue, mais elle avait suffisamment côtoyé les hommes de l'art pour connaître les rudiments de son fonctionnement. Elle empoigna le levier pour réduire la puissance afin de ralentir progressivement la vitesse de la roue et tendit le cou pour surveiller la nacelle 23, espérant pouvoir l'arrêter au niveau de la plate-forme d'embarquement. Elle y parvint presque : la roue stoppa complètement un mètre trop loin pour que les passagers puissent en descendre sans risque.

Mais c'était sans importance. Parce que ce n'étaient pas des passagers.

Mais des mannequins. De sexe féminin, dans le plus simple appareil. Enfin, presque.

Gloria Fenwick regarda autour d'elle et commença à avoir très peur.

Un seul mot était peint, en grosses lettres rouges, sur chacune de ces visiteuses muettes.

Quand on les lisait à la suite, ils formaient le message suivant :

VOUS ALLEZ PAYER

25

Bill Gaynor dut faire appel à une de ces entreprises dont l'activité consiste à nettoyer les scènes de crime. C'était l'inspecteur Duckworth qui lui avait donné son nom. Elle n'était pas du coin. Il n'y avait pas suffisamment de crimes de ce genre à Promise Falls pour justifier son installation dans cette ville. Celle-ci était domiciliée à Albany, et ses employés étaient arrivés en fin d'après-midi, après que la police scientifique avait quitté les lieux, sa tâche accomplie. Ils avaient fait du bon travail. Ils avaient réussi à éponger tout le sang qui se trouvait dans la cuisine. Mais pour ce qui était de la moquette sur l'escalier et dans le couloir de l'étage, c'était une autre histoire. Gaynor avait laissé des traces de sang dans presque toute la maison quand il avait cherché Matthew. Les nettoyeurs avaient pu effacer certaines taches, mais ils avaient conseillé à Gaynor d'arracher et de remplacer toute la moquette. Elle était gris clair, et à l'impossible nul n'était tenu. Bien sûr, il remplacerait la moquette, et ensuite il mettrait cette maison en vente. Il lui était impossible de vivre dans cet endroit, d'y élever son fils.

Il ne lui était pas venu à l'esprit que le nettoyage serait à sa charge. Le chef d'équipe lui remit la facture sans sourciller.

— On prend la Visa, dit-il. Vous devriez vous renseigner auprès de votre compagnie d'assurances. Vous êtes peut-être couvert pour ce genre de chose.

— Je travaille pour une compagnie d'assurances.

— Eh bien, vous voyez. À quelque chose malheur est bon, comme on dit.

Il y avait tant à faire, et il ne savait pas par où commencer. Comme il l'avait indiqué à l'inspecteur, ni lui ni Rosemary n'avaient de famille proche. Pas de frères ni de sœurs, ni aucun parent vivant. Et à vrai dire, ils n'avaient jamais vraiment eu beaucoup d'amis. À sa connaissance, sa femme n'avait même aucune relation avec personne. Elle aimait discuter avec Sarita et la considérait sans doute comme une amie, mais enfin, songea Gaynor, on ne pouvait pas être amie avec la nounou.

Ils n'avaient que Matthew.

Les pensées les plus étranges et les plus décousues lui traversèrent l'esprit. Des questions, des images. Où allait-il dormir ce soir ? Dans ce grand lit vide ? Qu'allait-il faire de la brosse à dents de Rosemary ? La jeter ? Pourquoi l'avait-on tuée dans la cuisine et pas dans une autre pièce de la maison ? Pourquoi pas dans le garage ? Ou le sous-sol ? Il aurait peut-être conservé la maison si elle avait été tuée dans une pièce où il n'était pas obligé de passer aussi souvent. Comment éviter la cuisine ? Comment ne pas y voir, chaque fois qu'il y entrerait, le corps de sa femme étendu par terre ?

Il allait devoir y aller.

Il s'était retiré dans son bureau à l'étage deux heures auparavant, après avoir couché Matthew. Il avait informé ses employeurs des événements de la journée, et avait reçu peu après un coup de fil du directeur de la compagnie, un certain Ben Corbett, qui lui présenta ses condoléances et invita Bill à ne revenir travailler que lorsqu'il se sentirait prêt.

— Et nous avons beaucoup d'enquêteurs à notre disposition, ajouta Corbett. Je peux en mettre un sur le coup si vous voulez. J'imagine que les flics, dans une ville comme la vôtre, ne sauraient pas retrouver leur cul dans une tempête de neige. Je n'ai pas raison ? Je connais un type dans votre coin que je pourrais appeler. Weaver. Cal Weaver[1]. Il travaillait autrefois pour la police locale, mais il s'est mis à son compte. Il a habité vers Niagara Falls un moment mais je crois qu'il est revenu.

— Je ne pense pas que ce sera nécessaire, monsieur Corbett, mais je vous remercie. La police tient plus ou moins le coupable. Une folle. Elle a des antécédents.

— Elle a déjà tué des gens ?

— Non, mais d'après l'inspecteur, elle a essayé d'enlever un bébé à l'hôpital il y a quelque temps. Une détraquée.

— Mon offre tient toujours, en tout cas. Si vous avez besoin de quoi que ce soit, vous m'appelez… Oh… et, Bill.

— Oui.

— J'aimerais vraiment accélérer les choses en ce qui concerne l'assurance-vie de votre femme, mais je dois me garder de tout interventionnisme et laisser le dossier suivre la voie habituelle.

— Bien sûr, monsieur Corbett, je comprends.

— Surtout quand on sait que l'indemnisation dans le cas de votre épouse… je suis un peu gêné de discuter de cela avec vous maintenant, Bill, et j'espère que vous ne m'en voudrez pas.

— Non, je vous en prie.

— Comme je disais, l'indemnisation dans le cas de votre épouse se monte à un million de dollars. La compagnie procédera aux vérifications d'usage, mais vous avez indiqué

1. *La Fille dans le rétroviseur*, Belfond, 2016 (traduction Renaud Morin). (*N.d.É.*)

que la police avait déjà une idée assez précise de ce qui s'était passé.

— Oui, en effet.

— Alors très bien. Je suis de tout cœur avec vous. On se rappelle.

Gaynor raccrocha le téléphone, respira à fond, et mit la main sur sa poitrine. Son cœur cognait fort.

Il avait besoin d'un verre.

Il alla au bar, se servit un scotch, et prit sur lui pour envoyer des mails aux clients qu'il était censé rencontrer dans la semaine. *Urgence familiale*, écrivait-il dans chacun d'eux, et il leur présentait ses excuses. Il leur donnait le nom d'un collègue à même de les assister.

Il regardait machinalement sa boîte de réception quand il entendit Matthew s'agiter dans la pièce d'à côté. Quand le bébé allait se réveiller, il aurait faim.

Gaynor sortit dans le couloir et descendit l'escalier, en faisant attention à ne pas marcher sur les empreintes de pas légèrement estompées qu'il y avait laissées. En entrant dans la cuisine, il détourna le regard de l'endroit où il avait découvert Rosemary et se concentra sur le frigo. Rosemary préparait toujours des biberons pour deux jours, et il en restait encore quatre. Il en réchauffa un, se demandant ce qu'il ferait quand il n'y en aurait plus. Il ne s'était jamais occupé des biberons de Matthew. Il ne savait absolument pas comment on s'y prenait.

Il allait devoir apprendre beaucoup de choses en peu de temps.

Bon Dieu, où était Sarita alors qu'il avait besoin d'elle ?

Il avait certaines théories à ce sujet et le sentiment qu'il ne la reverrait plus. La police pouvait la chercher aussi longtemps qu'elle voudrait. Bonne chance à elle.

Mais il devait trouver quelqu'un pour la remplacer, et vite. Avant de reprendre le travail. Quelqu'un qui pourrait venir à la maison, ou chez qui il pourrait déposer le bébé le matin.

Bon Dieu, tous ces problèmes à résoudre.

Et l'enterrement. Il n'avait pas pensé à l'enterrement.

Il remonta à l'étage avec le biberon réchauffé, entra dans la chambre de Matthew. Celui-ci s'était déjà mis debout en se tenant aux barreaux. Il allait bientôt marcher.

— Salut, mon bonhomme.

Il sortit Matthew de son lit-cage, le cala sur un bras et lui présenta le biberon avec son autre main. Le bébé s'en saisit et fourra la tétine en caoutchouc dans sa bouche.

— C'est bien, bois-moi ça tout entier.

Comment expliquer à un bébé que sa mère ne rentrerait pas à la maison ? Que pouvait-on lui dire ?

— Ne t'en fais pas, dit-il doucement. Tout ira bien pour toi et moi.

Au rez-de-chaussée, quelqu'un sonna à la porte. « La police », pensa Gaynor. Qui venait peut-être lui annoncer qu'ils avaient inculpé cette folle. Gaynor envisagea de remettre Matthew dans son petit lit, mais il se dit qu'il valait mieux ne pas le laisser seul pendant qu'il prenait son biberon.

Il descendit avec Matthew dans les bras et alla ouvrir la porte d'entrée. Un homme se tenait là, mais Gaynor savait qu'il n'était pas de la police.

— Bill, je suis navré, dit l'homme. Excuse-moi de ne pas être venu plus vite. Ça a été une drôle de journée.

— Jack, dit Gaynor.

— Je peux entrer ?

— Oui, bien sûr.

Gaynor ferma la porte et Jack Sturgess s'avança dans l'entrée.

— Si tu veux un verre ou quelque chose, dit Gaynor, tu peux aller te servir dans la cuisine. Moi, je ne peux pas...

je ne peux pas entrer là-dedans. Il a fallu que je prenne ça pour Matthew, mais…

— Ça ira, dit Sturgess. Je passais juste voir comment vous alliez, le bébé et toi.

— Matthew… ça va. Et moi, j'essaie de deviner ce qu'il faudrait que je fasse en premier. Je ne sais pas par où commencer. Je veux dire, la priorité, c'est Matthew. Je dois m'en occuper, et je n'y connais rien à rien. Je ne lui avais jamais préparé ses biberons. C'est Rose qui s'en occupait, et Sarita. J'ai eu le bureau au téléphone, j'ai contacté des clients, et j'ai eu ces gens ici… Il y a des entreprises spécialisées dans le nettoyage des… Nom de Dieu, je ne sais pas si je vais tenir le coup.

— Ça va aller, je t'assure. Mais tu as raison : l'important c'est Matthew.

Gaynor regarda le médecin, la larme à l'œil.

— Tu as toujours été là pour nous. À chaque étape. Rose était tellement reconnaissante pour tout ce que tu faisais.

Le médecin posa la main sur l'épaule de Gaynor.

— Vous méritiez le bonheur. Et je pensais sincèrement que vous l'aviez trouvé. Vous ne méritiez pas ça.

— En entendant la sonnette, j'ai cru que la police venait me dire qu'ils avaient inculpé cette femme.

— Oui, eh bien, ça pourrait très bien arriver.

— J'imagine qu'on ne parle que de ça aux infos.

— Oui, plus ou moins.

— L'inspecteur m'a appelé. Elle a des antécédents. Elle a tenté de kidnapper un bébé à l'hôpital. Ils vont la coincer, je le sais.

— Ça n'ira peut-être jamais jusque-là, dit Sturgess.

— Qu'est-ce que tu racontes ?

— Elle est à l'hôpital. Elle a fait une tentative de suicide.

— Tu plaisantes.

Le médecin secoua la tête.

— Mais… elle s'est ratée.

— C'est peut-être affreux de dire ça, mais ça aurait été presque mieux qu'elle réussisse.

— Je ne sais pas quoi répondre, Bill.

— Je me dis juste, expliqua lentement Gaynor, que si cette femme était morte, s'il n'y avait pas de procès, ils n'auraient peut-être pas à pratiquer d'autopsie sur Rose. Ils n'auraient pas à la… Ils n'auraient pas à lui faire des choses, à la charcuter. Je ne supporte pas cette idée. Et même si cette Marla Pickens ne meurt pas, si elle passe en jugement, bon sang, ce qui est arrivé à Rose est évident. Il suffisait de la voir allongée là pour comprendre. Pourquoi faut-il qu'ils la charcutent alors que la façon dont elle est morte crève les yeux ?

— Bill, je suis désolé, mais ils l'ont probablement déjà fait. C'est la procédure habituelle, même pour les décès qui n'ont rien de suspect.

Matthew repoussait son biberon. Il avait eu son compte pour le moment. Gaynor passa le biberon à Sturgess, prit l'enfant sur son épaule et lui tapota gentiment le dos.

— Ça m'inquiète, dit Gaynor en chuchotant, comme si le bébé était en âge de comprendre ce qu'il disait.

— Quoi, l'autopsie ?

Gaynor hocha la tête.

— Je m'inquiète de ce qu'elle pourrait montrer. De ce qu'ils pourraient trouver.

Le médecin le dévisagea.

— Je crois que tu te fais du souci pour rien.

— Mais s'ils comprennent que…

Sturgess leva une main apaisante.

— Bill, je crois savoir de quoi tu parles, et tu te fais des idées. Comme tu le dis, la cause de la mort dans le cas de ta femme est assez évidente. Il est peu probable qu'on cherche plus loin que cela. Je ne vois pas pour quelle raison ils le feraient.

— Tu crois ? demanda Gaynor, qui continuait à tapoter le dos de Matthew.

— Oui. Occupe-toi de ton fils, et…

— Quand est-ce qu'ils vont me la rendre ? Je dois organiser l'enterrement et…

— Et si je me chargeais de ça, suggéra Jack Sturgess.

Matthew fit son rot.

— Bravo, mon garçon, dit Sturgess.

26

David

Pendant le dessert, le téléphone sonna. Papa, Ethan et moi étions assis à la table de la cuisine, en train de finir notre glace au chocolat, pendant que maman rinçait les assiettes. Papa et moi lui avions dit de s'asseoir, qu'elle devait reposer sa jambe, mais elle ne voulait rien entendre. Quand le téléphone sonna, elle se trouvait juste à côté, et décrocha le combiné.

Je la vis devenir toute pâle tandis qu'elle écoutait son correspondant.

— D'accord, Gill. Tiens-nous au courant, dit-elle, et elle raccrocha lentement.

Nous savions maintenant de qui, et sans doute de quoi, il s'agissait.

— Qu'est-ce qu'il y a ? demanda mon père.

Maman regarda Ethan, se demandant, supposai-je, si elle devait en parler devant lui. Mais celui-ci n'avait pas raté grand-chose, et avant que nous nous mettions à table, il avait demandé ce qui se passait avec ma cousine Marla, et je le lui avais expliqué. J'avais laissé de côté les détails choquants, notamment ce que j'avais vu dans la cuisine des Gaynor, mais Ethan savait que Marla avait de très gros ennuis, et que la police la considérait probablement comme sa principale suspecte dans le meurtre de la mère du bébé avec lequel je l'avais trouvée.

Bien qu'Ethan ne l'ait pas dit explicitement, je pense que cela avait relativisé ses propres ennuis concernant la montre de gousset.

— C'est bon, dis-je à ma mère. J'ai expliqué la situation à Ethan.

Elle prit une inspiration et déclara :

— Marla est à l'hôpital.

— Qu'est-ce qui s'est passé ? demandai-je.

— Elle… Agnes et Gill l'ont ramenée chez eux. Elle s'est retrouvée seule dans la cuisine une seconde…

— Non !

Elle confirma d'un hochement de tête.

— Quoi ? demanda Ethan. Qu'est-ce qui est arrivé ?

Je le regardai.

— Marla a essayé de se suicider. C'est ça, maman ? C'est ce qui s'est passé ?

Elle hocha de nouveau la tête.

— Il faut que je m'asseye.

Je me levai d'un bond pour tirer sa chaise. Quand elle fut installée, je me rassis.

— Comment ? demanda Ethan. Avec un couteau ? Elle s'est poignardée ? Elle a allumé le four et mis la tête dedans ? J'ai vu ça à la télé une fois.

Il aurait aussi bien pu demander comme volaient les oiseaux. Simple curiosité.

— Enfin, Ethan, intervint mon père. On ne pose pas ce genre de questions. (Puis se tournant vers ma mère :) Comment elle s'y est prise ?

— Son poignet, soupira ma mère. Elle s'est tailladé le poignet.

— C'est par là que tout le sang sort, commenta Ethan, au cas où nous n'aurions pas été au courant.

— Tu sais quoi ? lui dis-je. Pourquoi tu n'irais pas t'occuper ailleurs ?

Ethan s'essuya la bouche avec une serviette en papier qu'il laissa tomber sur la table.

— D'accord.

Il savait que ce n'était pas le moment de tirer sur la corde.

Quand il eut quitté la pièce, maman demanda, pour la énième fois de la journée :

— Qu'est-ce qu'on va faire ?

— Il n'y a pas grand-chose qu'on puisse faire. C'est à se demander si elle ne l'a pas vraiment fait. Pourquoi aurait-elle essayé de se tuer sinon ?

— Toi, dit ma mère en me regardant, tu dois l'aider.

— Que veux-tu que je fasse, maman ?

— Tu es sérieux ? Il faut que tu me poses la question ? À quoi as-tu passé ta carrière ? À poser des questions, à découvrir des choses. Tu ne peux pas faire ça pour ta cousine si on ne te paie pas ?

— C'est mesquin.

— Je m'en fiche ! Marla, c'est la famille.

— Tu veux que j'aille poser des questions ? Et si je découvre quelque chose qui prouve qu'elle l'a vraiment fait ? Il se passe quoi ?

Ma mère réfléchit à la question une seconde.

— Tu trouveras autre chose qui prouvera qu'elle avait une bonne raison de le faire.

— Je te demande pardon ? Une bonne raison de poignarder une femme à mort ?

— Ce n'est pas ce que j'ai voulu dire. Elle n'avait pas toute sa tête. Elle n'est pas responsable de ses actes. En supposant qu'elle l'ait fait, ce que je ne crois pas. Marla a toujours été une gentille fille. Pas tout à fait comme nous autres, je sais, mais elle n'est pas méchante. Elle ne ferait jamais une chose pareille. À moins que quelque chose ne se soit sérieusement détraqué dans sa tête.

— Maman, franchement…

— Et d'ailleurs, sans elle, tu ne serais pas assis là à l'heure qu'il est.

Je me tus.

— Elle t'a mouchée, là, commenta mon père.

Je le regardai :

— De quoi parles-tu ?

— Je ne suis pas la seule à avoir la mémoire qui flanche, dit ma mère. Tu as oublié ce qui s'est passé ce fameux été dans le chalet d'Agnes ?

Marla y avait fait allusion quand nous étions dans la voiture.

— Attends une seconde, dis-je. Le radeau. C'est au sujet du radeau.

À l'époque, les Pickens avaient construit une plate-forme en bois d'environ six mètres sur six posée sur des fûts d'huile scellés en guise de flotteurs, et l'avaient arrimée à une dizaine de mètres de la rive. On rejoignait cette plate-forme à la nage et on s'en servait de plongeoir.

— On t'avait dit de ne pas y aller seul, dit maman. Et surtout de ne pas faire de saltos. On n'arrêtait pas de te dire qu'un jour tu te cognerais la tête contre le bord.

— Ce qui a fini par m'arriver, dis-je, alors que l'incident commençait à me revenir.

— Tu t'es assommé, dit mon père. Tu as fait un salto, tu t'es cogné la caboche sur le bord du radeau, et tu es tombé à la flotte évanoui.

— Marla m'a vu, dis-je.

— Elle était assise sur le rivage, les pieds dans l'eau, en train de t'admirer… elle était totalement folle de toi, dit ma mère. Elle t'a vu te cogner la tête et tomber à l'eau tête la première, et ne plus bouger du tout. Elle a couru jusqu'au chalet en criant à pleins poumons qu'il s'était passé quelque chose. Agnes et moi étions assises à la table de la cuisine en train de jouer aux cartes. Agnes est sortie du chalet comme une femme-canon. Elle a sauté dans le canot pour aller te repêcher.

— Je ne me souviens de rien, dis-je. Je me souviens juste qu'on m'en a parlé, après.

— Tu as perdu environ une journée, dit mon père. De mémoire. Agnes t'a sauvé la vie, mais elle n'aurait jamais pu le faire si Marla n'avait pas été là.

— Penses-y, renchérit maman. Et tu n'as rien d'autre à faire. Autant te rendre utile. (Elle se couvrit la bouche, puis me caressa la joue de son autre main.) Je suis désolée. C'était affreux de dire ça.

— Et ce n'est pas tout à fait vrai, de toute façon, dit papa. Le garçon a reçu une offre d'emploi aujourd'hui.

Quarante ans, et toujours « le garçon ». Toujours le garçon qui était tombé de ce radeau et avait failli mourir.

— Ah bon ? dit maman. C'est quoi, ce travail ?

— Je ne sais pas. Il faut que j'y réfléchisse…

— Randall Finley lui a proposé d'être son bras droit, dit mon père. Qu'est-ce que tu dis de ça ?

Maman avait l'air presque aussi horrifiée que lorsqu'elle avait pris l'appel du père de Marla.

— Finley ? Cette andouille ? Il a offert un travail à David ?

— C'est quoi le problème avec Finley ? rétorqua mon père. C'est un type bien.

— Il a besoin de David pour quoi faire ? lui demanda ma mère.

— Ohé, je suis là.

— Il va l'aider à se représenter à la mairie, expliqua mon père. Je parie qu'avec l'aide de David, il a ses chances.

Elle se tourna alors vers moi.

— Je l'interdis.

— Je n'ai pas encore donné ma réponse, dis-je en soupirant.

— C'est payé mille dollars la semaine, précisa mon père.

— Même si c'était payé cent mille dollars la semaine, je m'en ficherais.

Je dois admettre que pour cette somme j'aurais fait les relations publiques des talibans.

On frappa à la porte. Maman commença à s'écarter de la table, mais papa s'était déjà levé. Quand il fut sorti de la cuisine, elle me dit :

— Tu ne peux pas envisager ça sérieusement.

— Ça mettrait du beurre dans les épinards en attendant mieux, fis-je valoir. Je ne suis pas fan du personnage, mais c'est un salaire.

Elle posa sa main sur la mienne pour la seconde fois et ferma les yeux.

— Fais ce que tu as à faire. Je n'ai pas l'énergie pour t'en dissuader, avec tout ce qui passe par ailleurs. Mais je veux que tu aides Marla. Tu le feras ?

— Oui. Je ne sais pas comment, mais… d'accord. Je ne sais pas… Je vais me renseigner. Je trouverai peut-être quelque chose d'utile. (Et, souriant d'un air penaud, j'ajoutai :) Je ne sais pas comment j'ai pu oublier l'histoire du radeau.

— On a failli te perdre, dit ma mère en reniflant. Je vois encore la petite Marla déboulant dans le chalet, presque en état de choc, et criant : « David ! David ! David a disparu ! » Je ne l'oublierai jamais.

Elle cueillit une larme avec son doigt avant qu'elle ait pu rouler sur sa joue.

— C'est quelqu'un pour toi, annonça mon père, qui me regardait, debout sur le seuil.

— Qui ça ?

— Elle n'a pas dit. Elle a demandé après toi. Je lui ai proposé d'entrer, mais elle a dit qu'elle attendrait dehors. (Ses sourcils se soulevèrent d'un centimètre.) Joli brin de fille.

Maman se dérida.

— Qui est-ce, David ?

— Aucune idée, mais ce n'est pas en restant assis là que je vais le savoir.

Il n'y avait personne sur la véranda quand je sortis par la porte d'entrée. Elle se tenait au pied des marches. Je ne la reconnus pas tout de suite, la lumière était faible, et elle était tournée vers la rue, les bras croisés sur la poitrine.

— Oui ?

Elle se retourna.

— Salut, dit Samantha Worthington.

— Bonjour. Vous êtes venue sans votre fusil, constatai-je.

Elle plongea la main dans la poche avant de son jean et la ressortit en tenant un objet dans son poing fermé. Je devinais ce que c'était.

Elle monta la moitié des marches, bras tendu.

— Je crois que c'est à vous. Ou à votre fils. Je ne sais pas. Tout ce que je sais, c'est qu'elle n'est pas à Carl.

Je tendis la paume pour qu'elle puisse y déposer la montre de gousset. Nos doigts se frôlèrent. Samantha recula, se passa la main dans les cheveux pour les écarter de ses yeux et dit :

— Désolée.

— Ce n'est pas grave.

— Pas uniquement pour la montre.

— Pour avoir pointé un fusil sur moi ?

— Oui, dit Samantha. Pour ça. (Elle se força à sourire.) Vous avez changé de caleçon ?

— Il a bien fallu.

— J'allais laver le jean de Carl, et je l'ai trouvé lourd. La montre était dans sa poche. Quitte à me mentir, je pensais qu'il couvrirait mieux ses arrières.

— Son avenir de criminel paraît incertain, dis-je.

Elle pointa le doigt vers la rue, où était garée une petite Hyundai.

— Il est dans la voiture. Je l'ai amené ici pour qu'il présente ses excuses à votre fils.

J'entrebâillai la porte et appelai :

— Ethan ! Viens devant la maison !

Presque immédiatement j'entendis des pas lourds dans l'escalier, puis il apparut.

— Quoi ?

Samantha regarda sa voiture et fit un geste d'invite. La portière s'ouvrit sur un garçon aux cheveux noirs de l'âge d'Ethan.

Mon fils regarda Carl, puis me regarda moi. Je mis la montre dans sa main et dis :

— Tu pourras la rendre à Poppa dans une minute. (Il baissa les yeux dessus, stupéfait, comme s'il avait gagné à la loterie.) Je te présente la mère de Carl, Mme Worthington.

— Bonjour, dit-elle, alors que Carl approchait.

Une fois son fils à côté d'elle, elle lui souffla :

— Tu sais ce que tu as à dire.

— Désolé d'avoir pris la montre, dit-il, regardant plus le sol qu'Ethan. Ce n'était pas bien.

— Désolé de t'avoir frappé, dit Ethan.

— Ça va, dit Carl avec un haussement d'épaules.

Passé trois secondes de silence inconfortable, Ethan demanda :

— Tu aimes les trains ?

— Quoi ?

— Les trains, t'aimes ça ? Mon grand-père, il en a. Au sous-sol. Si tu veux les voir.

Carl, le visage inexpressif, regarda sa mère.

— Euh, oui, pourquoi pas, dit-elle.

Le garçon monta l'escalier et disparut à l'intérieur de la maison avec Ethan.

— Si seulement c'était aussi simple au Moyen-Orient, dis-je en descendant les marches.

— Carl n'est pas un méchant garçon, dit Samantha, sur la défensive. C'est juste que… il est comme son père parfois. Je n'aime pas quand il devient comme ça. Il peut faire sa petite brute. Mais c'est un gentil au fond, je vous assure. Certains jours, c'est juste un peu plus difficile de s'en convaincre.

— Bien sûr.

— Et pourtant, c'est un peu mon rocher, vous savez ? Il est là pour moi. Nous sommes là l'un pour l'autre. C'est sans doute pour ça que, lorsque vous l'avez accusé d'avoir pris cette montre, je l'ai défendu. (Elle leva un moment les mains en l'air, dans un geste futile.) Bon, qu'est-ce que je fais maintenant ? Je me sens comme une idiote à rester plantée là. Le plan était que Carl présente ses excuses et qu'on s'en aille. Maintenant, il est à l'intérieur avec votre gamin.

— Si vous voulez un café ou quelque chose, proposai-je. Vous êtes la bienvenue.

Elle regarda la maison.

— C'est un bel endroit que vous avez. C'est mieux que le trou à rats dans lequel je vis.

— Vous ne vivez pas dans un trou à rats. Et c'est la maison de mes parents.

— J'ai pensé, quand Ethan a dit que c'étaient les trains de son grand-père, qu'il les avait peut-être reçus en héritage.

— Non. Mon père lui a construit un petit circuit au sous-sol. Du moins, c'est ce qu'il dit.

— Quand j'ai cherché votre adresse, c'est le seul Harwood que j'aie trouvé. Alors, c'est cool de vivre avec vos parents ? Vous, votre femme et Ethan ?

— Il n'y a qu'Ethan et moi.

— Oh, fit-elle. Divorcé ?

Je fis non de la tête.

— Ma femme est décédée il y a quelques années.

— Oh, je suis navrée. Eh bien ça alors, on élève tous les deux nos garçons tout seuls.

Est-ce que j'avais envie de savoir pourquoi elle était mère célibataire ? La réponse courte était oui, j'étais curieux. Mais est-ce que je pensais que c'était une bonne idée de poser la question ? Peut-être pas. Je lui étais reconnaissant d'avoir rendu la montre de gousset, et c'était gentil de sa part de s'excuser de m'avoir foutu la peur de ma vie. Une fois qu'Ethan aurait fini de montrer les trains à Carl, Samantha Worthington et son fils pourraient lever le camp.

Aussi me contentai-je de dire :

— Ça peut être un sacré défi parfois.

— Sans déc ? dit-elle. Surtout quand votre ex est en prison et que ses parents estiment que c'est lui qui devrait avoir la garde.

Eh bien, voilà ! Pas la peine de demander. Même si j'avais à présent encore plus de questions à lui poser. Avant que j'aie pu en choisir une parmi toutes celles qui se bousculaient dans ma tête, elle demanda :

— Et qu'est-ce que vous faites dans la vie ?

— Ces quinze dernières années, j'ai travaillé pour des journaux. J'ai travaillé au *Standard*, puis je suis allé au *Boston Globe*, et je suis revenu ici travailler à nouveau pour le *Standard*, mais j'ai à peine eu le temps de m'asseoir à mon bureau qu'ils ont mis la clé sous la porte.

— Oh, ça craint. Je ne savais pas que le *Standard* avait coulé.

— Ça fait déjà quelques semaines.

— Je ne lis pas les journaux. Des livres, principalement. J'ai assez de galères dans ma propre vie pour avoir envie de me tenir informée de celles des autres. J'aime bien m'évader dans une bonne histoire où tout est inventé. La fin ne doit pas forcément être heureuse. Ça ne me dérange pas qu'il arrive des malheurs aux gentils, tant que ce n'est pas pour de vrai. Mon Dieu, je blablate. Alors c'est pour ça que vous vivez avec vos parents ? Vous êtes au chômage ?

— On va bientôt déménager. Je viens de trouver autre chose.

Avais-je déjà pris ma décision concernant l'offre de Finley, ou m'étais-je décidé à l'instant pour ne pas me sentir honteux ?

— Oh, c'est génial. Félicitations.

— Merci. Et vous ?

— Hmmm ?

— Qu'est-ce que vous faites ?

— Je bosse dans une laverie automatique. C'est passionnant. Laver les machines, récupérer la monnaie, remplir les distributeurs de lessive.

— Ça a l'air bien.

— Vous plaisantez ?

— Désolé. Mon détecteur de sarcasmes est HS.

— Vous devriez le faire réparer, alors. Qui aurait envie de bosser dans une laverie ? Le seul point positif, c'est que je suis toute seule ; si c'est calme, je peux lire. Et je peux sortir en vitesse faire des trucs en cas de besoin, comme aller chercher Carl à l'école. (Elle leva les yeux au ciel.) Et quand l'école appelle en pleine journée pour me dire qu'il est exclu parce qu'il s'est battu, je peux aller le récupérer.

Carl paraissait trop âgé pour qu'on ait besoin de le déposer et d'aller le chercher à l'école en voiture. Samantha avait dû lire dans mes pensées.

— Si je ne le surveille pas, ils l'enlèveront.

— « Ils » ?

— Les parents de Brandon, mon ex, ou peut-être même des amis à lui, ou à eux. Ils ont de l'argent… ses parents… et ses amis, comme Ed, cet enfoiré, sont suffisamment débiles pour avoir l'idée d'enlever Carl. Mes ex-beaux-parents m'ont toujours détestée, et me détestent encore plus maintenant que j'ai quitté Boston pour Promise Falls. J'ai mis les voiles quand Bran a été condamné pour ces hold-up.

— Hold-up ?

— Il braquait des banques, en fait, dit-elle de façon désinvolte. À main armée. Il n'aura pas droit à la liberté conditionnelle avant dix ans. Et ils pensent que c'est ma faute. Comme si c'était quelqu'un d'autre qui avait fourré tout ce fric dans le coffre de sa voiture.

Cette fille avait autant de problèmes qu'il y avait de coquilles dans le *Standard*.

— C'est sur ces gens que vous pensiez tomber quand je suis venu frapper à votre porte ?

— Oui, dit Samantha. Mais je ne vous aurais pas tiré dessus.

— Pourquoi ça ?

— Vous avez de beaux yeux.

27

Walden Fisher traversait le centre de Promise Falls peu après neuf heures, pour rentrer chez lui, quand il crut apercevoir la fourgonnette vieillissante et rouillée de Victor Rooney, garée le long du trottoir.

Pas bien garée du tout, d'ailleurs. Victor semblait avoir tenté un créneau en marche avant, et l'arrière de la fourgonnette mordait d'un bon mètre sur la chaussée, à environ un demi-bloc d'immeubles après le Knight, un des bars du centre de Promise Falls.

Walden était certain d'y trouver Victor. Il leva le pied de la pédale d'accélérateur de son Honda Odyssey et se livra à un bref débat intérieur sur ce qu'il convenait de faire.

Il trouva une place où se garer au niveau du bloc d'immeubles suivant, se rangea parallèlement à la voiture de devant, et fit son créneau. Walden sortit et remonta presque deux blocs d'immeubles jusqu'au Knight.

Cela aurait pu être n'importe quel bar de quartier d'Amérique. Les enceintes diffusaient du rock, mais pas aussi fort que dans une boîte de nuit. Les clients pouvaient encore poursuivre une conversation sans avoir à crier à tue-tête. Un éclairage tamisé dispensé par des lampes Tiffany, un billard dans le fond, quelques tables accaparées par les membres d'une équipe qui venaient de pratiquer ensemble un sport quelconque dans un centre communautaire quelconque, une poignée d'autres types sur des tabourets, en train de regarder un match de base-ball sur un écran plat accroché au mur au-dessus du bar.

Tout au bout du comptoir, assis seul, regardant le match sans vraiment le voir, se trouvait Victor, la main droite enveloppant une bouteille d'Old Milwaukee. L'homme qui avait failli devenir le gendre de Walden. Il se hissa sur le tabouret à côté de lui.

— Hé, salut, Victor.

L'homme regarda Walden, cligna deux fois des yeux, accommoda sa vision.

— Ça alors, monsieur Fisher, comment allez-vous ?

— Ça va bien. J'ai vu ta fourgonnette garée dehors. Je me suis dit que j'allais m'arrêter pour te dire bonjour.

— Ça fait drôle de vous voir, dit-il en levant sa bouteille vers lui. Euh, vous voulez une bière ?

Le barman, un homme maigre et âgé qui ressemblait à une brindille ambulante, s'était approché. Walden le regarda et dit :

— Un coca, s'il vous plaît.

Le barman se retira sur un hochement de tête.

— Vous voulez pas une bière, vous êtes sûr ? insista Victor.

Walden se dit que Victor semblait en avoir déjà bu quelques-unes et, à en juger par la façon dont il avait garé sa fourgonnette, qu'il en avait sans doute descendu quelques autres avant d'arriver.

— Je suis sûr, dit Walden. Alors, qu'est-ce que tu deviens ?

Victor haussa les épaules.

— Je bricole à gauche à droite. Des petits boulots. Dans le bâtiment. Je suis comme qui dirait sur pause en ce moment.

— J'ai entendu dire que les pompiers et toi, vous vous étiez séparés.

— Ouais, enfin, ce n'était vraiment pas fait pour moi. C'est plutôt macho comme environnement, vous savez ? J'ai essayé, mais je ne me suis jamais senti à mon aise. Trop fonceurs à mon goût.

— Bien sûr.

— Qu'ils aillent se faire foutre. Je me débrouille. Vous inquiétez pas.

— Si tu as besoin de quoi que ce soit, tu sais que tu peux m'appeler.

— C'est très gentil à vous, monsieur Fisher. Vraiment. Mais je ne crois pas que vous pourriez m'apporter ce dont j'ai besoin, ni qui que ce soit d'autre.

— Et de quoi s'agit-il ?

— J'ai besoin de quelqu'un qui pourrait m'aider à mettre de l'ordre dans ma vie, dit-il, en posant sa bouteille et en mimant quelque chose avec ses mains, comme s'il était en train d'assembler un objet. Vous comprenez, ma vie est en morceaux. Ce n'est pas bizarre comme expression ? « Mettre de l'ordre dans sa vie » ? Même si je pense qu'il n'y a pas d'ordre là-dedans, qu'on vit une tragédie qui n'a pas de fin. Vous en dites quoi, monsieur Fisher ?

— J'en dis que tu as beaucoup bu, Victor.

— Vous avez raison. Je ne crois pas que j'irai faire mon jogging ce soir. Je ne sais pas comment vous faites.

— Quoi donc ?

— Comment vous faites pour vous lever tous les jours et vaquer à vos affaires. Comment vous y arrivez, vous et Beth ?

— Beth est morte. Il y a peu de temps.

— Oh, putain ! s'exclama Victor en secouant la tête et en buvant une gorgée. Si je me doutais. Je suis désolé. Je… Je vais mal m'exprimer, et je m'en excuse d'avance… mais pour un peu, je l'envierais. Si je mourais, je pourrais arrêter d'être aussi triste… et en colère.

— Ça fait trois ans.

— À la fin du mois, dit Victor en hochant la tête, indiquant par là qu'il en était parfaitement conscient. Le samedi du week-end du Memorial Day. N'est-ce pas ironique ? De se rappeler Olivia le jour du Souvenir. Oh oui, nous penserons à elle.

Il leva sa bière pour porter un toast.

— À Olivia.

— Tu devrais rentrer chez toi, suggéra Walden.

— Comme je vous l'ai dit, je ne sais pas comment vous faites. C'était l'amour de ma vie… – mon Dieu, quel cliché… pourtant c'est vrai, vous savez ? –… mais je ne la connaissais que depuis quelques années. Alors que c'était votre fille. Ça doit être pire.

— On trouve des moyens pour faire face.

— Je ne sais même pas si j'ai encore du chagrin, en fait, dit Victor. C'est comme ce que disait cet écrivain dans ce livre. Ce qui est arrivé à Olivia, ça a été le point de bascule. J'ai pété un câble, et depuis, j'essaie de remonter la pente, mais une fois que vous êtes au fond du trou, il y a des tas d'autres emmerdes qui vous tombent dessus et vous empêchent de vous reprendre en main. C'est compréhensible ce que je dis ?

— Oui.

— J'ai eu tout le temps d'oublier Olivia, d'accord ? Tout le temps de tourner la page.

— On n'oublie jamais.

— Ouais, je comprends. Mais les gens doivent trouver un moyen pour aller de l'avant, non ? Je veux dire, putain, regardez tous ces gens qui étaient dans des camps de concentration. Qu'est-ce qui pourrait être pire comme épreuve ? Et pourtant ils ont continué à vivre quand on les a libérés et que la guerre a été terminée. Bien sûr, ils n'ont probablement jamais oublié, mais ils sont redevenus socialement fonctionnels. (Il regarda Walden en plissant les yeux.) Vous diriez que je suis fonctionnel, moi ?

— Je ne sais pas si je suis qualifié pour en juger.

— Eh bien, je vais répondre à votre place. Je ne le suis pas. Je vais vous dire comment je me sens, encore aujourd'hui, je me sens en colère.

— En colère, répéta Walden.

— Après moi. Et tous les autres. Que croyez-vous qu'ils vont faire pour le troisième anniversaire ?

— Je parie qu'ils n'y penseront pas.

Victor pointa son index sur Walden.

— Vous avez bien raison, monsieur Fisher.

— Walden. Tu sais que tu peux m'appeler Walden. (Il marqua une pause.) Pourquoi es-tu en colère contre toi ?

Victor détourna le regard.

— J'étais en retard.

Walden hocha la tête.

— Je sais.

— J'étais en retard à notre rendez-vous. Si j'avais été à l'heure, rien…

Walden posa la main sur l'épaule du jeune homme.

— Ne te torture pas.

Victor le regarda, sourit.

— Je pense que vous auriez fait un sacré bon beau-père.

Walden était moins certain que Victor aurait été le gendre idéal, mais cela ne l'empêcha pas de dire :

— Et j'aurais été fier d'être ton beau-père.

Le barman posa un coca sur le comptoir mais Walden n'y toucha pas.

Victor balaya la pièce du regard.

— Vous pensez que c'était l'un d'entre eux ? demanda-t-il, en tétant à nouveau sa bouteille.

— L'un d'entre eux qui quoi ?

— Vous pensez que ça pourrait être un des types assis là qui l'a fait ?

— Je n'en sais rien.

— Chaque fois que je marche dans cette ville, je regarde tout le monde et je me demande : « Est-ce que c'était toi ?

Ou toi ? » (Il finit sa bouteille.) Ce sont nos voisins. Je suis né dans cette ville, j'ai grandi avec ces gens. Si ça se trouve, j'habite à côté d'un détraqué. Peut-être que dans ce bar que je fréquente assidûment, il y a un détraqué.

Victor souleva la bouteille et la fracassa sur le comptoir, ne gardant plus dans la main que le col et l'épaule.

— Hé ! se récria le barman.

Mais à part ça, le silence se fit. Tous les clients interrompirent leurs conversations au milieu d'une phrase et se tournèrent vers Victor, qui était descendu de son tabouret et les fixait tous.

— Est-ce que c'était l'un d'entre vous ? demanda-t-il dans un murmure.

— Vick, dit Walden calmement. Arrête.

— Il faut que vous rameniez votre fils à la maison, dit le barman à Walden.

— Ce n'est pas…, commença Walden, avant de décider qu'il ne s'embêterait pas à se justifier.

— Alors, c'était un de vous ? répéta Victor Rooney en approchant d'une table où cinq hommes partageaient un pichet de bière. C'était un de vous, bande d'enfoirés ?

Un des hommes, large de poitrine et mesurant plus d'un mètre quatre-vingts, repoussa sa chaise d'un coup de pied et se leva.

— Je crois que t'as eu ton compte, l'ami.

Walden tenta de retenir Victor par le bras, mais le jeune homme se dégagea.

— Oh, j'ai eu mon compte, c'est sûr, dit Victor. J'ai eu mon compte de vous tous.

Un autre homme se leva. Puis un troisième.

— Allez, dit Walden en empoignant Victor d'une main plus ferme. Je te ramène à la maison.

Cette fois, Victor ne le repoussa pas. Il laissa Walden le tirer vers la porte, mais pas avant de s'être retourné pour lancer une dernière grenade.

— Connards ! Tous autant que vous êtes !

Walden lui fit passer la porte et le poussa sur le trottoir.

— Refais-nous un coup pareil, dit-il, et tu finiras à l'hôpital. Ou pire.

Victor fouillait dans sa poche pour trouver ses clés. Quand il les eut sorties, Walden confisqua son trousseau.

— Hé !

— Je vais te raccompagner, dit-il. Tu pourras venir chercher ta fourgonnette demain.

— Et si je ne me rappelle plus où elle est ?

— Moi, je m'en souviendrai.

— Si vous le dites.

— Et ensuite, il faudra qu'on discute, dit Walden. Sur la manière de remettre ta vie sur les bons rails.

— Je vais quitter cette ville, dit Victor. Je vais foutre le camp d'ici.

— Quand ? Tu as quelque chose en perspective ? Un boulot ?

— Je veux juste me tirer. Où que je regarde, ça me fait penser à Olivia.

— Tu pars bientôt ? demanda Walden, incapable de masquer l'inquiétude dans sa voix.

— Je sais pas trop. J'ai encore quelques bricoles à faire ici, et après ça, *ciao*. À la fin du mois, je pense.

— Accroche-toi au moins jusque-là. Ça va peut-être quand même s'arranger pour toi ici. Je pourrais demander autour de moi.

Victor sourit.

— Ne perdez pas votre temps avec moi.

28

La fouille de la chambre de Sarita Gomez s'était révélée moins fructueuse que Barry Duckworth l'avait espéré.

L'inspecteur savait déjà que la nourrice des Gaynor ne possédait pas de téléphone. Mais elle n'avait pas non plus d'ordinateur. Du moins n'en avait-elle laissé aucun dans l'appartement. Il n'y avait donc aucun e-mail à éplucher, aucune page Facebook dans ses favoris. Aucune facture d'électricité. Aucun relevé mensuel de carte bleue. Aucune note d'honoraires suite à une visite chez le dentiste. Pas plus qu'il n'y avait de correspondance privée, ni même de carnet d'adresses. Sarita avait tout emporté à la hâte, ou bien vivait de façon totalement déconnectée. Elle n'avait laissé aucune empreinte numérique.

Ni aucun uniforme taché de sang.

Duckworth avait demandé à la propriétaire de la nounou, celle qui confectionnait ce fabuleux cake à la banane, si elle avait des photos de Sarita. « Sur votre téléphone, peut-être ? »

C'eût été trop beau. Duckworth ne savait même pas à quoi ressemblait la femme qu'il recherchait.

Alors qu'il retournait au poste, il se rendit compte qu'il avait laissé passer un gros morceau à travers les mailles du filet.

Le prédateur de Thackeray College.

Le meurtre de Rosemary Gaynor l'avait tellement accaparé qu'il avait oublié de donner la moindre suite à sa conversation avec le responsable de la sécurité de la fac. Clive Duncomb. « Connard », se dit Duckworth à lui-même au volant de sa voiture banalisée. Il avait sa carte de visite et lui avait demandé de lui envoyer par e-mail le nom des trois jeunes femmes qui avaient été agressées. Il fallait que la police de Promise Falls les interroge. Mais la journée était passée, et il n'avait reçu ni noms, ni e-mail de la part de Duncomb. Duckworth devinait sans mal ce que l'ex-flic de Boston pensait de la police locale. Qu'ils n'étaient rien d'autre qu'une bande de péquenauds ignorants.

« Connard », répéta-t-il.

Duckworth appela le poste et demanda à être mis en relation avec sa chef, Rhonda Finderman, qui décrocha immédiatement.

— Salut, je voulais justement faire le point avec toi.

Finderman voulait savoir si on avait avancé dans l'affaire Gaynor, et s'excusa de ne pas savoir grand-chose du dossier.

— Je fais partie de cette association nationale de commissaires de police qui se réunit tous les quatre matins, du comité du maire chargé d'attirer des emplois, et en plus de ce groupe de travail avec la police de l'État pour l'harmonisation des données. Je suis dans l'administratif jusqu'au cou. Alors, Rosemary Gaynor ? Quelqu'un l'a tuée et a enlevé son bébé ?

Duckworth la mit rapidement au courant. Puis il lui expliqua que Clive Duncomb, le responsable de la sécurité de Thackeray, n'avait pas jugé nécessaire d'informer la police de Promise Falls qu'un violeur potentiel sévissait peut-être sur le campus.

— Quel couillon celui-là, dit Finderman. J'ai eu le plaisir de rencontrer ce monsieur. On a déjeuné ensemble une fois ; il a dit qu'il aimait beaucoup mes cheveux. Tu imagines un peu ma réaction.

— Tu as des infos sur lui ? Hormis le fait que c'est un couillon ?

Rhonda Finderman marqua une pause.

— Ce que j'ai entendu dire, c'est qu'il était aux mœurs à Boston. Et qu'il est parti. Et qu'il a amené sa nouvelle femme avec lui, qu'il avait peut-être rencontrée dans l'exercice de ses fonctions, si tu vois ce que je veux dire.

— Le problème, c'est que je ne sais plus où donner de la tête, mais il faut quelqu'un là-bas, pour prendre les dépositions des étudiantes qui ont été agressées. Il faut qu'on mette la main sur ce type avant qu'il passe à la vitesse supérieure.

— J'ai deux inspecteurs sur la touche, dit-elle. Il va falloir que je fasse monter quelqu'un en grade, au moins temporairement.

— D'accord.

— Tu connais l'agent Carlson ? Angus Carlson ?

Après un silence :

— Oui, je le connais.

— Cache ta joie.

— C'est toi qui vois, chef.

— On a tous été jeunes, Barry. Ne me dis pas que tu ne ramenais pas ta science quand tu as démarré.

— Sans commentaire.

Elle rit.

— Il n'est pas si mauvais. De prime abord, il a un côté arrogant, mais je crois qu'il a quelques qualités, ce garçon. Il est chez nous depuis quatre ans environ, il vient de l'Ohio.

— C'est toi qui décides.

— Je lui demanderai de t'appeler. Tu pourras le mettre au parfum.

— Très bien. (Il y avait encore quelque chose qui tracassait Duckworth.) Une dernière chose. Je suis tombé sur Randy ce matin.

— Finley ?

— Ouais.

— Mazette, lui et Duncomb la même journée. C'est la foire à l'andouille.

— Il m'a appelé directement après avoir trouvé tous ces écureuils pendus à une clôture près de la fac. Il a dit qu'il se représentait à la mairie, et qu'il comptait sur moi pour être sa taupe au poste, et lui donner éventuellement des infos pour alimenter sa campagne. Je ne suis probablement pas le seul à qui il a demandé ça.

— Il cherche quelque chose sur moi ?

— Il cherche tout ce qu'il peut trouver sur tout le monde. À mon avis, tu dois être en haut de la liste. Avec Amanda Croydon.

— Notre maire est irréprochable, assura la chef.

— Finley serait capable d'en faire un point négatif.

— Il est sournois comme pas deux, celui-là.

Un long silence.

— Tu es toujours là ?

— Oui, dit Rhonda. Je me demandais juste comment il pourrait s'y prendre pour m'atteindre. (Un autre silence.) Je pense être à la tête d'un département qui n'a rien à se reprocher. Il ira peut-être chercher quelque chose que j'ai fait avant ce boulot.

Elle avait gravi les échelons jusqu'à devenir chef de la police trois ans auparavant après plusieurs années passées au grade d'inspecteur, souvent aux côtés de Duckworth.

— Tu as fait du bon boulot, dit-il. Je n'aurais pas voulu que tu apprennes par la bande qu'on m'avait fait ce genre d'avances.

— J'apprécie, Barry.

Trois secondes après qu'il avait raccroché, il reçut un autre appel.

— Duckworth.

— Bonjour, c'est Wanda.

Wanda Therrieult. La légiste qui devait pratiquer l'autopsie de Rosemary Gaynor.

— Ah, bonjour, dit Duckworth.

— Où es-tu ? (Il le lui dit.) Passe me voir.

Il dit qu'il pouvait être là dans cinq minutes.

C'était une pièce froide et stérile, mais c'était ainsi qu'elle était censée être.

Le corps était étendu sur une table en aluminium, recouvert d'un drap vert clair assorti aux murs. Une lumière crue tombait des plafonniers au néon.

Wanda Therrieult, la cinquantaine, petite et ronde, était assise derrière un bureau d'angle. Elle pianotait sur un clavier et buvait dans une tasse siglée Big Hug Mug quand Duckworth entra dans la pièce.

Quand elle le vit, elle ôta ses lunettes de lecture et demanda :

— Tu veux un café ou quelque chose ? J'ai des capsules individuelles, tu as l'embarras du choix.

Elle se leva et lui montra la machine, ainsi qu'un support rempli de différentes sortes de capsules de café, de la taille des dosettes de crème qu'on donne dans les restaurants.

— Oui, volontiers, dit-il en examinant les étiquettes. C'est quoi, ça, Volluto ? Ou Arpeggio ? C'est censé avoir quel goût ? Qu'est-ce que tu as qui se rapprocherait le plus du café de Dunkin' Donuts ?

— Tu es un cas désespéré. Je vais t'en choisir une.

Elle prit une capsule, l'inséra dans la machine, positionna un mug, et appuya sur le bouton.

— Maintenant la magie va opérer.

— Tu devrais songer à acheter une machine à donuts aussi. Pourquoi Williams-Sonoma n'a pas encore inventé ça ? Un gadget que tu poses sur ton plan de travail et qui te sort un beignet tout chaud avec glaçage chocolat en appuyant sur un bouton.

Wanda le dévisagea.

— J'allais te dire que c'était l'idée la plus débile que j'aie jamais entendue, mais réflexion faite, j'en achèterais une.

— Ça fait vingt ans aujourd'hui, dit-il.

— Vingt ans que quoi ?

— Aujourd'hui, ça fait vingt ans jour pour jour que je suis dans la boutique.

— Arrête ton char.

— Pourquoi je mentirais ?

— Alors, quoi, tu as commencé à dix ans ?

— Je suis un enquêteur expérimenté, Wanda. Je peux dire quand quelqu'un me raconte des conneries.

Elle sourit.

— Félicitations. Il y a eu quelque chose ? Une petite cérémonie ?

Il fit non de la tête.

— Non. Tu es la seule à qui je l'ai dit. Je n'en ai même pas parlé à Maureen. Ce n'est pas la peine d'en faire tout un plat.

— Tu es un des gentils, Barry. (La machine bipa. Elle lui tendit son café, leva le sien, et ils firent tinter leurs mugs.) À ces vingt années passées à attraper des méchants.

— Aux méchants qu'on attrape.

— Et tu en as un de plutôt très méchant dans la nature, dit-elle en inclinant la tête en direction du corps.

— Montre-moi.

Wanda posa son mug, s'approcha de la table d'examen et rabattit le drap, mais seulement jusqu'en haut des seins de la morte.

— Je voulais te montrer quelque chose d'abord, dit-elle, en désignant du doigt le cou de Rosemary Gaynor. Tu vois ces marques, là ? Ces ecchymoses ?

Duckworth se pencha dessus.

— Une empreinte de pouce, là, de ce côté du cou, et quatre doigts de l'autre côté. Il l'a prise à la gorge.

— De la main gauche, dit-elle. Si elle avait été étranglée par-devant, l'empreinte de pouce se trouverait un peu plus vers l'avant du cou, pas aussi loin sur le côté.

— Il l'a donc étranglée par-derrière. Tu suggères qu'il est gaucher ?

— Non, exactement le contraire.

Wanda descendit le drap, découvrant la femme jusqu'aux genoux. On avait nettoyé les traces de sang, et l'entaille qui barrait son abdomen était parfaitement nette. Elle courait à peu près d'une hanche à l'autre, fléchissant légèrement en chemin.

— Notre client a enfoncé le couteau et, en gros, a taillé dans le vif de gauche à droite. La profondeur de l'entaille est assez régulière tout du long, un peu moins de huit centimètres. Alors on pourrait penser que quelqu'un qui se fait attaquer de cette façon essaierait de se dégager, ou se laisserait tomber, mais ça ne s'est pas passé comme ça. (Elle se retourna face à lui, les bras écartés, comme pour l'inviter à danser.) Je peux ?

Elle se plaça derrière lui.

— Ça ne va pas être tout à fait réaliste parce que tu es plus grand que moi, et je pense que le tueur avait dix bons centimètres de plus que la victime, mais ça te donnera une idée.

Wanda se pressa contre son dos, puis passa le bras gauche au-dessus de son épaule et lui saisit le cou, appuyant son pouce sur le côté gauche, ses autres doigts s'enfonçant du côté droit.

— Une fois qu'il l'a tenue serrée contre lui, expliqua-t-elle, il a passé son bras devant comme ça…

Et elle le ceintura avec son bras droit, avançant sa main aussi loin qu'elle le put, et fit le geste d'enfoncer un couteau dans son abdomen et de lui imprimer un mouvement latéral de gauche à droite.

— Une fois le couteau enfoncé, et pendant qu'il la tenait fermement, il a tranché la chair d'un côté à l'autre.

— J'ai pigé, dit-il.

— Je vais te lâcher, sinon je ne réponds plus de moi, dit Wanda, impassible.

Elle fit le tour de la table d'examen, face à Duckworth.

— Bon Dieu, fit-il.

— Oui. Ce type est une vraie saleté.

Duckworth n'arrivait pas à détacher les yeux de la plaie.

— Tu sais à quoi ça ressemble ? demanda-t-il.

Wanda hocha la tête.

— Oui.

— À un sourire. Ça ressemble à un sourire.

29

David

Ethan avait rendu la montre à son grand-père avant même de disparaître au sous-sol avec Carl pour voir les trains. Quand Samantha Worthington et son fils furent partis, je retournai dans la maison et trouvai papa dans la cuisine, tenant l'objet qui avait autrefois appartenu à son propre père.

Il me regarda et dit :

— Je suis confus. C'était elle, Sam ?

— Oui.

— Mon salaud, c'est la plus jolie Sam que j'aie jamais vue.

Je montai dans ma chambre, fermai la porte, et sortis mon portable. Je cherchai le numéro de Randall Finley dans ma liste de contacts « récents », et appelai.

— Oui ?

— J'accepte.

— Ravi de l'entendre, dit Finley.

— Mais je ne peux pas m'y mettre tout de suite. J'ai une affaire de famille à régler.

— Eh bien, occupez-vous-en le plus vite possible. On a du pain sur la planche.

— Et il y a quelque chose que je voudrais préciser.

— Je vous écoute, David.

— Je ne ferai pas votre sale boulot. Je ne ferai rien par en dessous. Si je vous vois faire le genre de coup tordu qui vous a mis dedans il y a sept ans, je me tire. C'est clair ?

— Comme de l'eau de roche. Je ne l'aurais pas dit autrement.

— Je vous recontacterai demain, dis-je, et je mis fin à l'appel.

Il était temps à présent d'aller à l'hôpital.

Mes parents pleurnichèrent pour m'accompagner, mais je suggérai qu'il serait préférable que j'aille seul parler à Marla.

Je la trouvai au deuxième étage du centre hospitalier de Promise Falls. Je me présentai au bureau des infirmières pour me faire confirmer son numéro de chambre.

— Qui êtes-vous ? me demanda une infirmière, sur un ton méfiant.

— Je suis son cousin. Je suis le neveu d'Agnes Pickens.

— Oh, dit-elle, changeant immédiatement de ton. (Être apparenté à l'administratrice de l'hôpital m'avait apporté une respectabilité immédiate.) Mme Pickens et son mari étaient là à l'instant. Je crois qu'ils sont descendus à la cafétéria boire un café. Si vous voulez bien attendre…

— Non, ça ne fait rien. Je vais y aller directement. C'est bien la 309 ?

— Oui, mais…

Après lui avoir adressé un petit geste amical de la main, je m'éloignai dans le couloir. J'entrai dans la chambre de Marla – une chambre individuelle, ce qui n'avait rien de surprenant – le plus silencieusement possible, au cas où elle dormirait. Je passai une tête, et elle était là, les yeux clos, le poignet bandé, la tête de lit inclinée à quarante-cinq degrés.

Je me cognai à une chaise, qui grinça imperceptiblement, mais cela suffit à lui faire ouvrir les yeux. Marla me regarda d'un air ahuri pendant une seconde.

— Bonjour, c'est moi, David, dis-je, me rappelant son problème avec les visages, y compris ceux qui lui étaient le plus familiers.

— Bonjour, dit-elle d'une voix vaseuse.

Je m'approchai du lit et lui pris la main, celle qui n'était pas rattachée au poignet bandé.

— Je suis au courant.

— Je suppose que j'ai perdu la tête pendant une seconde, dit-elle en jetant un coup d'œil à ses bandages. Maman veut qu'on me garde pour la nuit. (Elle leva les yeux au ciel.) J'ai peur qu'ils ne me transfèrent en psychiatrie. Je n'ai *pas besoin* d'aller en psychiatrie.

— Ce que tu as fait, ça a inquiété tout le monde.

— Je vais très bien. Je t'assure. (Elle me regarda.) Le policier a été très méchant avec moi.

— Quel policier ?

— Celui qui posait toutes les questions. Duck quelque chose.

— Duckworth.

— Il a fait tout un plat de ce que je fais sur Internet. Comme quoi, parce que j'invente des avis, je mentirais à propos de la femme qui est morte.

— Il est obligé de poser des questions désagréables. C'est son boulot.

— Maman dit qu'elle va essayer de le faire virer.

— Je suis sûr qu'elle aimerait bien, dis-je en lui serrant doucement la main. Ma mère m'a donné une petite leçon d'histoire aujourd'hui.

— À quel sujet ?

— Au sujet de la fois où je me suis cogné la tête sur le ponton flottant. Et où, sans toi, j'y serais passé.

Les commissures de ses lèvres se relevèrent une fraction de seconde.

— Il n'y a pas de problème.

— Je veux t'aider, Marla. Tu as de très gros ennuis. L'histoire du bébé de l'hôpital, Matthew…

— Je te l'ai dit, quelqu'un s'est présenté à la porte et…

— Je sais. Ce que j'allais dire, c'est que Matthew s'étant trouvé avec toi, c'est très embêtant quand on sait ce qui est arrivé à Mme Gaynor. Tu as bien conscience de ça ?

Elle fit oui de la tête.

— Alors je vais mener ma petite enquête. Tâcher de comprendre comment on a pu te confier Matthew. Trouver ton ange.

Elle sourit.

— Tu me crois.

Ce que j'en étais venu à croire, c'était que Marla croyait à son histoire.

— Oui, dis-je. Je veux que tu répondes à quelques questions pour que je puisse commencer. Tu te sens d'attaque ?

Un hochement de tête méfiant.

— Je sais que ton incapacité à reconnaître les visages t'empêche de décrire les gens, mais la femme qui s'est présentée chez toi avec Matthew, est-ce que tu peux m'en dire quelque chose ? Sa couleur de cheveux ?

— Euh, noirs ? dit-elle, comme si elle me posait la question.

— Je n'étais pas là. Tu penses qu'ils étaient noirs ?

Elle confirma d'un mouvement de tête. Rosemary Gaynor avait les cheveux noirs, mais si ç'avait été elle qui s'était présentée à la porte, cela aurait voulu dire qu'elle avait confié son propre bébé à Marla. Ce qui n'était guère vraisemblable.

Et des tas de femmes avaient les cheveux noirs.

— Je sais que tu as du mal avec les détails, mais tu te rappelles la couleur de sa peau ? Noire, blanche ?

— Entre les deux ?

— D'accord. Autre chose ? La couleur des yeux ?

Elle secoua la tête.

— Des grains de beauté ou des cicatrices, ce genre de chose ?

Encore un non de la tête.

— Et sa voix ? Qu'est-ce qu'elle t'a dit et comment était sa voix ?

— Elle était jolie. Elle a dit : « Je veux que vous vous occupiez de ce petit bonhomme. Il s'appelle Matthew. Je sais que vous ferez du bon boulot. » C'est à peu près tout. Sa voix était… chantante. Tu vois ce que je veux dire ?

— Je crois, oui.

— Et elle m'a laissé la poussette. Elle a dit qu'elle était désolée de ne rien avoir d'autre pour moi. Et puis elle a disparu.

— Elle est partie en voiture ?

Marla se concentra.

— Oui, il y avait une voiture. (Elle soupira.) Je suis encore plus nulle avec les voitures qu'avec les visages. Elle était noire, je crois.

— Un pick-up ? Un SUV ? Une fourgonnette ? Une décapotable ?

Elle se mordit la lèvre.

— Eh bien, ce n'était pas une décapotable. Une fourgonnette, peut-être. Mais je ne faisais pas vraiment attention parce que je devais m'occuper de Matthew.

— Et tu n'as pas trouvé ça étrange qu'on te confie un bébé dont tu ne savais rien ?

— Bien sûr que si, dit-elle en me regardant comme si j'étais demeuré. Mais c'était tellement merveilleux que je n'ai pas voulu me poser de questions. J'ai pensé que c'était peut-être un juste retour des choses. J'avais perdu un enfant, et j'en recevais un autre en compensation.

Je me dis que ce n'était pas uniquement une histoire de réparation cosmique.

Sachant que j'avais peu de chances d'obtenir une explication rationnelle de la part de Marla, j'essayai d'en trouver une moi-même. Si ce que croyait Marla s'était réellement passé, quelle interprétation en faire ?

Pour que quelqu'un puisse enlever son bébé, Rosemary Gaynor devait déjà être morte. Autrement elle aurait essayé de l'empêcher.

Donc quelqu'un tue la mère de Matthew. Et il y a ce bébé dans la maison.

Le tueur, homme ou femme, ne lui fait aucun mal. Quelles qu'aient été ses motivations, elles n'avaient pas été suffisantes pour le pousser à éliminer aussi le bébé.

Le tueur aurait pu simplement partir. On aurait fini par retrouver le bébé.

Mais non. Le tueur, ou une autre personne, avait voulu confier le bébé à quelqu'un.

Pourquoi Marla ?

De tous les habitants de Promise Falls à qui il aurait pu être confié, c'était tombé sur elle. Qui habitait à l'autre bout de la ville. Et qui, par le passé, avait tenté d'enlever un bébé dans un hôpital.

Oh, merde.

C'était parfait.

— David ? demanda Marla. Hou hou ?

— Quoi ?

— Tu avais l'air totalement parti pendant une seconde. (Elle sourit.) J'ai eu l'impression que tu étais dans le même état que moi. La sensation d'être dans un pays imaginaire. Ils m'ont shootée avec je ne sais quoi. J'ai comme des absences. La dernière fois que je me suis sentie comme ça, c'était à la cabane.

— Je réfléchissais. C'est tout.

Je lui demandai un tas d'autres choses. Au sujet de Derek, l'étudiant dont elle m'avait parlé dans la matinée, celui qui l'avait mise enceinte, et où je pourrais le trouver. J'essayai à nouveau de lui demander s'il était possible qu'elle soit liée d'une façon ou d'une autre aux Gaynor. J'avais apporté un de mes calepins de journaliste, et je notais à la hâte tout ce que Marla me disait, au cas où quelque chose d'anodin sur le moment se révélerait important plus tard.

Mais pendant tout ce temps, j'avais l'esprit ailleurs.

Je pensais que si j'avais voulu tuer Rosemary Gaynor et que j'aie voulu faire porter le chapeau à quelqu'un, quelle meilleure candidate aurais-je pu trouver qu'une folle ayant tenté de kidnapper un bébé quelques mois auparavant ? Et quel meilleur moyen de l'incriminer que de lui confier le bébé de la victime ?

En laissant peut-être même un peu de sang sur sa porte.

Était-ce tiré par les cheveux ? Totalement ridicule ?

Pour réussir un coup pareil, il fallait que je découvre ce que Marla avait fait. Et son équipée avait été plutôt bien étouffée par ma tante. Il n'y avait rien eu aux infos, aucune plainte n'avait été déposée.

Pour lui faire endosser la mort de Rosemary Gaynor, il fallait trouver un lien quelconque entre Marla et les Gaynor. Autrement, le tueur n'aurait eu aucun moyen de savoir comment exploiter le passé de Marla.

Mais qui…

— Excusez-moi, qui êtes-vous ?

Je me retournai. Un homme se tenait sur le seuil de la chambre d'hôpital. Un costume de bonne coupe, un bon mètre quatre-vingts et l'air d'être ici chez lui.

— Je suis David Harwood. Le cousin de Marla. Et vous êtes… ?

— Le médecin de Marla. Le Dr Sturgess. Je ne crois pas qu'on se soit jamais rencontrés, David.

30

— Je le sens bien, dit Clive Duncomb. C'est ce soir qu'on va coincer cet enfoiré.

Toute l'équipe de sécurité de Thackeray College avait été réunie dans le bureau de Duncomb, y compris Joyce Pilgrim, la seule femme. Trente-deux ans, un mètre soixante-cinq, soixante-trois kilos, cheveux châtains coupés court. À la demande de Duncomb, la tenue qu'elle arborait ce soir-là ne ressemblait en rien à un uniforme de vigile : jean, pull et blouson léger.

Duncomb n'était pas satisfait mais ne dit rien. La première fois qu'il avait suggéré à Joyce qu'elle serve d'appât pour tenter de débusquer l'homme qui avait attaqué des jeunes femmes sur le campus, il avait voulu qu'elle porte des talons hauts, des bas résille et un petit haut moulant. Joyce avait fait remarquer que ce malade s'en prenait à des étudiantes, pas à des prostituées, et que s'il fallait qu'elle arpente le campus pour jouer les appâts, elle n'avait pas envie de passer son temps à repousser les demandes de fellation. Elle soupçonnait Duncomb de vouloir simplement la voir dans ce genre d'accoutrement, le porc.

C'était peut-être *lui*, le prédateur.

Bon, elle savait que ce n'était pas vrai. Il ne correspondait pas à la description donnée par les trois jeunes femmes.

Leur agresseur n'était pas aussi grand que le chef de la sécurité. Il était moins massif. Ils recherchaient un homme jeune, même si sa description était très sommaire. À chaque agression, il portait un sweat à capuche avec un numéro cousu.

Quand elle avait pris ce travail de vigile, elle n'aurait pas pu prévoir qu'elle serait amenée à faire ce genre de chose. Ce que Duncomb attendait d'elle ressemblait davantage à un travail de police. Ce qui était excitant et angoissant en même temps. Cela lui plaisait de faire quelque chose de plus important, de plus exigeant que se balader sur le campus pour vérifier que les portes des salles de cours étaient bien fermées.

Elle se savait pourtant insuffisamment formée. Elle avait soulevé la question, une nouvelle fois, au début de cette réunion.

— Bon sang, tu me rappelles ce péquenaud de flic de Promise Falls, dit Duncomb.

— Quel flic ? demanda Joyce.

— Il était là ce matin, à jouer les gros bras, à laisser entendre qu'on ne savait pas gérer nos affaires. J'ai passé dix-huit ans dans la police de Boston. Je crois en savoir un peu plus qu'un petit cador local qui passe l'essentiel de son temps à enquêter sur le meurtre d'animaux de la forêt.

— Qu'est-ce que vous dites ? demanda Joyce.

— Laisse tomber. On s'en occupe. Et du reste, tu auras plus de renforts qu'on ne peut en souhaiter. Il y aura moi, et les garçons ici présents. (Il désigna les trois autres hommes présents dans la pièce, dont aucun n'avait plus de vingt-cinq ans, et qui souriaient comme des idiots du village.) Et surtout, tu auras de quoi te protéger dans ton sac à main, et je ne parle pas de préservatifs.

Les trois autres s'esclaffèrent.

Duncomb faisait évidemment allusion à l'arme de poing qu'il avait fournie à Joyce. En plus de lui donner l'arme, il lui avait expliqué les rudiments de son fonctionnement. Une instruction qui avait duré au moins trois minutes.

— Et on sera constamment en communication, lui rappela-t-il.

Son téléphone portable, glissé dans son blouson, resterait allumé en permanence. Elle avait une oreillette Bluetooth cachée sous ses cheveux, encore qu'il y ait peu de chances qu'on la remarque en pleine nuit de toute façon. Elle pourrait ainsi communiquer avec Duncomb à tout moment.

— D'accord, dit-elle avec hésitation. Elle n'avait même pas dit à son mari en quoi avait consisté son travail de vigile ces derniers temps. Il aurait paniqué. Mais il cherchait du travail, et ils avaient besoin de son salaire. Elle l'avait donc laissé dans le flou.

Joyce espérait que l'instinct de Duncomb ne le tromperait pas. Qu'ils allaient coincer ce type ce soir et qu'elle pourrait recommencer à vérifier la fermeture des portes et à renvoyer les étudiants ivres dans leurs résidences.

— Bon, dit Duncomb, Michael, Allan, Phil et moi, on sera en train de patrouiller sur le terrain, à moins d'une minute. Au moindre truc louche, tu n'as qu'un mot à dire et on arrive en courant. D'accord ?

— Oui, dit-elle.

— Allez, on se bouge, les gars ! lança le chef de la sécurité, et Joyce songea qu'il devait se croire dans une série télé.

Ce n'était pas parce qu'il faisait nuit que le campus était endormi. Loin de là. Des étudiants se rendaient à des cours du soir ou en revenaient. De la musique se déversait par les fenêtres des résidences. Deux jeunes hommes jouaient au frisbee dans le noir.

Très peu de jeunes femmes marchaient seules. Le président de Thackeray avait fait placarder un avertissement, prudemment formulé, enjoignant aux étudiantes de se déplacer en groupes après la tombée de la nuit. Par deux, au moins. Dans une déclaration précédente, il leur avait conseillé de trouver des étudiants de confiance pour les escorter d'une partie de l'établissement à l'autre, mais cela avait déclenché un tollé sur les réseaux sociaux. De nombreuses jeunes femmes furent scandalisées qu'on leur demande de trouver un homme pour les protéger. Des hashtags Twitter tels que #VaTeFaireChaperonner et #RaccompagneMoiPrez commencèrent à se répandre. Joyce pensait, le politiquement correct mis à part, que c'était tout à fait justifié, mais les étudiants étaient toujours à l'affût du moindre prétexte pour se révolter, et le président était entré dans leur jeu.

Duncomb estimait que le trajet entre le centre sportif et la bibliothèque était très favorable pour son plan. Il faisait environ quatre cents mètres de long, avec une zone boisée d'un côté et une route de l'autre, sur la moitié de la distance. Intérêt supplémentaire, le chemin n'était pas aussi bien éclairé qu'il aurait pu l'être, ce qui en faisait un endroit de choix pour un apprenti violeur. Une des trois jeunes femmes agressées avait déclaré l'avoir été sur ce chemin.

Duncomb voulait que Michael et Phil fassent la navette entre les deux bâtiments, chacun dans un sens. Il donna l'ordre à Allan de parcourir la zone boisée. Quant à lui, il serait dans une voiture garée le long du sentier, d'où il aurait une assez bonne vision d'ensemble. De plus, il serait en contact téléphonique continu avec Joyce.

Une fois tout le monde en position, Joyce entra dans le centre sportif. Le plan était qu'elle y reste cinq minutes, puis en sorte et commence à marcher en direction de la bibliothèque.

— C'est bon, dit-elle, debout au milieu du hall, je sors.

Elle portait un sac à main en bandoulière, une main à l'intérieur, posée sur l'arme.

— Reçu, dit Duncomb. (De sa voiture, il vit Joyce sortir par les portes donnant sur le devant et se diriger vers l'ouest, en tournant à gauche, vers la bibliothèque située à quatre cents mètres de là.) Je te vois. Tu es jolie, tu sais. On pourrait facilement te donner dix-neuf, vingt ans, tu sais ça ?

— Si vous le dites, murmura Joyce, tête baissée, pour ne pas montrer qu'elle était en train de parler à quelqu'un.

Si l'agresseur pensait qu'elle téléphonait, cela voulait dire que son correspondant était susceptible d'appeler les secours, et il pourrait renoncer.

— Je dis juste que tu t'entretiens. Je suis sûr que ton mari apprécie.

Elle avait envisagé de se présenter au service des ressources humaines de l'université pour déposer plainte à l'encontre de Duncomb. Des années auparavant, Thackeray avait mis en place des mesures contre le harcèlement sexuel visant à empêcher les enseignants de sauter sur leurs étudiantes, mais elles s'appliquaient à tous les niveaux. Même si le règlement, consultable sur le site Internet de l'université, insistait sur le fait que l'emploi d'une personne ne pouvait être menacé suite au dépôt d'une plainte, Joyce savait qu'il en allait autrement dans la vraie vie. Elle pourrait sans doute garder son travail, mais le voudrait-elle ? C'était un petit service, et elle était la seule femme. Chaque fois que Joyce pensait à Michael, Allan et Phil, l'image qui lui venait à l'esprit était celle de Larry, Darryl et Darryl, les trois clowns arriérés de cette vieille série télévisée. Elle aurait bien du mal à prouver quoi que ce soit sans leur soutien. Elle avait abordé le sujet une fois, après que Duncomb lui avait demandé ce qu'elle pensait de ce qu'il appelait le « lifestyle », un nom prétentieux pour désigner les pratiques échangistes. Joyce avait répondu : « Pas grand-chose. » Elle avait voulu en parler à Allan, le seul membre de l'équipe qui semblait avoir un QI supérieur à celui d'un pamplemousse. Il lui avait rétorqué que Duncomb faisait ça pour déconner, qu'elle ne devrait pas le prendre trop au sérieux.

— Tu es là ? demanda Duncomb. Tu ne dis rien.

— Je vous ai entendu, Clive.

Un étudiant arrivait de la bibliothèque. Noir, deux mètres, mince. Vêtu d'un jean et d'un sweat à capuche de l'université gris avec une fermeture à glissière sur le devant. La capuche était baissée et il marchait tête haute.

— Quelqu'un vient vers moi, murmura-t-elle.

Ils se croisèrent. L'étudiant continua à marcher vers le centre sportif ; elle continua en direction de la bibliothèque. Un autre jeune homme se dirigeait vers elle, mais c'était Phil.

— *Ouarf*, fit-il tout bas en la croisant.

Elle ne voulait pas se retourner ostensiblement pour vérifier derrière elle, mais elle ne put résister. Elle désirait s'assurer que Michael était derrière, quelque part. Joyce ne le vit pas.

— Où est Michael ? demanda-t-elle.

— Dans les parages, répondit Duncomb.

— D'accord, mais est-ce qu'il est dans *mes* parages ?

— Où es-tu ? Je t'ai perdue, les réverbères sont trop espacés.

« Je rêve », pensa Joyce.

— Presque à la bibliothèque.

— Ah, ouais, je te vois.

— Je rentre cinq minutes, et je ressors.

— Reçu. N'oublie pas, si tu dois aller pisser, j'entends tout, dit Duncomb en gloussant.

Elle entra dans la bibliothèque et tomba sur Michael, qui parlait à deux filles près du comptoir.

— J'ai trouvé Michael. Il est en train de draguer deux étudiantes. Vous voulez bien l'appeler et lui demander de faire son boulot, merde, quoi !

— Je l'ai sur talkie-walkie. Qui sont les filles ?

— Qu'est-ce que j'en sais ?

Quand elle passa devant Michael, elle entendit crachoter la petite radio clipsée sur son blouson.

— Faut que j'y aille, mesdames, dit-il. Je vais serrer un violeur.

Joyce prit l'ascenseur jusqu'au premier étage, déambula quelques minutes parmi les rayonnages, puis redescendit par l'escalier.

— Je sors, dit-elle tout bas.

— OK, dit Duncomb.

En revenant tranquillement au centre sportif, elle croisa Michael et Phil. Vit trois filles qui marchaient ensemble, d'un bon pas, vers la bibliothèque. Un garçon et une fille, appuyés contre un lampadaire, en train de se peloter. Elle croisa une demi-douzaine d'étudiants, mais aucun ne tenta quoi que ce soit.

Cinq minutes au centre sportif, puis retour à la bibliothèque. Michael et Phil approchaient, bavardant et échangeant des regards.

— Bon sang, Clive, Darryl et Darryl marchent ensemble, pas séparément !

— Ils se sont désynchronisés. On arrangera ça au prochain tour. Et, pour ton info, ça fait un moment qu'on a perdu Allan.

— Il n'est pas dans les bois ?

— Un besoin urgent, dit Duncomb.

— Vous plaisantez ?! s'emporta Joyce. Il est dans les *bois* !

Elle était environ à mi-chemin quand elle entendit des pas derrière elle. Quelqu'un était arrivé à sa hauteur mais ne la dépassait pas.

— Hé, dit-elle tout bas.

— Oui ? dit Duncomb.

— Il y a quelqu'un qui me colle aux basques. Vous le voyez ?

— Tu es juste dans mon angle mort… C'est bon, oui, je te vois. OK, c'est un homme, il marche seul, tête baissée… il porte un sweat à capuche bleu, tête couverte.

Joyce sentit ses entrailles commencer à se liquéfier.

— Ça pourrait être notre homme, dit-elle.

— Il se rapproche encore. Attends, attends… Non, détends-toi. Il se dirige vers sa voiture.

Joyce s'autorisa à jeter un regard furtif par-dessus son épaule. Duncomb avait raison. Le type avait une télécommande à la main. Les phares d'une vieille fourgonnette clignotèrent.

— Je veux quand même le voir de plus près, dit Duncomb. Je reprends contact avec toi dans une minute.

— D'accord.

Alors qu'elle se retournait pour regarder à nouveau devant elle, un homme sortit des arbres et se jeta sur elle.

Il la ceintura, posa une main sur sa bouche, et la souleva. Joyce supposa qu'il avait entre sept et dix centimètres de plus qu'elle, soit entre un mètre soixante-dix et un mètre soixante-quinze, pour peut-être soixante-cinq kilos. Elle sentit les muscles de ses bras quand il l'emporta dans les buissons. Il n'y avait personne sur le sentier. Allan était aux toilettes quelque part, Michael et Phil approchaient sans doute du centre sportif à présent, et Duncomb était allé voir de plus près le type qui l'avait suivie.

Elle ne pouvait même plus lui parler.

Non pas parce que son agresseur avait sa main plaquée sur sa bouche, mais parce qu'elle avait perdu l'oreillette Bluetooth qu'elle avait clipsée à son oreille. Elle l'avait sentie tomber quand l'homme l'avait soulevée. Elle était là-bas sur le sentier, quelque part.

Aussi n'entendit-elle pas Duncomb dire :

— Je ne pense pas qu'il y ait grand-chose à craindre de ce type. Je retourne à la voiture. Attends, je crois que je t'ai perdue… Laisse-moi rappeler Mike et Phil et je te reprends.

Une fois que l'homme l'eut attirée au milieu des arbres, hors de vue de quiconque passant sur le sentier, il la jeta par terre.

Sa description correspondait à celle fournie par les trois jeunes femmes. Il avait la tête encapuchonnée, et quand Joyce leva les yeux pour le regarder en face, elle ne distingua rien de ses traits : il portait une cagoule noire.

Duncomb, qui pensait être entendu, dit :

— C'est bon, je les ai eus ; ils arrivent vers toi. Je me demandais : quand on est une femme, on peut pisser dans les bois ?

L'homme s'assit sur elle à califourchon. Il immobilisa son bras gauche avec sa main droite, au niveau du poignet, et plaqua sa main gauche sur sa bouche. Joyce avait le bras droit coincé le long du corps, maintenu en place par la cuisse de son agresseur, mais sa main droite n'avait pas quitté l'intérieur de son sac à main.

Et tenait l'arme.

— OK, OK, lui dit-il. (Elle vit ses lèvres remuer dans l'ouverture circulaire de la cagoule.) Ne fais aucun bruit. Ça va bien se passer. Sois cool et il n'arrivera rien.

Elle avait refermé ses doigts sur la crosse et s'efforçait d'atteindre la détente avec son index. S'il relâchait ses cuisses juste un peu…

— Reste ici cinq secondes, dit-il, je vais me barrer.

— Tu es là ? demanda Duncomb. Oh, je comprends, j'ai passé les bornes avec cette question sur le pipi en forêt. D'accord, je suis un connard. Mais dis-moi où tu es, Joyce, je t'ai complètement perdue. Joyce ?

Joyce se demanda ce que le type assis sur elle pouvait bien raconter. Il l'aurait traînée dans les buissons pour ensuite prendre la fuite ? C'était plutôt une bonne nouvelle, mais ça ne rimait à rien.

Peut-être qu'il n'arrivait pas à bander.

Peu importe la raison. Elle s'en foutait totalement. Elle voulait juste sortir ce flingue de son sac à main et exploser la tête de ce connard au cas où il changerait d'avis.

— C'est bon ? On est d'accord ? lui demanda-t-il. Fais oui avec la tête si tu es d'accord.

Malgré la main plaquée sur sa bouche, elle se força à bouger la tête.

— OK.

Il retira sa main, relâcha son poignet, et commença à s'écarter d'elle, libérant le bras droit de Joyce. Elle sortit rapidement son arme.

— Putain ! fit l'homme, qui, de son bras gauche, frappa violemment la main de Joyce qui tenait l'arme. Le pistolet lui échappa des mains, atterrissant sur le tapis de feuilles qui couvrait le sol de la forêt.

Il plongea pour s'en emparer, ses jambes recouvrant celles de Joyce. Il mit la main dessus, s'agenouilla précipitamment et braqua l'arme sur Joyce. Elle avait commencé à se relever, mais se figea.

— Mais merde, dit-il. Je ne t'aurais jamais rien fait. (Il écarta l'arme, de façon à ce qu'elle ne puisse pas être touchée si le coup venait à partir.) C'est un petit boulot, une mise en scène, il a dit que c'était une sorte d'expérience sociale.

— Quoi ?

— Personne ne sera blessé, alors…

On entendit remuer dans les buissons, sur la gauche. Puis une détonation assourdissante. La moitié de la tête de l'agresseur fut proprement emportée.

Joyce poussa un cri.

Clive Duncomb émergea des broussailles, son arme à la main.

— Je l'ai eu, ce fils de pute.

31

David

— Bonjour, dis-je, en tendant la main au Dr Jack Sturgess.

Il la serra avec fermeté et dit :

— Marla a vraiment besoin de repos.

— Bien sûr. Je comprends ça.

— Vous étiez avec elle ce matin, dit Sturgess en baissant le ton et en m'attirant vers lui pour que Marla ne puisse pas nous entendre. Vous l'avez trouvée avec l'enfant de cette femme.

— C'est ça.

Il leva l'index, un geste qui voulait dire « donnez-moi deux secondes », puis me contourna et s'approcha de Marla.

— Comment te sens-tu ?

— Ça va, dit-elle.

— Je raccompagne ton cousin et je reviens te voir.

Cela signifiait sans doute que je devais partir. Sturgess me fit sortir dans le couloir et laissa la porte surdimensionnée de la chambre se refermer.

— Je tenais à vous remercier de vous être occupé d'elle ce matin.

— Je n'ai rien fait de spécial. J'essayais juste de comprendre ce qui s'était passé.

— Merci quand même. Elle est dans une situation très délicate.

— En effet.

— Que vous a dit Marla à propos de ce bébé ?

— La même chose qu'à tout le monde, je suppose.

— La mystérieuse femme venue frapper à sa porte. Une hallucination, très certainement.

— Vous croyez ?

— Oui, c'est l'impression que ça me fait. Mais la façon dont elle se représente la personne qui lui a apporté cet enfant pourrait nous éclairer sur son état d'esprit.

— Je ne suis pas sûr de vous suivre.

— Eh bien, imaginons qu'elle ait cru voir un grand et sombre inconnu. Cela pourrait signifier quelque chose de totalement différent que si elle avait vu une fillette de six ans.

— Docteur Sturgess, vous êtes le psychiatre de Marla ?

— Non.

— Si quelqu'un doit tenter d'interpréter ses affabulations, ce devrait être son psychiatre, non ?

Sturgess s'éclaircit la voix.

— Ce n'est pas parce que je ne suis pas le psychiatre de Marla que sa santé mentale ne m'intéresse pas. L'état psychique d'une personne est étroitement lié à son bien-être physique. Nom d'un chien, je la soigne parce qu'elle s'est tailladé les veines. Vous ne pensez pas que cela a quelque chose à voir avec son état mental ? (Il me lança un regard cinglant.) J'essaie d'aider cette jeune femme.

— Moi aussi.

Haussement de sourcils.

— Comment ?

— Je ne sais pas. De toutes les manières possibles.

— Eh bien, venir ici, lui rendre visite, lui faire savoir que vous vous souciez d'elle, c'est bien. C'est très positif. Elle a besoin de ces marques d'affection et de soutien.

— Je pensais faire plus que cela.

— Je ne comprends pas. Que pourriez-vous bien faire d'autre ?

— Je ne sais pas. M'informer à droite à gauche, je suppose.

— Ça veut dire quoi, ça ?

— Ça veut dire ce que ça veut dire. Je vais m'informer à droite et à gauche.

— Vous seriez une sorte de détective privé, David ? Parce que, si c'est le cas, il n'en a jamais été question ! Je suis sûr que quelqu'un en aurait fait mention.

— Non, je ne suis pas détective.

— Dans mon souvenir… vous écriviez dans le *Standard,* non ? Mais c'était il y a longtemps. Vous étiez bien journaliste autrefois ?

— J'étais journaliste au *Standard.* Puis j'ai travaillé au *Globe*, à Boston, pendant un temps. Je suis revenu au *Standard* juste au moment où il a mis la clé sous la porte.

— Alors quand vous dites que vous allez vous *informer à droite à gauche*, c'est juste histoire de vous occuper ?

Je me donnai deux secondes, puis je demandai :

— C'est quoi votre problème avec ça, exactement ?

— Un problème ? Qui a dit que j'avais un problème ? Mais puisque vous posez la question, et au cas où vous ne l'auriez pas remarqué, la police est très impliquée dans cette affaire. Ils s'informent à droite à gauche, eux aussi. C'est un peu leur métier, d'ailleurs. Alors je ne vois pas l'intérêt qu'il y aurait à aller déranger les gens dans un moment comme celui-ci pour leur poser toutes vos questions. Et je pense en particulier à Marla. C'est très bien que vous passiez lui dire bonjour, mais je ne veux pas que vous la soumettiez à une sorte d'interrogatoire.

— Vraiment ?

— Vraiment. Personne n'a envie qu'un détective amateur vienne fourrer son nez dans cette horrible affaire.

— « Détective amateur », répétai-je.

— Ne le prenez pas mal. Mais Marla est fragile. Comme l'est M. Gaynor. Il n'a sûrement pas besoin…

— Attendez…, dis-je, en levant la main. Vous connaissez Bill Gaynor ?

— Je vous demande pardon ?

— Vous connaissez les Gaynor ?

— Oui, oui, je les connais. Je suis leur médecin de famille.

— Je l'ignorais.

— Pourquoi l'auriez-vous su ? La composition de ma patientèle ne vous concerne pas que je sache.

— Cela ressemble à une drôle de coïncidence.

Sturgess secoua la tête d'un air supérieur.

— Promise Falls n'est pas si grand. Que je soigne deux familles ayant un lien entre elles n'a rien de surprenant. Oh, regardez…

Tante Agnes arrivait à grandes enjambées, son mari, Gill, quelques pas derrière elle. Son regard se posa sur moi et elle me gratifia d'un de ses rares sourires.

— David, dit-elle en me serrant rapidement dans ses bras et en me faisant une bise sur la joue. Tu as vu Marla ?

— J'en viens. Elle a l'air… bien. Fatiguée mais bien.

Gill rejoignit sa femme, me tendit la main.

— Dave, ça fait plaisir de te voir.

— Oncle Gill.

Jack Sturgess prit la parole :

— Votre neveu et moi étions en train de discuter. David a exprimé son intention de se renseigner sur les circonstances entourant les événements de la journée, et je le soupçonne d'avoir pris cette décision sans vous consulter.

— C'est vrai ? demanda Gill.

— Eh bien, je me disais que…

— Qu'est-ce que tu veux dire par te *renseigner* ? dit Agnes.

Je levai une main apaisante.

— Je veux simplement faire tout mon possible pour aider Marla. Il se peut que la police se soit déjà fait son opinion sur ce qui s'est passé, mais en fouinant ici et là, j'arriverai peut-être à découvrir quelque chose qui remettra leurs certitudes en question.

Je me préparai mentalement à une contre-attaque verbale. Je me disais que même si Agnes reconnaissait que j'étais bien intentionné, elle était tellement autoritaire qu'elle s'opposerait à ce qu'on entreprenne quoi que ce soit pour un membre de sa famille en dehors de sa supervision directe.

Si bien que lorsqu'elle me prit la main, la serra et me dit : « Oh, merci, David, merci beaucoup », je fus pris au dépourvu.

— Oui, dit Gill, en posant la main sur mon épaule. On te remercie d'avance pour tout ce que tu pourras faire.

Je jetai un coup d'œil au Dr Jack Sturgess. Il n'avait pas l'air content.

32

Barry Duckworth commençait à croire qu'il ne rentrerait jamais chez lui.

Il était dans sa voiture, sur le chemin du retour, s'efforçant toujours de comprendre ce qu'il avait vu sur la table d'autopsie, quand il reçut un appel sur son portable.

— Duckworth.

— Inspecteur, agent Carlson à l'appareil. Angus Carlson.

— Agent Carlson. Je me disais que j'allais peut-être avoir de vos nouvelles. Vous avez parlé à la chef ?

— Oui, il y a quelques minutes. Elle m'a demandé de prêter main-forte aux inspecteurs.

— C'est ça, dit Duckworth.

— Et a dit que je serais placé sous vos ordres.

— Exact.

— Je suis impatient de commencer.

— D'accord, on se voit demain.

— J'appelle aussi pour une autre raison.

— Une autre blagounette sur les écureuils ?

— Non, monsieur. Mais il y a un rapport. Enfin, pas vraiment un rapport. C'est juste que je me trouve sur une scène qui ne réclame peut-être pas votre attention, mais c'est tellement bizarre, et que quelque chose d'aussi bizarre se passe le même jour que le truc des écureuils ce matin… J'ai pensé que vous aimeriez peut-être…

— Accouchez, Carlson.

L'agent Carlson lui dit où il se trouvait, et ce qu'il avait découvert.

— Je vais passer.

Carlson retrouva l'inspecteur devant les grilles d'entrée de Five Mountains et le conduisit à travers le parc obscur jusqu'à la grande roue, qui lui fit penser à un gigantesque tambourin illuminé.

— Voilà qui pourrait vous intéresser, dit Carlson, le doigt pointé sur les trois mannequins avec les mots VOUS ALLEZ PAYER peints dessus.

Duckworth fit le tour de la scène, l'examinant sous tous les angles.

— C'est peut-être juste des gamins, suggéra Carlson.

— Possible, dit l'inspecteur, mais cela ne ressemblait pas à une gaminerie à ses yeux.

Il pouvait imaginer des gamins remettre en route une grande roue à l'arrêt et se payer un tour de manège, aussi stupide que cela puisse être, étant donné qu'il n'était pas vraiment évident, si la sécurité débarquait, de prendre la fuite une fois qu'on était au sommet de la roue, mais on n'avait retrouvé personne quand elle s'était mise à tourner. Juste ces trois passagers de celluloïd. Celui qui avait poussé la manette avait amplement eu le temps de s'en aller avant que quelqu'un n'arrive.

N'empêche…

— Fouillez le parc, dit Duckworth. Assurez-vous que personne ne traîne dans les parages pour profiter du spectacle. Quelqu'un a peut-être oublié quelque chose. Laissé tomber un sac à dos, par exemple.

D'autres agents en tenue étaient arrivés, et Carlson leur ordonna de se déployer.

— Qui paiera ? demanda Duckworth tout haut, même s'il ne destinait la question à personne en particulier. Et payer pour quoi ?

— Parce qu'ils sont en train de mettre la clé sous la porte ? proposa Carlson. Le parc a coulé, vous êtes au courant ?

Duckworth était au courant.

— Où est la femme ?

Carlson lui dit que Gloria Fenwick attendait dans les bureaux de l'administration de pouvoir parler à un inspecteur. Avant d'aller la trouver, Duckworth demanda à un de ses hommes de veiller à ce que personne ne touche aux mannequins. Pas avant qu'on ait fait le relevé d'empreintes.

— Ils n'ont pas d'empreintes digitales, remarqua l'agent, perplexe.

— Sur les mannequins, dit Duckworth. On va relever les empreintes *sur* les mannequins.

— Ah, oui.

Un agent de la circulation, songea Duckworth.

Il appuya sur un interphone à la porte du bâtiment dans lequel Fenwick travaillait. « Qui est-ce ? » demanda celle-ci nerveusement. Il lui répondit, et elle lui ouvrit la porte. Elle l'attendait en haut d'une volée de marches, une couverture sur les épaules. Elle le fit entrer dans la principale zone de travail, remplie de bureaux en open space et d'ordinateurs. Tous les plafonniers étaient allumés.

— Je suis gelée, dit-elle. Depuis que j'ai vu ces… ces mannequins, je n'arrête pas de frissonner.

Ils s'assirent sur des canapés confortables, dans un salon, près de la réception.

— Ça me fait plaisir de vous revoir, dit Duckworth.

Fenwick le dévisagea.

— Je vous demande pardon. On se connaît ?

— Ça remonte à quelques années. La femme qui avait disparu ici, à Five Mountains.

— Oh ! fit-elle. Je me souviens. C'est vous qui teniez absolument à fouiller toutes les voitures quittant le parc.

— Racontez-moi ce qui s'est passé ici ce soir.

Elle lui raconta les lumières aperçues par la fenêtre du bureau, la découverte de la grande roue en marche, les mannequins peints.

— Vous n'avez vu personne ?

Elle fit non de la tête.

— J'aimerais jeter un œil à vos vidéos de surveillance.

Nouveau signe négatif de la tête.

— Il n'y en a pas. Toutes les caméras ont été coupées. À cette période de l'année, même quand le parc était très fréquenté, les caméras sont toujours coupées. En temps normal, on n'ouvrirait pas avant la semaine prochaine. Il n'y aurait personne ici pour surveiller les écrans. On a un agent de sécurité qui fait une ronde deux ou trois fois par jour, mais ça s'est passé à un moment où il n'était pas là.

— Combien de gens ont perdu leur travail à cause de la fermeture du parc ? demanda Duckworth.

— Tout le monde, répondit-elle. Moi-même, à terme.

— Ça fait combien ?

— Environ deux cents personnes employées directement par Five Mountains. Et puis il y a les concessions qui employaient leurs propres personnels. C'est l'effet domino. Sans parler de toutes les entreprises locales qu'on faisait travailler. Des sociétés d'entretien, d'espaces verts, par exemple.

— Personne ne s'est montré particulièrement hostile à l'annonce de son licenciement ?

Fenwick se pencha en arrière dans le canapé et regarda fixement le plafond.

— Ça arrive. C'est normal. Des gens étaient en colère. Certains ont pleuré. Mais personne n'a dit : « Vous allez payer. » Personne n'a dit quoi que soit de comparable à ce qui est écrit sur ces mannequins. (Elle marqua un temps d'arrêt.) Je ne resterai jamais plus seule ici.

— Sage décision.

Elle cessa de regarder le plafond pour le dévisager.

— Vous pensez que c'est une menace sérieuse ?

— Je n'en sais rien. Mais quelqu'un s'est donné beaucoup de mal pour mettre tout ça en scène. Il a fallu trimballer ces trois mannequins jusqu'ici, les peindre, les placer dans cette nacelle, démarrer la grande roue. C'est difficile de la mettre en marche ?

— Avec un tout petit peu d'expérience en machinerie ou en électronique, je suppose que c'est à la portée de n'importe qui.

— Des gamins auraient pu le faire ?

Elle réfléchit un moment.

— J'en doute. À moins que ce ne soit un des jeunes qu'on engageait l'été.

— Vous pourriez me retrouver le nom des employés affectés à cette attraction en particulier ?

— Probablement. Mais pas maintenant. Je n'ai pas envie de passer une minute de plus ici ce soir.

Duckworth sourit.

— Ça attendra demain. (Il lui donna une de ses cartes de visite.) Je peux demander à un agent de vous escorter à votre voiture.

— Merci, dit-elle.

Duckworth descendait l'escalier quand son téléphone portable sonna de nouveau.

— Oui.

— Inspecteur Duckworth ?

— Lui-même.

— C'est Clive Duncomb à Thackeray.

— Vous étiez censé m'envoyer le nom des étudiantes qui ont été agressées.

— Oui, eh bien, à ce sujet, dit Duncomb, il y a du nouveau.

— C'était un tir de légitime défense, déclara le chef de la sécurité de Thackeray College, qui se tenait au-dessus du corps de l'homme qui avait agressé Joyce Pilgrim. Leurs sources de lumière étaient une demi-lune, les étoiles, et cinq torches électriques brandies par Duncomb, les trois membres mâles de son équipe et Duckworth.

— Eh bien, je suppose que ça règle la question, dit l'inspecteur.

Il baissa les yeux sur ce qui subsistait de la tête, puis laissa son regard suivre le reste du corps. L'homme portait un sweat à capuche en polaire bleu foncé ou noir – difficile d'être affirmatif – avec un grand 2 blanc cousu à gauche de la fermeture à glissière, et un 3 de même taille du côté droit.

— Je l'ai vu avec une arme à la main, agenouillé sur Joyce. J'ai surgi de sous les arbres, je la cherchais, et je suis tombé sur cette scène.

— Vous pourrez faire une déposition complète au poste, dit Duckworth.

— Allez, c'est tout ce qu'il y a de plus transparent. Comme je vous l'ai dit, mon tir était légitime.

Duckworth braqua sa torche sur le visage de Duncomb.

— Ne répétez pas ce mot.

— J'étais dans mon droit, c'est tout. J'ai sauvé la vie de Joyce.

— Après l'avoir mise en danger. Pour l'instant, il s'agit d'un homicide. Et c'est moi le responsable de cette enquête. Vous allez venir au poste pour y faire une déposition complète. Toute la bande.

Le seul membre de l'équipe de sécurité qui manquait à l'appel était Joyce Pilgrim. Elle se trouvait au centre sportif, où elle était prise en charge par un agent de police de Promise Falls, en attendant que Duckworth en ait terminé.

— Beaucoup d'étudiants sont armés ici ? demanda l'inspecteur, éclairant à nouveau le corps avec sa torche.

— J'espère bien que non, mais ce n'est pas son arme de toute façon. Joyce s'est laissé désarmer par ce clown.

— Vos vigiles ont tous un port d'armes ?

— Eh bien, pas techniquement. Mais vu qu'elle devait servir d'appât, j'ai pris l'initiative de lui donner un de mes…

— Attendez, c'est avec votre arme que ce type menaçait Joyce ?

— Ouais. Et quand vous en aurez terminé, si c'est pas trop demander, j'aimerais bien la récupérer.

Duckworth sentit sa nuque chauffer.

— Qu'est-ce que je vous ai dit ce matin quant à votre idée géniale d'envoyer quelqu'un d'aussi peu expérimenté jouer les leurres ?

— Parce que je suis censé vous rendre compte maintenant ? Première nouvelle, répliqua Duncomb. Ce n'est pas vous qui signez mon chèque à la fin du mois.

— Non, c'est le président de l'université, et s'il a un tant soit peu de jugeote, vous allez vous retrouver à faire traverser la rue aux enfants de maternelle avant la fin de la semaine.

— J'ai bouclé plus d'affaires en travaillant à la police de Boston que cette ville n'en voit en dix ans. Vous ne pouvez pas me parler comme ça…

— Je viens de le faire. Encore un mot et je vous passe les menottes et vous coffre pour la nuit. Bon Dieu, quel merdier. Quelqu'un sait qui est ce gosse ?

Un des vigiles prit la parole :

— Je suis Phil. Phil Mercer… euh, j'ai son portefeuille, là. (Il le brandit, l'éclaira avec sa torche.) Il étudie ici. Enfin, étudiait. Il s'appelle…

— Vous avez touché le corps ? demanda Duckworth.

— Je n'aurais pas pu prendre son portefeuille autrement, expliqua-t-il, comme si on venait de lui poser la question la plus stupide qu'il ait jamais entendue.

L'inspecteur soupira.

— Qui est-ce ?

— Une minute… laissez-moi regarder à nouveau son permis… Mason Helt. Il y a sa carte d'étudiant et tout. Tenez.

Et il jeta le portefeuille en direction de Duckworth.

L'inspecteur, stupéfait, réussit à le rattraper sans faire tomber sa torche. Il regarda Duncomb.

— Vous devez être fier de vous.

Duckworth trouva Joyce Pilgrim assise sur un banc en bois dans un gymnase désert. Il renvoya l'agent qui était resté près d'elle, puis s'assit à ses côtés sur le banc.

— Comment ça va ? demanda-t-il après s'être présenté.

— Ça peut aller, dit-elle, jambes et poings serrés.

Elle était penchée en avant, les épaules contractées, comme si elle essayait de se replier sur elle-même.

— Je regrette que vous ayez subi ça. On vous a examinée ?

— Je ne suis pas blessée, dit Joyce en secouant lentement la tête. Je ne veux plus travailler pour ce connard.

Duckworth n'eut pas besoin de demander qui était « ce connard ».

— Je ne vous le reprocherais pas.

— Je n'ai pas été formée pour ça. Je ne peux pas faire ce genre de chose. Je ne veux pas.

— Duncomb n'aurait pas dû vous mettre dans cette situation. C'était un abus de pouvoir.

— Il faut que j'appelle mon mari. Je ne me sens pas capable de rentrer chez moi toute seule.

— Bien sûr.

— Je n'arrive toujours pas à croire ce qu'il m'a dit.

— Qui ?

— Ce jeune. Quand il a pris mon arme, il l'a détournée de moi. Il a dit qu'il était désolé, qu'il ne m'aurait jamais… vous savez, qu'il ne m'aurait jamais violée.

— Continuez.

— Il a dit que c'était… quelle expression il a employée ? Il a dit que c'était un petit boulot. Que c'était une… expérimentation sociale.

— Un petit boulot ?

— C'est l'expression qu'il a utilisée. Il a dit que c'était ce qu'« il » voulait. Comme s'il parlait d'une autre personne. Comme si on lui avait demandé de faire ça ou qu'on l'avait engagé pour ça. Vous y comprenez quelque chose ?

Non. Toute cette journée avait été une accumulation d'événements sans queue ni tête. Vingt-trois écureuils pendus, trois mannequins dans une nacelle de grande roue, un…

Une seconde.

Duckworth ferma les yeux un instant. Se projeta une heure auparavant, quand il marchait au pied de la roue.

Toutes les nacelles étaient numérotées.

Celle qui renfermait les mannequins avait un numéro peint au pochoir sur le côté. Duckworth ferma les yeux pour essayer de le visualiser.

Le numéro peint sur le côté était le 23.

Le sweat à capuche porté par Mason Helt portait le numéro 23.

Et combien d'écureuils avaient été trouvés pendus par le cou ce matin dans le parc ?

Vingt-trois.

Cela ne voulait probablement rien dire, mais…

— Ce serait une sacrée coïncidence, dit-il tout haut.

— C'est à moi que vous parlez ? demanda Joyce Pilgrim.

33

David

Comme la première personne que Jack Sturgess avait voulu me dissuader d'aller voir était Bill Gaynor, je décidai de commencer par lui. Je ne savais pas ce que j'allais lui demander, mais peut-être que douze heures après notre première rencontre, nous serions capables d'avoir une conversation courtoise ou quelque chose qui s'en approcherait.

Comme j'avais débarqué avec Matthew, peut-être que ce serait lui qui voudrait me parler. Me poser des questions sur ce qui s'était passé.

Je garai donc la Taurus de ma mère devant sa maison de Breckonwood, et me dirigeai vers la porte d'entrée. Rien ne donnait à penser qu'un drame s'était déroulé ici dans la matinée. Pas de voitures de police, pas de ruban jaune de scène de crime, pas de véhicules de reportage. Tout le monde avait plié bagage.

La rue était paisible, et la plupart des maisons étaient plongées dans l'obscurité, y compris celle-ci, n'était l'applique au-dessus de la porte d'entrée. Dans la maison d'à côté, néanmoins, plusieurs lumières étaient encore allumées.

Je sonnai. J'entendis des pas à l'intérieur, quelqu'un approchait de l'autre côté de la porte. Le rideau de la fenêtre située juste à gauche de la porte s'écarta, et je vis Bill Gaynor me jeter un rapide coup d'œil.

— Allez-vous-en, dit-il à travers le carreau.

— S'il vous plaît, insistai-je.

La lumière s'éteignit au-dessus de ma tête.

Et on en resta là. Je n'allais pas sonner une seconde fois. Pas après ce que cet homme avait enduré.

Je ne voyais qu'un seul autre endroit où j'aurais pu aller si tard avant de rentrer chez moi me coucher. Un endroit auquel je pensais depuis déjà un moment.

Mais, alors que je retournais vers ma voiture, j'entendis la porte s'ouvrir dans la maison voisine, celle qui était toujours éclairée. Un homme à qui je donnais plus de quatre-vingts ans, maigre et cacochyme dans sa robe de chambre à carreaux, avait mis un pied dehors.

— Il y a un problème ? demanda-t-il.

— J'étais venu voir M. Gaynor, mais il n'est pas d'humeur à recevoir des visiteurs pour le moment.

— Sa femme a été tuée aujourd'hui.

— Je sais. J'étais là quand il l'a trouvée.

L'homme fit un autre pas à l'extérieur de sa maison, plissa les yeux dans ma direction.

— Je vous ai vu ce matin. Je regardais par la fenêtre. Il y a eu une bagarre sur la pelouse, une femme avec leur bébé.

— C'est ça.

— Qu'est-ce qui a bien pu se passer ? J'ai demandé à la police mais ils n'ont rien voulu me dire. Ils avaient des tas de questions à me poser, mais répondre aux miennes, ça ne les intéressait pas.

Je coupai par la pelouse et le rejoignis sur le pas de sa porte.

— Qu'est-ce que vous voulez savoir, monsieur ? demandai-je.

— Terrence, dit-il avec un hochement de tête. Terrence Rodd. Ça fait vingt ans que j'habite ici. Ma femme, Hillary, est morte il y a quatre ans, et je vis seul depuis. Mais je ne partirai pas avant d'y être obligé. Devinez quel âge j'ai.

— Je ne suis pas doué pour les âges. Je dirais soixante-huit.

— Ne me cherchez pas, dit Terrence. Sincèrement, vous me donneriez combien ?

Je réfléchis.

— Soixante-dix-neuf.

Pour moi, en fait, c'était plutôt quatre-vingts, mais proposer un objet à trois dollars quatre-vingt-dix-neuf, c'était plus vendeur qu'à quatre dollars.

— Quatre-vingt-huit, dit Terrence. (Il se tapota la tempe avec la pointe de son index.) Mais là-haut, ça tourne aussi vite qu'avant. Alors dites-moi, qu'est-ce qui s'est passé à côté ?

— Quelqu'un a poignardé Rosemary Gaynor à mort, répondis-je. C'était plutôt horrible.

— Qui a fait ça ?

Je secouai la tête.

— Pour autant que je le sache, on n'a arrêté personne.

— Ce n'était pas Bill alors.

Désarçonné, je demandai :

— Si cela avait été le cas, vous auriez été surpris ?

— Eh bien, oui et non. Oui, parce que ce n'est vraiment pas le genre de type que je verrais faire ça, mais en même temps, c'est souvent le mari qui tue sa femme, non ? J'ai passé ma vie à analyser des statistiques, alors on a tendance à regarder ce qui a le plus de chances de se produire. C'est quoi votre intérêt là-dedans ?

— Comme je l'ai dit, j'étais là quand M. Gaynor l'a trouvée.

Ma réponse parut lui suffire. Il hocha la tête.

— Un gentil couple. Quelle tragédie. Tout le monde dans la rue a sûrement fermé sa porte à double tour ce soir, mais dans la plupart de ces affaires, c'est quelqu'un que vous connaissez qui fait le coup. Cependant, je ne vise personne.

— Je comprends.

— Avec un bébé mignon tout plein en plus. Il va bien, lui ?

— Oui.

— Dieu merci. Je me gèle dehors dans ma robe de chambre. Ravi de vous avoir parlé.

— Cela vous dérangerait que je vous pose deux ou trois questions ?

Il hésita. Il allait être obligé de me faire entrer s'il voulait se réchauffer.

— Bougez pas une seconde.

Il retourna à l'intérieur, ferma la porte. Elle se rouvrit dix secondes plus tard. Il avait un téléphone à la main.

Il me le mit sous le nez et me demanda de sourire.

Je souris. Il y eut un flash. Il se concentra sur le téléphone, pianota dessus.

— Je vais juste envoyer ça à ma fille à Des Moines. Si je meurs, ils auront votre photo.

— C'est de bonne guerre.

On entendit un *whooosh* quand l'e-mail fut envoyé.

— Entrez donc.

Je le suivis à l'intérieur.

— Je laisse des tas de lumières allumées tant que je ne suis pas couché. Je ne dors pas très bien, et je déambule beaucoup dans la maison. En général, je ne vais pas me coucher avant une heure du matin. J'essaie de regarder un classique du cinéma sur TCM, et puis je vais au lit, mais je me lève de bonne heure.

— Ah, oui.

— D'habitude, je ne peux plus dormir passé six heures. Avant je lisais le journal le matin, mais ces crétins ont fermé le *Standard.*

— À ce qu'il paraît.

— Venez dans la cuisine. Vous voulez un chocolat chaud ? Je me fais un chocolat chaud d'habitude le soir.

— Avec plaisir.

La pièce faisait la part belle au bois : placards, parquets, et même panneaux sur le frigo et d'autres appareils ménagers. Tout était parfaitement à sa place. Rien dans l'évier, pas de piles de factures ni d'enveloppes près du téléphone. Un photographe d'agence immobilière aurait pu se mettre au travail sans avoir à préparer son décor.

— Belle maison, commentai-je.

Il remplit deux mugs avec du lait pris dans le frigo et les mit au micro-ondes. Qu'il régla sur quatre-vingt-dix secondes.

— Je remue quand c'est à moitié réchauffé, dit-il.

— Les Gaynor, vous les connaissiez bien ?

Terrence haussa les épaules.

— C'était bonjour, bonsoir. Et ils avaient une nounou, aussi, qui venait presque tous les jours. Elle s'appelle Sarita. C'était la plus gentille des trois, vraiment.

— Ah oui ?

— Une chic fille. Je sais qu'on n'est plus censé dire *filles*. C'était une femme. Un solide petit bout de femme. Elle enchaînait les boulots. Je pense qu'elle envoyait de l'argent à sa famille au Mexique. Je ne pense pas qu'elle avait des papiers, mais les gens font ce qu'ils peuvent pour s'en sortir.

— Vous savez quel était son autre travail ?

— Une maison de retraite. J'essayais de me rappeler le nom tantôt, quand les flics étaient ici à poser leurs questions, mais ça ne m'est pas revenu. Il n'y en a pas tant que ça dans le coin. Si je sais qu'elle travaille dans une maison de retraite, c'est que je lui ai demandé comment c'était là-bas, au cas où j'en arriverais au moment où je ne serais plus capable de me prendre en charge, et elle m'avait l'air correcte, mais, à vrai dire, j'espère que, quand mon heure viendra, je partirai comme ça. (Il claqua des doigts.) Que j'irai me coucher un soir et que je ne me réveillerai pas le lendemain. Qu'est-ce que vous en dites ?

— Qui a dit : « J'aimerais mourir à cent dix ans, tué d'une balle par un mari jaloux » ?

— Thurgood Marshall, juge assesseur de la Cour suprême des États-Unis, dit Terrence avec un petit rire. Ça me paraît bien aussi.

Le micro-ondes bipa. Il sortit les mugs, touilla leur contenu et les remit dans le four pour une minute et demie supplémentaire.

— Je crois que j'ai eu plus de conversations avec Sarita ces dix derniers mois qu'avec les Gaynor depuis qu'ils ont emménagé. Même si, il y a environ un an, ils n'étaient pas souvent là.

— Ils étaient où ?

— À Boston. Bill travaille pour une compagnie d'assurances qui a son siège là-bas, et il a dû s'absenter pendant plusieurs mois, si bien que Rosemary est allée vivre avec lui. Elle a passé ses derniers mois de grossesse là-bas. La première fois que je les ai vus après leur retour, elle avait son bébé.

Le four bipa de nouveau. Il sortit les mugs, m'en tendit un. Je soufflai dessus avant de boire une gorgée. C'était un bon chocolat chaud.

Nous finîmes par nous écarter définitivement du sujet dont j'étais venu discuter. Terrence avait eu des chevaux, et il avait envie de m'en parler. Je l'écoutai d'une oreille distraite, mais c'était un homme gentil, et le temps passa agréablement.

Je le remerciai pour le chocolat chaud et la conversation et, alors que je retournais à la Taurus, il dit :

— Davidson.

— Pardon ?

— Davidson Place. Ça me revient à l'instant. C'est là que travaille Sarita.

Je repris la direction de la maison de mes parents, sans trop savoir si j'avais vraiment appris quelque chose depuis que je l'avais quittée. Rien de bien utile, en tout cas. Mais le lendemain matin, je recommencerais. J'irais poser des questions.

J'irais à Davidson Place. Je chercherais Sarita.

Je ne rentrai pas directement. Je fis quelques détours en chemin qui me ramenèrent dans un quartier où je m'étais rendu dans la matinée.

Je me rangeai le long du trottoir et coupai le moteur. Laissai la clé sur le contact. Restai au volant à observer une maison. Aucune lumière n'était allumée.

Ils étaient sans doute allés se coucher.

Carl, ainsi que sa mère, Samantha.

Je scrutai la maison une minute environ, tenaillé par toutes sortes de faims, avant de tourner la clé et de poursuivre ma route.

LE DEUXIÈME JOUR

34

La femme sanglotait, nue, au bord du lit.

L'homme s'agita sous les couvertures, se retourna. Il tendit le bras et effleura le dos de la femme du bout des doigts.

— Hé, bébé.

Elle continua à pleurer. Le visage dans les mains, les coudes sur les genoux.

Il rejeta les couvertures et se blottit derrière elle sur le matelas, à genoux, pressa son corps nu contre le sien et l'enlaça.

— Ne t'en fais pas. Ça va aller.

— Comment est-ce que ça pourrait aller ? demanda-t-elle. Comment est-ce que ça pourrait aller un jour ?

— C'est juste… Je n'en sais rien. Mais on trouvera un moyen.

Elle secoua la tête et sanglota.

— Ils me trouveront, Marshall. Je sais qu'ils me trouveront.

Elle se libéra de son étreinte et alla dans la salle de bains du petit appartement, ferma la porte. Il y colla son oreille.

— Tout va bien, Sarita ?

— Oui, dit-elle. Laisse-moi une minute.

Debout devant la porte, Marshall se demanda ce qu'il devait faire. Il regarda autour de lui. Hormis la salle de bains, son appartement consistait en une pièce unique. Un petit réfrigérateur, une plaque chauffante et un évier dans un coin, un lit, une paire de fauteuils rembourrés qu'il avait récupérés le jour des encombrants, quand les gens mettent des trucs sur le trottoir.

Un bruit de chasse d'eau, de robinet qui coule, puis la porte s'ouvrit. Sarita se tenait devant lui, tête baissée.

— Je vais devoir retourner chez moi. Je vais devoir retourner à Monclova.

— Non, tu ne retourneras pas au Mexique, dit-il en la prenant à nouveau dans ses bras. Tu as une vie ici. Tu m'as, moi.

— Non, je n'ai pas de vie ici. Je rentre, ou bien je disparais quelque part, je trouve un travail, je recommence tout de zéro. (Elle renifla.) Je dois gagner ma vie. Il y a des gens qui comptent sur moi. Ici, je ne peux plus gagner d'argent.

— Je peux t'en prêter. T'en donner, même ! Je n'ai pas beaucoup d'argent, mais je peux te filer deux ou trois cents dollars.

Sarita rit.

— Tu es sérieux ? Je vais tenir combien de temps avec ça ?

— Je sais, je sais. Ce n'est pas comme si j'étais un putain de millionnaire. Mais puisque tu parles d'argent, j'ai pensé à un truc cette nuit.

Elle passa devant lui en le bousculant et trouva ses sous-vêtements par terre au pied du lit. Elle enfila sa culotte, puis passa son soutien-gorge pendant que Marshall restait là à la regarder.

— Je ne sais pas ce que tu sais et je ne veux pas le savoir, dit Sarita.

— Allez, écoute-moi au moins. Ça pourrait être la solution à tes problèmes. À *nos* problèmes, en fait. Que tu doives partir, c'est cool, je comprends. Mais je pourrais venir avec toi.

— Je ne sais pas trop. Je ne voudrais pas t'attirer des ennuis.

— Arrête un peu. On est sur le même bateau.

— Non. Tu n'as rien fait de mal. À part m'avoir cachée. S'ils le découvrent, tu pourrais avoir toutes sortes de problèmes, et pas seulement parce que je n'ai pas de papiers.

Elle mit son jean, puis passa un chemisier qu'elle commença à boutonner. Marshall regarda autour de lui, vit son caleçon par terre, et l'enfila.

— Je vais appeler pour dire que je suis malade. On improvisera.

Il prit un téléphone portable de son côté du lit.

— Ouais, salut, Manny, j'ai chopé une saloperie. J'ai vomi mes tripes toute la nuit. Je peux pas me permettre de refiler ça aux vioques. Oui, d'accord, merci.

Il reposa le téléphone.

— Ce n'est pas respectueux, dit Sarita. Ce sont de gentilles personnes âgées.

— Ce n'était pas méchant. En tout cas, je ne vais pas bosser aujourd'hui. Comme ça, on peut discuter de mon idée tranquillement.

Elle secoua la tête.

— La seule idée qui vaille, c'est de partir d'ici, le plus loin et le plus vite possible. Tu pourrais peut-être me conduire à Albany ? Ensuite, je prendrais un train.

— Pour aller où ?

— New York. J'ai une cousine là-bas. Il faut juste que je la trouve.

— Assieds-toi et écoute-moi, tu veux bien ?

Elle se laissa tomber à l'extrémité du lit et leva les yeux vers lui.

— Quoi ?

— Ce Gaynor va vouloir éviter que certaines choses se sachent, non ?

— Peut-être que ça se sait déjà.

— Ou pas. Peut-être que ça restera secret. Peut-être qu'ils vont mettre le meurtre de sa femme sur le dos de quelqu'un et qu'ils ne découvriront jamais le reste. Tu lui passes un coup de fil ; tu lui dis que tu peux faire en sorte que ça ne sorte jamais. Mais que ça a un prix.

— C'est le truc le plus débile que j'aie jamais entendu, dit Sarita. Tout va se savoir.

— À cause de toi, de ce que tu as fait. Tu n'aurais pas dû.

— Je devais le faire.

— Mais peut-être que ça ne changera rien. Que ça ne sortira pas.

— Tu es fou. Il faut que je me tire d'ici. Tu ne le crois peut-être pas, mais moi je te garantis que la police est à ma recherche.

— Ça ne va pas être facile pour eux. Comment veux-tu qu'ils retrouvent ta trace ? Tu n'as pas de téléphone, pas de permis, pas de cartes de crédit. Tu as rendu ta chambre. Tu es totalement hors réseau. C'est comme si tu n'existais pas. (Il sourit, lui chatouilla le dessous du menton avec l'index. Elle détourna la tête.) Arrête, c'est comme si tu étais un genre d'espionne.

— Je ne suis pas une espionne. Je nourris des vieux et des bébés et ensuite je nettoie leur pisse et leur merde. Voilà ce que je fais.

— Ça va, ça va. Écoute, tu restes planquée ici pendant que je vais vider mon compte au distributeur. Tu prends le fric et tu sautes dans un train pour New York. Mais tu dois me promettre de donner des nouvelles quand tu arriveras là-bas. J'ai besoin de savoir que tu vas bien. Je t'aime, tu sais. Je t'aime plus que tout au monde.

Sarita fondit à nouveau en larmes. Elle se couvrit le visage de ses mains.

— Je n'arrive pas à me sortir ça de la tête.

Marshall la serra dans ses bras.

— Je sais, je sais.

— Voir Mme Gaynor dans cet état. C'était tellement affreux.

— Je te le dis. C'est une occasion. Il a du fric. Une belle maison, une voiture de luxe. Un type comme ça, il a forcément de l'argent. Je veux dire, merde, tu as bossé pour eux. Tu n'as jamais vu de relevés de comptes, ce genre de truc ?

Elle baissa les mains, réfléchit un moment.

— Parfois, dit-elle tout bas. Mais je ne les ai jamais vraiment regardés. Je ne m'occupais pas de récupérer leur courrier. J'aidais juste pour la maison et le bébé. Mme Gaynor était tellement chamboulée. Elle croyait qu'avoir un bébé la rendrait heureuse, mais ça n'a fait qu'aggraver les choses.

— Ouais, c'est pas de la rigolade d'élever des gamins. Je pense que je serais plutôt déprimé si je devais m'occuper d'un bébé.

Sarita lui décocha un regard noir.

— Sauf si c'était avec toi, se reprit-il rapidement.

— À mon avis, son mari était au courant depuis le début, mais quand Mme Gaynor l'a découvert…

— Il faut que tu arrêtes de penser à ça. Il faut juste que tu passes à autre chose, tu sais ?

— C'est ma faute. Sans moi, elle n'aurait jamais commencé à faire le rapprochement.

— Oui, mais ça ne veut pas dire que ça ait le moindre rapport avec ce qui lui est arrivé. Sauf si tu penses que c'est lui. Le mari.

Elle secoua la tête.

— Il l'aimait. Il était souvent absent, et il ne m'adressait quasiment jamais la parole, mais je pense qu'il l'aimait.

— Oui, mais, des fois, les gens se font des saloperies, même s'ils se sont aimés un jour. Raison de plus pour lui passer un coup de fil, lui dire ce que tu sais. Il fera ce qu'il faut, je t'assure. Tu auras suffisamment d'argent pour t'installer ailleurs, et il t'en restera pour envoyer à ta famille.

— Non, dit-elle fermement. Non.

Il leva les mains en l'air.

— D'accord. Si tu dis non, c'est non.

— Moi, j'ai toujours voulu bien faire, murmura-t-elle. Je ne suis pas une mauvaise personne, tu sais ?

— Bien sûr que je le sais.

— J'ai toujours essayé de faire le bien. Mais parfois, quoi qu'on fasse, c'est mal.

Marshall l'embrassa sur le front.

— Attends ici pendant que je vais te chercher l'argent. Et je passerai prendre de quoi manger. Peut-être un Egg McMuffin avec du café.

Sarita resta muette pendant que Marshall finissait de s'habiller. Avant de partir, il vérifia à nouveau que le bout de papier sur lequel il avait noté le numéro de téléphone de Bill Gaynor était toujours dans sa poche.

35

Barry Duckworth était debout à six heures.

Il était rentré peu avant minuit. En se garant dans l'allée, il avait remarqué une fourgonnette blanche rangée le long du trottoir d'en face, mais n'y avait guère prêté attention. Il n'avait pas remarqué l'inscription sur le côté.

Il monta l'escalier d'un pas lourd, se déshabilla et s'écroula en caleçon à côté de Maureen, qui marmonna et se rendormit.

Il craignait de ne pas fermer l'œil de la nuit. Hanté par l'image de cet étudiant avec la moitié de la tête emportée. Rosemary Gaynor sur la table d'autopsie et ce sourire morbide qui lui barrait l'abdomen. Ces trois mannequins sur la grande roue.

Même ces foutus écureuils.

Mais il ne rêva d'aucune de ces choses. Il sombra pour six heures de coma. Il avait réglé son alarme mentale à six heures et demie, mais ses yeux s'ouvrirent à cinq heures cinquante-neuf. Il jeta un coup d'œil au réveil, décida que cela ne valait pas le coup d'essayer de se rendormir pour si peu de temps. Il balança ses jambes épaisses hors des couvertures, planta ses pieds sur la moquette de la chambre.

Maureen se retourna.

— Tu es rentré tard, hier soir.

— Ouais, dit-il en se frottant les yeux, puis il prit son téléphone pour voir s'il avait des messages.

Il n'y avait rien qui requît son attention immédiate.

— J'ai essayé de rester éveillée en t'attendant.

— Pourquoi ?

— Pour fêter ça.

— Hein ?

— Tes vingt ans. Dans la police. Je n'ai pas oublié.

Avec la lumière qui filtrait par la fenêtre, il vit alors deux flûtes sur la commode. Un seau à glace, une bouteille de champagne. Le seau devait être plein d'eau à présent.

— Je n'ai rien vu de tout ça en rentrant.

— Mon fin limier, dit Maureen. À qui rien n'échappe.

— Je suis désolé.

— Chhht. J'aurais dû dire quelque chose. Mais on pourrait fêter ça maintenant.

Elle plongea la main sous les couvertures, le trouva.

— Il faut que je file, dit-il quand ils eurent fini.

Maureen rejeta les draps froissés.

— Va. Je vais mettre le café en route.

Il sortit dans le couloir et alla à la salle de bains. Il ouvrit le robinet de la douche, laissa sa main sous le filet d'eau le temps qu'elle traverse les deux niveaux depuis la vieille chaudière. Il surprit son reflet dans la glace avant d'entrer dans la douche.

Cela le déprimait toujours de se voir nu. *Qu'est-ce qui avait bien pu se passer ?* Comment Maureen pouvait-elle avoir du plaisir à faire l'amour avec quelqu'un qui avait ce physique ? Il n'était pas aussi gros quand il était à la fac, et il était certainement en meilleure forme quand il avait rejoint la police de Promise Falls. Il attribuait en partie cette prise de poids à toutes les heures qu'il avait passées assis dans sa voiture de patrouille. Il était bien obligé d'admettre que, en ce qui le concernait, le cliché était vrai : Barry

Duckworth aimait s'arrêter dans les boutiques de donuts. Les donuts, il aimait ça, énormément. Mais il n'y avait pas que cela. C'était une façon de rompre la monotonie. Vous entriez dans la boutique, vous buviez un café, mangiez un donut, vous parliez aux gens derrière le comptoir, preniez un siège et papotiez avec quelques clients.

À l'époque, il aimait considérer cela comme des relations publiques.

Et quand il était passé inspecteur, eh bien, ça n'avait pas été comme au cinéma, où on les voit courir dans les ruelles et sauter par-dessus les clôtures. Vous passiez votre temps à interroger des témoins, à prendre des notes, à téléphoner à des gens, à rester assis à un bureau et à écrire des rapports.

Chaque année, il s'empâtait un peu plus.

Et maintenant, il devait avoir au moins vingt kilos de trop. Toutes ces pensées défilèrent dans son esprit en quelques secondes, le temps de se retrouver sous l'eau chaude. Celles-là, et quelque chose d'autre.

Le nombre 23.

Ce nombre était apparu trois fois au cours de la même journée. Vingt-trois écureuils morts. Le numéro sur la nacelle de la grande roue avec les trois mannequins peints. Le sweat à capuche de cet étudiant.

Ce n'était peut-être rien, songea-t-il en savonnant son énorme bedaine. Nous étions constamment entourés de nombres. Il existait probablement des coïncidences numériques partout si vous saviez où regarder. Plaques d'immatriculation, dates d'anniversaire, adresses, numéros de Sécurité sociale.

Et pourtant…

Il ouvrirait l'œil. Continuerait son enquête, disons plutôt, *ses* enquêtes, en gardant ce nombre à l'esprit.

Duckworth espérait pouvoir déléguer une partie de sa charge de travail à Angus Carlson. En supposant que Carlson commence le jour même, Duckworth allait lui confier une liste de choses à faire. D'abord ces écureuils pendus. Carlson trouverait peut-être ça moins drôle. Et Duckworth tenait toujours à ce que les étudiantes de Thackeray College, les trois qui avaient été agressées avant la veille au soir, soient interrogées. Joyce n'était peut-être pas la seule à avoir entendu Mason Helt faire des remarques étranges. Pour finir, il voulait que Carlson retourne à Five Mountains et découvre qui avait mis la grande roue en marche.

Duckworth pourrait ainsi concentrer ses efforts sur l'affaire Rosemary Gaynor, et sur la recherche de la nourrice disparue, Sarita Gomez. Le vieux voisin disait qu'elle travaillait à temps partiel dans une maison de retraite, mais ne savait pas laquelle. Comme il y en avait plusieurs aux alentours de Promise Falls, il était peut-être plus judicieux d'aller au poste et de passer quelques coups de fil plutôt que de passer d'un établissement à l'autre en voiture.

Il ferma les robinets, tendit le bras pour attraper la serviette, posa les pieds sur le tapis de bain. Tenant la serviette autour de sa taille – il n'y avait pas tout à fait assez de tissu pour la coincer –, il jeta un coup d'œil par la fenêtre de la salle de bains, qui donnait dans la rue.

La fourgonnette blanche de la nuit précédente était toujours là. Le soleil n'était pas tout à fait levé, mais Barry parvint à déchiffrer les mots écrits sur le flanc.

Finley Springs Water.

Il cligna deux fois des yeux pour s'assurer qu'il n'avait pas la berlue. Qu'est-ce que le fourgon de Randall Finley foutait devant chez lui ? Était-ce le même qui était là la veille au soir ?

Est-ce que Randy avait attendu pour lui parler hier soir et était revenu ce matin ?

Duckworth sauta l'étape du rasage. Il se peigna avec les doigts, s'habilla en hâte, sans se donner la peine de mettre une cravate, ce qu'il pourrait faire après le petit-déjeuner, et suivit l'odeur du café en train de passer jusqu'à la cuisine en bas.

— C'est prêt, dit Maureen quand il entra dans la pièce.

— Qu'est-ce que Randall Finley fout ici ?

— Quoi ?

— Finley, tu sais… ce connard de première, l'ancien maire ? Ce Finley-là ?

— Je sais de qui tu parles. Il est là ?

— Sa fourgonnette est garée de l'autre côté de la rue. Je crois qu'elle est restée là toute la nuit. Il était caché sous notre lit ?

— Tu m'as percée à jour. On a une liaison depuis six mois.

Duckworth la regarda fixement et attendit.

Maureen sourit, laissa échapper un petit rire.

— Ce n'est pas le fourgon de Finley. Je veux dire, oui, il appartient à l'entreprise, mais c'est Trevor qui l'a pris.

— Pourquoi notre fils conduirait la fourgonnette de Finley ?

— Je suis sûre que Finley n'en a pas qu'une, dit Maureen. Il en a probablement une petite flotte. Tu peux difficilement faire tourner une entreprise d'embouteillage avec une seule fourgonnette.

— Ce n'est pas la question, dit Duckworth, dont l'impatience grandissait à chaque seconde. Pourquoi notre fils conduit-il le véhicule de cet homme ? (Il marqua une pause.) Et qu'est-ce que ce véhicule fait ici ?

— Trevor m'a fait une petite visite-surprise hier soir, expliqua Maureen. Enfin, il venait nous voir tous les deux, mais tu as fini tard. Il est là-haut, il dort, mais il devrait descendre d'une minute à l'autre. Il doit être au travail à sept heures et demie.

— Notre fils travaille pour Finley ?

Maureen hocha la tête avec enthousiasme.

— Je sais ! N'est-ce pas merveilleux ? Après avoir connu une si mauvaise passe : la rupture avec Trish, la recherche d'un emploi. Maintenant il a ce travail, et je trouve que ça lui fait un bien fou. J'ai observé un vrai changement. Il a mis une éternité à se remettre de la perte de cette fille.

— Il ne peut pas travailler pour cet homme, trancha Duckworth, qui s'assit à la table de la cuisine.

— Tu dis n'importe quoi, rétorqua sa femme en remplissant une tasse de café et en la posant devant lui. Notre fils trouve un travail et toi, tu voudrais qu'il démissionne ?

— Qu'est-ce qu'il fait pour lui ?

Maureen posa le poing sur la hanche.

— C'est toi l'inspecteur. Il y a un fourgon dans la rue, rempli de casiers d'eau en bouteille. Trevor a la clé, ce qui lui permet de prendre ce véhicule pour aller où ça lui chante. Je te laisse relier les pointillés.

On entendit du bruit à l'étage au-dessus de leurs têtes. La chambre de Trevor, qu'il n'occupait plus depuis deux ans. Il était en train de se lever.

— Il était désolé de t'avoir raté hier soir, dit-elle.

— C'est ça, oui.

— Mais au moins tu vas pouvoir le voir ce matin. (Comme Duckworth ne disait rien, elle continua.) Ne sois pas négatif. Ne lui enlève pas ses illusions.

— Je ne vais pas être négatif. Je veux juste savoir comment il s'est retrouvé à travailler pour ce salopard.

— Voilà, tu as trouvé le ton.

— Il devrait reprendre ses études, apprendre un métier, et pas conduire un fourgon pour le compte de ce fanfaron.

Trevor apparut une minute plus tard, ses cheveux semblaient avoir reçu un choc électrique. Il portait un survêtement et un tee-shirt. Il embrassa sa mère.

— Je me suis dit que je prendrais mon petit-déj avant de m'habiller.

Il regarda son père et sourit en passant les doigts dans ses cheveux.

— Qu'est-ce qui se passe entre Finley et toi ? demanda Duckworth.

— Bonjour à toi aussi, papa.

— Depuis quand tu bosses pour lui ?

— Une semaine.

— Comment c'est arrivé ?

— J'ai vu une petite annonce en ligne. Il cherchait des chauffeurs. J'ai postulé. J'ai eu le job. Ça pose un problème ?

— Ton père et moi sommes ravis, dit Maureen. C'est à temps partiel, à temps plein ?

— À temps plein, répondit Trevor. Ça ne rapporte pas des masses, mais plus qu'à mon boulot d'avant, où j'étais vraiment payé des clopinettes.

— Il sait qui tu es ? demanda son père.

— Ben… j'ai rempli le formulaire de candidature avec mon nom dessus, alors je dirais oui, il sait qui je suis.

— Ce n'est pas ce que je veux dire. Est-ce qu'il sait que tu es mon fils ?

— *Notre* fils, rectifia Maureen. Je n'ai pas le souvenir que tu l'aies fait tout seul.

— Merde, je ne sais pas, probablement. Je veux dire, il m'a probablement dit à un moment ou à un autre de te passer le bonjour. Alors bonjour.

Duckworth secoua la tête.

— J'ai pas besoin de ça, dit Trevor. Je prendrai quelque chose sur la route.

— Trev, dit sa mère, mais il ne s'arrêta pas.

Maureen regarda son mari et dit :

— Tu peux être vraiment crétin parfois. Tu ramènes toujours tout à toi.

Elle posa un bol devant lui. Il baissa les yeux dessus.

— Qu'est-ce que c'est ?

— Ça, dit-elle, ce sont des fruits.

Quand Barry entendit la porte d'entrée s'ouvrir et se fermer et qu'il regarda par la fenêtre, il vit Trevor Duckworth se diriger vers le fourgon Finley Springs, et il lui courut après. Trevor allait claquer la portière quand son père, essoufflé, le rattrapa.

— Quoi ?

— Donne-moi juste une seconde.(Il prit quatre grandes inspirations et dit :) Je suis désolé.

— Si tu le dis.

— Écoute-moi. Je suis content que tu aies un travail. C'est super. On est contents de te voir arriver à quelque chose.

— Mais… ? demanda Trevor, perché au bord du siège conducteur.

Duckworth ne put s'empêcher de sourire.

— Oui, il y a toujours un *mais*. Écoute, je ne vais pas te demander de quitter ce boulot.

— Comme si ça pouvait m'obliger à le faire.

— Oui, je sais, tu es un grand garçon. Tu n'as plus à obéir à tes parents. Tout ce que je veux te dire, c'est de faire gaffe avec Finley.

— C'est juste un boulot, papa. Je livre de l'eau.

— Bien sûr, c'est ton travail. Mais un type comme Finley a toujours une idée derrière la tête. Je me suis accroché avec lui hier. Il voulait obtenir de moi quelque chose que je n'étais pas prêt à lui donner.

— Quoi donc ?

— Un avantage. Il voulait m'utiliser pour servir ses ambitions. Il voulait que je balance sur les collègues. Et je ne peux pas m'empêcher de me demander s'il n'a pas trouvé un levier en t'utilisant, toi.

— Je ne fais que conduire, papa.

— D'accord. J'ai une dernière chose à te dire, et après, je la boucle. Ne te compromets jamais avec lui. Tiens-toi à carreau et ne fais pas d'erreurs. Parce que s'il sait quelque chose sur toi, je t'assure que tôt ou tard, ce fils de pute s'en servira.

Les paupières de Trevor tressaillirent.

— Quoi ?

— Rien. Message reçu. Faut que j'y aille, je vais être en retard sinon.

Duckworth recula pour permettre à Trevor de claquer la portière. Il démarra le fourgon, fit demi-tour dans l'allée et s'éloigna dans la rue.

36

David

Je passai voir Ethan avant qu'il se lève, lui dis que j'avais beaucoup de choses à faire ce jour-là, et qu'il allait devoir aller à l'école par ses propres moyens. Que je ne ferais pas le taxi.

— D'accord, dit-il.

— Tu te sens mieux ?

Ma question se voulait d'ordre général. Est-ce qu'il se sentait mieux vis-à-vis de Carl, après leur rencontre la veille au soir ? Après qu'il lui avait montré le circuit miniature de mon père ? Et après avoir récupéré la montre de gousset ?

— Mon ventre, ça va ce matin, dit-il.

Il avait donc pris la question dans un sens plus littéral, mais sa réponse, d'une certaine manière, convenait aussi au sens que je pensais lui avoir donné. S'il ne faisait pas semblant d'être malade et n'était pas angoissé à l'idée d'aller à l'école, c'était peut-être qu'il se sentait effectivement mieux d'une manière générale.

Je n'avais pas prévu de prendre de petit-déjeuner, mais ma mère avait déjà posé une tasse de café à ma place à table. Je la pris sans m'asseoir, bus une gorgée, la reposai sur le plan de travail.

— Il faut que j'y aille, dis-je.

À mon père, qui luttait comme d'habitude avec sa tablette, la tapotant avec son doigt comme Laurel crevant l'œil de Hardy, je dis :

— Ethan peut aller à l'école à pied aujourd'hui. Mets-le dehors suffisamment tôt, qu'il ait le temps d'y arriver avant le début des cours.

— Bien sûr. Il aura encore des ennuis avec ce garçon ?

— J'espère que non.

— Je préfère ça.

Il y avait quelque chose de changé en lui ce matin-là. En fait, j'avais déjà remarqué ce changement la veille. Il était plus songeur. Quand il m'avait pris dans ses bras dans le garage et avait insinué qu'il n'était pas l'homme bien que j'avais toujours vu en lui, je m'étais demandé quelle raison il avait de battre sa coulpe. Peut-être que cela avait un rapport avec maman. Je sentais qu'il se passait quelque chose avec elle. Qu'elle devenait de plus en plus tête en l'air, et que papa devait couvrir ses étourderies. Je voyais bien que ça le déprimait, mais rien n'indiquait qu'il était moins attentif, moins présent pour elle. Il paraissait lui être aussi dévoué que de coutume.

— J'ai vu cette fille, dit maman, assise avec son café.

— Quelle fille ?

— Celle qui est passée hier soir avec son fils. Elle avait l'air gentille.

— Tu ne lui as pas parlé, maman. Je pensais même que tu ne l'avais pas vue.

— Je regardais par la fenêtre.

— Oui, elle a l'air gentille. Mais elle a un passé chargé.

— Comme tout le monde, non ? Tu crois que nous étions blancs comme neige quand nous nous sommes rencontrés, ton père et moi ?

Papa leva les yeux de sa tablette.

— David n'a pas besoin de se mettre à nouveau avec une femme au passé mouvementé. Qu'est-ce qu'il disait, déjà, ce détective ?

— Quel détective ? demandai-je. Qu'est-ce que tu racontes ?

— Dans les bouquins. J'en avais tout un tas. (Mon père était un grand lecteur de romans policiers.) Celui-là avait le mot « argent » dans le titre, je crois. Le détective disait qu'il ne faut jamais coucher avec une fille qui a plus de problèmes que soi, ou quelque chose comme ça.

— Donald ! se récria ma mère.

Le fait est que mon père, ou le détective qu'il citait, avait raison. Je n'avais pas besoin d'ajouter des problèmes à ceux que j'avais déjà accumulés. J'avais déjà donné dans le sauvetage des demoiselles en détresse, et ça ne s'était pas bien passé. Sam Worthington avait le profil : un ex-mari qui purgeait une peine de prison pour braquage de banque et des beaux-parents méchants qui voulaient la garde de Carl.

Ce n'était pas un passé mouvementé, c'était un déluge d'embrouilles diverses et variées.

Et malgré cela, j'avais passé la nuit à penser à elle.

Il fallait que je me la sorte de la tête. J'avais largement assez de soucis comme ça. J'avais ce nouveau travail pour Randall Finley, et je m'étais engagé à me pencher sur le cas de Marla.

Je commencerais par ça.

— Il faut vraiment que j'y aille, dis-je.

Je bus une dernière gorgée de café et vidai ma tasse dans l'évier.

Quand j'ouvris la porte, je manquai renverser ma tante. Elle s'apprêtait à sonner.

— Tante Agnes.

— David. Je suis désolée de débarquer à l'improviste.

— Non, ça ne fait rien. Entre.

— Ta mère a appelé pour Marla, et je suis venue faire un saut pour vous mettre au courant de la situation.

— Maman ! Agnes est là ! appelai-je à l'intérieur de la maison.

J'entendis un raclement de chaise. Une seconde plus tard, maman boitillait en direction de sa sœur pour la saluer. Sa jambe la faisait toujours souffrir. Elles s'étreignirent. Malgré la réputation de froideur de ma tante et les tensions qui existaient parfois entre ma mère et elle, je supposai que, au fond, elles étaient toujours attachées l'une à l'autre. Simplement, tante Agnes n'était pas très douée pour les démonstrations d'affection.

— Comment va-t-elle ? demanda ma mère. Comment va Marla ?

— Ça va, dit Agnes. Bonjour, Don. (Mon père était sorti de la cuisine pour venir voir ce qui se passait.) Je sais que vous avez téléphoné et je suis passée pour vous dire qu'elle allait probablement rentrer aujourd'hui, même si, franchement, c'est vraiment bien de l'avoir à l'hôpital, parce que je peux monter la voir quand je veux. Néanmoins, ce n'est pas un endroit pour elle. Elle a besoin d'être à la maison. Gill et moi allons nous relayer pour qu'il y ait toujours quelqu'un.

— Et pour le…, commença à demander mon père. Tu sais, pour le bébé, et la femme…

Agnes sourit, comprenant parfaitement ce qu'il voulait demander sans vouloir le formuler explicitement.

— La police fait ce qu'elle a à faire, et nous faisons ce que nous avons à faire. J'ai mis Natalie Bondurant sur l'affaire.

— Tu penses vraiment que Marla doit rentrer chez elle aussi vite ? demanda ma mère. Compte tenu de ce qu'elle a essayé de faire, est-ce qu'il ne serait pas mieux… ?

— Je crois savoir ce qui convient le mieux à ma propre fille.

— Bien sûr. Bien sûr que tu sais. Je dis simplement que si cela se reproduisait, s'il y avait un autre… incident… il serait peut-être mieux qu'elle soit déjà à l'hôpital et…

— Arlene, *s'il te plaît*, la coupa Agnes.

Ma mère se tut, du moins quelques instants. Cela voulait sans doute dire qu'elle avait reçu le message : « Fiche-moi la paix. »

— Je sais ce que tu penses, reprit ma mère. Que je ne connais rien à rien.

— Je n'ai pas dit ça, rétorqua Agnes. Je rappelle simplement que Marla est ma fille, pas la tienne, et je n'apprécie pas cette façon d'insinuer que je n'agis pas dans son intérêt.

— Jamais de la vie. Tu me fais dire ce que je n'ai pas dit.

— Nom d'un chien, ça suffit, vous deux, intervint mon père. Arlene, ta sœur doit savoir ce qui est mieux pour sa fille.

Maman jeta à mon père un regard noir en réponse à ce qu'elle considérait sûrement comme une trahison. Elle prit un instant pour se calmer, effectuer un *reboot* émotionnel, et déclara à Agnes :

— Je suis sincèrement désolée si tu as cru que c'était le sens de mes propos. Si tu as besoin de quoi que ce soit, tu n'as qu'à demander. Tu sais qu'on adore Marla et qu'on serait prêt à tout pour l'aider.

Elle tendit le bras pour prendre la main de sa sœur dans la sienne. Agnes ne fit rien pour l'en empêcher.

— Merci, dit ma tante, d'une voix qui ne s'était pas vraiment réchauffée.

— Et David va donner un coup de main, tu sais.

Agnes me décocha un sourire qui paraissait sincère.

— Je sais. Et je t'en suis reconnaissante. Sincèrement. Écoute, il faut absolument que j'aille à l'hôpital. David, tu m'avais l'air sur le départ. Je vais partir avec toi.

Agnes laissa ma mère la serrer furtivement dans ses bras et lui faire la bise, et mon père fit de même. Alors que nous descendions les marches, elle me dit :

— Je suis contente d'être tombée sur toi.

— Oui, dis-je. C'est bien.

— Je suis consciente du genre de signaux que j'envoie. Que je donne l'impression de n'avoir besoin de personne. Que je sais tout. Que je suis trop fière pour accepter de l'aide. (Elle attendait peut-être que je la contredise. Comme je ne le fis pas, elle sourit.) Je sais que, hier, quand je vous ai trouvés chez les Gaynor, Marla et toi, j'ai peut-être paru manquer de gratitude, alors que tu n'avais fait qu'essayer de mettre les choses au clair. Et pour cela, je te présente mes excuses.

— C'était un moment stressant.

— Effectivement. (Nous parvînmes à sa voiture, une Infiniti gris métallisé.) Mais je dois mettre mon ego de côté. C'est de Marla qu'il s'agit. Je sais qu'elle ne chante pas toujours mes louanges, mais elle est ce que j'ai de plus précieux au monde, et tout ce que je veux pour elle, c'est qu'elle s'en sorte.

Elle posa une main sur mon poignet, et je la sentis trembler.

— C'est mon bébé. Mon seul et unique. Je ferais n'importe quoi pour l'aider. (Agnes ne me lâchait pas le poignet.) J'ai une requête, cependant.

— Je t'écoute, articulai-je lentement.

— C'est très difficile pour moi. (Elle déglutit, regarda la rue une seconde pour éviter de croiser mon regard.) Cela concerne ton oncle Gill.

— Oui, quoi ?

— Si tu apprenais quoi que ce soit à son sujet, j'aimerais que tu restes discret.

— De quoi parle-t-on, Agnes ?

Elle relâcha mon poignet, réussit à me regarder dans les yeux.

— Ton oncle et moi, nous avons eu quelques différends. Je sais que parfois, je prends ta mère de haut en comparant ma carrière à la sienne, celle d'une femme au foyer… et j'en suis désolée. Je sais que vous devez parfois tous me prendre pour une… (Agnes esquissa un sourire.) J'allais dire une maniaque du contrôle, mais je ne peux pas m'empêcher de me demander quelle expression tu croyais que j'allais utiliser.

Je n'étais pas prêt à le lui dire.

— En tout cas, ce que je dis, c'est que j'ai peut-être réussi sur le plan professionnel, mais ta mère me bat haut la main pour ce qui est du bonheur matrimonial. Qu'est-ce que je ne donnerais pas pour un homme comme Don. Quelqu'un qui est toujours là pour ta mère et toi, quelqu'un à qui on peut faire confiance.

— Qu'est-ce que tu essaies de me faire comprendre, Agnes ?

— Je ne saurais pas comment le dire autrement. (Elle poussa un long soupir.) Gill ne rentre pas tous les soirs à la maison, si tu vois ce que je veux dire. Et quand tu commenceras à poser des questions, c'est peut-être ce que quelqu'un te dira. Si cela arrive, je te serais reconnaissante de bien vouloir garder ça pour toi.

— Ce qui se passe entre Gill et toi ne me regarde pas. Je suis désolé que vous ayez des problèmes.

Elle grimaça.

— C'est comme ça. Tiens-moi au courant de ce que tu pourras trouver. Pas simplement à propos de Gill. Transmets-moi les bonnes et les mauvaises nouvelles. Je me demande si je ne devrais pas engager un détective privé pour ça. Ce n'est pas pour dénigrer ce que tu es capable de faire, mais si tu préfères que quelqu'un d'autre que toi s'en charge, dis-le-moi.

— Je n'y manquerai pas. Je voudrais te demander quelque chose, là, tout de suite.

Agnes cligna des yeux, surprise, peut-être.

— Je t'écoute.

— Parle-moi du Dr Sturgess.

— Jack ? Qu'est-ce que tu veux savoir sur lui ?

— Je voulais juste connaître ton… sentiment à son sujet ?

Agnes haussa les épaules.

— Sur un plan personnel, il est notre médecin de famille depuis des années. Depuis dix ans, je crois. Et d'un point de vue professionnel, il a toute ma confiance. Il siège au conseil d'administration de l'hôpital. C'est quelqu'un à l'opinion de qui j'attache de l'importance dans un certain nombre de domaines. (Elle me regarda avec inquiétude.) Cela concerne ce qui s'est passé au moment de l'accouchement de Marla ?

— Eh bien…

— David, j'étais *là*. Cet homme, cet homme et moi avons fait tout notre possible pour sauver le bébé. Cela a été le pire moment de toute ma vie, je peux te le garantir. Il ne se passe pas un jour sans que j'y pense. S'il y a quelqu'un à montrer du doigt, c'est moi. Je n'aurais jamais dû insister pour que Marla accouche ailleurs qu'à l'hôpital. Nous étions en pleine épidémie et…

— Je ne parle pas de cela.

Elle était décontenancée.

— De quoi, alors ?

— À l'hôpital hier soir, quand j'ai dit que j'allais aider Marla en menant ma petite enquête, il a essayé de m'en dissuader.

— Il n'avait aucun intérêt à faire ça. Pourquoi essaierait-il de te décourager ?

— Je ne sais pas. Mais il y a autre chose.

Agnes attendit.

— C'est aussi le médecin de famille des Gaynor.

Agnes entrouvrit la bouche : elle était manifestement stupéfaite.

— Tu es sûr de toi ?

Je confirmai d'un hochement de tête.

— Il me l'a dit. Il me mettait en garde contre l'idée d'aller parler à Bill Gaynor, disait qu'il n'était pas en état de répondre à mes questions. Il devait donc connaître Rosemary Gaynor. Il te l'a dit ?

— Je ne… Je n'en suis pas sûre.

— C'est étonnant qu'il n'ait pas évoqué le sujet ces dernières vingt-quatre heures.

Agnes réfléchit à la question.

— Tu l'aurais fait, toi ?

— Oui. Quoi que Marla ait fait ou non, il doit y avoir un lien entre elle et les Gaynor. Il se peut même qu'il y en ait plusieurs dont on ne sache rien, mais il y en a un dont on est certains, c'est que leur médecin de famille est Jack Sturgess.

— Merci pour cette information, David, dit-elle à voix basse. Merci beaucoup. (Ses traits se durcirent.) Si ce salaud n'a pas été parfaitement honnête avec moi, je le traîne au bloc et je l'émascule moi-même.

37

Marshall n'alla pas au distributeur retirer de l'argent pour Sarita Gomez.

Parvenu à quelques blocs d'immeubles de son studio, il s'arrêta sur le parking d'un McDonald's et sortit son téléphone. Il composa un numéro, porta le téléphone à son oreille et attendit.

Il y eut quatre sonneries. Puis on décrocha.

— Allô !

— Monsieur Gaynor ?

— Qui est à l'appareil ? Si vous êtes un sale journaliste, je n'ai rien à dire.

— Vous êtes monsieur Gaynor ou pas ? Parce que je vous le dis tout de suite, vous n'avez pas intérêt à m'envoyer balader, sinon vous allez sérieusement le regretter.

Silence sur la ligne. Puis :

— Oui, je suis Bill Gaynor.

— Bien. Maintenant on peut démarrer du bon pied.

— Qui êtes-vous ? demanda Gaynor. Dites-moi qui vous êtes ou je raccroche immédiatement.

— Voilà qu'on repart du mauvais pied. Je vais parler, et vous allez écouter. D'accord ? Croyez-moi, c'est dans votre intérêt.

— Qu'est-ce que vous voulez ?

— Ce que je veux ? Je veux vous faire une fleur, voilà ce que je veux. Je m'efforce d'être un bon citoyen en taisant certaines choses que je sais. Des choses qui, si elles venaient à se savoir, pourraient vous causer tout un tas d'emmerdements.

— Je ne sais absolument pas de quoi vous parlez, dit Gaynor, d'une voix qui manquait d'assurance.

— Oh si, je sais que vous savez.

— Écoutez, j'ignore quel genre d'arnaque foireuse vous essayez de monter, mais ça ne va pas marcher. Je ne sais pas qui vous êtes, alors allez vous faire foutre. Il arrive quelque chose d'horrible à quelqu'un, et tous les cinglés rappliquent. Bon sang, mais qu'est-ce qui ne va pas chez les gens ? Pour l'amour de Dieu, je viens de perdre ma femme. Vous n'avez donc aucune décence ?

Marshall poursuivit :

— J'essaie de me montrer correct, monsieur Gaynor, si seulement vous la fermiez et écoutiez. Et oui, je suis au courant pour votre femme. Mais je parie que vous en savez bien plus que vous ne voulez bien le dire. Je n'ai pas raison ? Je suppose qu'il y a des tas de choses dont vous n'avez pas parlé aux flics concernant votre parfaite petite famille. Le genre de choses dont moi, je pourrais parler, si je voulais.

Le silence se fit à l'autre bout de la ligne. Gaynor devait cogiter. Pour finir il demanda :

— Vous voulez quoi ?

— Cinquante mille.

— Quoi ?

— Vous m'avez bien entendu. Cinquante mille dollars. Vous m'apportez ça, et je ne dirai à personne ce que je sais sur vous.

— Je n'ai pas cette somme.

— À d'autres. Un type comme vous ? Avec une belle maison ? Une voiture qui en jette ?

En vérité, Marshall n'avait aucune idée du modèle de voiture que Bill Gaynor conduisait, mais il était prêt à parier qu'il s'agissait d'une jolie voiture. Bien plus jolie que sa fourgonnette merdique, c'est sûr.

— Je vous le dis, je n'ai pas cinquante mille dollars sous la main, insista Gaynor. Vous croyez que je garde autant d'argent sous mon matelas ?

— Et si je vous donnais jusqu'à midi, ça vous faciliterait les choses ?

— Merde à la fin, qui êtes-vous ?

— Vous m'avez déjà posé la question.

— Ça a un rapport avec Sarita ? demanda Gaynor. C'est elle qui vous a demandé de faire ça ? Vous êtes de mèche avec elle ?

Marshall trouva franchement troublant que Gaynor fasse le rapprochement aussi vite. Mais c'était logique. Combien de personnes en dehors de Sarita pouvaient savoir ce qui se passait vraiment dans le foyer des Gaynor ?

Marshall s'exhorta à garder son calme. Il en était capable. Il était capable de soutirer à ce type suffisamment d'argent pour offrir à Sarita un nouveau départ quelque part. En fait, s'il réussissait à lui extorquer ces cinquante mille dollars, il y en aurait assez pour eux deux. Ils pourraient s'enfuir ensemble. Ils pourraient dire adieu à leurs boulots merdiques. Cinquante mille, ça leur donnerait largement de quoi se poser quelque part. Largement de quoi vivre sans se faire remarquer pendant des mois.

— Je ne sais pas qui est cette Sarita et je m'en fous, dit Marshall. Vous passez à la caisse ou je balance tout aux flics. Si c'est ce que vous voulez, je peux le faire.

— Ça va, ça va, laissez-moi réfléchir. Je peux probablement réunir la plus grande partie de cette somme. Il faudrait que je réalise quelques arbitrages, que j'aille à la banque à l'ouverture.

— Faites ce que vous avez à faire. Les banques ouvrent à dix heures ? Vous devriez avoir l'argent à onze heures.

— Je vais devoir vous rappeler.

Marshall allait dire : « Ouais, c'est ça, comme si j'allais vous donner mon numéro », puis se rendit compte qu'il s'était sans doute affiché sur le téléphone de Gaynor.

— OK, dit-il. Si je n'ai pas de vos nouvelles à dix heures et demie, j'appelle les flics.

— C'est compris. Je vous recontacte.

Gaynor mit fin à l'appel. Marshall sourit. Ça allait marcher. Il était certain que ça allait marcher.

Au début Sarita serait fâchée contre lui quand elle apprendrait ce qu'il avait fait. Mais quand elle comprendrait que cet argent leur permettrait de démarrer une nouvelle vie ensemble, elle se laisserait convaincre. Il le savait.

L'amour serait plus fort que tout.

38

David

Je décidai de m'arrêter d'abord à Davidson Place.

La maison de retraite se trouvait du côté ouest de Promise Falls. Un bâtiment peu élevé situé dans ces limbes entre banlieue et zone industrielle. Je me rappelais, du temps où j'étais reporter, que certains riverains se liguaient contre à peu près tout ce qu'ils jugeaient susceptible de nuire à la qualité de leur vie de famille. Foyers pour enfants handicapés mentaux. Centres d'hébergement et de réinsertion. Centres commerciaux. Constructions trop imposantes.

Mais j'avais bien du mal à comprendre qu'ils puissent s'opposer à l'implantation d'une maison de retraite dans leur communauté. Craignaient-ils d'être tenus éveillés, la nuit, par le bruit des pantoufles ?

Je me garai sur le parking visiteurs et cherchai l'accueil. Je me retrouvai dans le hall d'entrée, où plusieurs petits vieux dormaient à poings fermés dans leurs fauteuils roulants. Une femme derrière le comptoir demanda ce qu'elle pouvait faire pour moi, et je lui dis que je cherchais Sarita.

— Sarita Gomez ? demanda-t-elle.

— Oui, répondis-je au hasard.

— Je ne l'ai pas vue aujourd'hui, mais je peux voir si elle est là. Puis-je savoir ce que vous lui voulez ?

Je me rendis compte à cet instant que la police n'était pas encore passée. Si Barry Duckworth avait demandé après Sarita, tout le bâtiment serait en émoi. Était-il possible que j'aie un train d'avance sur lui ? Le voisin âgé des Gaynor avait dit qu'il n'avait pas pu se rappeler le nom de l'établissement quand il avait été interrogé par la police.

— C'est personnel, dis-je, avant d'ajouter, histoire de donner à ma demande une tournure plus professionnelle : Ça a un rapport avec les soins d'une personne.

La femme comprit que j'étais en train de lui demander de se mêler de ses affaires. Elle décrocha le téléphone et composa un numéro interne.

— Gail, tu as vu Sarita dans les parages ?... D'accord... Compris.

Elle raccrocha et me regarda.

— Sarita n'a pas pris son poste hier et elle n'est pas là aujourd'hui. Je regrette.

— Elle a appelé pour dire qu'elle était malade ?

— Probablement, dit la fille de l'accueil avec un haussement d'épaules. Je n'ai pas les détails.

— Est-ce qu'il serait possible de parler à son supérieur ? (Je me penchai au-dessus du comptoir et, d'une voix chuchotante, j'ajoutai :) C'est très important. C'est le genre de chose que Davidson Place souhaiterait résoudre discrètement à mon avis.

Elle pouvait interpréter cela à sa guise. Peut-être que j'avais un être cher dans cet établissement. Peut-être que j'avais à me plaindre de la prise en charge de ma grand-mère souffrante. Peut-être y avait-il des soupçons de vol.

— Quel est votre nom ? demanda-t-elle. (Je le lui dis.) Un instant s'il vous plaît.

Elle décrocha à nouveau le téléphone. Je me détournai, écoutant d'une oreille. Puis elle me dit :

— Mme Delaney va descendre dans un instant, monsieur Harwood. Veuillez vous asseoir là-bas.

Je me laissai tomber sur une chaise en plastique, en face d'un homme à qui je donnais dans les quatre-vingt-dix ans, vêtu d'une chemise et d'un pantalon qu'il avait sans doute achetés quand il faisait vingt kilos de plus. Son cou émergeait de son col comme un mât de drapeau sur un green de golf. Il tenait un roman policier d'Ed McBain, en édition de poche, ouvert à peu près au milieu et fixait la page, et pendant les cinq minutes que dura mon attente, je ne vis pas ses yeux bouger une seule fois, et la page ne fut jamais tournée.

— Monsieur Harwood ?

Je levai les yeux.

— Oui. Madame Delaney ?

Elle acquiesça d'un hochement de tête.

— Vous avez demandé à voir Sarita Gomez ?

— J'espérais lui parler, dis-je, en me levant.

— Moi aussi, j'aimerais lui parler, dit la femme. Nous avons essayé de la joindre, sans succès.

— Elle ne s'est pas présentée à son travail ?

— Puis-je vous demander la raison de votre visite ? Vous avez quelqu'un ici, à Davidson ?

— Non. Cela concerne le travail que fait Sarita en dehors de cet établissement.

— Dans ce cas pourquoi m'interroger, moi ?

— J'essaie de la retrouver. Puisqu'elle travaille chez vous, je pensais pouvoir lui parler, lui poser quelques questions.

— Je crains de ne rien pouvoir faire pour vous. Sarita ne s'est pas présentée ce matin. C'est une employée de valeur, et les résidents l'apprécient beaucoup, mais vous imaginez bien que certains types d'employés sont plus fiables que d'autres.

— Je vous demande pardon ?

— Le fait qu'elle soit…

Elle ne termina pas sa phrase. « Le fait qu'elle soit quoi ? » me demandai-je.

— Une sans-papiers ? Est-ce que Sarita travaille ici illégalement ? l'interrogeai-je.

— Je suis sûre que ce n'est pas le cas.

— Vous auriez une adresse à me communiquer ?

— Juste un numéro de téléphone où on peut la joindre. J'ai parlé à la personne qui a répondu à ce numéro et elle m'a dit que Sarita était partie. Je ne pourrais pas vous dire si elle compte revenir ou pas. Mais vous ne m'avez toujours pas dit ce que vous lui vouliez ?

Il était temps de lui assener la vérité.

— Elle travaillait comme nourrice pour les Gaynor. Ce nom vous dit quelque chose ?

Mme Delaney fit non de la tête.

— Il devrait ?

— Vous n'avez pas regardé les informations hier soir ? La femme qui a été poignardée à mort dans sa maison de Breckonwood ?

Un éclair traversa son regard. Elle savait de quoi je parlais.

— C'est affreux. Mais quel rapport avec Sarita ?

— C'était leur nourrice.

Elle porta la main à sa bouche.

— Mon Dieu ! dit-elle.

— Je m'étonne que la police ne soit pas déjà là, mais je pense que vous devez vous attendre à les voir débarquer.

— C'est inimaginable. Vous êtes en train de dire que Sarita est mêlée à ça ?

J'hésitai.

— Je dis qu'elle sait peut-être quelque chose.

— Qui êtes-vous, si vous n'êtes pas de la police ? demanda-t-elle sèchement.

— J'enquête pour le compte d'une partie intéressée. (C'est tout ce qui me vint sur le moment pour éluder sa question.) Quand l'avez-vous vue pour la dernière fois ?

— Ce devait être hier dans le courant de la matinée. Elle a travaillé de six heures à treize heures. Elle fait quatre services par semaine ici, surtout en tout début de matinée. Je ne sais rien au sujet de ces gens pour qui elle travaille, mais je pense qu'elle va chez eux avant de venir ici. Et elle est libre de travailler où elle veut le week-end. C'est terrible. Elle ne peut pas avoir été mêlée à ça. Tout le monde apprécie Sarita.

— Vous dites que vous avez essayé de la joindre ?

— Elle n'a pas de téléphone. J'ai appelé sa propriétaire. Elle m'a dit qu'elle avait filé. (Elle se pencha vers moi.) C'est louche, non ?

— Elle a des amis ici ? Quelqu'un qui saurait où je pourrais la trouver ?

Elle se tut. Je savais qu'elle avait immédiatement pensé à quelqu'un, mais qu'elle hésitait à me le dire.

— Je crois qu'elle fréquente quelqu'un de chez nous. Quelqu'un avec qui elle a une relation.

— Qui est-ce ?

— Marshall Kemper. C'est un de nos agents d'entretien.

— Il faut que je lui parle.

Elle hésita.

— Suivez-moi.

Elle me conduisit hors du hall, le long d'un couloir, puis au bas d'un escalier conduisant au sous-sol, et puis le long d'un autre couloir rempli de tuyaux et de canalisations, où résonnaient des bruits de climatiseurs et de pompes. Parvenue à une porte marquée *Responsable maintenance*, elle frappa, et une seconde plus tard, un Noir petit et corpulent lui ouvrit.

— Oui ?

— Manny, dit Mme Delaney, nous cherchons Marshall. Où pourrait-il être à cette heure de la journée ?

— Normalement, il devrait préparer le ramassage des poubelles, mais il se trouve que ce n'est pas une journée normale. Marshall a téléphoné tout à l'heure pour dire qu'il était malade.

Mme Delaney me regarda.

— Il me faut une adresse, dis-je.

39

— Il y a un problème, dit Bill Gaynor dans le téléphone de la cuisine pendant que Matthew, dans sa chaise haute, se fourrait des Cheerios dans la bouche.

— Quel genre de problème ? demanda le Dr Jack Sturgess.

— J'ai reçu un appel. Quelqu'un qui demandait de l'argent. Du chantage. Le type était un foutu maître chanteur.

Gaynor tourna le dos à Matthew et baissa d'un ton. Il n'avait pas envie que son fils profère des jurons avant de pouvoir dire « papa ». Un mot, songea Gaynor avec tristesse, qu'il prononcerait probablement avant « maman ».

— Qui était-ce ?

— Il n'a pas dit : « Bonjour, je suis Joe Smith, votre voisin maître chanteur. » Il ne s'est pas présenté. Mais ce doit être quelqu'un qui connaît Sarita.

— Pourquoi ?

— Rose était bizarre ces dernières semaines. Je pense qu'elle a appris la vérité d'une façon ou d'une autre. Je pense que ça lui pesait. Je ne peux rien affirmer, mais c'est des petites choses qu'elle a dites, la façon dont elle se comportait. Et j'ai essayé de découvrir qui aurait pu la lui révéler. Qui aurait pu l'aider à reconstituer le puzzle ?

— Sarita ?

— Oui.

Sturgess réfléchit à cette éventualité.

— C'est possible.

— Ça expliquerait beaucoup de choses. J'ai eu l'impression que le type qui m'a appelé savait tout.

— Qu'est-ce qu'il veut ? demanda Sturgess.

— Cinquante mille.

— Nom de Dieu.

— Je ne les ai pas. Je t'ai donné les cent mille dollars qu'il me restait. Je vais devoir payer l'enterrement de Rose à crédit.

— Laisse-moi réfléchir.

— Rends-moi la moitié de ce que je t'ai versé, dit Gaynor. Un prêt. Je te rembourserai. L'argent de l'assurance va arriver.

— Le million de la police de Rosemary ? Manifestement, si ton maître chanteur était au courant, il demanderait bien plus que cinquante mille.

— Donc tu sais que je serai en mesure de te rembourser une fois que ma compagnie d'assurances aura débloqué les fonds. Alors aide-moi maintenant pour les cinquante mille…

— Ça va être… difficile, dit Sturgess. Je ne les ai plus.

— Qu'est-ce que tu racontes, bordel ! ? siffla Gaynor avec colère. (Il se retourna vers Matthew pour s'assurer que son bébé n'était pas en train de s'étouffer avec ses Cheerios.) Comment peut-on claquer cent mille dollars aussi vite ?

— Mes besoins financiers ne te regardent pas, Bill. J'ai l'impression que s'il y a des reproches à faire à quelqu'un, c'est plutôt à toi-même. Tu dois t'occuper de ça, et vite.

— Je te dis que je n'ai pas l'argent. Ou peut-être préfères-tu que je le laisse dire ce qu'il a envie de dire, et surtout à qui il a envie de le dire ?

— Ne plaisante pas, Bill.

— Qui a dit que je plaisantais ? Je n'aurai qu'à dire que j'ignorais tout à l'époque. Que je croyais que tout était légal. Tu sais à qui ils s'en prendront ? À toi. C'est le jeu, Jack ? C'est à ça qu'a servi l'argent ? Est-ce qu'il y a ne serait-ce qu'un dollar de cet argent qui est allé où tu avais dit qu'il irait ? Tu as tout gardé pour régler tes dettes ? Quelle impression ça va faire sur les gens à ton avis quand ça se saura ? Ce que tu as fait pour obtenir l'argent, et ce que tu en as fait une fois que tu l'as eu ?

— Ferme-la ! s'emporta Sturgess. J'essaie de réfléchir à une solution.

— Tu as intérêt à faire vite. Je dois l'appeler demain à dix heures et demie. Je suis censé être à la banque à l'ouverture. Et qu'est-ce que je fais si j'apprends que tous les comptes sont gelés à cause de la mort de Rose ?

— Dis-lui que tu as l'argent, dit Sturgess. Quand il appellera, dis-lui que tu l'as.

— Mais je ne l'aurai pas.

— Ce n'est pas grave. Ce type t'a déjà vu ?

— Comment le saurais-je ?

— Tu n'as pas reconnu sa voix ?

— Je te le dis, Jack, je ne sais pas qui c'est.

— Nous devons supposer qu'il sait à quoi tu ressembles, c'est donc toi qui vas aller au rendez-vous. Il a dit où il voulait que ça se fasse ?

— Non. Il le dira probablement quand on se parlera demain matin.

— Il faut qu'on réfléchisse à ça. Il faut qu'on sache comment il veut que la transaction se fasse. Il faut que ce soit dans un endroit très passant… non, pas un lieu public. Pas un endroit avec des caméras. Un endroit isolé. Ce serait mieux. Dès que tu sais ce qu'il veut faire, tu m'appelles. Ne t'engage à rien. Dis-lui que tu as le funérarium sur l'autre ligne et que tu dois t'en occuper, que tu le rappelleras. À ce moment-là, on discutera, on verra ce qu'on fait.

— De quoi parles-tu, Jack ? Qu'est-ce que tu comptes faire ?

— Tu ne le paieras pas, mais tu lui feras croire qu'il sera payé.

— Avec quoi ? Une mallette pleine de papiers découpés ? Je ne suis pas James Bond, Jack.

— Reprends-toi, Bill. Écoute-moi. Il faut faire comprendre à cet enfoiré qu'il n'arrivera pas à ses fins et découvrir comment il a appris ce qu'il sait. (Sturgess marqua une pause.) Si c'est Sarita qui lui a tout raconté, alors il faudra s'occuper d'elle.

— La police doit être en train de la chercher.

— Alors il faut qu'on la trouve les premiers.

40

Agnes Pickens, entrant d'un air dégagé dans les locaux administratifs de l'hôpital de Promise Falls, appela son assistante, Carol Osgoode, alors qu'elle marchait dans le couloir à grandes enjambées pour rejoindre son bureau.

— Oui, madame Pickens ? dit Carol, s'extirpant de derrière son ordinateur et courant vers la porte.

— Dans mon bureau !

Agnes était déjà assise à sa table de travail, les yeux rivés sur le seuil de la pièce, quand Carol apparut. Elle n'avait pas encore trente ans, cette fille, et il y avait des moments où Agnes se demandait si elle n'aurait pas besoin de quelqu'un de plus âgé pour l'assister, mais Carol compensait largement son manque d'expérience par son dévouement. Elle faisait ce qu'on lui disait de faire, et elle le faisait rapidement.

— Que s'est-il passé après mon départ, hier ? demanda Agnes, le menton légèrement relevé, de manière à pouvoir regarder Carol, qu'elle n'avait pas invitée à s'asseoir, droit dans les yeux.

— À la réunion du conseil ?

— Oui, évidemment, à la réunion du conseil. Il s'est passé quelque chose ?

— Ils sont tous partis vaquer à leurs occupations, expliqua Carol.

Agnes hocha la tête.

— C'est exactement ce que je voulais entendre. J'avais peur qu'ils aient voulu continuer sans moi.

— Je pense que personne n'oserait, dit la jeune femme en secouant la tête.

Agnes plissa les yeux.

— Qu'entendez-vous par là ?

Carol prit un air affolé.

— Rien de négatif. C'est juste que tout le monde sait que vous êtes la responsable ici… et personne n'essaierait de faire quoi que ce soit dans votre dos. Je leur ai dit qu'à mon avis, vous voudriez reprogrammer la réunion dès que possible, mais, bien entendu, c'était avant qu'on apprenne à quoi vous deviez faire face.

— Je suppose que tout le monde fait des gorges chaudes de mes ennuis.

— Tout le monde est inquiet. Pour vous et Marla. Et je… je ne peux pas…

— Carol ?

L'assistante d'Agnes se couvrit le visage et se mit à sangloter.

— Qu'est-ce qui vous prend, Carol ?

— Je suis désolée, répondit son assistante. Je suis vraiment désolée. Je vais y aller maintenant et…

Agnes contourna son bureau, passa son bras autour des épaules de la jeune femme et la fit asseoir dans un fauteuil en cuir.

— Je vais vous chercher un mouchoir.

Elle en tira plusieurs d'une boîte sur l'étagère derrière son bureau. Elle les tendit à Carol, qui se tamponna les yeux puis se moucha. Elle fit une boule des mouchoirs et la serra dans ses mains.

— Que se passe-t-il, Carol ?

— Rien, rien. C'est juste que… je me sens tellement mal pour vous et ce que vous traversez. Enfin, je sais que chaque jour apporte son lot de tragédies dans cet établissement, mais quand ça arrive à quelqu'un que vous connaissez, quelqu'un pour qui vous travaillez…

— Tout va bien.

— Vous êtes tellement digne, et je vous admire, vraiment. Je ne sais pas comment vous faites.

Agnes rapprocha un autre fauteuil pour s'asseoir face à son assistante.

— Croyez-moi, Carol, au fond de moi, je suis en vrac. (Elle posa la main sur le genou de la jeune femme.) Je n'arrive pas à croire que vous vous mettiez dans un tel état pour quelque chose qui me touche, moi.

Carol la regarda, les yeux rougis.

— Pourquoi dites-vous ça ?

— Parce que, ma chère, il m'arrive de me conduire comme la dernière des garces, au cas où vous ne l'auriez pas remarqué.

Carol s'autorisa un petit rire qui ressembla davantage à un raclement de gorge.

— Je ne dirais pas ça.

— Pas en ma présence, en tout cas. Mais je sais qui je suis. Je sais l'impression que je donne. On ne peut pas diriger un endroit comme celui-ci et être une personne aimable. Et quand on est une femme, on doit se montrer encore plus coriace, et ne pas se soucier de ce que l'on pense de vous. Mais ça ne veut pas dire que vous êtes insensible, ou que vous ne souffrez pas au-dedans.

— Je sais.

— Je vous maltraite et pourtant, vous vous accrochez, et je respecte ça chez vous. Et ça me touche que vous preniez ma situation autant à cœur. Mais vous n'avez pas à vous inquiéter pour moi. Je me débrouillerai. On survivra. Gill, moi et Marla, on fera ce qu'il faut. J'ai toujours été comme ça. Je donne peut-être parfois l'impression d'être indifférente, mais ce n'est pas vrai.

Carol acquiesça d'un signe de tête.

— Ça va aller ? demanda Agnes. Vous voulez prendre votre journée ?

Elle secoua énergiquement la tête.

— Non, je ne vais certainement pas vous laisser alors que vous avez autant de choses à gérer. Franchement, ça aurait l'air de quoi ? Vous venez travailler, et c'est moi qui devrais rentrer chez moi ?

Agnes lui tapota la main.

— Alors très bien. Je veux que vous reprogrammiez cette réunion demain à la première heure. Et prévenez tout le monde qu'il se peut que je doive la repousser une nouvelle fois. La suite des événements est quelque peu imprévisible pour le moment.

— Bien sûr.

— Et maintenant, je vais monter voir comment va Marla. Je pense que je vais la renvoyer chez elle aujourd'hui.

— Je n'y croyais pas quand j'ai appris la nouvelle.

— Eh bien, tout ce qui concerne cette affaire est plutôt incroyable. Gill va prendre des congés, ou du moins gérer toutes ses affaires depuis la maison, pour qu'il y ait tout le temps quelqu'un avec Marla. On se relaiera, lui et moi.

— Ça me paraît être une excellente idée, commenta Carol avant de se lever. J'aimerais ajouter une dernière chose…

— Je vous écoute.

— Je sais juste que Marla n'a rien fait de mal.

— Eh bien, c'est gentil à vous, Carol.

— Je l'ai souvent croisée, et je ne pense pas qu'il y ait une once de méchanceté en elle. C'est une bonne personne.

Agnes sourit.

— Prévenez tout le monde pour la réunion. Je reviens dans un moment.

Agnes quitta son bureau et se dirigea vers les ascenseurs. Carol retourna à son propre bureau, jeta les mouchoirs dans la corbeille glissée dessous, puis elle prit un miroir de poche dans son sac à main pour s'assurer qu'elle était présentable. Quand elle eut fini, elle sortit son portable. Elle trouva le numéro qu'elle cherchait, puis colla le téléphone contre son oreille et écouta les sonneries.

À la cinquième, quelqu'un décrocha.

— Salut, c'est moi, dit Carol, je viens d'avoir une conversation de dingue avec, tu sais, ma boss… Elle a été gentille avec moi. Je suis totalement dévastée par ce qui se passe, et j'ai un peu craqué, et elle, elle a été vraiment réconfortante. Je ne l'avais jamais vue sous ce jour-là… Ouais, c'est bizarre. Et du coup, ça m'a fait penser à nous. Il est peut-être temps, tu sais. Je veux dire, ça ne mène nulle part… Je sais… Je sais… Je ne pense pas pouvoir continuer à faire ça, c'est tout… Je pensais qu'on serait sur la même longueur d'onde… Je sais… Je comprends… Écoute, il faut que je te laisse, il se passe des tas de choses ici… Ne dis pas ça… Tu vas me faire pleurer… Je t'aime aussi, Gill.

41

Walden Fisher finit par ramener Victor Rooney chez lui après l'avoir exfiltré du bar. Walden n'était pas certain que, s'il avait déposé Victor à son domicile, il n'en serait pas aussitôt ressorti pour s'attirer d'autres ennuis.

Il installa donc Victor dans la chambre d'amis, qui était autrefois celle de sa fille Olivia, et où, suspectait Walden, Victor avait sans doute couché plus d'une fois à l'époque où il fréquentait celle-ci, quand lui et sa femme sortaient dîner ou s'absentaient.

Cela faisait longtemps que ce genre de chose ne dérangeait plus Walden. À l'époque, il se doutait bien que sa fille et Victor avaient des relations sexuelles, et même si on ne pouvait pas dire que cela le réjouissait, Beth et lui avaient été jeunes eux aussi, et ils n'avaient pas attendu leur nuit de noces.

On ne pouvait pas régenter la vie de ses enfants, se disait-il. C'était déjà suffisamment difficile quand ils étaient adolescents, alors, une fois qu'ils étaient devenus adultes, tout pouvait arriver. Vous pouviez leur faire savoir que vous étiez là pour eux, mais pour ce qui était de leur dicter leur conduite, autant essayer d'apprendre à une chèvre à piloter un tracteur.

Walden était occupé dans le garage, derrière la maison, quand il aperçut du mouvement par la fenêtre de la cuisine. Il rentra et trouva Victor debout, le cheveu en bataille, l'œil noir et la paupière lourde.

— Je me suis demandé où je pouvais bien être, dit celui-ci d'une voix éraillée. Quand j'ai ouvert les yeux, j'ai su que je n'étais pas chez moi. Je ne me rappelle même pas que vous m'avez ramené ici hier soir.

— Tu n'étais pas très frais.

— Je sais où vous m'avez trouvé. Ça, je m'en souviens. Mais pas de grand-chose d'autre.

— Tu étais sur le point de te prendre une bonne raclée.

— Je faisais quoi ?

Walden secoua la tête.

— Peu importe. Il reste du café. Il doit être encore chaud. Tu devrais en boire.

— Ouais, j'imagine, marmonna le jeune homme avant de disparaître à l'intérieur de la maison. Walden le suivit, lui servit du café.

— Noir, dit Victor en prenant le mug des mains de Walden. J'ai la tête dans le cul.

— Ça se voit.

Il sourit, but une gorgée.

— Victor, je sais que ce ne sont pas mes affaires, mais je vais quand même m'en mêler un petit peu.

— Oui, bien sûr, allez-y.

— Tu es un garçon intelligent, tu l'as toujours été. À l'école, tu pigeais rapidement. Tu as toujours été doué de tes mains, si je me souviens bien. Un garçon doué pour la mécanique, mais aimant aussi les livres.

— Un vrai petit génie, ironisa Victor en hochant la tête.

— Ce que je dis, c'est que tu as quelque chose à offrir. Tu as des aptitudes. Il y a bien quelqu'un dans cette ville qui pourrait en avoir besoin. Encore faudrait-il que tu arrêtes de te mettre la tête à l'envers tous les soirs.

— Vous m'espionnez ?

— Non, je fais juste une supposition. Mais je serais content si je me trompais.

Victor posa son café sur le plan de travail.

— Pourquoi vous n'êtes pas bouleversé ?

— Pardon ?

— Je ne comprends pas. Pourquoi vous n'êtes pas en vrac comme je le suis, moi ? Putain, c'était votre fille !

Walden se rua sur le jeune homme comme un boulet de canon. Il l'empoigna par le col, l'attira brusquement tout près de son visage, puis le repoussa violemment contre le plan de travail. La tête de Victor partit en arrière et heurta les placards du haut, faisant s'entrechoquer des assiettes à l'intérieur. Mais Walden n'en avait pas terminé. Il empoigna de nouveau Victor et, cette fois, le jeta par terre de toutes ses forces.

Il avait trente ans de plus que le jeune homme, mais aucune difficulté à le secouer. Peut-être était-il aidé en cela par sa colère, et la gueule de bois de Victor.

— Jamais ! cria Walden. Ne redis jamais ça !

Il arma sa jambe et frappa Victor à la cuisse. Le jeune homme se mit en boule en se couvrant la tête avec les mains.

— Je suis désolé ! Je suis désolé !

— Tu crois être le seul à la pleurer ?! hurla Walden. Va te faire foutre avec ton arrogance, petit merdeux !

— C'est bon, je ne le pensais pas !

Walden se laissa tomber sur une chaise de cuisine, posa ses bras sur la table, et s'efforça de reprendre son souffle. Victor se releva lentement, tira une chaise et s'assit.

— J'ai dépassé les bornes.

Les mains de Walden tremblaient.

— Vraiment. J'ai eu tort. Je n'aurais jamais dû dire une chose pareille. Vous êtes quelqu'un de bien. Je sais que votre fille vous manque. Vous avez toujours été bon avec moi. Je vous remercie de ce que vous avez fait pour moi, hier soir, de m'avoir ramené ici. C'était vraiment gentil de votre part.

Walden regarda ses mains, les posa l'une sur l'autre pour en arrêter les tremblements.

— J'avais Beth, commença-t-il d'une voix lente. (Victor le regarda et, ne sachant pas trop où Walden voulait en venir, il attendit la suite.) J'avais Beth, alors je devais prendre sur moi. Elle s'est effondrée. Elle n'a jamais vraiment pu tourner la page. Qu'est-ce qui lui serait arrivé, qui se serait occupé d'elle si j'étais allé au bar tous les soirs pour m'apitoyer sur mon sort ? Où serait-elle allée ?

Il leva la main et pointa un doigt accusateur sur Victor.

— Je ne pouvais pas être aussi égoïste que toi. Je ne pouvais pas noyer mon chagrin comme tu le fais. J'avais des responsabilités, et je les ai assumées.

— Je n'ai personne à ma charge, moi. Ça change quoi que je fasse ceci ou cela ?

— Ça change quoi ? Tu es en train de me demander quel sens ça a ?

— Parce que ça a un sens ? Parlons de vous. Maintenant que votre femme a disparu, maintenant que vous avez perdu la personne… les personnes qui comptaient le plus à vos yeux, ça a quel sens, bordel ?

— Nous les honorons, dit Walden.

— Qu'est-ce que ça peut bien vouloir dire ?

— Quand tu te comportes comme tu te comportes, tu déshonores ma fille.

— Quoi ? Je ne comprends pas. Ça me passe complètement au-dessus de la tête.

— Les gens te voient et ils se disent : « Quel genre d'homme est-ce ? C'est un bon à rien. Il se complaît dans le malheur. » Ils se demandent ce qui a pris à Olivia de vouloir passer le reste de sa vie avec toi. Ce que tu fais, ton comportement, ça rabaisse Olivia. Ça diminue l'estime que les gens avaient d'elle.

— C'est des conneries. On n'a pas le droit de faire son deuil ?

— Bien sûr que si. Pendant un certain temps. Mais ensuite il faut montrer de quoi tu es fait. Montrer ce qu'Olivia a vu en toi. Pour qu'on sache qu'elle se trompait rarement sur le caractère des gens. Tout est une question de caractère.

— Je ne sais pas, dit Victor après un moment de réflexion. Et vous ? Vous faites quoi pour l'honorer ? Comment honorez-vous Olivia ? Et Beth ?

— Je le fais à ma façon, répondit Walden. (Il regarda ailleurs, par la fenêtre.) Tu devrais t'en aller.

— Très bien, dit Victor en repoussant sa chaise.

— Dans tout ce que tu as dit hier soir, tu avais raison pour une chose.

— Laquelle ?

— Tu n'aurais pas dû être en retard, dit Walden.

Il se retourna, baissa les yeux sur sa main droite, repéra un bout d'ongle rebelle, le porta à sa bouche et le découpa avec ses dents.

42

David

Je comptais aller directement chez Marshall Kemper, l'agent d'entretien de Davidson Place qui s'était fait porter pâle et qui, espérais-je, saurait où trouver Sarita Gomez.

J'éprouvais un sentiment d'urgence, mais je me rendis compte que mon itinéraire me ferait passer à moins d'un bloc de l'endroit où Marla m'avait dit que Derek Cutter, le jeune homme qui l'avait mise enceinte, vivait. C'était quelqu'un à qui je voulais parler, et c'était peut-être le meilleur moment pour ça.

Je tournai donc à gauche et m'arrêtai devant un duplex, un simple parallélépipède en brique, construit sans la moindre référence à aucun style architectural. Un appartement en rez-de-chaussée, un autre au premier étage. D'après Marla, Derek partageait l'appartement du haut avec d'autres étudiants. Je me garai le long du trottoir, et sonnai à l'interphone.

J'entendis quelqu'un descendre l'escalier en courant, et la porte s'ouvrit sur une jeune femme d'une vingtaine d'années, en survêtement, les cheveux ramenés en queue-de-cheval.

— Oui ? fit-elle.

— Bonjour, je cherche Derek.

Sa bouche dessina un grand O.

— Ah, ouais, d'accord, il a dit qu'il vous avait appelé hier soir. Après tout ce qui s'est passé, il sera content de vous voir.

— Attendez, je crois…

Mais elle remontait déjà, franchissant les marches deux par deux et criant : « Derek ! Ton père est là ! » Elle dut faire demi-tour à peine arrivée en haut, car une seconde plus tard, elle me passait devant au pas de course. « Montez. Je vais faire mon jogging. »

Je montai l'escalier et, au moment où j'atteignais la porte de l'appartement du premier étage, celle-ci s'ouvrit sur un jeune homme que je supposai être Derek et qui parut surpris de me voir.

— Vous n'êtes pas mon père, dit-il.

Il avait l'air maigrichon dans son t-shirt et son boxer-short, d'où dépassaient ses jambes, tels deux bâtons blancs. Il avait une barbe clairsemée, et des cheveux noirs qui lui tombaient sur les yeux.

— Non, je suis désolé, c'est ce que ta petite amie a cru et je n'ai pas eu le temps de la corriger.

— Ce n'est pas ma petite amie ; c'est une colocataire, mais… vous êtes qui, vous ?

— Le cousin de Marla. Je m'appelle David Harwood.

— Marla ? Vous êtes le cousin de Marla Pickens ?

— Tu as une minute ?

— Euh, oui, bien sûr, entrez.

Il fit de la place sur le canapé en repoussant plusieurs livres et un ordinateur portable. Je m'assis et lui se percha à l'extrémité d'une table basse jonchée d'une demi-douzaine de canettes de bière vides.

— Pourquoi venez-vous me voir ? C'est au sujet de Marla ?

Quand sa colocataire avait évoqué « tout ce qui s'est passé », j'avais supposé qu'elle faisait allusion au meurtre de Rosemary Gaynor, et de l'implication possible de Marla. Ça avait fait la une du journal.

— Tu n'es pas au courant ?

— Je suis au courant de ce qui s'est passé sur le campus hier soir, mais ça n'a rien à voir avec Marla.

Il semblait que nous avions l'un et l'autre un train de retard, mais qu'il ne s'agissait pas du même.

— Qu'est-ce qui s'est passé à Thackeray ? demandai-je.

— Ces cons de vigiles ont tué un de mes amis, voilà ce qui s'est passé, dit Derek. Ils lui ont collé une balle dans la tête.

— Tu me l'apprends. C'était qui, cet ami ?

— Mason. Ils disent que c'était lui.

— Lui, quoi ?

— Le type qui agressait les filles à la fac. C'est absolument impossible. Il n'était pas comme ça.

— C'était quoi, son nom de famille ?

— Helt. Mason Helt. C'était vraiment un type bien. Il suivait le cursus d'art dramatique avec moi. Il était vraiment bon. D'après ce qu'ils racontent, il était en train d'agresser la vigile qui servait d'appât, et c'est à cause de ça qu'on l'a abattu. C'est un truc de dingue.

— Je suis désolé pour ton ami. C'est pour ça que tu as appelé ton père ?

Derek hocha la tête.

— Ouais, parce que j'ai crisé et que j'avais besoin de parler. Ça m'a surpris quand Patsy m'a dit qu'il était à la porte, parce que je ne lui ai pas demandé de venir. (Il me regarda plus attentivement.) Votre tête me dit quelque chose.

« Et pour cause », pensai-je, mais je ne voulais pas influencer un témoin. Il ne servait à rien que Derek me prenne en grippe.

— Je ne pense pas qu'on se soit jamais croisés, dis-je honnêtement.

— Vous faisiez partie de la meute. Vous avez été un de ceux qui ont fait de ma vie un enfer. Je vous reconnais.

— C'est vrai. J'ai été l'un d'entre eux.

C'était il y avait longtemps. Sept ou huit ans ? L'assassinat de la famille Langley. Le père, la mère, le fils, tous tués une nuit à leur domicile. Derek et ses parents vivaient dans la maison d'à côté, et pendant un jour ou deux, il avait été le principal suspect. Le véritable meurtrier avait été découvert et Derek totalement innocenté, mais cette expérience avait dû le traumatiser.

— De temps en temps, dit-il, les gens me regardent encore de travers. Comme s'ils se disaient : « Peut-être que ce n'était pas l'autre type. Peut-être que c'était lui, en fait. » Merci d'avoir contribué à ça. D'avoir mis ma photo dans le journal. D'avoir écrit tous ces trucs faux sur moi.

J'aurais pu lui dire que je ne faisais que mon boulot. Que ce n'était pas la presse qui l'avait arrêté, mais la police. Que les médias n'avaient pas décidé un beau jour de s'en prendre à lui, mais que nous suivions l'histoire là où elle nous menait. Que le *Standard* aurait manqué à ses devoirs s'il avait décidé de ne pas prendre part à l'effervescence médiatique, aussi brève fût-elle. Que des innocents se faisaient parfois emporter par l'actualité, et qu'ils y laissaient quelques plumes, mais qu'on ne pouvait rien y faire.

Je ne pensais pas qu'il avait envie d'entendre ce genre d'arguments.

— C'est à cause de ça que mes parents se sont séparés, dit Derek.

— Je n'étais pas au courant, dis-je, bien que Marla y ait fait allusion.

— Pendant un moment, j'ai cru qu'ils parviendraient à surmonter ça. Mais non, mes parents ne sont pas arrivés à recoller les morceaux. Alors ma mère est partie, et ils ont dû vendre la maison, et tout est plus ou moins parti en couilles, merci beaucoup. Si j'avais pu aller à la fac ailleurs qu'à Promise Falls, je l'aurais fait, mais je n'avais pas les moyens.

— Je ne suis pas ici en tant que journaliste, pensai-je bon de lui rappeler. Je ne travaille plus comme journaliste. Et le *Standard* n'existe même plus.

— Alors, qu'est-ce que vous faites ici ? Il y a un problème avec Marla ?

Je lui expliquai la situation.

— Purée, c'est n'importe quoi. Ils pensent qu'elle a tué cette femme et qu'elle s'est enfuie avec son môme ?

— J'ai bien peur que ce ne soit une des théories préférées de la police.

— Qu'est-ce vous comptez faire ?

— Je vais essayer de me rendre utile, de découvrir quelque chose qui prouvera qu'elle n'a rien à voir dans cette histoire.

Derek haussa les épaules.

— Je ne sais pas quoi vous dire. On s'est parlé peut-être une demi-douzaine de fois depuis qu'elle a perdu le bébé. Je l'ai croisée deux fois par hasard, mais ça s'arrête là.

— Tu es au courant qu'il y a eu un précédent, qu'elle a essayé d'enlever un bébé à l'hôpital ?

Il acquiesça de la tête.

— Elle m'a raconté. Elle a dit qu'elle avait eu un moment d'égarement. Mais c'était carrément dingue de faire un truc pareil.

— Comment vous êtes-vous rencontrés ?

Sa version correspondait à celle de Marla. Ils avaient engagé la conversation dans un bar de Promise Falls et avaient couché ensemble. Ils s'étaient fréquentés assez sérieusement pendant un moment.

— C'est l'une des filles les plus bizarres avec qui je sois jamais sorti, dit-il.

— Bizarre comment ?

— Eh bien, pour commencer, elle a ce handicap, de ne pas vraiment vous reconnaître.

— Prosopagnosie.

— C'est ça. Au début, je croyais que c'était un truc qu'elle inventait, mais j'ai cherché sur Google et j'ai appris que ça existait pour de vrai. Et puis j'ai vu un numéro de *60 Minutes* où ils en parlaient. Ça touche plus de gens qu'on ne le croit. Même Brad Pitt dit qu'il en souffrirait. Chaque fois que je retrouvais Marla, je m'approchais d'elle, et elle me regardait comme si elle n'était pas tout à fait sûre que ce soit moi. Alors je disais : « Hé, c'est moi », et c'est ma voix qui lui confirmait qui j'étais. C'était vraiment bizarre. Elle me demandait de toujours coiffer mes cheveux de la même manière. Parce que si je les peignais autrement, elle aurait plus de mal à me reconnaître. Ou de porter des chemises à carreaux. Je mets souvent des chemises à carreaux. Elle disait que ce genre de signaux visuels étaient vraiment efficaces pour elle.

— Je sais. La famille a commencé à s'en rendre compte quand elle était adolescente. Parle-moi du moment où tu as appris qu'elle était enceinte.

— Elle m'a dit qu'elle n'avait pas eu ses règles. Ça m'a fait l'effet d'une bombe, vous savez.

— Comment tu as pris la nouvelle ?

— Franchement ? J'ai raccroché le téléphone, et j'ai vomi mes tripes. Je mettais des… protections et tout, presque chaque fois.

— Presque.

Il leva les yeux au ciel.

— Ouais, je sais.

— Comment tes parents ont pris la chose ?

— Je ne l'ai dit qu'à mon père. C'est quelqu'un de plutôt tradi. Il m'a dit que je devais assumer mes responsabilités et faire ce que j'avais à faire, et qu'il serait là pour me soutenir. Et qu'une fois qu'on saurait plus ou moins vers quoi nous allions, il mettrait ma mère dans la confidence. Alors j'ai dit à Marla que je l'épaulerais, que je ferais tout mon possible pour l'aider. Que la décision lui revenait, quelle qu'elle soit.

— Et elle a décidé de garder le bébé.

— Oui, ce qui, à vrai dire, n'était pas exactement ce que j'espérais. Mais comme le disait mon père, c'était son choix. Elle disait qu'elle voulait avoir cet enfant ; elle voulait vraiment avoir un bébé, elle disait que ça lui donnerait un centre d'intérêt, que ça l'aiderait vraiment à prendre sa vie en main. Et elle disait que j'étais libre de m'impliquer comme je le voulais, mais je n'ai jamais su si elle le pensait vraiment, ou si elle essayait de me culpabiliser pour que je franchisse le pas et que je la demande en mariage ou quelque chose comme ça, ce que je ne voulais pas faire. Me marier avec elle. Je n'étais pas prêt pour ça.

— Bien sûr. Tu es toujours à la fac ?

— C'est ma dernière année. Je serai diplômé à la fin du mois. Pendant longtemps, je n'ai même pas eu conscience de notre différence d'âge. Je pensais qu'elle avait peut-être un ou deux ans de plus que moi, mais on avait quelque chose comme sept ans d'écart. À croire que j'ai un faible pour les femmes plus âgées.

— Quoi ? Mme Langley ?

Mme Langley, la voisine qui avait été assassinée des années auparavant. On avait raconté que Derek avait eu des relations sexuelles avec elle. C'était une des raisons qui en avaient fait, brièvement, un suspect.

Il secoua la tête.

— On est obligés d'aborder ce sujet ?

— Non.

— Bref, j'ai commencé à me dire que ce n'était pas pour me culpabiliser, que Marla ne voulait vraiment pas que je m'implique plus que ça, et c'était peut-être en partie parce que je ne plaisais pas à sa mère.

— Tu as rencontré Agnes ?

— Non, jamais, mais Marla m'a dit qu'elle n'était pas ravie. Elle dirige l'hôpital, c'est ça ? Je veux dire, vous devez le savoir si Marla est votre cousine. Ce qui fait de sa mère votre tante, c'est ça ? C'est une grosse légume en ville. Et moi, je suis le fils d'un type qui a une boîte d'aménagement paysager. Vous imaginez bien que ça ne lui plaisait pas des masses.

J'eus l'impression d'avoir été plongé dans un seau de honte. Derek avait plus ou moins tapé dans le mille au sujet de ma tante.

— Et ensuite, dis-je, Marla a eu le bébé.

Le jeune homme hocha la tête, puis les larmes lui montèrent aux yeux.

— C'était tellement bizarre. Je regrettais vraiment de l'avoir mise enceinte et je ne voulais pas qu'elle ait cet enfant, et je ne voulais pas des responsabilités qui allaient avec. Mais quand j'ai appris que le bébé – c'était une petite fille, mais vous devez probablement le savoir – était mort en venant au monde, ça m'a marqué. Je ne m'y étais pas attendu, mais ça m'a fait super mal.

Il renifla, essuya une larme du revers de la main.

— Tout à coup, voilà que je me demandais ce qu'elle serait devenue en grandissant, comment elle aurait été, si elle m'aurait ressemblé et toutes ces conneries, et ça m'a tellement chamboulé que je me suis plus ou moins effondré.

— Qu'est-ce qui s'est passé ?

— Je suis retourné vivre avec mon père. On est assez proches. C'est une bonne chose qu'on n'ait rien dit à maman. Ça l'aurait tuée de penser qu'elle avait eu une petite-fille mort-née. (Il avala sa salive.) Marla m'a dit qu'elle l'avait tenue dans ses bras. Qu'elle avait tenu le bébé quand il était mort. Elle était dans le cirage, mais elle a regardé tous ses petits doigts et son petit nez et tout, et elle a dit qu'elle était vraiment belle, même si elle ne respirait pas. Elle lui avait même choisi un nom. Agatha Beatrice Pickens. Elle disait qu'Agatha rappelait un peu le prénom de sa mère, mais qu'il était différent.

Il s'essuya à nouveau les yeux.

— Je suis désolé, dis-je. Ces choses-là peuvent vous affecter de façon totalement inattendue.

Derek Cutter hocha la tête.

— Faut croire.

On entendit tous les deux le claquement d'une portière de voiture. Derek se leva et regarda par la fenêtre.

— Oh, merde, dit-il. Je connais ce type.

Je le rejoignis à la fenêtre. Moi aussi, je connaissais ce type.

— L'inspecteur Duckworth.

— Ouais. C'est un de ceux qui pensaient que j'avais tué mes voisins. Qu'est-ce qu'il fout là ?

Je voyais deux raisons possibles : Duckworth voulait lui parler de Marla Pickens pour les mêmes raisons que moi. Ou bien il voulait l'interroger à propos de Mason Helt, son ami décédé.

— Je hais ce type, dit Derek. Vous pouvez lui dire que je ne suis pas là ?

— Je ne peux pas faire ça, Derek.

— Super.

— Je voudrais te poser une dernière question.

— Si vous y tenez.

— Je voudrais savoir ce que ton instinct te dit au sujet de Marla.

— Mon instinct ?

— Est-ce que tu l'imagines en train de tuer Rosemary Gaynor ?

Il réfléchit un instant.

— Mon instinct ?

— Oui.

— Un soir on était à cette fête à la fac. C'était avant qu'elle tombe enceinte, je pense. Et il y avait tout un groupe d'étudiants autour de nous. Dans le tas, il y avait ce type qui emmerdait sérieusement une fille parce qu'elle parlait à quelqu'un d'autre ou une connerie dans le genre. On voyait qu'il l'intimidait, qu'elle avait l'air effrayé, et il allait lever la main sur elle… je ne sais pas s'il l'aurait vraiment frappée, mais Marla, qui avait observé toute la scène, a pris sa bouteille de bière et l'a jetée à la tête de ce connard. On était à deux mètres de distance, alors même en ne visant pas très bien, elle avait de bonnes chances de le toucher. Et c'est ce qu'elle a fait, et elle l'a eu en plein sur le nez. Heureusement que la bouteille ne s'est pas cassée, le type aurait pu y laisser un œil. Mais son nez s'est mis à pisser le sang. Et le type a regardé Marla, comme s'il allait s'en prendre à elle. Et elle, elle a crié : « Viens, je t'attends ! » Comme pour le mettre au défi. Je vous jure, il fallait le voir pour le croire.

— Bon sang.

En bas, on sonna à la porte.

— Alors, quand vous me demandez ce que mon instinct me dit au sujet de Marla, je pense que rien ne me surprendrait venant d'elle.

43

« Je suis un crétin », se dit Duckworth.

Il venait de se garer devant la maison où le service des admissions de Thackeray College lui avait dit qu'il pourrait trouver Derek Cutter, quand il s'avisa de ce qu'il aurait dû demander à la propriétaire de Sarita Gomez, Mme Selfridge, la dame qui faisait ce succulent cake à la banane.

Quand il avait quitté le poste ce matin-là, il avait réquisitionné un agent et lui avait demandé de téléphoner à toutes les maisons de retraite de Promise Falls et des environs pour essayer de savoir où travaillait Sarita. L'idée lui avait traversé l'esprit que même s'il appelait à la bonne adresse, il pourrait tomber sur quelqu'un qui nierait employer qui que ce soit de manière illégale.

C'est en allant interroger Derek que ça avait fait tilt.

« Triple buse », se dit-il en lui-même.

Il se rangea le long du trottoir, à deux blocs d'immeubles du domicile de Derek, et sortit son téléphone et son calepin. Il trouva le numéro de Mme Selfridge et le composa.

Elle répondit à la troisième sonnerie. Il se présenta.

— Oh, bonjour inspecteur. Si vous appelez pour Sarita, elle n'est pas revenue. Elle a payé jusqu'à la fin du mois, mais quelque chose me dit que je devrais commencer à chercher un nouveau locataire. J'ai l'impression qu'elle a quitté le nid pour de bon.

— Vous avez peut-être raison. Je voulais vous remercier encore pour ce cake à la banane. Dites, vous seriez d'accord pour me dévoiler votre recette ? En cas de refus, je suis pratiquement sûr de pouvoir vous assigner à comparaître.

Cela la fit rire.

— Et il y a autre chose, dit-il. Je n'arrive pas à croire que je n'y ai pas pensé hier. Votre téléphone, celui dont Sarita se servait ?

— Oui ?

— J'aimerais que vous consultiez l'historique des appels. Entrants et sortants.

— C'est dans mes cordes. Vous voulez que je m'en occupe avant ou après vous avoir noté la recette ?

— Avant, dit Duckworth avec quelque regret. Sarita a sans doute passé, et reçu, des appels de la maison de retraite où elle travaillait. Une fois qu'on aura ce numéro, on connaîtra son employeur. Et il se peut qu'il y ait aussi d'autres numéros qui m'aideraient à la retrouver. (Il marqua une pause.) Et quand je l'aurai retrouvée, je pourrai lui demander si elle compte garder la chambre.

— Oh, je vous en serais très reconnaissante.

— Vous avez toujours la carte que je vous ai laissée ? (Elle lui répondit que oui.) Très bien, si vous voulez bien noter ces numéros et me les envoyer par e-mail, j'apprécierais énormément.

Mme Selfridge promit de s'y mettre séance tenante, et Duckworth raccrocha.

« Crétin », songea-t-il de nouveau. Il avait envie de plaider le surmenage. Il jonglait avec trop d'affaires en même temps. Un meurtre, une fusillade mortelle à Thackeray, d'étranges événements nocturnes à Five Mountains. Des écureuils morts, pour l'amour du ciel !

Et puis il y avait le front domestique. Comment son fils s'était-il retrouvé à travailler pour ce peigne-cul de Randall Finley ? On ne pouvait pas se fier à cette crapule. Il n'avait pas dû embaucher son fils sans raison inavouable. Bien sûr, Trevor ferait une bonne recrue pour n'importe quelle entreprise, mais il ne fallait pas être une lumière pour conduire un fourgon. Finley aurait pu engager n'importe qui pour ce genre de boulot. Pourquoi Trevor ?

En attendant l'e-mail de la propriétaire de Sarita, il allait pousser jusqu'à la résidence de Derek Cutter. Le nom du jeune homme avait refait surface à deux reprises depuis la veille, dans deux enquêtes distinctes. Il avait non seulement été identifié comme l'homme dont Marla Pickens avait été enceinte, mais on lui avait également rapporté que c'était un ami de Mason Helt, l'étudiant que Clive Duncomb avait abattu d'une balle dans la tête.

Duckworth avait beaucoup de choses à discuter avec lui.

Il allait enclencher une vitesse quand son portable sonna.

— Duckworth.

— Salut, Barry.

Cal Weaver. Une voix du passé.

— Mon salaud. Je savais que tu étais de retour. Je comptais t'appeler.

— Tout le monde est occupé.

— Où est-ce que tu crèches ?

— Tu vois cette boutique de livres d'occasion, dans le centre ?

— Ouais.

— Je suis au-dessus.

— D'accord.

— J'ai habité un temps avec ma sœur, dit Weaver. Mais c'était provisoire, le temps que je me trouve un endroit à moi.

— Je savais que tu avais quitté Griffon pour revenir ici, dit Duckworth. J'ai appris ce qui s'est passé là-bas. Je suis désolé[1].

— Merci. Écoute, tu travailles sur le meurtre de Rosemary Gaynor ?

— En effet.

— Neponset Insurance m'a demandé de m'y intéresser. Bill Gaynor travaille pour eux, et toute la famille est assurée chez eux.

— D'accord.

— Il y avait une police d'un million de dollars sur Mme Gaynor. Avant que M. Gaynor ne soit indemnisé, on procède aux vérifications d'usage.

— Bien sûr.

— Mais j'ai cru comprendre que cette affaire était plus ou moins pliée d'avance.

— Je suis au milieu de mon enquête, Cal. Personne n'a été inculpé.

— Mais tout semble désigner cette Marla Pickens.

— Elle est soupçonnée.

— Elle avait leur bébé, rappela Weaver. Et elle n'en était pas à son coup d'essai. Je n'ai pas raison ?

— Si.

— Écoute, je ne veux pas marcher sur tes plates-bandes, et je ne suis pas en train d'enquêter activement, pas à ce stade. Je reste en retrait, je surveille les faits nouveaux, j'attends de voir s'il y a une arrestation. Je voulais juste te prévenir, c'est tout.

— Je te remercie, dit Duckworth. On devrait aller se boire une bière un de ces quatre, rattraper le temps perdu.

— Bien sûr, dit Weaver évasivement avant de mettre fin à l'appel.

Duckworth se disait qu'il aurait dû contacter son vieil ami plus tôt, mais il se disait surtout que Bill Gaynor n'allait

1. Voir *La Fille dans le rétroviseur*, *op. cit.*

avoir aucun mal à payer une nouvelle nounou pour s'occuper de Matthew.

Un million de dollars.

Quand l'inspecteur tomba sur David Harwood, qui sortait de chez Derek Cutter, il lui demanda ce qu'il faisait là.

— J'essaie de comprendre ce qui s'est passé, comme vous, lui répondit l'ancien journaliste en se dirigeant vers une vieille Taurus garée dans la rue.

Derek l'attendait à la porte du bas.

— Bonjour, Derek. Comment ça va depuis le temps ?

— Ça va.

— Et ton père ?

— Ça va.

Une fois dans l'appartement, l'inspecteur l'interrogea sur Marla Pickens.

— Je vais vous dire ce que je viens de raconter à l'autre type.

Ensuite Duckworth s'intéressa à la relation qu'il entretenait avec Mason Helt.

— J'ai cru comprendre que vous étiez amis.

— Ce que j'ai cru comprendre, moi, c'est qu'ils l'avaient exécuté !

— Tu savais que Mason suivait des femmes sur le campus, qu'il les agressait ?

— Vous pensez que si j'avais été au courant d'un truc pareil, je l'aurais laissé faire ?

— Tu n'en savais donc rien.

— Non. Et je n'y crois pas de toute façon. Pour ce qui est d'être accusé de quelque chose à tort, j'ai ma petite expérience.

Duckworth estimait qu'il s'était suffisamment excusé pour tout ça.

— Quand lui as-tu parlé pour la dernière fois ?

— Il y a peut-être une quinzaine de jours. On s'est croisés par hasard et il m'a invité à venir boire quelques bières chez lui. (Derek fit la moue.) Il m'a dit qu'il avait trouvé un petit boulot un peu bizarre. Une sorte de jeu de rôle. On suivait des cours de théâtre ensemble.

— Quel genre de jeu de rôle ?

— Je lui ai posé la question.

— Qu'a-t-il répondu ?

— Mason m'a dit que c'était un truc secret. J'ai pensé que c'était peut-être sexuel. Qu'un vieux l'avait engagé pour venir chez lui danser ou se désaper ou pour un jeu de rôle un peu pervers.

— Ça te vient d'où cette idée ? demanda Duckworth. On t'a déjà demandé de faire ce genre de chose ?

— Purée, non. C'est juste qu'il en faisait tout un mystère, alors je me suis posé des questions. Je suis revenu à la charge, et il a fini par me dire que c'était un peu comme ces acteurs qu'on engage pour jouer les malades, et les étudiants en médecine doivent poser un diagnostic.

— Oui, j'ai entendu parler de ça.

— Comme s'il faisait ça dans le cadre d'une étude, vous voyez. Mais il a aussi insinué que c'était un peu risqué. (Il secoua la tête.) Il avait raison.

— Est-ce que Mason a dit qui l'avait engagé ?

— Non, mais il m'a seulement annoncé qu'il pourrait me payer quelques tournées ces prochaines semaines avec ce qu'il était payé.

Ça collait avec les déclarations de Joyce Pilgrim. Mason, juste avant d'être abattu par Clive Duncomb, avait dit qu'il ne lui ferait pas de mal. Que l'agression était une sorte de mise en scène.

— Mason portait un sweat à capuche quand il a été abattu, dit Duckworth, avec le numéro vingt-trois dessus. Tu l'avais déjà vu avec ce vêtement ?

— C'est bizarre que vous me parliez de ça.

— Pourquoi ?

— La fois où je suis tombé sur lui, il revenait d'une boutique de sport de Promise Falls où vous pouvez acheter des lettres à coudre pour les blousons d'université, ce genre de chose. Il avait un sac en plastique blanc à la main, et je lui ai demandé ce qu'il y avait dedans. Il m'a répondu que c'était pour son boulot, mais il n'a pas voulu me le montrer. J'ai profité du moment où il est parti pisser pour jeter un œil à l'intérieur. Il y avait deux chiffres en tissu. Un deux et un trois. Ça signifie quoi, d'après vous, ce vingt-trois ?

— Je n'en sais rien.

— C'est peut-être une référence au psaume vingt-trois, suggéra Derek.

— Là, je vais avoir besoin de tes lumières, dit l'inspecteur. Je fais la grasse matinée le dimanche matin quand je ne suis pas en service.

— C'est que ça fait des années que je n'ai pas été à l'église moi non plus, mais mes parents m'envoyaient au catéchisme quand j'étais tout petit. Le psaume vingt-trois, c'est celui qui commence par « L'Éternel est mon berger ». Il y a un passage où ça parle de marcher dans la vallée de l'ombre de la mort, mais ça dit qu'il ne faut craindre aucun mal. Vous connaissez ?

— Ça me dit quelque chose en effet, reconnut Duckworth.

44

Trevor Duckworth avait rarement conduit un fourgon aussi peu vitré. Il y avait le pare-brise, bien entendu, et les deux vitres côtés conducteur et passager. Mais c'était tout. L'espace de chargement était totalement clos. Il n'y avait même pas de vitres sur les deux portières arrière.

C'était chiant, question visibilité.

Il s'était déjà retrouvé deux ou trois fois au volant d'une fourgonnette de location, pour aider quelqu'un à déménager, et il détestait faire marche arrière avec ces engins. On ne voyait pas où on allait. Il avait donc pris pour habitude de reculer tout doucement en espérant qu'en cas de collision avec quelque chose ou quelqu'un, il pourrait s'arrêter avant de faire trop de dégâts.

Mais après quelques jours de travail pour Finley Springs Water, il commençait à attraper le coup de main. Il parvenait à manœuvrer ce truc plutôt bien en s'aidant seulement des rétroviseurs fixés sur les deux portières. Il avait livré une centaine de packs d'eau à plusieurs supérettes de Promise Falls, et retournait à l'usine à vide. Il arriva devant les quais de chargement, enclencha la marche arrière au volant, braqua les roues et approcha le fourgon à quelques centimètres de la plateforme. Sans que le pare-chocs ne touche.

Pile-poil !

Il prit sur l'autre siège un porte-bloc où étaient listés les endroits où il était allé et les quantités livrées, et se dirigea vers le bureau avec la paperasse.

Bon Dieu, que son père pouvait être chiant parfois, à lui prendre la tête parce qu'il travaillait pour Randall Finley. On s'en foutait. Un boulot, c'est un boulot, et ça faisait trop longtemps qu'il ne bossait pas. Il n'avait pas arrêté de le harceler pour qu'il ramène une paie à la maison et maintenant que ça allait arriver, il lui faisait la gueule. Sa mère au moins avait l'air contente. C'était un truc bizarre chez elle. Elle pouvait être une grosse flippée. Comme quand il avait fait le tour de l'Europe avec Trish, et qu'il était resté injoignable pendant des semaines d'affilée. Mais depuis qu'il était de retour à Promise Falls, ça allait. Pour elle, tout problème finissait par avoir une solution. C'est à elle qu'il se confiait quand il avait un problème. Avec son père, c'était une autre histoire. Peut-être que c'était ça d'être flic. Vous faisiez chier tout le monde pour tout et n'importe quoi.

Et puis ce délire comme quoi Finley aurait pu l'engager pour avoir une sorte de moyen de pression sur lui. Parfois, songea Trevor, son paternel croyait que le monde entier tournait autour de lui.

Ce n'était pas plus mal qu'il ne lui ait pas dit comment il avait réellement décroché ce boulot chez Finley Springs. Ce n'était pas par une annonce en ligne. Pas tout à fait. OK, l'entreprise d'embouteillage avait posté des annonces sur Internet pour recruter des chauffeurs, mais on lui avait proposé le boulot directement. Il était chez Walgreens, en train d'acheter une demi-douzaine de plats cuisinés, à peu près la seule chose dont il se nourrissait ces temps-ci dans son appartement, quand un type qui marchait dans l'allée en sens inverse avait croisé son regard et lui avait dit :

— Hé, tu ne serais pas le fils de Barry ?

— Si.

L'homme lui avait tendu la main.

— Randy Finley. Je crois qu'on a dû se croiser il y a quelques années, quand tu n'étais qu'un gamin. Ton père et moi, on a un peu travaillé ensemble quand j'étais maire. Qu'est-ce que tu deviens ? J'ai entendu dire que tu avais visité l'Europe ? Avec la fille Vandenburg ? Trisha ?

— Trish.

Ils avaient causé de choses et d'autres. Finley lui avait demandé des nouvelles de son père. Il lui avait dit qu'ils ne se croisaient plus beaucoup, depuis qu'il avait renoncé à la politique et avait démarré une nouvelle activité. Est-ce que Trevor avait entendu parler de son usine d'embouteillage ?

— Si tu connais des gens qui cherchent du travail, envoie-les-moi. La ville périclite, mais nous, on embauche.

— Vous proposez quel genre de travail ?

— Eh bien, j'ai besoin de chauffeurs pour commencer.

— Je cherche plus ou moins du boulot.

— Sans blague ? Tu as ton permis ? (Trevor fit oui de la tête.) Viens me voir, alors.

Trevor avait décroché le boulot. S'il avait dit à son père comment ça s'était passé, on pouvait être sûr qu'il y aurait vu une manœuvre quelconque. Il lui aurait affirmé que Finley ne l'avait pas croisé par hasard, par exemple. Qu'il avait d'une manière ou d'une autre manigancé cette rencontre. Et comment Finley pouvait-il savoir qu'il avait voyagé en Europe avec Trish Vandenburg ? Eh bien, parce que Promise Falls, malgré ses trente mille habitants, était une petite ville à bien des égards.

Trish.

Il ne pensait plus à elle aussi souvent. Maintenant ce n'était plus que toutes les dix minutes, au lieu de cinq. Combien de fois lui avait-il demandé pardon ? Lui avait-il dit qu'il était désolé ? Que ce qu'il avait fait, ce n'était vraiment pas son genre ? Qu'il avait juste perdu la tête l'espace d'une seconde. Elle lui avait même dit un jour qu'elle lui avait pardonné. Mais elle n'était pas revenue pour autant.

« Crétin, crétin, crétin. »

Trevor aurait voulu pouvoir remonter le temps, recommencer de zéro. Mais voilà, vous faites une bêtise, et vous la payez toute votre vie.

Alors qu'il entrait discrètement dans le bureau pour déposer le porte-bloc, il sentit une main s'abattre sur son épaule.

— Alors, ça gaze ? demanda Finley.

Trevor Duckworth se retourna.

— Hé, ça va bien, monsieur Finley. Tout va bien.

— Je t'ai déjà dit de m'appeler Randy.

— Randy, oui. Je viens de faire une tournée, j'ai laissé le fourgon à quai pour qu'ils puissent recharger. Je crois que je vais livrer à Syracuse aujourd'hui.

— C'est super, vraiment super. (Le sourire de Finley était tellement rayonnant qu'il découvrait ses mauvaises dents.) J'allais me chercher un jus de chaussette. Tu en veux une tasse ?

Trevor n'en avait pas envie, mais il lui sembla que ce serait une mauvaise idée de refuser. Finley alla jusqu'à la machine à café posée sur une table dans un coin de la pièce, examina l'intérieur de deux mugs vides pour s'assurer qu'ils étaient à peu près propres, et les remplit.

— Tu sais quoi, je fais ce café avec notre eau minérale, mais il est quand même dégueulasse. Tu le veux comment ?

— Avec du lait, si vous avez.

— C'est tout ?

— Oui.

— Parce que moi, je rajoute en général quelque chose d'un peu plus fort. (Il alla à son bureau, ouvrit un tiroir et en sortit une bouteille de whisky. Il en versa un peu dans son café, tendit la bouteille à Trevor.) Tu veux ?

— Non, monsieur. Je veux dire, non merci, Randy. Je vais reprendre la route.

— Bien sûr. (Il remit la bouteille dans son tiroir. Posa une fesse sur le bord du bureau. But une gorgée.) Ça rend le mauvais café meilleur. Il n'y a pas grand-chose que ça ne rende pas meilleur.

Trevor prit une petite gorgée en souriant. Le patron avait raison. Il était dégueu son café.

— Tu te débrouilles comme un chef, dit Finley. Je me suis renseigné, et tout le monde est content de toi. Tu es nouveau, et tu as encore le temps de te planter, mais pour l'instant, ça va.

— Je suis content d'avoir ce boulot, dit Trevor. J'aime ça, conduire. Ça vous laisse le temps pour réfléchir.

— Ça, c'est sûr. Tu as des soucis ?

— Pas vraiment.

— Quand j'avais ton âge, j'étais surtout obsédé par le cul. (Il rit.) Non pas que ça ait beaucoup changé. Mais je suis officiellement un homme heureux en ménage.

— Oui, enfin, moi, vous savez…

— Et ce n'est pas pour me vanter, mais je m'en suis payé une bonne tranche. (En se tapotant la bedaine, il ajouta :) On a du mal à le croire, mais à une époque j'étais légèrement plus fringant. Aujourd'hui, quand je baisse les yeux, je ne trouve même plus ma queue. Même quand elle est au garde-à-vous. (Un autre sourire.) Mais du moment que *quelqu'un* arrive à la trouver, alors tout va pour le mieux dans le meilleur des mondes.

— C'est sûr, dit Trevor.

Finley pointa un doigt amical dans sa direction.

— Je vais te dire un truc : je peux donner l'impression d'être un porc parfois, mais…

— Pas du tout.

— Mais je traite toujours les femmes avec respect. Quand on se retrouve entre hommes, c'est sûr qu'il nous arrive de faire des remarques que des femmes pourraient trouver irrespectueuses, mais ce n'est pas notre intention, n'est-ce pas ?

— En effet.

— Mais quand on est avec elles, on les traite comme il faut. C'est ce que je fais, moi. J'admets qu'il y a eu cet incident il y a quelques années dont tu as peut-être entendu parler. J'ai, sans le vouloir, blessé une jeune femme…

— Oui, je m'en souviens, dit Trevor. Elle avait quinze ans, c'est ça ? (Il avait dit cela sans arrière-pensée, puis se rendit compte que cela pouvait être interprété comme un reproche et ajouta aussitôt :) Mais je peux me tromper.

— Non, non, tu as raison. Mes faiblesses sont bien connues. J'ai en effet fini par frapper cette femme, mais c'était un geste réflexe provoqué par une négligence de sa part dans un moment d'intimité.

Trevor le regarda avec un air d'incompréhension.

— Elle m'avait mordu la queue, finit par dire Finley. (Comme Trevor ne disait rien, l'ancien maire poursuivit :) Alors je peux comprendre que même un jeune homme bien intentionné comme toi puisse avoir un moment d'égarement.

Trevor sentit ses entrailles se retourner.

— Tu ne le sais peut-être pas, mais les Vandenburg et moi sommes amis depuis des lustres. Tu étais au courant ?

Trevor secoua la tête.

— Je connais Patricia, Trish, depuis qu'elle est toute petite. Une gamine adorable, et une jeune femme charmante. C'est dommage, ce qui s'est passé entre vous deux.

— Je… Je ne vois pas… Je devrais y aller.

— Non, tu restes où tu es. En fait, pourquoi tu ne fermes pas la porte ? Voilà, c'est bien. On va pouvoir se parler en tête à tête, toi et moi. (Il but une autre petite gorgée de son café amélioré.) J'ai la conviction que certaines personnes méritent une seconde chance. Le bénéfice du doute. Je parie que tu n'as jamais eu l'intention de faire du mal à cette fille.

— C'était…

— Un accident ? Eh bien, je ne suis pas sûr que ce soit le terme approprié. Ce n'est pas comme si tu lui étais rentré dedans avec ton chariot au supermarché.

Trevor rougit.

— Je n'ai jamais… Je veux dire, je lui ai dit que je regrettais.

— Tu réalises la chance que tu as ? Qu'elle ne t'ait pas fait inculper ? Parce que je peux te dire que ça lui a traversé l'esprit. (Il marqua un temps d'arrêt.) J'imagine que tu ne savais pas que t'engager était la *seconde* fleur que je te faisais.

— Je ne comprends pas.

— Trish, c'est comme ma nièce. Je suis son oncle non officiel.

— Vous avez parlé à Trish ?

— Je te dis que nous avons habité à côté des Vandenburg pendant des années. Quand tu lui as collé ton poing dans la figure…

— Je ne lui ai pas collé mon poing dans la figure, j'ai…

— Quand tu lui as collé ton poing dans la figure, c'est moi qu'elle est venue voir. Elle avait peur de se confier à Duffy et Mildred, tu sais, ses parents. Elle avait peur que Duffy te fasse sauter la cervelle avec son flingue. Elle m'a dit : « Aucun homme ne lèvera la main sur moi deux fois. » Trish est une jeune femme forte. À ce moment-là, elle en avait fini, et il n'y avait pas l'ombre d'une chance qu'elle se remette un jour avec toi. Elle se demandait simplement si elle devait porter plainte.

Trevor s'efforça de retrouver sa voix.

— C'était tellement stupide. Une dispute imbécile ; rien de plus. Je voulais retourner en Allemagne, peut-être trouver un travail là-bas, à quoi elle a répondu qu'il était temps de se fixer et de faire quelque chose de nos vies. Et elle a commencé à m'agresser, à me critiquer, à dire que je ne savais pas quoi faire de ma vie, et elle était là à agiter les mains, et j'ai cru qu'elle allait carrément me frapper. Alors j'ai voulu la repousser du revers de la main, mais j'ai fini par la gifler. C'était un putain d'accident. Je le jure.

— Trish m'a dit qu'elle était restée dans son appartement pendant trois jours le temps que les bleus s'estompent.

Trevor ne trouvait rien à répondre à cela.

— Elle m'a demandé conseil sur ce qu'elle devait faire. Je lui ai dit qu'elle était tout à fait en droit de te demander des comptes. Que tu l'avais agressée. J'ai même proposé de l'accompagner à la police de Promise Falls. Ils ont une femme à leur tête à présent, comme tu dois le savoir, et j'imagine qu'elle n'aurait pas apprécié le récit de tes exploits. Mais je lui ai aussi clairement exposé les différents écueils. Que, pour commencer, ton père était inspecteur de police, et que, pour cette raison, cette affaire susciterait beaucoup d'attention. Que ses parents apprendraient certains détails sur elle qu'elle préférerait peut-être leur cacher. Sans parler de ce qui pourrait ressortir concernant son propre passé. Non pas qu'il y ait eu quoi que ce soit de graveleux, mais dans un procès, les choses les plus innocentes peuvent être présentées sous un jour sordide. Personne n'est mieux placé que moi pour le savoir.

Il se tapota les cuisses et se décolla du bureau.

— Voilà, voilà.

— Pourquoi vous m'avez embauché ? demanda Trevor.

— Pourquoi ? fit Finley, dont le visage était un masque d'innocence. Parce que tu es un jeune homme honnête en recherche d'emploi. Et tu fais du très bon boulot. Quelle autre motivation pourrais-je avoir ?

— Et mon père ?

— Quoi, ton père ?

— Il a dit… Il a dit que vous m'aviez peut-être engagé pour l'atteindre d'une façon ou d'une autre.

Finley secoua la tête.

— Rien ne pourrait être plus éloigné de la vérité. Je n'en veux pas à ton père. C'est un homme bien. C'est tout le contraire. Je ne veux pas m'en prendre à lui, comme tu dis. En fait, hier encore, je lui ai offert de l'aider. Vois-tu, je vais me représenter à la mairie, et je pense que ton père ferait un bon chef de la police. Tout ce que je pourrais éventuellement lui demander, c'est de garder les oreilles grandes ouvertes. Par rapport à certaines choses qui se trament au sein des services de police. Des questions que je voudrai peut-être aborder pendant ma campagne.

— Qu'est-ce qu'il a dit ?

Finley sourit.

— Pas grand-chose. Mais peut-être qu'un jour tu voudras parler à ton père de la petite conversation qu'on a eue aujourd'hui, et peut-être qu'il sera plus enclin à être de mon côté. Qu'est-ce que tu en penses ? Sinon, je suppose que, quand tu rentres dîner à la maison le dimanche, tu entends des choses. Sur le travail de ton père. Des choses qui ne font peut-être pas partie du débat public. Si jamais ça t'intéressait de partager ce genre d'informations, je peux d'ores et déjà te dire que tu trouverais en moi une oreille attentive.

Trevor Duckworth déglutit avec difficulté. Il avait la bouche sèche. Il avait besoin d'un verre, mais la dernière chose dont il avait envie était une gorgée de Finley Springs Water.

— Je crois que je ferais mieux d'aller faire ma tournée à Syracuse.

— Bravo, dit Finley, ton implication dans ton travail me plaît.

45

Sarita Gomez regardait fixement son reflet dans la glace au-dessus du lavabo de la salle de bains quand quelqu'un frappa doucement à la porte de l'appartement de Marshall Kemper.

Elle se figea.

La police l'avait retrouvée. Ils avaient dû découvrir où elle travaillait et quelqu'un avait dû leur dire qu'elle fréquentait Kemper. Et maintenant ils étaient là. Elle avait été stupide de croire qu'elle pourrait rester cachée et s'en tirer sans dommage, elle le savait. Il fallait qu'elle quitte Promise Falls. Il fallait qu'elle s'en aille le plus loin et le plus vite possible.

Sarita sortit de la salle de bains et s'approcha de la porte de l'appartement, pieds nus, s'efforçant de marcher d'un pas léger pour ne pas faire grincer les lattes du parquet. Elle s'immobilisa à un mètre de la porte, retint son souffle.

Un nouveau coup.

Puis :

— Bébé, c'est moi !

Un chuchotement pressant.

Elle alla à la porte, tira le verrou, retira la chaînette. Marshall entra dans l'appartement avec un sac McDonald's.

— Le peti-déj', dit-il en posant le sac sur le comptoir du coin cuisine. (Il en sortit deux cafés, cinq sandwichs et cinq galettes de pommes de terre.) J'avais la dalle et j'ai supposé que toi aussi.

Il déballa un sandwich et mordit dedans, s'en fourrant presque un tiers dans la bouche d'un seul coup.

— Tu as tiré de l'argent ? demanda Sarita.

— Mmm mmm, marmonna Marshall.

— Je ne me sens pas en sécurité ici. Je veux prendre un train pour New York.

Marshall avait fait descendre suffisamment de nourriture pour parler :

— Je ne suis pas allé au distributeur. J'ai fait autre chose. Quelque chose qui va nous rapporter beaucoup. À nous deux.

Il lui tendit un sandwich qu'elle refusa.

— Qu'est-ce que tu as fait ?

— Il faut que tu m'écoutes, bébé. Je sais que ça te stressait, mais j'ai mis la machine en route. Ça va marcher. Ça va nous permettre de repartir de zéro dans de bonnes conditions.

— Dis-moi que tu n'as pas appelé M. Gaynor.

— Laisse-moi parler.

— Espèce d'idiot !

— Non, écoute !

Il tendit vers elle la main qui ne tenait pas le sandwich, mais Sarita recula. Il prit une rapide bouchée de pain brioché, d'œuf et de saucisse.

— Ça va marcher. Il va nous refiler cinquante mille dollars.

— Tu lui as parlé de moi ? Tu lui as dit que j'étais dans le coup ?

— Non, non. Je ne suis pas débile. Quand je dis nous, je veux dire que l'argent sera pour nous. Mais Gaynor pense qu'il ne négocie qu'avec moi, que je suis seul sur le coup, et il ne sait absolument pas à qui il a affaire.

— Je t'avais dit de ne pas faire ça.

— Arrête, tu n'as pas les idées claires parce que ça te touche de trop près. Moi, je prends du recul et je peux voir le tableau d'ensemble. Tu dois me faire confiance là-dessus. (Il consulta sa montre.) Il va m'appeler très bientôt. Si à dix heures et demie je n'ai pas eu de ses nouvelles, je lui ai dit que je balancerais tout aux flics. Tout ce que tu m'as dit.

— Tu ne peux pas faire ça. Tu ne peux pas aller à la police.

Marshall leva les yeux au ciel.

— Bien sûr que non ! Mais lui, il ne peut pas le savoir ! C'est là que réside la beauté du truc ! C'est pour ça qu'il va casquer les cinquante mille dollars. Un type comme lui, ça lui manquera même pas, ce fric. Mais pour nous, c'est l'occasion de prendre un nouveau départ.

— Tu ne fais qu'aggraver les choses. Ça va déjà mal et, à cause de toi, ça va empirer.

— Enfin, bébé. En quoi ce sera pire ? C'est une *solution*. C'est un moyen de se sortir de là.

— Tu m'avais dit que tu ne le ferais pas. Il faut que je parte. Il faut que je me tire d'ici.

— Accroche-toi. Juste un petit moment. Peut-être encore une heure ? Gaynor va m'appeler d'une seconde à l'autre. Je vais récupérer l'argent. Je reviens. On s'en va. Tout ce dont on a besoin, on pourra l'acheter en route.

Elle alla à la fenêtre, regarda dans la rue, s'éloigna. Fit les cent pas dans la pièce.

— Je voulais juste bien faire, dit-elle. Quand je l'ai vue, là, dans la cuisine, il fallait que je fasse quelque chose et…

— Et tu as bien fait. Ce n'est pas comme si tu pouvais laisser le môme sur place. Mais ça, c'est du passé. Maintenant on est…

Son téléphone portable sonna dans la poche avant de son jean.

Il balança son sandwich sur le comptoir, sortit le téléphone de sa poche et le plaqua contre son oreille.

— Pile à l'heure, monsieur Gaynor.

Sarita le regarda en secouant lentement la tête. Marshall posa un index sur ses lèvres quand elle articula *Non, non, non.*

— Ça n'a pas été facile, dit Bill Gaynor.

— Mais vous l'avez fait.

— J'ai l'argent.

— C'est parfait. Maintenant, voilà ce que je veux que vous fassiez. Vous connaissez le centre commercial de Promise Falls.

— Bien sûr.

— OK, alors je veux que vous mettiez l'argent dans un sac en toile recyclable. Vous en avez ?

— Oui.

— Il sera suffisamment grand ?

— Ça rentrera, dit Gaynor.

— Très bien, donc vous mettez l'argent dans le sac en toile. Il y a un vendeur de hot-dogs sur la gauche, et juste à côté, il y a une poubelle. Jetez-y le sac et partez.

— Je laisse l'argent dans la poubelle ?

— Je sais à quoi vous ressemblez, mais vous ne me connaissez pas. Et je m'assurerai que personne ne vous aura accompagné. Vous comprenez ?

— Je comprends.

— Parce que si vous tentez quoi que ce soit de ce genre, je vais direct chez les flics. C'est clair ?

— Je vous ai dit que je comprenais la situation.

— D'accord. Vous faites la livraison et vous giclez. C'est aussi simple que ça. Vous avez pris la bonne décision, Gaynor. Vous n'entendrez plus parler de moi après ça. Je ne vous taxerai pas une deuxième fois. J'ai une morale.

— Si vous le dites. Quand voulez-vous faire ça ?

Marshall regarda de nouveau sa montre. Sarita le vit réfléchir, minuter les choses.

— Dans une heure, dit-il. Ne soyez pas en retard.

— Comptez sur moi.

Gaynor coupa la communication. Marshall regarda Sarita et sourit.

— On va être riches, bébé.

— On n'est pas riche avec cinquante mille dollars, rétorqua-t-elle. Même quelqu'un d'aussi pauvre que moi sait que cinquante mille, ce n'est pas être riche. Tu es un idiot.

— Je finis mon sandwich et j'y vais. (Il posa la main sur sa nuque et l'attira à lui. L'embrassa.) Toi, tu attends. Je vais prendre soin de toi.

Marshall s'assit tout au bout de l'aire de restauration. Elle n'était pas aussi fréquentée qu'il l'avait espéré à onze heures du matin, un jour de semaine. Quelques personnes âgées prenaient un café, certaines, attablées en petits groupes, papotaient tranquillement. Elles arrivaient là avant l'ouverture des magasins. Elles faisaient leur petit tour, flânant d'un bout à l'autre du centre commercial, faisaient vingt ou trente fois l'aller et retour dans leurs chaussures de course ridicules. Après quoi elles prenaient un café et des donuts et s'asseyaient sur les bancs pour discuter pendant des heures. C'était la dernière étape avant Davidson Place.

Marshall acheta un journal et un coca et s'assit à une table qui lui permettait de voir le stand de hot-dogs et la poubelle voisine. C'était un de ces conteneurs avec une ouverture pour les déchets alimentaires, une autre pour les matières recyclables, et un emplacement prévu sur le dessus pour y déposer son plateau. L'aire de restauration se trouvant à l'extrémité d'une large allée, il ne pourrait pas rater Bill Gaynor.

Dix minutes après que Marshall s'était attablé, il vit un homme approcher.

L'homme tenait un bébé contre sa poitrine avec un bras, et un sac en toile de l'autre main. Au début Marshall se demanda qui pouvait bien venir payer un maître chanteur en emmenant un bébé. Puis il se rappela que la nounou ne s'était pas présentée ce jour-là.

« Quel con ! »

Il essaya de rester concentré sur la page des sports du *Times Union*, ce qu'on pouvait trouver de mieux en guise de quotidien désormais. Toutes les deux, trois secondes, il regardait l'homme à la dérobée.

Celui-ci se dirigea vers la poubelle en passant devant sa table.

Marshall avait des fourmis tout le long du corps. Tout cet argent, si proche. Quand Gaynor lui eut tourné le dos, il avait les yeux rivés sur le sac. Parvenu à la hauteur de la poubelle, Gaynor jeta un rapide coup d'œil à la ronde, poussa la trappe articulée et fourra le sac à l'intérieur. Tenant fermement son bébé de l'autre bras, il fit demi-tour et repartit dans la direction par laquelle il était arrivé. Marshall attendit qu'il soit hors de vue.

— C'est parti, dit-il. Il se leva en laissant son journal et son coca derrière lui, et se dirigea d'un bon pas vers la poubelle.

Tout à coup, un vieil homme assis à une table devant lui interrompit sa discussion avec trois autres seniors et se leva brusquement. Il s'approcha de la poubelle bien plus vite qu'on ne pouvait s'y attendre de la part d'un homme de son âge.

— Barre-toi, le vioque, dit Marshall dans sa barbe.

Le vieil homme ouvrit la trappe d'une main et plongea l'autre à l'intérieur.

— Hé ! cria Marshall en se précipitant. Hé !

Il lui prit le bras pour le sortir de la poubelle.

— Bas les pattes !

— Qu'est-ce que vous foutez ? demanda Marshall.

— Un type vient de jeter un sac en parfait état. (Il l'avait saisi et le sortait à travers l'ouverture.) Vous voyez. Il est très bien ce sac. Il n'y a aucune raison de jeter ce…

— Donnez-le-moi, dit Marshall. Il est à moi.

— Je l'ai trouvé ! se récria l'homme avant d'ajouter : Il y a quelque chose à l'intérieur.

— Il est à moi. Lâchez ça. Il l'a laissé là pour moi, pauvre abruti.

L'homme ne faisait pas le poids face à Marshall, qui lui arracha le sac des mains. Le vieux hurla de douleur.

— Vous m'avez tordu le bras, espèce de salaud !

— Je suis désolé, mais il est à moi !

Marshall s'enfuit.

Dans son dos, le vieil homme cria :

— Hé ! Il m'a cassé le bras !

« Ne t'arrête pas ! Ne te retourne pas ! »

Marshall manqua foncer dans les portes vitrées en se dirigeant vers le parking : elles étaient tellement lentes à s'ouvrir. Il sortit ses clés, déverrouilla le fourgon à quinze mètres de distance, sauta au volant et mit le contact. Il jeta le sac sur le siège à côté de lui, et sortit du parking aussi vite qu'il le put.

Moins de deux kilomètres plus loin, il s'arrêta sur le parking d'un Walmart et se saisit du sac.

Son cœur cognait et sa chemise était trempée de sueur. Mais qu'est-ce qu'il foutait, ce vieux, à farfouiller dans les ordures ?

Marshall estima que le sac aurait dû être un peu plus lourd qu'il ne l'était. Mais bon, il ne transportait pas cinquante mille dollars tous les quatre matins. C'était censé peser combien ?

Gaynor avait mis des journaux, pour recouvrir les billets sans doute. Marshall les jeta sur le plancher devant le siège passager, s'attendant à découvrir des liasses maintenues par des élastiques.

Il y avait une enveloppe. Une enveloppe ordinaire. Une enveloppe ordinaire très peu garnie.

— Nom de Dieu, il ne m'a quand même pas fait un chèque ?

Il la déchira, trouva une unique feuille de papier à l'intérieur. Gaynor y avait écrit le message suivant :

Il m'a paru imprudent de laisser l'argent dans la poubelle. J'ai un autre plan pour la livraison. Appelez-moi.

46

Agnes frappa doucement à la porte de la chambre d'hôpital avant d'entrer. Elle trouva Marla assise dans son lit, en train de boire du thé, son plateau de petit-déjeuner posé devant elle.

— On ne te l'a pas encore enlevé ? demanda Agnes.

— Les infirmières sont passées, mais je leur ai dit que je n'avais pas fini. Le thé est froid, mais ce n'est pas grave.

— Je vais appeler en bas pour qu'on t'en monte du chaud.

— Non, s'il te plaît, maman. Je sais qu'ils s'empresseront de faire tout ce que tu leur demanderas, mais je veux être traitée comme n'importe quelle autre patiente.

Agnes sourit.

— Tu n'es pas n'importe quelle patiente. Tu es ma fille. Et si je devais abuser de mon autorité, c'est maintenant que je le ferais. (Elle posa la main sur le bras nu de sa fille, quelques centimètres au-dessus de son poignet bandé.) Je vais te faire sortir d'ici. Tu seras mieux à la maison. C'est un bon hôpital… non, c'est un grand hôpital, quoi qu'en disent certains salauds avec leur classement, mais tu seras mieux avec nous.

— Ce serait bien, dit Marla faiblement.

— Comment te sens-tu ?

— Ça va. Le psychiatre est passé me voir tout à l'heure, et il va me donner quelque chose.

— Je sais. J'ai déjà arrangé ça. Est-ce que tu as l'impression que tu vas recommencer ?

Marla secoua la tête.

— Non. C'est juste que je me suis sentie débordée par tout ce qui se passait sur le moment. (Elle posa la main sur celle de sa mère.) Je t'assure, je ne recommencerai pas.

— Promis ?

— Je te le promets.

— Alors très bien, dit Agnes avec précaution. Ça me suffit.

— Carol est passée me voir, dit Marla. Je l'aime vraiment beaucoup.

— J'ai de la chance de l'avoir. Elle m'a dit ce matin qu'elle se faisait beaucoup de souci pour toi.

— C'est aussi ce qu'elle m'a dit. On ne s'est pas vues souvent, mais elle m'apprécie vraiment, on dirait.

— Et le Dr Sturgess ? Il est venu t'examiner ?

Marla fit non de la tête.

— Je ne l'ai pas vu de la journée.

— Non ?

— Bon, et si tu t'habillais ?

— Raconte-moi encore, dit Marla d'un ton songeur.

— Oh, mon ange, non.

— S'il te plaît. J'ai tellement de mal à me rappeler. Ça m'aide quand tu me racontes.

— Mais, ma chérie, c'est trop triste. C'est au-dessus de mes forces.

Les larmes lui montèrent aux yeux.

Marla, toujours assise, posa la tête sur l'oreiller et son regard s'égara vers le plafond, ses yeux ne se fixant sur rien en particulier.

— C'est triste, je sais. Mais j'ai quand même eu un enfant. Une belle petite fille. Et elle a vécu en moi pendant neuf mois, et je l'ai aimée, et je crois qu'elle m'a aimée en retour. Et je la pleure chaque jour. Je *veux* me la rappeler, ces quelques moments pendant lesquels j'ai pu la prendre dans mes bras. Mais c'est un souvenir qui m'échappe.

— Marla, ma chérie…

— S'il te plaît, maman ?

Agnes inspira longuement par le nez.

— D'accord, mais je ne pense pas que ce soit une bonne idée.

Marla attendit que sa mère commence.

— Après la délivrance, le docteur et moi… même si nous connaissions l'état du bébé, nous…

— D'Agatha.

— Je te demande pardon ?

— L'état d'Agatha. Agatha Beatrice Pickens n'a jamais été un bébé anonyme.

Agnes serra la main de sa fille.

— Bien sûr que non. Nous avons lavé Agatha, nous l'avons emmaillotée dans une couverture, et nous t'avons mis quelques oreillers dans le dos pour que tu puisses te redresser, et puis le Dr Sturgess a déposé Agatha dans tes bras pour que tu puisses la tenir quelques instants.

— Et dis-moi ce que j'ai fait.

— Tu…

Agnes s'interrompit un moment et détourna les yeux, mais elle ne lâcha pas la main de sa fille. Elle prit une nouvelle inspiration et, une fois calmée, continua.

— Tu as dévisagé Agatha et tu as dit qu'elle était belle.

— Je veux bien le croire.

— Tu as dit que c'était le plus bel enfant que tu aies jamais vu.

— Et après ? Je l'ai embrassée, non ?

Agnes ferma les yeux. Elle pouvait à peine parler. Les mots sortirent de sa bouche dans un chuchotement saccadé.

— Oui, tu l'as embrassée.

— Sur le front ?

— Oui, dit Agnes en ouvrant les yeux.

Ce fut au tour de Marla de fermer les siens.

— Quand je me concentre suffisamment, j'ai l'impression de pouvoir la sentir. J'arrive à me rappeler la sensation de sa peau sur mes lèvres. Et son odeur. Je suis sûre de pouvoir me rappeler son odeur. Et que s'est-il passé après ça ?

— Il a fallu la prendre, dit Agnes. Le docteur l'a emmenée. Et je t'ai laissée te reposer.

— J'étais très fatiguée. Je crois que j'ai dormi longtemps.

— Oui.

— Mais tu étais là à mon réveil, dit Marla, et elle sourit. Je suis désolée pour tous les embêtements que j'ai causés depuis. Je sais que ça ne va pas tout à fait bien dans ma tête, que je suis devenue un peu folle.

— Ne dis pas ça. Tu vas très bien. Tu es forte. Tu es une fille bien et je suis fière de toi. Tu es en train de remettre ta vie sur les rails.

Marla dévisagea sa mère.

— J'espère bien. Je ne pense pas t'avoir donné beaucoup de raisons d'être fière de moi.

Agnes se pencha au-dessus du lit et prit sa fille dans ses bras.

— Ne redis jamais ça.

— Mais je sais, dit Marla, la voix étouffée par l'épaule de sa mère, que tu t'es toujours souciée de l'opinion des gens. Je sais que je n'ai pas été à la hauteur de tes attentes.

— Arrête ça, dit Agnes. (Elle inspira profondément.) Je t'ai parlé de mon amie. Quand j'étais adolescente. Ma meilleure amie, Vera.

— Oui, maman.

Agnes sourit.

— Je t'ai parlé d'elle de nombreuses fois. À vingt-trois ans, six mois avant d'être diplômée de l'université du Connecticut, elle est tombée enceinte.

— Je sais.

— Je veux que tu écoutes. Il faut que tu entendes ça, même si je te l'ai déjà dit. C'est son professeur qui l'a mise enceinte, en fait. C'étaient des choses qui arrivaient à l'époque, des enseignants qui avaient des liaisons avec leurs étudiantes. C'était avant que l'on considère cela comme inapproprié, avant les politiques de lutte contre le harcèlement sexuel. Vera allait s'inscrire en fac de médecine après son diplôme ; elle voulait être chirurgienne, mais quand elle est tombée enceinte, tout a changé. Sa grossesse a été difficile, elle a dû renoncer à ses cours. Et, bien entendu, il y avait peu de chances que ce professeur quitte sa femme pour épouser Vera. Il a essayé de la convaincre d'interrompre sa grossesse, mais sa foi ne le lui permettait pas. Elle a donc eu cet enfant, et s'est retrouvée seule pour l'élever. Ses parents l'ont plus ou moins reniée, et aucun de ses rêves, aucun, n'a été concrétisé. Bien sûr, elle comptait avoir un bébé un jour, mais cet enfant est arrivé au mauvais moment pour elle. Sa vie aurait pu être différente, et j'ai le cœur serré chaque fois que je pense à elle.

— Maman, je sais…

— Ce que je dis, c'est que je sais combien tu dois être triste, combien cette tragédie a été dévastatrice pour toi. Mais peut-être, je ne sais pas, peut-être qu'il devait en être ainsi. Ce n'était pas le bon moment. Regarde-toi. Ces avis sur Internet, ça pourrait déboucher sur quelque chose de mieux, de plus gratifiant. Tu vas de l'avant. Ce qui est arrivé hier, c'est un accident de parcours. Un gros incident, évidemment, mais rien qu'un incident. Tu vas t'en sortir. Tu vas de l'avant.

Marla ferma brièvement les yeux. Elle était en train de s'assoupir.

— Commence à te préparer. Je vais aller appeler le Dr Sturgess pour lui faire savoir que je signe ta décharge.

— D'accord. (Marla marqua un temps d'arrêt.) Je dis parfois des choses méchantes sur toi, maman, mais je t'aime.

Agnes eut un sourire forcé, sortit dans le couloir, passa devant le bureau des infirmières, gratifiant le personnel d'un petit signe de tête, et continua dans le couloir jusqu'à la réserve à linge.

Elle entra, ferma la porte, s'y adossa pour être certaine que personne ne la surprendrait, mit la main sur sa bouche, et pleura.

47

David

De l'appartement de Derek, je me rendis à l'adresse de Marshall Kemper que j'avais obtenue de Mme Delaney à Davidson House.

Il habitait tout près de Samantha Worthington ; une maison réduite à une boîte blanche qui avait été divisée en deux. Il y avait deux portes en façade, repoussées aux extrémités de la maison, et deux fenêtres identiques à côté d'elles.

L'appartement de Kemper était le 36A Groveland Street, l'autre le 36B.

Je descendis de voiture, marchai jusqu'au 36A et, ne trouvant pas de sonnette, frappai à la porte. Pas de réponse. Je recommençai, plus fort cette fois.

Toujours rien.

J'approchai mon visage de la porte et appelai.

— Monsieur Kemper ? Vous êtes là ? Je m'appelle David Harwood ! Il faut que je vous parle !

Je cessai de crier et tendis l'oreille. Pas un bruit à l'intérieur.

J'allai frapper au 36B. Personne ne m'ouvrit, mais comme j'entendais une télé à l'intérieur, j'insistai. Quelques secondes plus tard, une vieille femme ouvrit lentement la porte.

— Oui ? fit-elle.

— Bonjour, je cherche Marshall Kemper.

Elle inclina la tête.

— C'est le jeune homme qui vit à côté. Vous vous êtes trompé de numéro.

— Je sais. Il n'est pas chez lui. Je me demandais si vous l'aviez vu.

— Qu'est-ce que vous lui voulez ?

— C'est un vieil ami. Je passais dans le coin, et je me suis dit que j'allais faire un saut chez lui. Ça fait un bout de temps que je ne l'ai pas vu.

La femme haussa les épaules.

— Je ne surveille pas ses allées et venues, mais comme je ne vois pas sa camionnette, j'imagine qu'il n'est pas chez lui. Vous êtes en train de me faire rater *Le Juste Prix*.

— Bien sûr, désolé. Merci pour votre aide.

Elle avait commencé à refermer la porte, mais elle s'arrêta, comme si quelque chose venait de lui traverser l'esprit.

— Lui et cette fille sont peut-être partis en vacances.

— Une fille ? Vous voulez dire Sarita ?

Nouveau haussement d'épaules.

— Ça se peut. Un joli brin de fille. Elle me dit toujours bonjour. Oh, c'est la vitrine. Faut que j'y aille.

Elle voulut fermer la porte, mais je la retins avec ma main.

— Quand l'avez-vous vue pour la dernière fois ? demandai-je.

— Quoi ?

— Quand avez-vous vu Sarita ?

Troisième haussement d'épaules.

— Hier soir, peut-être ? Je ne sais pas. Ça m'arrive de confondre les jours.

Cette fois, je la laissai fermer la porte.

Sarita, s'il s'agissait bien d'elle, s'était donc trouvée ici récemment. Depuis que Rosemary Gaynor avait été assassinée. Peut-être que Kemper l'avait hébergée, qu'il la cachait. Peut-être s'étaient-ils fait la malle ensemble. Ce qui suggérait fortement qu'ils avaient quelque chose à voir avec le meurtre. Plus j'avais du mal à trouver Sarita, plus il me semblait improbable que Marla ait tué cette femme.

Même si, jusqu'ici, je n'avais rien découvert qui fût susceptible de disculper ma cousine et que Derek se refusait à écarter catégoriquement l'idée qu'elle puisse être une meurtrière. Il avait dit que rien ne le surprendrait venant d'elle. Ce n'était pas le genre de déclaration qu'un avocat de la défense avait envie d'entendre à la barre, face à un jury.

Je retournai au 36A et cognai à la porte une fois encore.

— Sarita ? appelai-je. Sarita Gomez ? Vous êtes là ? Si vous êtes là, il faut vraiment que je vous parle. Je ne suis pas de la police. Je n'ai rien à voir avec eux. J'essaie d'aider une amie. Si vous êtes là, je vous en prie, ouvrez la porte et parlez-moi.

J'attendis.

Au bout de trente secondes, je mis ma main en visière et m'approchai de la fenêtre. Je distinguai un lit et un coin cuisine, deux chaises. Mais ne perçus aucun mouvement.

— Et merde, dis-je tout bas.

Alors que je retournais à ma voiture, mon téléphone sonna. Je regardai l'écran : c'était Finley.

— Comme va ? demanda-t-il.

— Très bien.

— Combien de temps je vais devoir attendre avant que vous commenciez à me donner un coup de main ?

— Je ne sais pas. Encore une journée, peut-être.

— Parce que ce boulot ne va pas vous attendre éternellement. Il y a des tas d'autres candidats qui ne demanderaient qu'à prendre la place que je vous ai promise.

— Alors vous devriez peut-être embaucher l'un d'entre eux.

— C'est vous que je veux, bordel ! Alors finissez ce que vous êtes en train de faire. J'entends dire qu'il se passe de drôles de trucs en ville. À part la ribambelle d'écureuils morts que j'ai découverts moi-même et la grande roue de Five Mountains qui s'est mise à tourner toute seule avec des mannequins porteurs d'un message flippant pour seuls passagers, et hier soir à Thackeray…

— Ne gaspillez pas votre salive.

— C'est grave, Harwood. J'ai comme l'impression que quelqu'un essaie de jouer avec les nerfs des braves gens de Promise Falls.

— Vous êtes en train de dire que tous ces événements sont liés ?

— Allez savoir ? Et même si ce n'est pas le cas, c'est le genre de chose que je peux utiliser. En disant aux gens qu'ils méritent de se sentir en sécurité dans leurs foyers, que…

— Ce n'étaient pas des paroles en l'air : ne gaspillez pas votre salive. Dès que je le pourrai je commencerai à travailler pour vous.

Finley grogna. La communication fut coupée. On a tous notre façon de dire au revoir.

Je m'assis au volant sans trop savoir ce que j'allais faire ensuite.

« Quand tu ne sais pas, retourne chez toi. » Je pourrais toujours revenir plus tard dans la journée, voir si Kemper ou Sarita avaient réapparu.

Ce ne fut pas mon inconscient qui me fit passer devant chez Samantha Worthington en retournant chez moi. C'était objectivement le trajet le plus direct. Mais comme j'approchais de son domicile, je me surpris à lever le pied de l'accélérateur.

Elle devait être à son travail à cette heure-là. Occupée à sa laverie automatique. Je ne savais pas laquelle c'était, ce qui était sans doute aussi bien. Autrement, j'aurais été capable de trouver un prétexte bidon pour y faire un saut.

J'imaginais très bien ce que ma mère aurait dit si elle m'avait vu passer la porte avec une corbeille de linge sale :

« Qu'est-ce qui te prend ? Tu n'iras pas faire laver ce linge à l'extérieur ! Tu me laisses ça tout de suite ! »

Ajoutez cela à la liste des raisons pour lesquelles il fallait que je déménage.

Ce à quoi je ne m'attendais pas, alors que je passais devant la maison de Samantha, c'était qu'elle en sorte au même moment.

Et me repère aussitôt.

Merde ! J'avais cinq secondes pour décider comment gérer la situation. Je pouvais accélérer brusquement, faire comme si je ne l'avais pas vue, mais ce serait lui laisser l'impression que je manigançais quelque chose, que j'avais quelque chose à cacher, que je la traquais.

Ce qui n'était pas le cas.

D'accord, passer devant chez elle la veille au soir était légèrement suspect, mais j'avais mes raisons : je me rendais simplement d'un point A à un point B.

Je pouvais lui faire un petit bonjour de la main et poursuivre ma route.

Mais cela aurait l'air stupide.

Je freinai. Pas trop fort. Pas suffisamment fort pour faire crisser les pneus. Un freinage fluide, sans à-coups. Je finis par m'arrêter le long du trottoir d'en face et descendis ma vitre.

— Salut, je me disais bien que c'était vous.

Elle s'avança sur le trottoir de l'autre côté de la rue. Souriante.

— Vous me surveillez ?

— C'est ça, dis-je. Juste devant chez vous, en plein jour. Je retournais chez mes parents. Vous ne travaillez pas aujourd'hui ?

Samantha secoua la tête.

— Si. Mais comme je vous l'ai dit, je peux laisser la laverie sans surveillance pendant de courtes périodes. Je suis rentrée déjeuner à la maison. J'y retourne, là.

— Merci encore.

— Pour quoi ? Pour la montre, ou pour ne pas vous avoir tiré dessus ?

— À vous de choisir, dis-je en souriant. Je vais vous laisser.

— Vous avez deux secondes ?

Je me mis en position parking, mais le moteur continuait à tourner.

— Qu'est-ce qu'il y a ?

— Je n'ai plus de wifi, et je pense que c'est le modem, mais je ne sais jamais comment redémarrer ce machin. Quand Carl va rentrer, il voudra se connecter.

Je hochai la tête, remontai la vitre, coupai le moteur et verrouillai la voiture. Je laissai passer un pick-up bleu aux vitres teintées et traversai la rue au pas de course.

— Vous êtes sûr que ça ne vous dérange pas ? demanda-t-elle. Je pourrais appeler quelqu'un.

— Certainement pas. Normalement, il suffit de le débrancher, d'attendre quelques secondes, de le rebrancher et d'attendre deux minutes. Si vous faites venir un type du câble, il vous prendra une centaine de dollars pour ça.

— C'est vraiment gentil à vous, dit-elle alors que nous marchions côte à côte jusqu'à sa porte d'entrée.

Elle sortit ses clés, déverrouilla la porte et l'ouvrit en grand.

— Où est le modem, Samantha ?

— Sam, dit-elle. Appelez-moi Sam. Il est juste là, sous la télé, avec le lecteur de DVD, la Nintendo et tout le bazar.

Sitôt la porte franchie, je m'étais retrouvé dans un petit salon, avec le meuble télé contre le mur. Je sortis mon téléphone et allai sur le menu des réglages pour voir si j'arrivais à capter un signal wifi. Rien.

Je me mis à genoux, soulevai le modem et débranchai le câble à l'arrière.

— Je peux vous offrir quelque chose ? demanda Sam. Un coca, une bière ?

— Ça va, merci. (Je comptai jusqu'à dix dans ma tête, puis rebranchai le câble.) Bon, voyons ce qui se passe maintenant.

La rangée de diodes sur le modem se mit à danser.

— Ça a l'air encourageant, dit Sam.

— Regardez si vous arrivez à vous connecter.

Elle avait un ordinateur portable sur une table dans un recoin en L du salon. Elle s'assit, pianota.

— Attendez. Oui, c'est bon, c'est connecté. Oh, c'est super. Merci pour ça.

Je me relevai et la rejoignis de l'autre côté de la table.

— Je vous en prie.

— Je vous ai googlé, dit-elle en baissant les yeux sur l'ordinateur. (Elle rit.) On dirait presque un truc cochon, non ?

Mais son sourire s'évanouit quand je lui demandai pourquoi elle avait fait ça.

— Ne le prenez pas mal. Je veux dire, j'ai surtout trouvé vos articles, quand vous écriviez pour le *Standard*.

J'en déduisis qu'ils n'avaient pas encore fermé le site Internet.

— Mais il y avait aussi des articles *sur* vous.

— Ah oui ?

— Je fais tout le temps ça avec les gens que je rencontre. Je les googlise. C'est juste de la curiosité. (Son expression se fit plus sérieuse.) Je n'avais aucune idée de ce que je trouverais. Je suis sincèrement désolée.

Je ne dis rien.

— Pour votre femme, Jan.

Je hochai la tête.

— C'est terrible. Vraiment tragique. Je ne m'attendais vraiment pas à tomber sur ce genre de chose. C'était surtout pour vérifier que vous n'étiez pas un tueur en série ou ce genre de psychopathe.

— Vous avez été rassurée ?

— Ces dernières années ont dû être difficiles.

— On s'arrange avec ce que la vie vous réserve, j'imagine. Pas moyen de faire autrement, je suppose.

— Je comprends. Je veux dire, je comprends vraiment. On a tous un passé, non ?

— Je suppose que oui. Et il faut vivre avec.

Elle se força à sourire.

— Que ça nous plaise ou non.

— C'est bien vrai.

J'avais l'impression que nous tournions en rond. Nous nous dévisagions, sans bouger, sans nous diriger vers la porte.

Sam effleura le creux à la base de son cou, le frotta légèrement. Le haut de sa poitrine se gonflait à chaque respiration.

— Ça fait combien de temps ?

J'attendis plusieurs secondes avant de répondre, voulant être sûr de comprendre le sens de sa question.

— Un bout de temps, dis-je. À Boston. Deux fois. Des histoires sans lendemain. Je suis… réticent. Je m'inquiète pour Ethan. J'essaie de limiter les complications.

— Pareil pour moi, dit Sam. (Un temps d'arrêt.) Je ne voudrais pas en créer de nouvelles. Mais… ça ne doit pas forcément porter à conséquence.

Je fis le tour de la table tandis qu'elle repoussait sa chaise et se levait. Cela arriva comme ça. Ma bouche trouva sa bouche. Nous étions deux personnes qui avaient traversé le désert et n'avaient pas bu une goutte d'eau tout le temps que ça avait pris.

Elle se retourna dans mes bras, me présenta son dos et se colla contre moi. Fort. Je passai mes bras sous elle et pris un sein dans chaque main. Trouvai ses tétons sous son chemisier et son soutien-gorge.

Sam bascula vers l'avant, posa ses paumes à plat sur la table.

— Ici, souffla-t-elle. Ici, maintenant.

Et pendant un moment, je laissai mes propres besoins prendre le pas sur ceux de Marla, de Randy ou de tous les autres. Peut-être même sur ceux de Sam.

Quand je repartis une heure plus tard, je remarquai un pick-up bleu garé un peu plus loin dans la rue, avec des vitres trop foncées pour savoir si quelqu'un se trouvait à l'intérieur, mais je n'y fis pas plus attention que cela.

48

— C'est quoi ça ! hurla Marshall dans le cocon de son fourgon noir, en regardant le mot que Bill Gaynor avait laissé à son intention dans le sac. Espèce de connard !

Alors comme ça, Gaynor avait décidé de modifier le lieu de la remise ? Il se prenait pour qui, putain ! Qu'est-ce qu'il croyait ? Que c'était lui qui dirigeait les opérations ?

« Fils de pute ! » se dit Marshall.

Est-ce qu'il ne serait pas en train de monter un coup ? De l'attirer dans une sorte de piège ? Difficile à dire, dans la mesure où il ne l'avait pas encore appelé pour savoir où il voulait remettre l'argent. Mais c'était louche, c'est sûr.

Cela dit, il avait peut-être ses raisons. Il suffisait de penser au vieux du centre commercial qui avait essayé de récupérer le sac. Pouvait-on reprocher à quelqu'un de rechigner à mettre cinquante mille dollars dans une poubelle ?

Alors ce n'était peut-être pas un piège. Gaynor était simplement prudent. Il ne voulait pas prendre le risque de voir l'argent tomber dans d'autres mains. Ce n'était probablement pas comme s'il pouvait trouver cinquante autres mille billets en claquant des doigts. À supposer que les rôles soient inversés. Est-ce que lui, il serait prêt à déposer autant de fric là où n'importe quel trouduc pouvait mettre la main dessus ? Sans doute pas.

Mais le fait est que Marshall était si proche de l'argent qu'il pouvait le sentir. Sarita et lui étaient prêts à tailler la route, à se bâtir une nouvelle vie. Alors il voulait croire que les motifs de Gaynor étaient sincères. Ce n'était pas maintenant que Marshall allait appeler les flics et voir l'argent lui passer sous le nez.

Il allait devoir faire ce que Gaynor lui demandait : l'appeler. À l'instant où il mit la main dans sa poche pour prendre son téléphone, celui-ci sonna, le faisant sursauter. Il ne reconnut pas le nom qui s'affichait sur l'écran : D. STEMPLE. Non, une minute. Ce n'était pas le nom de la voisine d'à côté ? Mme Stemple ?

— Allô ?

— Marshall ?

C'était Sarita. Il était logique qu'en cas de besoin, elle l'appelle avec le téléphone de la voisine. Il n'avait pas de ligne fixe dans son appartement, et Sarita n'avait jamais eu de portable.

Il entendit une télévision brailler en fond sonore, et Mme Stemple qui disait :

— Ce n'est pas un appel longue distance au moins ?

— Non, lui répondit Sarita. (Puis, à Marshall :) Un homme est venu.

— Quoi ?

— Il faut que je parte d'ici. Je ne peux pas rester plus longtemps.

— Quel homme ?

— Il a frappé à la porte en demandant après toi. Je me suis cachée derrière le lit. Je n'ai pas bougé. Il t'a appelé et puis il est allé chez la voisine. Je suis chez elle, là. Chez la dame qui vit à côté.

— Ouais, ouais, je sais. J'ai vu son nom sur mon portable.

— Il est retourné devant ton appartement, et cette fois il m'a appelée, moi.

— Merde. C'était un flic ?

— Je ne sais pas. Il a dit que non à Mme Stemple.

— Il n'y a qu'un flic pour dire ça.

— Il a dit qu'il s'appelait David Harwood, qu'il avait besoin de me parler, qu'il essayait d'aider une amie.

— Et ensuite ?

— Il a laissé tomber. J'ai entendu une voiture démarrer, et quand j'ai jeté un coup d'œil dehors, il n'y avait personne. L'homme était parti, plus de voiture.

— Alors ça va. On est bon.

— Il faut que je parte d'ici. Si cet homme m'a trouvée ici, la police ne va pas tarder à le faire.

— OK, OK, je comprends que tu aies peur. Je comprends. Mais tiens bon. Dans une heure environ, tout sera fini. Tu verras.

— Tu as l'argent ?

— Pas encore. Mais ça ne va pas tarder.

— Oublie l'argent. Ce que tu fais, c'est mal. Il faut que tu…

— S'il te plaît, laisse-moi faire ça pour toi. Pour nous. Fais-moi confiance. Je dois te laisser. Je ne serai pas long.

Marshall raccrocha. Il fallait qu'il reprenne contact avec Gaynor pour savoir où celui-ci voulait déposer l'argent. Gaynor répondit à la première sonnerie.

— Vous n'auriez pas dû faire ça, dit Marshall. Vous n'auriez pas dû changer de plan. Je vous avais prévenu, je vais aller à la police. Je vais le faire !

— Je suis désolé, sincèrement désolé. C'est juste que…

— C'est moi qui commande, vu ? C'est moi qui mène le jeu, dit Marshall en s'efforçant d'empêcher sa voix de trembler.

— Je sais, je sais, dit Gaynor sur un ton qui se voulait rassurant. Je comprends bien. Mais je n'ai pas pu le faire. Ce n'était pas prudent. Je me suis dit que quelqu'un pourrait prendre l'argent. Le centre commercial est tellement fréquenté. Des tas de gens pouvaient me voir.

— D'accord, très bien. Laissez-moi réfléchir à un autre endroit où…

— Ce n'est pas la peine. C'est déjà fait.

— Quoi ?

— Je l'ai déposé quelque part. Dans un endroit bien plus sûr.

— Holà, pas si vite ! Ce n'est pas vous qui décidez où mettre l'argent. C'est moi. C'est comme ça que ça marche.

Ce type n'était donc jamais allé au cinéma ? Est-ce que c'étaient les parents du gamin kidnappé qui choisissaient où déposer l'argent ? Ce n'était pas comme ça qu'on s'y prenait.

— Je n'ai jamais été mêlé à quelque chose de semblable, dit Gaynor. Il y a un putain de manuel que je suis censé suivre ? Vous voulez l'argent ou pas ?

C'était la question, n'est-ce pas ? Et Marshall connaissait la réponse.

— Bon, très bien, il est où ?

— Dans une boîte aux lettres, dit Gaynor.

Ce n'était peut-être pas une si mauvaise idée, songea Marshall. Mettre l'argent dans un casier fermé à l'intérieur d'un bureau de poste. Il y aurait peut-être des caméras, mais il pourrait porter un chapeau ou quelque chose pour qu'on ne voie pas son visage. Mais comment Gaynor comptait-il s'y prendre pour lui faire parvenir la clé ?

Alors Marshall Kemper posa la question.

— Pas ce genre de boîte aux lettres, répondit Gaynor. La boîte se trouve à la campagne, en bord de route.

— Quoi ?

— C'est parfait. C'est au milieu de nulle part. Personne ne vous verra prendre l'argent. Même le facteur ne passe pas avant le milieu de l'après-midi.

— Vous dites que vous avez déposé l'argent dedans ?

— Oui. Je vais vous dire comment y aller.

Qu'était-il censé faire ? Lui dire qu'il pouvait toujours courir ? Dire à Gaynor d'aller récupérer l'argent et le déposer ailleurs ?

Non, ça prendrait trop de temps. Si l'argent était dans la boîte aux lettres, il pouvait aller le chercher, foncer chez lui, prendre les affaires de Sarita, les balancer dans le fourgon et mettre les voiles. S'il exigeait un troisième point de livraison, il faudrait compter une heure, une heure et demie de plus.

— OK, elle est où cette boîte aux lettres ? demanda Marshall.

Une route de campagne à environ dix kilomètres de Promise Falls, expliqua Gaynor. Au milieu des champs et des bois. Sans aucune habitation alentour, précisa-t-il. La boîte aux lettres se trouvait au départ d'une petite route privée qui conduisait dans la forêt.

— Vous voyez ces lettres autocollantes penchées qu'on peut trouver chez Home Depot ? demanda Gaynor. Le propriétaire s'en est servi pour écrire son nom, « Boone », sur le côté. Le petit drapeau en métal sera abaissé. S'il était relevé, quelqu'un pourrait penser qu'il y a quelque chose à l'intérieur.

— Si l'argent n'y est pas, avertit Marshall en essayant d'avoir l'air dur. Je vais à la police.

Il jeta le téléphone sur le siège à côté de lui et mit les gaz.

Marshall n'eut aucun mal à trouver la boîte aux lettres, qui était telle que Gaynor l'avait décrite : parfaitement isolée, aucune habitation en vue. Et presque aucune voiture sur la route. Il avait baissé les vitres de devant pour laisser entrer le bon air de la campagne.

Marshall commença par effectuer une petite reconnaissance. Il ralentit à peine quand il aperçut la boîte de M. Boone. Il continua à rouler jusqu'au carrefour suivant.

Il ne repéra pas une seule voiture dans un rayon de six kilomètres autour de la boîte aux lettres.

C'était peut-être une première pour lui, mais Marshall Kemper n'était pas un pigeon.

Il fit demi-tour et s'arrêta au niveau du chemin privé. Celui-ci conduisait effectivement dans une forêt épaisse. Il devait y avoir une maison perdue en plein milieu quelque part. Une cabane de chasse, peut-être.

La lisière des arbres était tout près de la route.

La portière côté passager se trouvait à une soixantaine de centimètres de la boîte aux lettres. Une boîte en aluminium rouillé d'environ vingt-cinq centimètres de haut pour soixante centimètres de long. En forme de grange, avec un toit arrondi. Il fit le tour du fourgon et se planta devant, abaissa la trappe qui grinçait, et vit un paquet, comme Gaynor l'avait promis.

Pas un sac en toile recyclable, mais quelque chose de la taille d'une boîte à chaussures, enveloppé de papier kraft et ficelé. Il sortit le paquet de la boîte, referma la trappe, et retourna à sa camionnette.

Alors qu'il se mettait au volant, il sentit un objet pointu le piquer au cou.

— Bon Dieu ! cria-t-il.

Le paquet lui tomba des mains et heurta l'allée de gravier.

Pendant une fraction de seconde, il crut qu'il avait été piqué par une guêpe. Mais quand il tourna la tête, il vit qu'il y avait quelqu'un sur le siège passager.

Un homme, une bonne cinquantaine d'années, joli costume.

Avec une seringue à la main.

— Qu'est-ce… Qu'est-ce que vous avez fait, bordel ?! dit Marshall.

Il se donna une claque dans le cou, là où l'aiguille s'était enfoncée.

L'homme pointa la seringue sur Marshall pour le dissuader de s'attaquer à lui, comme il l'aurait fait d'une arme de poing.

— Écoutez-moi, dit-il. Vous n'avez pas beaucoup de temps. Vous devez commencer à sentir les premiers effets. Ça agit vite.

L'homme avait raison. Marshall sentait ses bras s'engourdir. Sa tête se transformer en boule de bowling.

— Qu'est-ce que vous avez fait ?

— Écoutez-moi, répéta-t-il. J'ai une seconde seringue. Elle neutralisera les effets de l'injection que je viens de vous faire. Sinon vous allez mourir.

— Comme une anecdote ?

— Oui, c'est un peu ça. Mais il ne vous reste plus beaucoup de temps.

— Alors prenez l'aut' s'ringue !

Bon Dieu, c'était vraiment rapide. Sa langue gonflait comme une éponge.

— Dès que vous aurez répondu à mes questions. Comment avez-vous découvert ce que vous savez sur Gaynor ?

— J'le sais, c'tout.

— C'est Sarita ?

Marshall fit non de la tête.

— L'horloge tourne, rappela l'inconnu. Où est-elle ?

Marshall essaya de secouer la tête, mais il avait de plus en plus de mal à la bouger.

— J'vous… dirai… pas…

— Tic-tac.

— Elle est… chez moi.

— Là, maintenant ?

Un autre faible hochement de tête.

— Où habitez-vous ?

Marshall s'efforça de former les mots, mais il n'arrivait pas à articuler. L'homme ouvrit la boîte à gants du fourgon et fouilla dedans jusqu'à ce qu'il trouve la carte grise et les papiers de l'assurance.

— C'est toujours cette adresse ? demanda l'homme. Groveland Street ? Appartement 36A ?

Nouveau hochement de tête.

— C'est bien. C'est tout ce que je voulais savoir.

Rassemblant ses dernières forces, Marshall supplia :

— Autre… s'ringue.

— Il n'y a pas d'autre seringue.

Marshall commença à faire entendre des râles de suffocation, se pencha en avant, posa la tête sur le volant.

Un autre homme approcha du fourgon côté passager.

— Il te l'a dit, Jack ?

— Oui. Je sais où est Sarita. Ce trou, ça avance, Bill ?

Bill Gaynor leva ses mains sales.

— J'ai trois putains d'ampoules.

Penchant la tête vers Marshall Kemper, Jack Sturgess dit :

— Ce n'est pas à lui qu'il faut le reprocher.

49

Un e-mail envoyé par Mme Selfridge contenant les numéros de téléphone que Sarita avait composés sur la ligne fixe de la vieille dame arriva sur le portable de l'inspecteur Barry Duckworth peu de temps après qu'il eut quitté le domicile de Derek Cutter. Il appuya sur un numéro déjà surligné, espérant que la personne qui décrocherait pourrait lui être utile.

Il eut de la chance.

— Davidson House, dit une femme. Avec qui souhaitez-vous être mis en communication ?

— Désolé, j'ai fait un faux numéro, répondit-il, et il se rendit directement sur place.

Peu après son arrivée, on le présenta à une certaine Mme Delaney, qui lui confirma que Sarita Gomez travaillait effectivement pour eux, mais elle ajouta qu'elle n'était pas venue aujourd'hui.

— J'ai déjà raconté tout ça à l'autre monsieur.

— Quel autre monsieur ?

Mme Delaney réfléchit.

— Je ne crois pas qu'il m'ait donné son nom. Mais il a dit qu'il menait une enquête.

— Il ressemblait à quoi ?

L'homme que lui décrivit Mme Delaney pouvait être David Harwood, mais aussi un certain nombre d'autres hommes.

— Que lui avez-vous dit ?

— Eh bien, je lui ai parlé de M. Kemper.

— Qui est-ce ?

Mme Delaney lui donna les coordonnées de Kemper, comme elle l'avait fait pour l'autre visiteur.

Duckworth se gara devant le domicile de Kemper et alla cogner vigoureusement à la porte.

— Monsieur Kemper ! Marshall Kemper ! C'est la police !

Duckworth jeta un coup d'œil par la fenêtre, ne perçut aucun signe de vie. Il fit le tour de la maison et regarda par une autre fenêtre donnant sur l'arrière. Il pouvait voir presque la totalité de l'appartement.

Il retourna frapper de nouveau à la porte d'entrée.

— S'il y a quelqu'un, il faut ouvrir la porte ! Je m'appelle Barry Duckworth et je suis inspecteur de police à Promise Falls !

Rien.

Il marcha d'un pas énergique jusqu'à la porte d'à côté, toqua tout aussi énergiquement. Une trentaine de secondes plus tard, une dame âgée ouvrit lentement la porte. Dès qu'il la vit, Duckworth regretta d'avoir frappé avec autant de force.

— C'est quoi, ce raffut ? demanda-t-elle, alors qu'une télévision beuglait en fond sonore.

— Je suis de la police. Désolé pour le bruit.

Duckworth sortit sa plaque et la montra à la femme. Sans précipitation, pour lui laisser tout le temps de l'examiner.

— C'est bon, dit-elle. Vous êtes reçu à l'examen.

— Comment vous appelez-vous ?

— Doris Stemple.

— Seriez-vous la propriétaire, par hasard ? C'est vous qui louez le logement voisin ?

Elle fit non de la tête.

— Le nom du propriétaire, c'est Byron Hinkley. Il vit à Albany. Il passe une fois par mois pour tondre la pelouse, si j'ai de la chance. Mais si vous avez un robinet qui fuit ou autre chose, faut pas trop compter sur lui.

— Je cherche Marshall Kemper.

— Eh bien, il habite à côté.

— Vous l'avez vu récemment ?

— Il a des ennuis ?

— Madame Stemple, avez-vous M. Kemper récemment ?

— Je l'ai vu partir dans la matinée, je crois bien. Enfin, j'ai entendu sa camionnette.

— Était-il avec une femme ? Une certaine Sarita Gomez.

— La Mexicaine, oui. Je crois qu'elle a mis les bouts avec lui.

— Quand ça ?

— Comme j'ai dit à mon autre visiteur, ils avaient l'air pressés de partir.

— Ils vous ont dit quelque chose ?

— Je faisais que regarder depuis ma porte. Ils ne m'ont sûrement pas vue.

— Avez-vous remarqué quoi que ce soit de bizarre ces dernières vingt-quatre heures ? Des allées et venues étranges ? Des visites inhabituelles ?

Doris Stemple secoua la tête.

— Je vais pas mentir. Je suis un peu commère sur les bords. Mais je n'ai rien vu de bizarre ces derniers temps. Il y a un gosse dans la rue, il a dans les neuf ans, et il aime se balader avec les parties à l'air ; il n'est pas bien dans sa tête. Mais à part ça, il ne se passe pas grand-chose par ici.

Duckworth lui donna une carte de visite.

— Si vous voyez M. Kemper ou sa petite amie, vous vous voudrez bien m'appeler ? Et si vous les voyez, ne leur dites pas que je les cherche. Il faut vraiment que je leur parle.

Elle agita la carte de visite en l'air avec ses mains osseuses.

— Dacodac, dit-elle. Je vais retourner regarder la télé, si ça vous fait rien.

— Bien sûr, dit Duckworth. Merci pour votre disponibilité.

Il reprit le volant et décida de retourner au poste. Il attendait toujours des nouvelles de l'hôtel de Boston où Bill Gaynor avait séjourné. Il voulait savoir s'il l'avait quitté pour rentrer chez lui à l'heure qu'il avait indiquée.

Doris Stemple referma la porte de son appartement, mit le verrou, et appela en direction de la salle de bains.

— C'est bon, vous pouvez sortir.

Sarita Gomez émergea lentement.

— Il est parti ?

— Il est parti.

— Il était de la police ?

— Un policier de la police, dit la femme en regagnant son fauteuil inclinable qui était en position presque verticale.

Elle se cala contre le dossier rembourré, saisit une petite télécommande noire reliée au fauteuil par un câble noir, appuya sur un bouton, et le siège s'abaissa lentement jusqu'à l'horizontale, son moteur ronronna doucement pendant toute l'opération. À la fin, ses yeux étaient exactement à la même hauteur que la télévision.

— Je peux encore me servir de votre téléphone ? demanda Sarita.

— Vous essayez toujours de contacter votre petit copain ?

— C'est ça.

— C'est bon, allez-y. Je vous demande juste de ne passer aucun appel au Mexique.

— Vous pouvez compter sur moi.

Elle composa le même numéro qu'elle avait tenté de joindre ces quinze dernières minutes. Marshall ne répondait pas. Elle tombait chaque fois sur sa messagerie.

— Marshall, quand tu auras ce message, appelle Mme Stemple. *S'il te plaît.*

Sarita raccrocha, traversa lentement la pièce, et s'assit sur le fauteuil à côté de la vieille femme. Celle-ci tendit le bras et lui tapota la main.

— Toujours rien ?

Sarita secoua la tête.

— Il est arrivé quelque chose.

— Il était parti faire quoi ?

— Une très, très grosse bêtise.

— C'est bien les hommes, ça. Chaque fois qu'ils font quelque chose d'intelligent, ça devrait s'afficher sur le bandeau qui défile en bas de l'écran sur CNN. Ça nous changerait.

Sarita tira un mouchoir en papier de la boîte qui se trouvait sur la petite table à côté de Mme Temple. Elle se tamponna les yeux et se moucha.

— Ça doit être sérieux, pour que la police vienne ici et vous cherche tous les deux, dit la vieille dame.

— Oui, dit Sarita, mais je ne suis pas une mauvaise personne. Je voulais juste bien faire. Mais maintenant, je vais devoir m'enfuir.

— Vous ne m'avez pas l'air d'une mauvaise personne, mais plutôt d'une gentille fille.

— Je ne peux pas attendre Marshall beaucoup plus longtemps. Je vais faire ma valise et partir d'ici, mais, si ça ne vous dérange pas, j'aimerais rester chez vous un moment. Au cas où Marshall appellerait, et pour être sûre que ce policier ne reviendra pas chez lui.

— Ça me va. Je n'ai pas beaucoup de compagnie.

— Je vais essayer de le rappeler.

— Vous l'avez fait il y a une minute.

Sarita quitta son fauteuil et fit une nouvelle tentative. Quinze secondes plus tard, elle venait se rasseoir.

Elle prit un autre mouchoir pour se sécher les yeux.

— Je crois que quelque chose a mal tourné. Peut-être qu'il a été arrêté.

— Ce ne sont pas mes oignons, mais vous ne voulez pas me dire quel genre d'ennuis vous avez ?

— J'ai… J'ai découvert quelque chose. J'ai entendu des choses, et je les ai répétées à quelqu'un. À Mme Gaynor. C'est la dame pour qui je travaillais. Je pensais que c'était ce qu'il fallait faire. Je lui ai dit quelque chose qu'elle n'était pas censée savoir, je suppose. (Elle avait la gorge serrée.) Et maintenant elle est morte.

— Mon Dieu. Vous savez qui a tué cette femme ? J'ai vu ça aux infos.

— Je n'en suis pas sûre. Mais M. Gaynor… je ne l'ai jamais aimé. Je ne lui ai jamais fait confiance. Il y a quelque chose qui ne va pas chez lui. Quand je l'ai trouvée…

Elle dut s'interrompre. Elle écarquilla les yeux, comme si elle voyait quelque chose qui, dans son souvenir, avait plus de réalité que ce qui l'entourait.

— Quand je l'ai trouvée, j'ai essayé de remettre les choses en ordre.

— Quelles choses, ma chérie ?

Sarita n'entendit pas la question.

— Mais je n'ai pas fait assez. J'aurais dû expliquer. (Elle se tourna vers la vieille femme.) Je… Je suis désolée d'avoir à vous demander ça, mais vous n'auriez pas un peu d'argent ?

— De l'argent ?

— Il faut que j'aille à New York. Peut-être en car, ou en train. Mais avant ça, je dois aller à Albany. Je vous dirais bien que je vous rembourserai, mais je ne suis pas sûre de pouvoir le faire. Pas de sitôt. Si vous aviez de quoi me dépanner… Mais je vous dis la vérité, vous ne reverrez sans doute jamais cet argent.

La vieille femme sourit.

— Ne bougez pas de là.

Elle se saisit de la télécommande du fauteuil et lentement, presque comme par magie, elle se retrouva en position debout. Elle gagna sa chambre à petits pas, où on l'entendit ouvrir et fermer plusieurs tiroirs. Elle revint avec plusieurs billets à la main, qu'elle tendit à Sarita.

— Voilà quatre cent vingt-cinq dollars.

Sarita paraissait au bord des larmes.

— Je ne sais pas comment vous remercier.

— Je parie que personne ne vous a jamais donné de pourboire pour tout le travail que vous faites à Davidson Place.

Sarita secoua la tête.

— Eh bien, voilà, prenez ça et filez.

— Merci. Merci beaucoup. Pour ça, et parce que vous ne m'avez pas dénoncée quand le policier est venu frapper à la porte.

— Il n'y a pas de quoi.

— Je ne voudrais surtout pas vous attirer d'ennuis.

Mme Stemple eut un haussement d'épaules.

— J'ai déjà eu affaire à des flics. Quand j'avais votre âge, je travaillais de nuit dans un bar. Je les avais constamment sur le dos. Alors je ne sais pas ce que vous avez fait avec votre copain, ma chérie, mais je n'en ai rien à cirer.

50

Walden Fisher marchait jusqu'au cimetière de Promise Falls presque tous les jours. Il aimait s'y rendre après le petit-déjeuner, mais après avoir ramené Victor Rooney à son fourgon, il avait décidé de faire quelques courses, et sa visite au cimetière avait été repoussée à la mi-journée.

L'important, c'était d'y aller.

Il n'avait commencé à en faire son exercice quotidien qu'après la mort de Beth. Il aurait voulu s'y rendre plus souvent pour se recueillir et dire quelques mots sur la tombe de sa fille Olivia, mais Beth refusait de l'accompagner. C'était trop perturbant pour elle. Même quand ils ne faisaient que se balader en ville en voiture, Walden devait faire en sorte d'éviter de passer par le cimetière. Il suffisait que Beth aperçoive ses grilles pour être bouleversée.

Parfois le soir, et le week-end, quand il ne travaillait pas, Walden disait à Beth qu'il faisait un saut chez Home Depot, et allait rendre visite à sa fille. Mais on ne pouvait pas justifier une visite quotidienne au géant du bricolage. Aucune habitation ne nécessitait un tel entretien. Si bien qu'il n'y était plus allé qu'une fois par semaine environ.

Maintenant que Beth n'était plus là, sa femme et sa fille partageant la même concession, plus rien ne l'empêchait de venir aussi souvent qu'il le souhaitait.

Il s'agenouilla entre les deux tombes et posa une main sur chacune d'elles.

— Bonjour, mes chéries. C'est une magnifique journée. Le soleil brille. Tout le monde espère qu'on aura beau temps pour le week-end du Memorial Day. Encore deux semaines. Ça ne sert à rien d'écouter les prévisions des présentateurs météo. Ils sont incapables de prévoir le temps qu'il va faire demain, alors qui sait ce que nous réserve ce long week-end. Je ne vais nulle part, bien entendu. Je serai là, avec vous.

Il marqua un temps d'arrêt, se concentra sur les mots « Elizabeth Fisher » gravés dans le granite.

— L'autre jour, je n'arrêtais pas de penser à cette recette de poulet au paprika que tu faisais tout le temps. J'ai regardé dans ta boîte de fiches recettes et dans tous tes livres de cuisine, mais impossible de la retrouver. Et puis je me suis dit que tu ne l'avais sans doute jamais notée nulle part, cette recette, que tu la faisais de tête. Alors je me suis dit que j'allais tenter le coup. Parce que je ne fais presque jamais aucun effort pour le dîner. Beaucoup de plats cuisinés, des trucs qu'on passe au micro-ondes, le genre de nourriture que tu n'avais jamais autorisée à la maison. Je me suis donc décidé à cuisiner quelque chose. Ça ne devait pas être sorcier. On prend du poulet, du paprika, et on met ça au four. Alors j'ai acheté du poulet et je me suis lancé. Tu n'as jamais remarqué à quel point le paprika et le poivre de Cayenne se ressemblent ? (Il secoua la tête.) La première bouchée a bien failli me tuer. J'ai été pris d'une quinte de toux et j'ai dû avaler un verre d'eau en quatrième vitesse. Tu aurais bien rigolé. Il fallait voir ça, je te jure. Alors j'ai tout jeté à la poubelle et je suis allé chez KFC acheter du poulet que j'ai rapporté à la maison.

Walden se tut un moment. Puis :

— Vous me manquez tellement, toutes les deux. Vous étiez tout mon univers ; voilà ce que vous étiez.

Il se tourna vers la tombe d'Olivia.

— Tu avais toute la vie devant toi. Tu venais de finir tes études, prête à voler de tes propres ailes. Celui qui t'a fait ça, il ne t'a pas seulement enlevée à moi. Il a aussi tué ta mère. Ça a simplement pris plus de temps pour elle. Elle avait le cœur brisé, c'est ça qui a provoqué son cancer. Je le sais. Et j'imagine que si on peut mourir de chagrin, il finira par m'avoir, moi aussi. Bien sûr, il n'y a pas que lui qui m'a brisé le cœur. Beaucoup de gens ont des choses à se reprocher. À vrai dire, je ne devrais pas tarder à vous rejoindre. Nous serons bientôt réunis à nouveau, et ça vous enlève la peur de mourir, une telle perspective. Vraiment. J'en suis presque arrivé au stade où je peux me lever le matin et me dire : « Si ça arrive aujourd'hui, ça me va. Je suis prêt. »

Walden Fisher s'appuya sur ses deux mains pour se relever.

— Je vais continuer à venir vous voir, leur dit-il. Tant que je respire, je viendrai ici.

Il s'embrassa le bout des doigts, puis effleura la pierre tombale de sa femme. Il refit le même geste pour sa fille.

Après quoi, Walden se retourna et regagna lentement sa camionnette.

51

Ne voyant aucune voiture à l'horizon, et certains qu'il n'en viendrait aucune pendant les deux prochaines minutes, Jack Sturgess et Bill Gaynor sortirent le corps de Marshall Kemper de son fourgon et le traînèrent dans la forêt. Il pesait dans les soixante-quinze kilos, mais il paraissait bien plus lourd aux deux hommes, qui étaient, à ce stade de leur vie, peu habitués à toute forme d'exercice physique.

— Mes mains me font un mal de chien, dit Gaynor. Je n'avais pas creusé de trou depuis l'adolescence.

— Tu aurais dû acheter des gants, dit Sturgess.

— Je l'aurais fait si tu m'avais dit avant de partir ce que tu avais prévu de me faire faire.

— Je t'ai demandé d'apporter une pelle, ça aurait dû te mettre la puce à l'oreille.

Une fois le cadavre de Kemper dans les bois, et hors de vue de quiconque viendrait à passer en voiture, ils le déposèrent pour reprendre leur souffle. La tombe que Gaynor avait creusée se trouvait vingt mètres plus loin.

— Je veux savoir qui est ce fils de pute, dit Sturgess.

Il s'accroupit en faisant bien attention à ne pas toucher le sol avec les genoux de son pantalon, et sortit le portefeuille du mort de sa poche arrière.

— La carte grise est au nom de Kemper. Mais ce n'est peut-être pas son fourgon.

Il examina un permis de conduire.

— OK, c'est bon. Marshall Kemper. L'adresse correspond à la carte grise. Tu as déjà entendu parler de ce type ?

— Il se peut que j'aie entendu Sarita parler de lui. À Rose. Son petit copain peut-être.

Le portable du mort sonna. Pour la troisième fois depuis que Sturgess avait planté l'aiguille dans son cou. Le médecin fouilla dans sa poche, trouva l'appareil, l'examina.

— Stemple, dit-il.

— Quoi ?

— C'est la personne qui essaie de le joindre. Stemple.

— Ça pourrait être Sarita, dit Gaynor. Elle n'a pas de portable. Elle se sert du téléphone d'autres gens.

Le téléphone continuait de sonner dans la main de Sturgess.

— Je devrais peut-être répondre, lui demander si elle est bien là où Kemper a dit qu'elle était.

— J'imagine que tu pourrais…

— Je blaguais, dit Sturgess.

— Je ne vois pas ce qu'il y a de drôle.

Sturgess éteignit l'appareil, le glissa dans sa poche.

— Je n'ai pas envie qu'on puisse faire une triangulation, dit-il. Je le rallumerai plus tard, loin d'ici, et ensuite je le balancerai.

— Avec le fourgon ? demanda Gaynor.

C'était pour cette raison que Sturgess avait eu besoin qu'ils fassent le coup à deux. Il lui fallait quelqu'un qui conduirait le véhicule de Kemper à un endroit où la police ne pourrait pas le trouver.

— Elle appartient à qui, cette propriété ? demanda Gaynor. Qui est Boone ?

— Un patient à moi. Taylor Boone. Un vieux richard. Il a une belle maison tout au bout de cette allée, au sommet de la colline. Magnifique vue.

— Il ne risque pas de débarquer d'une seconde à l'autre ?

— Taylor est en Europe en ce moment.

Gaynor baissa les yeux sur le cadavre.

— Qu'est-ce que tu as bien pu lui injecter ?

— J'ai fait ce qu'il y avait à faire, ne t'occupe pas de ça. Il faut en finir au plus vite, ensuite on ira trouver ta nounou.

— Je vais vomir, dit Gaynor.

Et il le fit, violemment.

— Génial. Vas-y, mets ton ADN partout. Couvre-moi ce bordel avec de la terre.

— Je ne sais pas si je suis capable de faire ça. Je ne sais vraiment pas.

— Il faut que je te rappelle ce qui nous attend si la vérité éclate ? Le déshonneur, au minimum. La prison, plus probablement. Et maintenant, eh bien, on ne s'en tirera pas avec une petite tape sur les doigts, c'est sûr.

— Ce n'est pas moi qui lui ai fait une injection mortelle.

— C'est exact, dit Sturgess. Tu es un spectateur innocent. Prends-lui les jambes.

Sturgess prit Kemper sous les bras. Il était lourd, et ils ne purent faire autrement que le traîner sur le sol. Arrivés devant le trou, ils y jetèrent le corps. La pelle était plantée dans le tas de terre à côté.

— OK, rebouche, dit le médecin.

— Fais-le, toi. Je te l'ai dit, j'ai les mains à vif.

Sturgess sortit deux mouchoirs de sa veste de costume, les enroula autour de ses mains, et s'attela à la tâche.

— On ne peut pas faire ça à Sarita, dit Gaynor.

— Personne n'a dit qu'on y était obligés. Je suis sûr qu'on arrivera à lui faire entendre raison.

— De la même manière qu'avec ce type ?

— Il te faisait chanter. Certaines personnes ne peuvent pas être raisonnées.

— Je n'arrive pas à croire que Sarita l'ait entraîné là-dedans. C'est quelqu'un de bien.

Sturgess interrompit son ouvrage pour reprendre son souffle.

— Vraiment ? Regarde tous les emmerdements qu'elle t'a causés. Qu'elle nous a causés.

— On n'est pas sûrs que ce soit elle.

— Qui ça pourrait être d'autre ? Qui aurait pu être au courant ? Elle a les oreilles qui traînent partout, cette fille. C'est une moucharde.

Sturgess secoua la tête d'un air las, et lança la pelle à Gaynor, qui la laissa échapper. L'outil atterrit dans la poussière. Sturgess lui tendit les deux mouchoirs.

— Tu en auras besoin.

Gaynor en enveloppa ses paumes.

— Comment un type comme toi a pu devenir médecin ?

— J'aide les gens. J'ai toujours aidé les gens. Je vous ai aidés, toi et Rosemary. J'ai consacré ma vie à aider les gens.

Gaynor continua à recouvrir de terre le corps de Marshall Kemper. Une fois que celui-ci eut disparu à sa vue, il tassa la terre avec le dos de la pelle et Sturgess fit de même en marchant dessus.

— On va recouvrir ça avec des branches.

Ils s'y employèrent tous les deux.

Gaynor s'arrêta brusquement et releva la tête, comme un cerf sentant un chasseur approcher.

— Attends, j'ai cru entendre quelque chose.

Sturgess retint son souffle, tendit l'oreille. Au loin, le bruit d'un bébé en train de pleurer.

— C'est Matthew, dit Gaynor. Il a dû se réveiller.

Ils étaient venus avec l'Audi de Gaynor. Comme il n'avait toujours personne pour s'occuper de son fils, il l'avait emmené, et Sturgess n'avait pas de siège enfant à l'arrière de sa Cadillac. La voiture était garée une trentaine de mètres plus loin, dans le chemin, là où il s'incurvait vers la gauche et disparaissait derrière les arbres.

— Il a probablement faim.

Sturgess soupira.

— Va… Va t'occuper de ton fils. Prends la pelle, balance-la dans le coffre. Je te rejoins.

L'idée lui avait traversé l'esprit de prendre la pelle lui-même et de frapper Gaynor à la tête. Il aurait pu le balancer dans la fosse avec Kemper. Mais ensuite, comment aurait-il fait pour conduire à la fois l'Audi et le fourgon ?

Sans même parler du bébé.

Ce foutu chiard.

Il allait devoir tenir Bill Gaynor à l'œil. Au cas où il en viendrait à présenter le même niveau de risque que ce connard mort et enterré. Oui, ils avaient été amis pendant très longtemps, mais quand il s'agit de sauver sa peau, on ne fait pas de sentiment.

Et il n'y avait pas que sa peau, d'ailleurs.

Mais le problème le plus urgent, c'était Sarita. Une fois qu'il se serait occupé d'elle, il pourrait décider quoi faire du pauvre mari éploré.

52

David

En quittant la maison de Sam, je décidai de retourner chez Marshall Kemper. Quelqu'un viendrait peut-être ouvrir la porte cette fois.

En chemin, je n'arrêtais pas de penser à ce qui venait de se passer, à ce dans quoi je risquais de m'aventurer. Je n'avais pas besoin de rendre ma vie plus compliquée qu'elle ne l'était déjà, et Sam Worthington représentait à coup sûr une complication supplémentaire.

Un autre homme que moi, après avoir eu une relation sexuelle fougueuse et spontanée avec une femme qu'il connaissait à peine – et sur sa table de cuisine, qui plus est –, aurait pu se sentir très content de lui. *J'assure, non ?* Mais qui sait ? C'était peut-être le début de quelque chose. Peut-être que cet acte brutal, bestial, était le commencement d'une véritable relation. De ce que certains qualifieraient de rencontre sordide allait peut-être émerger quelque chose de plutôt bien. Mais j'avais largement de quoi faire pour le moment : élever Ethan tout seul, démarrer un nouveau travail, cohabiter avec mes parents. J'espérais que travailler pour Finley, même si ça ne durait pas éternellement – Dieu m'en garde –, me permettrait de louer quelque chose pour Ethan et moi. Ce serait une solution provisoire en attendant de nous trouver une autre maison. Je n'avais pas besoin d'ajouter à ces soucis une relation sentimentale. *A fortiori* avec une femme qui avait autant de problèmes dans sa vie que moi.

Peut-être que Sam se ferait les mêmes réflexions. Alors que je partais, elle m'avait dit : « C'était bien. On pourrait remettre ça un de ces jours. »

Pas : « Appelle-moi. » Pas : « Qu'est-ce que tu fais ce week-end ? » Pas : « Est-ce que ça te dirait de venir dîner ce soir ? »

Peut-être se disait-elle aussi qu'entamer une relation avec moi mettrait sa vie sens dessus dessous. Cela me rappela ce que m'avait dit mon père : qu'avais-je au juste à offrir, de toute façon ?

Et pourtant, alors que je me rendais à l'adresse de Kemper, je me surpris à me demander quand le wifi de Sam ferait à nouveau des siennes.

Cette fois-ci, je décidai de ne pas me garer devant l'appartement de Kemper, mais trois maisons plus loin, sur le même trottoir. J'avais une vue dégagée, même si je ne pouvais pas voir à travers les fenêtres si quelqu'un se trouvait à l'intérieur.

Il n'y avait toujours aucune voiture garée devant chez lui ; Kemper était donc probablement parti. Je pouvais rester là un moment dans la Taurus de ma mère et espérer qu'il se montre. Et réfléchir un peu.

Cela faisait cinq ans que Jan était morte, et il ne se passait pas un jour sans que je pense à elle. Dire que mes émotions étaient mitigées était un euphémisme. J'avais aimé Jan autrefois. D'un amour si grand qu'il en était douloureux. Mais cette douleur avait fini par se muer en quelque chose de très différent, quelque chose de presque toxique. Jan n'avait jamais été celle qu'elle prétendait être et, rétrospectivement, cela faussait tout ce que j'avais éprouvé pour elle.

Je n'étais plus le même homme. J'étais plus circonspect, moins impulsif à présent. Peut-être que la meilleure façon de gérer la situation avec Sam consistait à...

Je dus mettre ces réflexions sur pause.

Une porte s'ouvrait. Mais c'était celle de la voisine.

Quelqu'un sortait. Peut-être que la vieille dame voulait prendre l'air.

Ce n'était pas elle. La femme qui était sortie de chez Mme Stemple était bien plus jeune qu'elle. La trentaine. Mince, environ un mètre soixante-cinq, les cheveux noirs. Vêtue d'un jean et d'un pull-over vert. Une amie de la vieille dame, sans doute. Ou une travailleuse sociale.

Au lieu de s'éloigner, elle franchit les quelques pas qui la séparaient de la porte de l'appartement de Kemper. L'ouvrit avec une clé et disparut à l'intérieur.

Je n'avais jamais vu de photo de Sarita Gomez, mais j'étais sûr de l'avoir trouvée.

J'avais la main sur la poignée de la portière, me préparant à descendre, quand un taxi passa devant moi et s'arrêta devant l'appartement de Kemper. Quelques secondes plus tard, la porte s'ouvrit et Sarita réapparut, tirant derrière elle une valise à roulettes de taille moyenne. Le chauffeur de taxi ouvrit le coffre, y déposa le bagage, mais laissa Sarita ouvrir la portière arrière elle-même. L'homme s'assit au volant et démarra à vive allure, soulevant une gerbe de graviers.

— Et merde, dis-je en tournant le contact.

Le taxi prit la direction du centre de Promise Falls et s'arrêta devant la gare routière. Je me rangeai le long du trottoir et regardai Sarita descendre du véhicule, payer le chauffeur en liquide, puis attendre qu'il sorte sa valise du coffre. Elle pénétra à l'intérieur de la gare en la tirant derrière elle.

Je descendis de voiture et courus.

La gare routière de Promise Falls n'était pas Grand Central. L'intérieur était à peu près aussi grand qu'une salle de classe, avec deux guichets vitrés à une extrémité et un panneau d'affichage électronique en hauteur. Le reste de l'espace était occupé par le genre de chaises qu'on peut trouver aux urgences d'un hôpital.

La jeune femme que j'avais suivie était au guichet. J'allai me mettre derrière elle, comme si je faisais la queue pour acheter un billet, suffisamment près pour écouter la conversation.

— Je voudrais un ticket pour New York, dit-elle.

L'homme derrière la vitre l'informa qu'elle pouvait acheter la totalité du trajet maintenant, mais qu'il y avait un changement à Albany.

— D'accord, dit-elle. Dans combien de temps part le car pour Albany ?

L'homme jeta un coup d'œil à un écran d'ordinateur posé en biais sur un côté.

— Trente-cinq minutes.

Elle lui remit de l'argent liquide, prit son billet. Quand elle se retourna, je la fis sursauter : elle n'avait manifestement pas conscience que quelqu'un se trouvait derrière elle.

— Excusez-moi.

— C'est moi, dis-je.

Je la laissai passer devant moi avec sa valise, puis m'avançai jusqu'au guichet.

— Je peux vous renseigner ? demanda l'employé.

Je marquai un temps d'arrêt avant de répondre :

— Non, laissez tomber.

Je me retournai et repérai la jeune femme, assise au fond de la salle comme si elle essayait de se rendre invisible, ce qui n'était pas facile, étant donné qu'ils n'étaient qu'une demi-douzaine de voyageurs à attendre leur car.

Je m'approchai et m'assis à deux sièges du sien, laissant vacant celui qui se trouvait entre nous. Je sortis mon téléphone, me penchai en avant, les coudes sur les genoux, et ouvris une application au hasard.

Sans regarder dans sa direction je dis :

— Vous devez être Sarita.

Je la sentis changer brusquement de position.

— Qu'est-ce que vous avez dit ?

Cette fois, je me tournai vers elle, me redressant dans le même mouvement. Je lus la terreur dans ses yeux.

— J'ai dit que vous deviez être Sarita. Sarita Gomez.

Elle jeta des regards nerveux dans la salle. Je pouvais lire dans ses pensées : qui étais-je ? Étais-je seul ? Étais-je un flic ? Est-ce qu'elle devait tenter de fuir ?

— Je ne suis pas de la police. Je m'appelle David Harwood.

— Vous vous trompez. Je ne suis pas celle que vous croyez. Mon nom à moi, c'est Carla.

— Je ne pense pas. Je pense que vous êtes Sarita. Je pense que vous travailliez pour les Gaynor. Je pense aussi que vous vous êtes cachée ces deux derniers jours chez Marshall Kemper, et que vous cherchez maintenant à vous mettre au vert.

— Au vert ?

— Vous cherchez à disparaître.

— Je vous l'ai dit, je ne suis pas cette personne.

— Je suis le cousin de Marla Pickens. Je ne sais pas si ce nom vous dit quelque chose, mais on a laissé le bébé des Gaynor devant sa porte il y a deux jours. La police pense qu'elle a volé ce bébé, et qu'elle a probablement tué Rosemary Gaynor au passage.

— Elle l'a fait avant, murmura la jeune femme.

Je me penchai vers elle.

— Elle n'a jamais tué personne.

— Mais elle a pris un bébé, dit-elle tout bas. À l'hôpital.

— Comment vous savez ça ?

Sarita regardait en direction de la porte.

— Vous *êtes* Sarita.

Ses yeux se posèrent sur moi.

— Je suis Sarita.

— Vous voulez me dire ce que vous savez, ou vous voulez que j'appelle la police ?

— S'il vous plaît, n'appelez pas la police. Ils vont me renvoyer chez moi ou trouver une raison pour m'envoyer en prison.

— Alors pourquoi ne pas discuter ? J'ai le sentiment que vous allez pouvoir m'expliquer toutes ces choses qui me paraissent obscures.

— Vite alors, dit-elle. Je ne veux pas rater mon car.

Je secouai tristement la tête.

— Vous ne prendrez pas ce car, Sarita. N'y comptez pas.

53

Arlene Harwood avait décidé de faire des côtes de porc pour le dîner et elle se demandait si Don les préférerait avec du riz ou de la purée. Elle avait même des patates douces au frigo. Don n'en raffolait pas, mais il les tolérait si elle mettait suffisamment de beurre dessus, et peut-être même un peu de cassonade. Elle était pratiquement sûre qu'Ethan n'aimait pas les patates douces, mais elle pourrait lui faire une pomme de terre en robe des champs, ou mettre quelques frites surgelées au four.

C'était agréable d'avoir tous ces hommes à la maison. Elle savait que David voulait déménager dès que possible, et qu'il prendrait Ethan avec lui. C'était la bonne chose à faire, bien entendu. Mais en attendant, elle appréciait de les avoir ici.

Elle alla dans le salon, mais son mari, qu'elle s'attendait à surprendre endormi dans son fauteuil inclinable, n'était pas là. Sa jambe la faisait vraiment souffrir après son gadin de la veille dans l'escalier, et elle ne voulait pas avoir à crapahuter jusqu'à l'étage pour le chercher. Elle l'appela donc au pied de l'escalier, supposant qu'il était aux toilettes et prolongeait son séjour parce qu'il avait trouvé quelque chose d'intéressant à lire dans *National Geographic.*

Aucune réponse.

Arlene alla ouvrir la porte qui donnait sur l'escalier du sous-sol.

— Don ? Tu es là ?

Comme elle n'obtenait toujours aucune réponse, il ne lui restait plus qu'un endroit où chercher. Elle sortit par la porte donnant sur l'arrière et traversa le jardin en boitillant jusqu'au garage. La porte principale était fermée, mais ça ne voulait pas dire qu'il n'était pas là. Elle essaya la porte qui se trouvait sur le côté, la trouva ouverte et entra.

Et Don était bien là. Debout à son établi, une bière à la main. Il y avait deux bouteilles vides devant lui.

— Je te cherche partout.

— J'étais là.

— Eh bien, il a fallu que je fouille la maison de fond en comble avant de m'en rendre compte, figure-toi. Avec ma mauvaise jambe et tout.

— Tu aurais dû commencer par là.

— Qu'est-ce qui te prend de boire une bière au milieu de l'après-midi ? En plein été, peut-être, mais là ?

— C'est pour ça que tu me cherchais ? Pour savoir si je me sifflais une bière ?

— Je ne savais pas que tu buvais une bière avant de te trouver.

— Alors qu'est-ce que tu me veux à la fin ?

Elle ne lui répondit pas. Elle croisa les bras et le regarda d'un air sévère.

— Qu'est-ce qu'il y a ?

Il grogna.

— Il n'y a rien.

— Ça fait combien d'années que je suis mariée avec toi ? Je le sens quand quelque chose te ronge. Tu as commencé à te comporter bizarrement hier.

— Je te dis que ça va très bien. Qu'est-ce que tu me veux ?

— Je voulais te demander… (Elle s'interrompit.) Mince alors.

— Quoi ?

— Qu'est-ce que je pouvais bien vouloir te demander ? dit-elle en secouant la tête. Ça me rend folle.

— Où étais-tu quand tu as décidé de venir me voir ?

— Riz ou patates ?

— Quoi ?

— Avec les côtes de porc. Riz ou patates, ou patates douces, d'ailleurs ? Oh, et j'ai une boîte de cette farce Stove Top qu'Ethan aime bien.

— Ça m'est égal. Fais ce que tu veux.

Elle posa la main sur son bras.

— Parle-moi.

Il serra les lèvres, comme pour retenir les mots qu'il voulait prononcer. Il secoua la tête.

— Est-ce que c'est David ? Ethan ? Ça te déprime de les avoir ici ? Il a juste besoin de temps pour reprendre sa vie en main. Il aurait mieux valu qu'il reste à Boston, qu'il ne démissionne pas de ce travail au…

— Ce n'est pas ça. Je suis content de les avoir ici. J'aime avoir mon petit-fils à la maison.

— Moi aussi, dit-elle. (Un temps d'arrêt, puis :) Tu as intérêt à lâcher le morceau et à me dire rapidement ce qui te tracasse, parce que j'ai besoin de monter m'allonger et de mettre de la glace sur cette foutue jambe. Parle.

Don ouvrit la bouche, puis la referma. À la quatrième tentative, des mots en sortirent.

— J'ai des regrets, dit-il.

Arlene opina.

— Bien sûr, on en a tous. (Elle hésita.) J'espère que je ne suis pas l'un d'eux.

Il fit non de la tête, posa la main sur son épaule.

— Non.

— Eh bien, c'est toujours ça.

— Il y a eu des moments où j'aurais pu être un homme meilleur.

— Meilleur pour qui ?

— Juste… meilleur.

Arlene avait toujours pensé que malgré tous ses défauts – et il était indéniable que Don en avait quelques-uns –, c'était le meilleur homme qu'une femme puisse espérer trouver. Et elle avait du mal à concevoir que cet homme garde en lui de lourds secrets, qu'il ait pu faire quoi que ce soit qui le ferait baisser dans son estime.

Elle n'avait jamais eu aucune raison de le croire infidèle, même si l'idée l'avait parfois effleurée. Mais cela reflétait davantage ses propres angoisses que d'éventuels soupçons concernant le comportement de Don.

— Il y a des fois, reprit-il, où on aurait voulu agir différemment, mais on ne peut pas retourner en arrière et recommencer. Le moment est passé, on ne peut rien y faire. Et le fait est que même si on avait essayé de bien faire, rien ne garantit qu'on aurait été capable de changer les choses. Mais ça vous hante tout autant. Vous avez l'impression d'être un moins que rien.

— D'accord, dit Arlene lentement.

— Par exemple, tu te rappelles la fois où tu t'es garée en marche arrière sur le parking du Walmart et où tu as…

— Oh, s'il te plaît, ne parle pas de ça.

— Tu as bigné cette voiture et tu es descendue pour voir les dégâts. C'était une petite bosse, et tu as pensé laisser un mot, mais finalement, tu as décidé de remonter dans la voiture et d'aller faire tes courses ailleurs ce jour-là.

Elle était contrariée à présent.

— Pourquoi il a fallu que tu évoques ce sujet ? Ça s'est passé il y a des années. Je me suis sentie tellement coupable. Je n'aurais jamais dû te le dire. Aujourd'hui encore, je m'en veux de ne pas avoir laissé de mot. Tu te rappelles il y a deux ans je me servais de cet appareil à la pharmacie qui permet de prendre sa tension ? Et je croyais l'avoir cassé ? Je leur ai dit et j'ai offert de les dédommager. Heureusement pour moi, ils ont dit qu'il était déjà en panne, que ce n'était pas ma faute. Mais ça aurait pu. J'étais prête à bien faire, alors pourquoi déterrer cette vieille histoire ?

— J'en ai parlé uniquement parce que ce n'était rien, dit Don. Ce n'était rien comparé à ce que j'ai fait… ou ce que je n'ai pas fait.

— Mais qu'est-ce que tu racontes à la fin ?

Voilà qu'il serrait à nouveau les lèvres. Arlene devina qu'il allait enfin lui dire ce qu'il lui coûtait tant de révéler. Il garda le silence pendant plus d'une minute, mais finalement :

— J'étais l'un d'eux.

— Comment ça, l'un d'eux ?

— Un de ceux qui n'ont rien fait, dit Don Harwood.

54

Angus Carlson téléphona à sa femme, Gale, au cabinet dentaire où elle travaillait comme assistante. Elle était avec un patient, en plein détartrage, mais Carlson dit à la réceptionniste qu'il s'agissait d'une urgence.

Quelques secondes plus tard, Gale prenait l'appel.

— Qu'est-ce qu'il y a ? Que s'est-il passé ? Tu n'as rien ?

— Ce n'est pas ce genre d'urgence, lui dit-il. C'est quelque chose de positif.

— Oh, mon Dieu, j'ai failli avoir une crise cardiaque. Tu es flic ! Quand quelqu'un parle d'urgence, je m'imagine le pire !

— Désolé, je n'ai pas réfléchi.

— J'ai quelqu'un dans le fauteuil. Que s'est-il passé ?

— J'ai eu une promotion.

— Quoi ? fit-elle, excitée à présent, son agacement oublié. Quel genre de promotion ?

— C'est temporaire. Mais si je fais du bon boulot, ils pourraient rendre ça permanent.

— Raconte-moi.

— Inspecteur. Ils me mettent sur un poste d'inspecteur.

— C'est génial ! C'est merveilleux ! Je suis tellement fière de toi.

— Je voulais juste te mettre au courant. Je voulais t'appeler en premier.

— Ça veut dire que tu vas gagner plus d'argent ?

— Je vais probablement être augmenté le temps que durera ma promotion.

— Parce que si tu as une augmentation, dit Gale avec ménagement, ça pourrait être le bon moment pour…

— La seule chose qui m'inquiète un peu, c'est le type avec qui je dois bosser. Duckworth. Je ne pense pas qu'il m'apprécie. Il y a eu cette histoire d'écureuils, et je ne faisais que blaguer et…

— Des écureuils ?

— Ce n'est pas grave. Je vais juste devoir trouver un terrain d'entente avec lui. Lui prouver que je ne suis pas un imbécile.

— Tu n'es pas un imbécile. Tu vas faire des étincelles. Mais ce que j'allais dire, c'est que si tu gagnes plus, ce serait peut-être le moment de commencer à…

— S'il te plaît, Gale, ne recommence pas avec ça.

— Tu ne sais même pas ce que j'allais dire.

— Si, je le sais. Ce n'est pas pour ça que je t'appelais. Je ne veux pas aborder ce sujet.

— Je suis désolée. Je pensais juste…

— Tu connais mon opinion sur la question.

— Je sais, mais on en avait discuté. Je ne suis pas comme elle. Je serais une bonne mère. Ce n'est pas parce que…

— Ah, au fait. Je vais la prévenir.

— Prévenir qui ?

— Ma mère. Je vais lui dire.

— Angus.

— Si, je vais le faire. Elle a toujours cru que je n'arriverais à rien.

— Angus, s'il te plaît, dit Gale. Laisse tomber. C'est à cause de ça qu'on est venus vivre ici.

Il resta silencieux quelques instants. Puis, finalement, d'une voix quelque peu distante :

— D'accord, d'accord. Tu as raison. Je ne vais pas l'appeler.

— On devrait… fêter ça, dit Gale, sa voix commençant à se briser. Quand tu rentreras à la maison.

— Tu pleures ?

— Je ne pleure pas.

— On dirait. C'est un truc important pour moi, Gale. Ne le gâche pas en pleurant.

— J'ai dit que je ne pleurais pas. Il faut que je te laisse. Je dois retourner m'occuper de M. Ormin.

— D'accord. On sortira, tu veux ?

— Je te laisse choisir, dit Gale. Il faut que je te laisse.

55

La première chose que Sturgess et Gaynor devaient faire était de se débarrasser de la fourgonnette de Marshall Kemper. Sturgess la conduisait, Gaynor suivait dans l'Audi. Sturgess ne tenait pas à être filmé au volant d'un véhicule dont le propriétaire allait bientôt se retrouver sur la liste des personnes disparues – ce qui excluait les parkings des grandes enseignes, les fast-foods, et les routes à péage comme l'autoroute de l'État de New York –, mais il voulait se débarrasser du fourgon le plus vite possible. Il devait retourner au domicile de Kemper, où Sarita devait attendre son petit ami. Et puis il lui vint soudain à l'esprit que la solution était toute trouvée : laisser le fourgon chez Kemper.

Il appela Gaynor dans l'Audi. Sturgess entendit des gargouillis de bébé en fond sonore.

— Tu te gareras à une centaine de mètres de l'appartement de Kemper, dit Sturgess. Il ne faudrait pas que quelqu'un voie ta voiture et remarque ta plaque devant son domicile.

— Qu'est-ce que tu veux que je fasse ?

— Occupe-toi donc de ton gosse. Je me charge du reste.

L'Audi le suivait de près avec sa calandre en forme de

grande bouche. Quand il tourna dans Groveland, Gaynor resta en retrait. Sturgess s'arrêta dans l'allée du 36A et 36B.

Il coupa le moteur et attendit un moment avant de descendre. Si Sarita était à l'intérieur, elle avait peut-être entendu le fourgon arriver et elle se précipiterait dehors pour accueillir son copain.

Ce ne fut pas le cas. Sturgess descendit et alla frapper à la porte. Comme personne ne répondait, il toqua plus fort. Pour finir, il essaya de tourner la poignée et, constatant que la porte n'était pas verrouillée, il pénétra à l'intérieur.

— Holà ? dit-il. Sarita, vous êtes là ?

C'était un petit appartement. Il s'avança au milieu de la pièce, balaya du regard le lit défait, la vaisselle sale dans l'évier, un sandwich auquel on n'avait pas touché, des vêtements d'homme éparpillés par terre. La porte de la salle de bains était ouverte. Il passa la tête à l'intérieur, tira le rideau de la baignoire. Il ne vit aucun signe attestant la présence d'une femme. Ce qui pouvait vouloir dire deux choses : soit Kemper avait menti, soit Sarita avait mis les voiles.

Il penchait pour la seconde hypothèse.

Mais elle était partie depuis peu. Peut-être avait-elle essayé de joindre Kemper au téléphone et, n'y parvenant pas, avait cédé à la panique. Comme elle savait qu'il essayait de faire chanter Bill Gaynor, elle avait dû s'imaginer que la police l'avait arrêté, et qu'elle allait débarquer bientôt.

Et puis il se rappela le nom du correspondant qui s'était affiché sur l'écran du portable de Kemper : Stemple.

Sturgess sortit le sien, ouvrit l'application de recherche de numéros de téléphone et d'adresses, et entra « Stemple ».

— Putain, dit-il dans sa barbe.

L'adresse correspondant au nom était celle de l'appartement voisin, le 36B, Groveland Street.

Sturgess se précipita vers l'appartement mitoyen et toqua à la porte. Il entendait une télévision. Il frappa de nouveau, et cette fois, quelqu'un brailla :

— Minute, papillon !

Une vieille dame finit par ouvrir la porte. Elle le toisa et déclara :

— Je ne suis pas encore morte.

— Je vous demande pardon ?

— Vous avez une tête de croque-mort.

— Je ne le suis pas, dit Sturgess. Vous devez être Mme Stemple ?

— Qui la demande ?

— Je cherche Sarita. Elle est là ?

— Sarita ? C'est qui, ça ?

Sturgess posa la main à plat sur la porte, l'ouvrit en grand, et entra.

— Hé, protesta la vieille dame, vous ne pouvez pas faire ça.

L'appartement était légèrement plus grand que celui de Kemper, avec une chambre attenante au séjour. Il explora les deux pièces, jeta un coup d'œil dans la salle de bains.

— Je sais qu'elle était là, dit Sturgess. Elle a passé plusieurs appels depuis votre téléphone.

— Je dormais, si ça se trouve. Quelqu'un a pu entrer et se servir du téléphone pendant que je piquais un somme devant la télé.

— Où est-elle ? insista Sturgess d'une voix égale. Si vous ne me le dites pas, d'ici une heure, vous serez au poste et inculpée pour… (Il dut se creuser la tête.) Pour recel de fugitif. Voilà ce qui vous pend au nez.

— Vous êtes un *autre* flic ?

« Merde ! » se dit Sturgess. La police était déjà passée ? Avaient-ils arrêté Sarita ?

— On m'a envoyé ici pour vous interroger à nouveau, improvisa Sturgess. On ne vous a pas trouvée très coopérative avec notre autre agent.

— Je ne suis au courant de rien, moi. Je veux que vous sortiez de chez moi. Je veux regarder mes émissions tranquillement.

Sturgess considéra le fauteuil high-tech en position relevée. Sur la petite table qui se trouvait à côté, une télécommande, un recueil de mots croisés, une boîte de chocolats ouverte, un roman de Danielle Steele. Tout son univers se trouvait là, son centre de commandement, placé devant la télévision.

Sturgess s'en approcha, suivit le câble de l'appareil jusqu'à la multiprise, et le débrancha d'un coup sec. L'écran devint noir.

— Hé ! protesta Mme Stemple.

Sturgess s'agenouilla, commença à tripoter les câbles.

— Qu'est-ce que vous fabriquez ?

— Je vais emporter votre magnétoscope, vos câbles, tout ce bordel, dit-il.

— Pour quoi faire ?

— Parce que vous refusez de coopérer.

— Elle est allée à la gare routière.

Il se redressa.

— Quoi ?

— Sarita. Elle a pris un taxi pour la gare routière. Elle va à New York. Rallumez ma télé maintenant.

— C'était il y a combien de temps ?

La femme haussa les épaules.

— Dix minutes ? Je ne sais pas. Rebranchez ça.

Sturgess s'exécuta, et l'écran de la télévision reprit vie.

— Et voilà, dit-il en se relevant.

— Maintenant, sortez.

— Laissez-moi vous aider à vous asseoir dans votre fauteuil.

— Mon fauteuil m'aide à m'asseoir dans mon fauteuil, dit-elle.

Elle se plaça devant. S'y installa, s'empara de la télécommande et le remit en position horizontale.

— Ne me raccompagnez pas, je connais le chemin, dit Sturgess.

— Ouais, c'est ça.

Il sortit de l'appartement, mais hésita avant de prendre son téléphone pour demander à Gaynor de venir le chercher. Il réfléchissait, debout sur le seuil de Mme Stemple.

Tôt ou tard, une fois la disparition de Kemper signalée, quelqu'un allait revenir ici l'interroger.

Et elle parlerait peut-être de cet agent qui était venu la voir, celui qui avait débranché sa télé.

Et la police apprendrait que quelqu'un s'était fait passer pour un flic et lui avait posé des questions sur Sarita Gomez.

Qui, à ce moment-là, serait peut-être aussi difficile à trouver que Marshall Kemper.

Il n'avait pas donné son nom à la vieille, mais serait-elle capable de le reconnaître ? Si jamais on en arrivait là ? Si la police réunissait suffisamment d'éléments pour le faire participer à une séance d'identification ?

Sturgess sentit un martèlement dans sa poitrine. Il avait la bouche sèche.

Faire cette injection mortelle à Kemper n'avait pas été chose facile. Mais cela avait été nécessaire. Il y avait des moments où il était indispensable de sortir de l'ordinaire du quotidien.

Et il était possible que la nécessité le pousse de nouveau à agir de la même façon.

Mais Sturgess voulait un deuxième avis.

Il sortit son téléphone, appuya sur le nom d'un contact, attendit qu'on décroche.

— C'est moi, dit-il.

Il expliqua la situation. Que Kemper était mort. Qu'il avait une piste pour Sarita Gomez. Mais que cette vieille dame présentait un risque potentiel.

Il se disait que les gros coussins aperçus dans la chambre feraient l'affaire. Une vieille dame qui cesse de respirer, qui trouverait ça suspect ?

— Alors, tu en dis quoi ? demanda le Dr Jack Sturgess.

— Fais ce que tu as à faire, lui répondit Agnes Pickens.

56

Agnes posa son téléphone sur l'îlot de la cuisine.

— C'était qui ? demanda Marla.

Elle était assise de l'autre côté et plongeait sans conviction une cuiller dans le bol de soupe à la tomate que sa mère venait de lui préparer.

— C'était l'hôpital, répondit Agnes. Malgré tout ce qu'il se passe, ils ne veulent pas me ficher la paix.

Elle regarda longuement par la fenêtre, comme si elle fixait quelque chose.

Elles entendirent Gill descendre l'escalier. Il passa un bras autour des épaules de sa fille, lui planta un baiser sur le front, et s'installa sur le tabouret à côté d'elle.

— Il te reste de cette soupe ? demanda-t-il à sa femme.

Agnes ne dit rien.

— Agnes ?

Elle cessa de regarder par la fenêtre, se tourna vers lui.

— Quoi ?

— Il reste de la soupe ?

— Attends, dit-elle, et elle tendit le bras pour prendre un autre bol dans le placard.

— J'ai mis ton sac dans ton ancienne chambre, dit Gill à Marla. Je pense que tu vas rester avec nous quelque temps. Qu'en dis-tu, Agnes ?

— Hmmm ? Oui, bien sûr. Même… quand la police t'autorisera à rentrer chez toi… Tu devrais rester avec nous. Aussi longtemps que tu le souhaites.

— Ça va, maman ?

— Oui, très bien.

— Tu avais l'air un peu bizarre à l'instant.

— Je t'ai dit, je vais très bien.

— Tu sais, je ne suis pas obligée de retourner chez moi de toute façon. Je peux faire mon travail n'importe où. Du moment que j'ai un ordinateur. Papa, je peux emprunter ton portable ?

— Bien sûr, je ne vois pas pourquoi…

— Je ne sais pas si c'est une bonne idée, rétorqua Agnes d'un ton cassant. (Brusquement alerte, comme si elle venait de se réveiller.) Natalie m'a raconté comment cet inspecteur avait réagi en apprenant ce que tu faisais dans la vie. Ça ne lui a pas plu. Tu dois te trouver une autre activité.

— Mais, maman, je…

— Non, écoute-moi. Aller sur Internet et inventer des avis, *mentir* sur des entreprises avec lesquelles tu n'as jamais eu aucun rapport, ça donne une mauvaise image de toi. Tu ne comprends donc pas ça ?

Le visage de Marla se décomposa.

— J'étais vraiment douée pour ça. Et j'aime écrire.

— Ce n'est pas écrire, ça, dit Agnes. On écrit une nouvelle, un roman ou des poèmes. Si tu veux écrire, écris ce genre de choses. Mais tu dois trouver un autre moyen de gagner ta vie.

— Bon sang, Agnes, intervint Gill, tu ne crois pas qu'elle en a assez bavé ces deux derniers jours ? Tu crois vraiment que c'est le moment de discuter de ses choix professionnels ?

— C'est elle qui a abordé le sujet, pas moi. Je dis simplement que lorsque tu te sentiras mieux et que tu voudras te remettre au travail, il faudra orienter tes talents dans une autre direction. Tu en es capable. Je le sais. Tu as beaucoup de talents, beaucoup de facilités naturelles.

— Quel genre de talents ? demanda Marla. Je ne sais rien faire du tout.

— Ce n'est pas vrai, dit son père. Tu es douée pour un tas de choses.

— Comme quoi ?

— Eh bien, commençons par l'écriture. Il y a des tas de façons dont tu pourrais te servir de ton don sans inventer des évaluations sur Internet. Comme la publicité peut-être ? Et pense à toutes les entreprises qui ont besoin de gens pour rédiger des rapports. Et les journaux. Tu pourrais…

— Les journaux sont à l'agonie, papa. Regarde ce qui est arrivé à David.

— Tu as raison, tu as raison, mais…

Le téléphone portable glissé dans sa veste se mit à sonner. Il tendit la main pour le prendre, regarda qui l'appelait et appuya sur la touche verte.

— Hé, Martin, comment ça va ? Je suis désolé de ne pas vous avoir rappelé. Je suis en train de régler quelques problèmes à la maison, alors je ne vais pas pouvoir examiner votre proposition de sitôt… Oui, désolé… Portez-vous bien.

Gill coupa la communication, posa l'appareil sur le plan de travail à côté de celui de sa femme.

— J'aimerais bien avoir la volonté de l'éteindre quelquefois, mais j'ai toujours peur de rater un truc important.

Agnes se pencha au-dessus de l'îlot, tendit son bol à Gill.

— Ça a l'air bon, dit-il. Ça vient d'où ?

— Marla et moi, on est passées chez le traiteur en rentrant à la maison, dit Agnes avant de secouer tristement la tête. Ça ne t'a même pas effleuré l'esprit que j'aurais pu la faire moi-même.

— Si ça m'a effleuré, je constate que je me suis trompé.

— Stop, dit Marla. Même quand vous vous charriez, on dirait que vous vous disputez.

— Mais non, on ne se dispute pas. Gill, tu as eu des nouvelles de Natalie ?

— Non. Elle attend peut-être de voir ce que la police va faire. S'ils pensent avoir suffisamment d'éléments contre Marla et qu'ils l'arrêtent, les choses vont s'emballer. Elle a dit qu'ils étaient en train d'analyser les taches de sang trouvées sur la porte.

— Je parie que c'est l'ange qui les a laissées, dit Marla. Il a dû se mettre du sang sur les mains quand il a pris Matthew dans la maison de cette femme après son assassinat.

Agnes se retourna, retirant du feu la casserole qu'elle avait utilisée pour réchauffer la soupe.

— Peux-tu nous dire autre chose, *n'importe quoi*, à propos de cet ange ? demanda Gill.

— Je ne sais pas quoi dire d'autre.

— Moi je pense qu'il faut prendre les devants, dit Agnes, qui leur tournait le dos. Je vais appeler Natalie pour lui dire que nous voulons savoir quelle stratégie elle compte adopter, le cas échéant. (Elle secoua la tête en signe de frustration.) Le fait qu'il n'y ait pas eu d'inculpation jusqu'à maintenant est un bon signe à mon avis. Ils n'ont tout simplement pas de preuves. Je sais que les choses vont bien se passer. Ils n'inculpent les gens que quand ils sont persuadés d'avoir un dossier solide.

— Tu radotes, maman, dit Marla.

— J'essaie juste de donner mon avis, rien de plus. J'appelle Natalie tout de suite.

Elle se retourna vivement, saisit le téléphone d'un mouvement rapide et quitta la cuisine. Elle alla au salon, s'assit sur le canapé, et consulta la liste des appels récents. Elle repéra aussitôt un numéro qu'elle connaissait, et dit, juste assez fort pour que Gill l'entende dans la cuisine :

— Comment j'ai pu rater cet appel de Carol ?

Agnes appuya sur le numéro pour rappeler.

Dans la cuisine, Gill fit tomber sa cuiller, éclaboussant de soupe à la tomate sa chemise d'un blanc immaculé, et regarda l'autre appareil, posé à quelques dizaines de centimètres de lui.

Agnes porta le téléphone à son oreille. Son assistante répondit à la troisième sonnerie.

— Hé, dit Carol dans un murmure, je croyais qu'on allait faire une pause. Tu es où, Gill ? Chez toi ?

— Carol ?

Une minute de silence. Puis :

— Madame Pickens ?

— Carol ? répéta Agnes. (Un silence, puis :) Pourquoi avez… ?

Elle ne termina pas sa phrase, coupa la communication. Jeta le téléphone sur le coussin. Prit un moment pour réfléchir à ce qu'elle allait faire.

Gill entra dans la pièce avec l'autre téléphone. Souriant d'un air innocent.

— Je crois que c'est le tien.

Il tendit la main, mais Agnes l'ignora.

— Ça se passait sous mon nez, dit-elle. Ma propre assistante.

Gill secoua la tête.

— Je ne sais pas ce que tu es en train de penser, mais dans tous les cas, tu te trompes. Carol m'a appelé par hasard ; j'imagine qu'elle n'arrivait pas à te joindre, et…

Agnes leva la main, reprit le téléphone de Gill.

— Elle t'a appelé alors que j'étais encore dans mon bureau. J'étais juste là. (Elle examina l'écran plus attentivement, détaillant l'historique des appels.) Elle t'a appelé hier. Et il y a trois jours. Et deux fois lundi.

Agnes se leva, puis lança brusquement le téléphone sur son mari, le touchant à la tempe. L'appareil tomba par terre et glissa sur le marbre.

— Bon Dieu ! fit Gill en mettant la main sur sa tête. Je te dis qu'elle…

— Tais-toi ! cria-t-elle. Tais-toi ! Tais-toi ! Tais-toi !

Marla apparut sur le seuil de la pièce, frottant son poignet bandé de la main droite.

— Que se passe-t-il ? demanda-t-elle.

— Tout va bien, dit Gill. C'est juste un malentendu.

On sonna à la porte.

— Un malentendu ? dit Agnes. Baiser mon assistante, tu appelles ça un malentendu ?

— Il y a quelqu'un à la porte, dit Marla d'une voix tremblante.

— Tu tires des conclusions trop hâtives, se défendit Gill en élevant la voix. Quelques coups de fil, ça ne prouve rien ! Bon Dieu, Agnes, tu es totalement paranoïaque.

— Tu sais ce qu'elle a dit ? À l'instant ? Avant de comprendre que c'était moi ? Elle a dit qu'elle pensait que vous alliez faire une pause, vous deux. Qu'est-ce qu'elle voulait te faire comprendre par là à ton avis ?

La sonnette retentit une seconde fois.

— Qu'est-ce que j'en sais, moi ? dit Gill. J'ai toujours pensé qu'elle était un peu siphonnée. Je ne comprends pas comment elle a pu rester aussi longtemps auprès de toi. Elle est totalement incompétente, si tu veux mon avis.

— Je te déteste. Si tu avais couché avec n'importe qui d'autre, je te détesterais quand même, mais peut-être pas autant. Là… Là, c'est comme si tu m'obligeais à regarder.

— Ça suffit ! cria Marla.

Quelqu'un tambourinait à la porte à présent. Et appelait :

— Madame Pickens ! Monsieur Pickens !

L'index d'Agnes était pointé sur le visage de son mari.

— Je te détruirai. Je te jure. Je te détruirai.

— Je suis content de l'avoir fait avec elle, dit Gill. Vraiment.

Marla alla ouvrir la porte d'entrée. L'inspecteur Barry Duckworth se tenait là avec deux agents en tenue.

Agnes et Gill Pickens se retournèrent et les regardèrent fixement, abasourdis.

Duckworth agita un bout de papier.

— J'ai un mandat pour l'arrestation de Marla Pickens.

Marla se tenait là, les bras ballants, comme transie.

Agnes lança un regard à son mari, prit le téléphone qu'il avait à la main et dit :

— J'appelle Natalie.

57

Ce soir-là, quand il emmènerait dîner sa femme, Angus Carlson n'aurait pas vraiment de quoi se vanter après sa première journée d'inspecteur intérimaire. Barry Duckworth lui avait laissé un mot avec la liste des dossiers à suivre.

Primo, les écureuils.

Carlson supposait que c'était le moyen qu'avait trouvé Duckworth pour prendre sa revanche. Bon, d'accord, il avait peut-être sorti deux blagues stupides. Histoire de détendre l'atmosphère, mais où était le mal ? Carlson avait toujours cherché à détendre l'atmosphère. Qu'est-ce que sa mère disait toujours ? « Relève-moi les coins de ta bouche. »

Mais la liste de tâches de Duckworth ne s'arrêtait pas aux écureuils. Il voulait que Carlson retourne à Thackeray interroger les trois jeunes femmes qui avaient été agressées, vraisemblablement par un certain Mason Helt, lequel avait été abattu d'une balle dans la tête par le chef de la sécurité du campus, Clive Duncomb.

Pour finir, l'inspecteur voulait que Carlson retourne à Five Mountains et se renseigne sur les trois mannequins nus – portant l'inscription « Vous allez payer » peinte sur leur poitrine – qui avaient fait un tour de grande roue.

Duckworth avait ajouté quelques notes énigmatiques concernant le nombre 23. Pourquoi était-il un élément commun aux trois incidents ? Quelle pouvait être sa signification ?

— Hem, avait marmonné Carlson en lisant les notes de l'inspecteur.

Duckworth voulait qu'il soit attentif à toute récurrence de ce nombre.

Il débuta donc sa journée par le parc où les écureuils avaient été découverts. Il explora méticuleusement la zone boisée attenante. Aborda tous les gens qui passaient par là, leur demanda s'ils avaient remarqué quoi que ce soit d'étrange l'avant-veille au soir. Frappa aux portes des maisons voisines pour demander la même chose.

Résultat des courses : nada.

Il était allé sonner chez un vieil homme qui lui avait dit avec un grand sourire : « Cette affaire va être un vrai casse-noisettes ! »

Bon d'accord, ce n'était peut-être pas si drôle finalement.

Il n'eut guère plus de succès à Thackeray. Aucune des jeunes femmes qu'il comptait interroger n'était disponible. Deux étaient rentrées chez elles pour deux ou trois jours. La troisième, qui allait apparemment passer l'été sur le campus pour suivre des cours supplémentaires, était introuvable. Une étudiante, qui vivait de l'autre côté du couloir, lui dit qu'elle pouvait être en bibliothèque, ou bien en ville en train de faire les boutiques, ou simplement sortie pour une longue promenade.

Carlson n'allait pas y passer la journée.

Prochain arrêt : Five Mountains.

Il se rendit directement dans les bureaux, où il trouva Fenwick. Dans sa longue note, Duckworth disait qu'elle devait dresser la liste des gens qui avaient fait fonctionner la grande roue quand le parc était ouvert. Même s'il était possible que quelqu'un d'un peu doué en mécanique ait pu mettre l'attraction en route, cela aurait été plus facile pour une personne qui l'avait déjà fait fonctionner.

— J'en ai encore la chair de poule, lui confia Fenwick, qui pianotait sur son ordinateur.

— Bien sûr, dit Carlson, c'est parfaitement compréhensible. Vous étiez toute seule et la nuit était tombée.

— Je pensais que je pourrais donner une liste à la police cet après-midi, mais je n'ai pas eu de nouvelles de notre ancien responsable des installations. Lui seul sait qui faisait tourner quoi, mais, bien entendu, il a été licencié, et il ne doit pas être pressé de me rendre service. S'il ne s'est pas manifesté à la fin de la journée, je l'appellerai. Vous n'étiez pas en uniforme hier soir ?

— En effet.

— Vous êtes pas mal du tout en civil, lui dit Gloria Fenwick en souriant.

— C'est la chose la plus sympa qu'on m'ait dite aujourd'hui.

— Je me suis peut-être mal exprimée.

— Non, non, c'était parfait.

Il lui demanda de quelle façon on pouvait s'introduire à l'intérieur du parc. Les bureaux se trouvaient derrière une grille cadenassée, et la propriété était complètement clôturée.

Fenwick expliqua qu'une fois la plus grande partie du personnel de Five Mountains licenciée, les serrures avaient été changées. Seuls elle et les deux ou trois autres employés administratifs que l'on avait chargés de fermer le site avaient des clés, ainsi que l'entreprise de gardiennage qui venait inspecter la propriété plusieurs fois par jour.

— Vous semblez prendre ça très au sérieux, dit-elle. C'était peut-être très perturbant pour moi, mais il n'y a eu aucun véritable dommage.

— L'inspecteur Duckworth prend tout très au sérieux.

Angus la remercia, prit congé, et alla examiner la grande roue. À la lumière du jour, les choses avaient l'air beaucoup moins sinistres. Bien entendu, le fait que les mannequins aient été emportés était pour beaucoup dans cette impression. Rien ne suggérait qu'il s'était passé quoi que ce soit d'inhabituel la veille au soir.

Carlson délaissa la grande roue et se dirigea vers la clôture. Si celui qui avait apporté les mannequins n'avait pas de clé, et rien n'indiquait que les serrures aient été forcées ou crochetées, une brèche devait forcément avoir été pratiquée quelque part. La clôture était grillagée, et elle mesurait un peu moins de trois mètres de haut. Un unique fil barbelé courait au-dessus pour dissuader les intrus. Pas très efficace, mais, d'un autre côté, Five Mountains ne souhaitait probablement pas que ça se voie trop. Il n'aurait pas fallu que le parc ressemble à une prison.

Manèges et attractions étaient accolés à la clôture. L'herbe était plus haute à cet endroit. Carlson supposa que quelqu'un avait pu appuyer une échelle contre le grillage. Il était suffisamment rigide. Faire passer les trois mannequins par-dessus. Mais ensuite, comment l'intrus s'y serait-il pris pour passer de l'autre côté ?

Le terrain du parc, un rectangle irrégulier, couvrait une quinzaine d'hectares. Et suivre le périmètre de la clôture allait représenter une bonne trotte. Carlson ne remarqua rien avant d'avoir tourné le deuxième angle. Le grillage avait été découpé, avec une sorte de coupe-boulon, supposa-t-il, le long d'un poteau, sur une longueur d'un mètre cinquante environ en partant du sol.

L'herbe, nota Carlson, était couchée de part et d'autre de la clôture. Une vingtaine de mètres plus loin, une route à deux voies longeait l'arrière du parc d'attractions.

Il remarqua que l'herbe avait été piétinée jusqu'à la route. Il réfléchit à ce que cela impliquait. Quelqu'un était arrivé avec un pick-up ou une fourgonnette. Il avait déchargé trois mannequins. Les avait portés un par un jusqu'au grillage, les avait fait passer par l'ouverture. Ensuite, il avait déplacé ou dissimulé le véhicule, était revenu sur ses pas, avait transporté les mannequins un par un jusqu'à la grande roue, puis les avait installés dans une des nacelles. Laquelle, comme Duckworth l'avait noté, portait le numéro 23.

Comme si ça avait une quelconque importance.

La grande roue avait démarré, et l'intrus s'était fait la malle.

Carlson se demanda pourquoi on s'était donné autant de mal. C'était un boulot éreintant. Ça ne lui semblait pas être le genre de chose qu'une bande d'adolescents feraient pour rigoler.

On avait affaire à quelqu'un qui tenait absolument à ce que son message soit bien compris.

VOUS ALLEZ PAYER.

À qui était-il destiné ? Qu'est-ce qui avait provoqué la colère de son auteur ? Et si la menace était réelle, à quoi fallait-il s'attendre ?

« Ça me dépasse », se dit Angus Carlson.

58

Jack Sturgess ressortit de l'appartement de Doris Stemple pour la seconde fois, prit son téléphone et appela Bill Gaynor.

— Viens me chercher, dit-il.

Quelques secondes plus tard, l'Audi déboulait dans la rue, s'arrêtait brusquement, le temps que Sturgess monte côté passager, puis repartait en trombe.

Matthew, à l'arrière, sanglé sur son siège bébé, pleurait. Il hurlait plutôt.

— Tu ne peux pas le faire taire ? dit Sturgess.

— C'est un bébé, Jack. C'est ce qu'ils font. Où est-ce qu'on va ?

— À la gare routière. Bon Dieu, je n'arrive pas à me concentrer.

Toutes les trois secondes, Gaynor tournait la tête pour croiser le regard de son fils.

— Hé, mon poussin, allez ! Tout va bien ! Prends des Cheerios.

Les minuscules céréales en forme de « O » jonchaient la banquette. Matthew se contentait de les éparpiller avec ses petites mains.

— Il faut que je le ramène à la maison, dit Gaynor. Il a passé toute la matinée dehors et il a besoin de faire une bonne sieste.

— Bientôt, dit Sturgess.

— Qui est à la gare routière ? Sarita ? C'est elle ?

— Oui.

— Comment tu l'as su ?

— Par sa voisine. C'est de chez elle qu'elle téléphonait. Elle a dit qu'un taxi était passé la prendre tout à l'heure. Elle va à New York.

Les cris de Matthew étaient insistants.

— Merde à la fin ! s'emporta Sturgess. Je ne peux pas réfléchir avec ces hurlements !

Gaynor ferma le poing et frappa le dessus du volant.

— Ferme-la ! Qu'est-ce que tu veux que je fasse ?! Rosemary est *morte* ! Tu te rappelles ? Ma femme est morte, putain ! Sarita s'est barrée ! Je suis son père ! Tu veux que je fasse quoi, hein ? (Il haussa les sourcils, comme pour solliciter une réponse.) Le balancer par la fenêtre ? L'abandonner sur les marches d'une église ? Si tu as une idée, je suis preneur !

Sturgess se tut, regarda droit devant lui. Matthew continuait à brailler.

— Non, vraiment rien ? Tu as peut-être une autre seringue ? Tu veux le piquer ? C'est l'idée qui te trotte dans la tête ?

— Conduis-nous à la gare routière. Plus vite on aura trouvé Sarita, plus vite tu pourras rentrer chez toi et t'occuper de ton fils.

— Je n'aurais jamais dû t'écouter, déclara Gaynor, qui retrouvait lentement son calme.

— Quoi ?

— Je… Je n'aurais jamais dû accepter de te suivre dans cette histoire.

Sturgess soupira. Ce n'était pas la première fois que Gaynor se plaignait de son sort.

— On ne peut pas revenir en arrière, Bill. Nous avons passé un accord. Maintenant on en gère les conséquences.

— Les conséquences ? reprit Gaynor en fusillant le médecin du regard. C'est comme ça que tu appelles le meurtre de ma femme ?

Sturgess lui retourna son regard.

— On ne sait pas exactement ce qui s'est passé.

Le menton de Gaynor trembla.

— J'ai reçu un appel, avant que tu me demandes de venir te chercher. Ils l'ont arrêtée.

— Marla ?

Gaynor hocha la tête.

— Ils sont partis pour l'appréhender, là, maintenant.

— Ça a dû se passer après que j'ai parlé à Agnes, fit remarquer Sturgess. Elle va être anéantie. Marla aussi, bien sûr.

— Tout l'accuse, dit Gaynor.

— Je suppose, oui.

— Mais nous savons qu'elle ne l'a pas fait. Nous savons qu'elle n'a pas enlevé Matthew. N'est-ce pas ?

— Il y a des choses que nous savons, et d'autres que nous ignorons. Mais c'est ce que l'on sait qui nous rend vulnérables, et c'est là-dessus que nous devons agir. Passe par là, ça ira plus vite.

Les hurlements de Matthew commencèrent à diminuer.

— Il a tellement pleuré qu'il doit être en train de s'endormir, dit Gaynor.

— Enfin un motif de satisfaction. OK, c'est juste un peu plus loin. On entre ; on se sépare, on essaie de la trouver. S'il y a des cars en partance, on jette un œil à l'intérieur voir.

— Je ne peux pas laisser Matthew dans la voiture. Pas ici. Dans les bois, ça allait, mais pas ici.

Sturgess ferma brièvement les yeux, laissa échapper un long soupir. Peut-être qu'une injection était la solution, finalement. Pour les deux.

— Il n'y a pas de place de stationnement.

— Mais bon sang, gare-toi n'importe où. Je vais à l'intérieur de la gare pendant que tu détaches le petit.

— D'accord, mais… Hé !

— Quoi ?

— Ils viennent de passer dans l'autre sens !

— Quoi ? Dans une voiture ?

— Sarita était à l'intérieur !

— Quoi ?

— J'en suis sûr. Je l'ai aperçue à l'avant. Je suis sûr que c'était elle.

Gaynor pila, guetta une brèche dans la circulation pour effectuer un demi-tour.

— Une vieille Taurus. Je suis sûr que c'était elle.

— Qui conduisait ?

— Je crois que c'était ce type.

— Quel type ?

— Harwood. Celui qui était à la maison avec Marla et Matthew.

— Merde, dit Sturgess. Fais demi-tour. Allez. Allez.

— Il y a des voitures…

— Impose-toi, bordel !

Matthew recommença à pleurer.

Gaynor coupa la route à un Explorer, essuya un coup de klaxon et un doigt d'honneur. Il enfonça l'accélérateur. La Taurus se trouvait deux voitures devant lui.

— Si je les rattrape, on fait quoi ? demanda Gaynor.

— Suis-les un moment. C'est trop passant ici. Il y a trop de gens.

— Trop de gens pour quoi faire ?

— Continue à les suivre.

— Et s'ils étaient en route pour le poste de police ?

En guise de réponse, Sturgess se pencha vers le plancher, où une petite sacoche en cuir était posée entre ses pieds. Il l'ouvrit, en sortit une seringue et une petite fiole en verre.

— Jack…, dit Gaynor avec méfiance.

— Il va falloir qu'on s'approche tout près d'eux, bien sûr. Engage la conversation. Je dois l'éliminer lui en premier.

Une fois que je me serai occupé de lui, ce sera plus facile avec la nounou.

— Enfin, Jack, qu'est-ce qui t'arrive ? Tu as déjà tué un homme.

Le médecin lui décocha un regard.

— Je crois me souvenir que tu étais là. Je crois me souvenir que tu as creusé un trou pour y dissimuler son cadavre. Je crois me souvenir que toi et moi, nous l'y avons jeté et que nous l'avons enterré. Tu as des souvenirs différents de ces événements ?

— C'est dingue. Nous ne sommes pas… Nous ne sommes pas ce genre de personnes.

— Peut-être que nous ne l'étions pas, dit Sturgess. Mais nous le sommes devenus. (Il détourna le regard, regarda par la vitre côté passager et ajouta :) Si nous voulons survivre, il faut en finir.

59

David

— Allons-y, dis-je à Sarita, assise à côté de moi à l'intérieur de la gare routière. Il se pourrait que la police vienne vous chercher ici.

— Où m'emmenez-vous ?

— Je ne sais pas. On pourrait juste rouler. Et parler.

Je me demandais si elle allait tenter de fuir. Misant sur le fait qu'elle renoncerait à prendre le large sans ses bagages, je me levai et pris la poignée de sa valise.

— Je suis garé juste devant.

Lentement, l'air résigné, elle se leva. Nous marchâmes à pas mesurés vers la porte. Je ne voulais pas la perdre de vue une seule seconde. Une fois dehors, je montrai du doigt la voiture de ma mère.

— Je suis juste là.

J'ouvris la portière côté passager, l'aidai à s'installer, la regardai mettre sa ceinture, puis je déposai sa valise dans le coffre. Je m'assis à ses côtés, démarrai le moteur, et m'insérai dans la circulation.

— Vous avez dit qu'on ne ferait que rouler ?

Je confirmai d'un hochement de tête.

— On ne va pas au poste de police.

Nouveau hochement de tête.

— Je veux que vous me disiez ce qui s'est passé. Je veux que vous me disiez pourquoi vous aviez disparu.

Je commençai par la question centrale :

— Est-ce que vous avez tué Rosemary Gaynor ?

Elle ouvrit de grands yeux horrifiés.

— C'est ce que les gens pensent ? C'est ce que la *police* pense ?

— Ils pensent tous que c'est Marla sauf moi. C'est pourquoi je vous demande si c'est vous qui avez tué Rosemary.

— Non ! Je n'ai pas tué Mme Gaynor ! Je l'adorais ! Elle était bonne avec moi. C'était une dame très gentille. J'adorais travailler pour elle. C'est horrible ce qui lui est arrivé.

— Vous savez qui l'a tuée ?

Sarita hésita.

— Non.

— Mais est-ce que vous avez une idée ?

Elle secoua la tête.

— Je ne sais pas. C'était juste… C'était tellement affreux.

Sa façon de dire ça m'apprit quelque chose.

— Vous avez vu son cadavre. Vous étiez là.

— Oui, je l'ai vu. Mais je n'étais pas là quand ça s'est passé. J'ai dû arriver juste après.

— Racontez-moi.

— Je suis arrivée dans l'après-midi. J'avais pris mon poste de bonne heure à Davidson Place. J'ai deux emplois. Très souvent, j'enchaîne avec le second quand j'ai fini le premier, même si chez les Gaynor, je ne dirais pas que je prenais mon poste. Prendre son poste, c'est quand on travaille pour une entreprise, mais là, c'est une famille, c'est différent. J'ai terminé mon travail à Davidson, puis j'ai pris le bus pour aller chez les Gaynor. J'ai une clé, mais je sonne toujours. Par politesse. On n'entre pas comme ça chez les gens. J'ai sonné mais personne n'a répondu. J'ai pensé que Mme Gaynor était peut-être sortie. Qu'elle faisait des courses ou quelque chose comme ça. Ou alors qu'elle était dans la salle de bains, ou en train de changer Matthew, et qu'elle ne pouvait pas venir à la porte tout de suite. Dans ces cas-là, je me sers de ma clé.

— Vous êtes donc entrée dans la maison.

— Oui, mais il se trouve que la porte était ouverte. J'entre, et je l'appelle. Je me dis qu'elle doit être à la maison parce que la porte n'est pas fermée à clé. J'appelle plusieurs fois, et comme elle ne répond pas, je vais dans la…

Elle baissa la tête et la tourna vers la vitre. Ses épaules tremblèrent. Pendant que j'attendais la suite, je pris à gauche, puis à droite, pour sortir du centre-ville.

Sarita releva la tête.

— Je vais dans la cuisine et elle est là, et il y a du sang partout, et même si ça me fait peur, je pose ma main sur elle, peut-être qu'elle n'est pas morte, peut-être qu'elle respire, peut-être qu'on sent son cœur battre, mais elle est morte.

— Qu'est-ce que vous avez fait ensuite ?

— J'ai… J'ai…

— Vous n'avez pas appelé la police.

Elle fit non de la tête.

— Je n'ai pas pu. Je n'ai pas le droit de vivre dans ce pays et personne n'est au courant de mon existence. Pas officiellement. La police, ça lui est égal ce qui peut arriver à quelqu'un comme moi. Ils trouveraient un moyen de m'accuser de quelque chose, ils pensent peut-être même que je l'ai fait, que j'ai tué Mme Gaynor. Alors j'ai appelé Marshall pour qu'il vienne me chercher.

Elle s'interrompit, reprit sa respiration.

— Vous m'avez demandé si j'avais une idée de qui avait tué Mme Gaynor ?

— C'est exact.

— Je n'ai pas pu faire autrement que me demander si ce n'était pas… M. Gaynor.

— Pourquoi ça ?

— Je me suis dit qu'il savait peut-être que sa femme commençait à comprendre. Qu'il n'avait jamais été honnête avec elle. Je me suis demandé si elle ne l'avait pas confronté à ses mensonges et s'il ne s'était pas mis en colère après elle. Malgré tout, même si je ne l'ai jamais aimé, il ne m'a jamais paru être le genre d'homme capable de faire ce genre de chose.

— Sarita, de quoi parlez-vous ?

— Tout est ma faute, dit-elle, et elle se mit à pleurer. Si c'est bien ce qui s'est passé, tout est ma faute. J'aurais dû me taire. J'aurais dû ne rien dire.

— Ne rien dire à quel sujet ?

— Je savais pour Marla. Je savais pour votre cousine. Je savais ce qui s'était passé à l'hôpital.

— Qu'elle avait tenté d'enlever un bébé ?

Sarita hocha la tête.

— J'ai des amis qui travaillent à l'hôpital et qui travaillent aussi à Davidson, et tout le monde parlait de cette fille qui avait essayé de voler un bébé. Qu'elle avait perdu la tête parce que le sien était mort quelques mois plus tôt. Et j'ai appris que le Dr Sturgess était son médecin.

— Vous connaissez le Dr Sturgess ?

Sarita fit oui de la tête.

— C'est le médecin des Gaynor. Et M. Gaynor et lui sont de vieux amis.

Je jetai un coup d'œil dans le rétroviseur. Une voiture nous suivait, une berline noire qui ressemblait fort à celle que j'avais repérée quelques minutes auparavant. Elle ne ressemblait pas à un véhicule de police.

— Ils se parlent beaucoup, continua Sarita.

— Comment ça ?

— Quand le docteur venait à la maison, ils allaient dans le bureau de M. Gaynor. Il a un bureau dans la maison. Ils fermaient la porte et ils restaient longtemps à discuter.

— De quoi ?

Elle haussa les épaules.

— Je ne sais pas. J'entendais des bouts de phrase. Souvent, ça parlait d'argent. Je pense que M. Gaynor avait un problème avec ça. Et peut-être aussi le docteur.

— Quel genre de problème ?

— Le jeu, je pense. Mme Gaynor me parlait quelquefois, elle me disait que son mari gagnait bien sa vie dans sa compagnie d'assurances, mais qu'il y avait des moments où ils avaient quand même des problèmes d'argent parce que M. Gaynor aimait faire des paris. Le Dr Sturgess aussi. Mais lui, c'était encore pire.

Je sentais que Sarita ne me disait pas tout. Je ne pouvais m'empêcher de penser qu'elle était plus impliquée dans cette histoire qu'elle ne le disait. Je revenais constamment à ma première hypothèse : Marla avait été piégée.

Peut-être le Dr Sturgess et Bill Gaynor avaient-ils planifié le meurtre et avaient-ils besoin de quelqu'un à qui faire porter le chapeau. Marla était le pigeon idéal. Sturgess connaissait ses antécédents et savait comment les exploiter.

Mais comment Marla s'était-elle retrouvée avec le bébé ?

Et puis cela fit tilt dans ma tête.

— Vous vous habillez comment ? demandai-je à Sarita.

— Pardon ?

— Quand vous travaillez à Davidson House. Que portez-vous ? Vous avez un uniforme ?

— Oui, dit-elle.

— Il vous est arrivé de vous présenter chez les Gaynor dans votre uniforme ?

— Oui, répéta-t-elle. Très souvent, je me changeais chez eux, je remettais mes vêtements de tous les jours.

— Décrivez-le.

— Quoi ?

— Décrivez votre uniforme.

Elle secoua la tête, ne comprenant pas où je voulais en venir.

— Un pantalon, un haut. Tout simples.

— Un pantalon blanc ? Un haut blanc ?

Sarita cligna des yeux.

— Oui. Tout blanc.

Un ange.

— C'est vous qui avez confié Matthew à Marla.

— Oui. Quand j'ai trouvé Matthew dans sa chambre, j'ai voulu le faire sortir de la maison. J'ai pris quelques-unes de ses affaires, la poussette, j'ai quitté la maison avec lui et je l'ai fermée à clé.

— Vous avez laissé une tache sur la porte d'entrée chez Marla. Vous avez laissé du sang appartenant à Rosemary Gaynor sur la porte.

Lentement, elle hocha la tête.

— Je n'en sais rien. C'est possible. J'avais peut-être du sang sur la main ; j'ai pu toucher quelque chose. Je ne me souviens plus vraiment…

J'eus alors la certitude que je venais d'éviter à ma cousine de passer le restant de ses jours en prison.

Mais je devais en apprendre davantage.

— Vous ne m'avez pas tout dit. Vous étiez dans le coup avec eux.

— Je ne sais pas de quoi vous parlez. Je n'ai rien à voir dans le meurtre de Mme Gaynor. Je n'ai rien fait avec son mari ou son médecin. Mais… mon copain… c'est une autre histoire.

— Quoi ?

— Marshall est très, très bête. Il essaie de soutirer de l'argent à M. Gaynor. C'est très mal ce qu'il fait, mais il n'a pas voulu m'écouter. Et je ne sais pas ce qu'il lui est arrivé. Il était censé rentrer à la maison, mais il ne répond pas à mes appels. Je n'ai pas pu le joindre.

Bon sang, il se tramait plus de choses que je n'aurais pu l'imaginer. Mais je continuai à dérouler mon raisonnement.

— Sarita. Ce que je pense, c'est que Sturgess, Gaynor, ou peut-être les deux, je ne sais pas, ont décidé de faire disparaître Rosemary.

Elle venait de me dire que Gaynor avait besoin d'argent. Il y avait peut-être une grosse police d'assurance en jeu. Je continuai :

— Ils ont piégé Marla. Et vous vous êtes chargée de la livraison. Vous lui avez apporté le bébé en sachant que la police finirait par le découvrir. Vous êtes le lien.

— Non, dit Sarita. Vous vous trompez. J'essayais de faire une bonne action.

— Une bonne action. Qu'est-ce que vous… ?

Ce fut à ce moment-là que je commençai à entendre le klaxon.

La voiture noire qui nous suivait était collée à mon pare-chocs. Le conducteur klaxonnait comme un furieux et faisait des appels de phares.

60

Pendant qu'on procédait à l'incarcération et au relevé d'empreintes de Marla, Barry Duckworth alla s'asseoir à son bureau.

Vanné.

Il n'avait aucune certitude concernant la jeune femme, mais quand le rapport du labo avait confirmé que le sang sur la porte de sa maison était bien celui de Rosemary Gaynor, le chef et le procureur avaient demandé qu'elle soit appréhendée.

Ce qu'il avait fait.

Elle n'avait pas décroché un mot de tout le trajet. Elle était restée à l'arrière du véhicule de patrouille, comme en état de transe. Duckworth devait bien admettre qu'elle lui faisait pitié, cette fille, même si elle était coupable. Les choses qui lui étaient arrivées avaient perturbé son équilibre psychologique.

On rencontrait des tas de gens givrés dans son métier.

Il déplaça la souris et l'écran se ralluma. Il avait deux nouveaux e-mails. Il avait entendu son portable émettre deux « ding » pendant l'heure écoulée, mais n'avait pas eu une seconde à lui pour le consulter.

Le premier message avait été envoyé par Sandra Bottsford, la gérante de l'hôtel de Boston où séjournait Bill

Gaynor quand sa femme avait été tuée. Elle lui faisait savoir qu'elle avait des informations pour lui, et lui demandait de la rappeler.

Le second e-mail était de Wanda Therrieult, la légiste. Il était bref : *Appelle-moi.*

Duckworth téléphona d'abord à la gérante de l'hôtel. On le balada de service en service. Bottsford était quelque part dans l'immeuble, si bien qu'ils transférèrent son appel sur son portable quand il expliqua qui il était.

Elle finit par répondre.

— Bottsford.

— Inspecteur Duckworth à l'appareil, à Promise Falls. Je viens de lire votre mail. Merci d'avoir repris contact avec moi.

— Il n'y a pas de quoi. J'aurais pu vous expliquer ça par écrit, mais j'ai pensé que vous auriez peut-être des précisions à me demander, et qu'on devait se parler.

— Parfait. J'essayais donc d'établir si M. Gaynor se trouvait à l'hôtel du samedi midi au lundi matin.

— Oui. C'est vraiment terrible ce qui est arrivé à sa femme. En tout cas, il a quitté l'hôtel lundi à six heures du matin. J'ai vérifié les enregistrements vidéo, et on le voit à la réception à la première heure hier matin.

Un départ à six heures du matin paraissait à peu près coller. S'il s'était arrêté une fois ou deux pour prendre un café ou aller aux toilettes, cela le faisait rentrer chez lui à l'heure à laquelle il était effectivement arrivé.

Mais Duckworth restait dubitatif. Gaynor avait pu quitter l'hôtel à un moment ou à un autre au cours des quarante-huit heures précédentes, rentrer chez lui, tuer sa femme, puis retourner à Boston. C'était concevable. Sa femme était manifestement morte au moins un jour avant que l'on ne découvre son corps. Ce qui signifiait que celui qui l'avait tuée avait agi plus de vingt-quatre heures plus tôt. Duckworth attendait toujours que l'administration du

Mass Pike lui confirme que la voiture de Gaynor avait été repérée à l'entrée ou à la sortie du péage au cours des deux jours qui avaient précédé son retour chez lui.

Un aller-retour lui aurait pratiquement pris entre cinq et six heures, mais c'était faisable en empruntant l'autoroute inter-États. Sa présence à la conférence de l'hôtel pouvait lui servir d'alibi.

Duckworth persévéra :

— Je vous avais demandé, je crois, si vous aviez d'autres éléments qui nous permettraient d'attester la présence de M. Gaynor à l'hôtel pendant la plus grande partie du week-end.

— Il y a eu des conférences pendant quasiment tout le week-end, et on l'a vu au dîner de clôture du dimanche à cinq heures. Une consommation a été enregistrée au bar à dix heures, dimanche soir, et on le voit sur la vidéo traverser le hall aux alentours de onze heures. Il a appelé la réception de sa chambre vers minuit pour demander à être réveillé à cinq heures, ce qui a été fait. Il a répondu à l'appel.

Ce qui couvrait la journée de dimanche. Mais à ce moment-là, Rosemary Gaynor était déjà morte.

— Et pour la période allant du samedi au dimanche matin ?

— M. Gaynor est un habitué de notre établissement, inspecteur. L'année dernière, sa femme et lui sont même restés chez nous pendant plusieurs mois. Tout le monde les connaît ici. Je me suis renseignée au bar et au restaurant, et nos employés m'ont dit qu'ils l'avaient vu à intervalles réguliers pendant tout le week-end. Et sa voiture n'a pas quitté l'hôtel. J'ai parlé au voiturier, il se rappelle la lui avoir remontée à six heures, et M. Gaynor ne l'a pas demandée une seule fois pendant les quarante-huit heures précédentes.

— Merci beaucoup de m'avoir recontacté, dit Duckworth.

— M. Gaynor s'est toujours montré gentil et poli avec tout le monde ici, ajouta la gérante. Nous sommes de tout cœur avec lui.

— Bien sûr. Au revoir.

L'inspecteur raccrocha. Il ferait aussi bien de rayer Gaynor de la liste des suspects, supposa-t-il. Mais il devait en avoir le cœur net.

Il décrocha et appela Wanda.

— Comment ça va ? dit-elle.

— J'ai eu ton mail. Tu as du nouveau ?

— J'ai terminé l'autopsie de Rosemary Gaynor.

— D'accord.

— Il n'y a pas grand-chose à ajouter concernant la cause de la mort. Aucune trace d'agression sexuelle. Rien de vraiment nouveau depuis le compte rendu que je t'ai fait hier. À part un détail, néanmoins. Il est peut-être anodin, mais j'ai pensé que je devais t'en parler. Tu auras mon rapport complet, bien sûr, mais je tenais à te prévenir.

— Je t'écoute.

— Eh bien, je suis tombée sur de curieuses cicatrices au niveau du pelvis. Elles sont de couleur blanchâtre et se sont réduites avec le temps, ce qui indique que l'intervention qu'elle a subie remonte à plus d'un an, peut-être deux.

— Je ne comprends pas.

— Un peu de patience. J'ai aussi trouvé plutôt bizarre qu'il n'y ait aucune modification des ligaments de soutien dans les seins de cette femme, vu les circonstances.

— Quelles circonstances ?

— Quand une femme est enceinte, à cause de l'augmentation du volume mammaire, ces ligaments sont apparents. Alors, comme ma curiosité était vraiment piquée, j'ai jeté un coup d'œil à la partie postérieure de la branche supérieure du pubis.

— La quoi ?

— L'os situé à l'avant du bassin, près de la vessie. On aurait dû y voir des marques de cicatrisation dues au développement de l'utérus, et…

— Stop, fit Duckworth. Qu'est-ce que tu es en train de me dire ?

— Rosemary Gaynor a subi une hystérectomie il y a quelques années. Je suis en mesure d'affirmer que cette femme n'a jamais été enceinte.

— Répète ça.

— Elle n'a jamais eu d'enfant, Barry.

61

Agnes Pickens avait terminé sa conversation avec Natalie Bondurant sur le téléphone de la cuisine quand son portable – le sien, assurément, pas celui de Gill – sonna sur le plan de travail. Elle s'en saisit d'un geste vif, vit qui c'était, et prit l'appel.

— Quoi ? dit-elle. Attends, ne quitte pas.

Gill était monté à l'étage, mais comme elle ne voulait pas prendre le risque qu'il entende un mot de cette conversation, elle ouvrit la baie vitrée qui donnait sur la terrasse à l'arrière de la maison et la referma derrière elle.

— Qu'est-ce qu'il y a ?

— On a un problème, répondit Jack Sturgess.

Elle entendait un bruit de circulation en arrière-fond.

— Je croyais que tu l'avais réglé ?

— Celui-là, oui, on s'est occupés de la vieille dame. Mais on en a un nouveau sur les bras. J'ai retrouvé Sarita…

— Je ne vois pas ça comme un problème.

— Elle est avec ton neveu, dit Sturgess. (Après plusieurs secondes de silence, il ajouta :) Tu as entendu ?

— J'ai entendu. Elle est avec David ? Où sont-ils ?

— Dans une voiture devant nous. Ils se promènent. On les suit. Sarita était sur le point de sauter dans un bus pour quitter la ville. David a dû la trouver à la gare routière. On a repéré sa voiture en chemin.

— Je lui ai donné ma bénédiction pour qu'il mène sa petite enquête afin de disculper Marla. Que pouvais-je faire d'autre ? Je ne pouvais pas le laisser penser que je me désintéressais de savoir ce qui avait pu se passer… simplement, je n'imaginais pas que ça le mènerait aussi loin. (La panique montait dans sa voix.) Mais comment s'y est-il pris pour la trouver ?

— Qu'est-ce que j'en sais, moi ? répliqua le médecin. Peut-être que tu devrais le lui demander.

— Le lui demander ?

— Je ne sais pas. Appelle-le. Dis-lui de dégager. De laisser tomber. Tu es sa tante, bordel de merde. Raisonne-le.

— Je réfléchis.

— Eh bien, tu as intérêt à réfléchir vite, parce qu'on dirait qu'ils sont en pleine discussion, tous les deux.

Nouveau silence du côté d'Agnes.

— Si tu ne veux pas me donner d'instructions, prévint Sturgess, je vais devoir prendre des initiatives.

— Tu ne vois pas où est le problème ? demanda Agnes. Nous savons que c'est Sarita qui a amené le bébé chez Marla. Elle a dû comprendre ce qui s'est vraiment passé. Pour sauver notre peau, il faudrait… Il faudrait empêcher Sarita de parler à qui que soit. Définitivement.

— Absolument.

— Mais… j'ai besoin de Sarita.

— Quoi ?

— J'ai besoin de Sarita pour sauver Marla. Ma petite fille va finir sa vie en prison, Jack. Sarita peut la disculper. Quand ils auront recueilli son témoignage, ils seront obligés d'abandonner les poursuites contre Marla.

— Agnes, dit lentement Sturgess. Il faut que tu réfléchisses à ce que tu dis.

— Je ne fais que ça ! Ma fille ne croupira pas en prison.

— Tu as envie d'y aller, *toi* ? demanda Sturgess. Moi, je sais que je ne veux pas. Réfléchis bien, Agnes. Même si Marla était reconnue coupable, tu pourrais monter une défense assez convaincante en plaidant l'aliénation mentale. Altération du discernement, quelque chose comme ça. Une crise de démence suite à un incident traumatique. Il se pourrait même qu'on la soumette à une simple obligation de soins psychiatriques jusqu'à ce qu'elle soit considérée comme guérie. Mais…

— Espèce de salaud.

— *Mais* s'ils s'en prennent à nous, s'ils découvrent ce que nous avons fait, Agnes, s'ils découvrent ce que j'ai fait rien qu'aujourd'hui, avec ta bénédiction, on y passera le restant de nos jours. Tu m'entends ? Si tu laisses Marla porter le chapeau, elle sort dans un an ou deux et tu pourras veiller sur elle. Mais si c'est toi qui y vas, tu ne pourras plus jamais veiller sur ta fille. Tu la verras une fois par mois, les jours de visite, et ce sera tout. C'est ça que tu veux ?

— Jack, ferme-la.

— Tu veux être une bonne mère, Agnes ? Alors laisse-les soigner Marla. Et quand elle sortira, tu seras là pour elle. Laisse-moi m'occuper de Sarita.

— Je… Je ne peux pas… Je ne sais pas quoi…

— Agnes, tu m'excuseras, mais Marla ne représente pas la même chose pour moi que pour toi. C'est ta fille, pas la mienne. Je sais ce que j'ai à faire pour sauver ma peau.

— Pourquoi je t'ai suivi dans cette…

— On croirait entendre Bill. On y est jusqu'au cou, tous, Agnes. Tu en as retiré un bénéfice et moi aussi.

— Ça n'a jamais été qu'une affaire d'argent pour toi, dit-elle, mais pas pour moi.

— Les motivations des uns et des autres, on s'en tamponne maintenant. N'essaie pas de me la jouer comme si tu n'avais rien à voir là-dedans.

Agnes se tut à nouveau quelques instants.

— Où es-tu ? finit-elle par demander.

— David sort de la ville par le nord. J'aperçois la grande roue de Five Mountains au loin.

— Qu'est-ce qu'elle lui a raconté à ton avis ?

— Va savoir. On ignore même ce qu'elle sait exactement.

En fond sonore, des cris de bambin.

— C'est quoi ça ? demanda Agnes. Qui est-ce ?

— C'est Matthew. Il n'a quasiment pas arrêté de brailler.

— Tu as le bébé avec toi ?

— Je suis avec Bill. On a déjà discuté du sujet. Moi aussi, je pensais que c'était une mauvaise idée d'emmener le gosse, mais comme il le dit lui-même, que veux-tu qu'il fasse ? Il a besoin d'une nouvelle nounou.

— Jack, sérieusement, ça demande réflexion. Et si… donne-moi juste une seconde… Et s'il y avait un moyen pour mettre ça sur le dos de Sarita… et la faire taire en même temps ?

— Continue.

— Elle t'avoue ce qu'elle a fait, mais ensuite elle t'agresse, et tu réagis en état de légitime défense. Quelque chose comme ça, peut-être.

— Tu essaies de te rattraper aux branches, Agnes. Et si elle avait déjà tout raconté à David ? Tu as pensé à ça ? Il connaît peut-être déjà toute l'histoire.

Avant qu'Agnes ait pu répondre, Sturgess dit à Bill Gaynor :

— C'est plutôt isolé ici. Fais des appels de phares, klaxonne. Oblige-les à se ranger.

— Jack ?

— Il faut que j'y aille, dit-il. On fait le point plus tard. Réfléchis à ce que je t'ai dit, Agnes. Rappelle-toi : tu peux être une bonne mère.

— Ne t'avise pas de faire du mal à mon neveu, avertit-elle. Ni à mon petit-fils.

— Oh, fit Sturgess, c'est ton petit-fils maintenant !

62

David

— Une bonne action, répéta Sarita Gomez, assise dans la voiture à côté de moi. Je voulais bien faire.

La voiture noire derrière nous continuait à klaxonner et à nous faire des appels de phares.

— Expliquez-moi ça, dis-je, en maintenant ma vitesse, hésitant à m'arrêter.

— Je voulais rendre Matthew à sa vraie mère.

Je lui jetai un coup d'œil. Deux coups d'œil, en fait.

— Le bébé de Marla n'est pas mort ?

— J'en suis pratiquement sûre, dit Sarita. Je sais que Mme Gaynor n'a jamais été enceinte, qu'ils ont adopté Matthew. Elle ne l'allaitait pas, elle n'a pas vécu tout ce que vit une future mère. Mais elle ne voulait pas que ça se sache. Elle voulait qu'on pense qu'elle avait été enceinte. Les deux ou trois derniers mois avant l'arrivée de Matthew, elle les a passés à Boston pour que les voisins ne se posent pas de questions. Pour qu'ils ne voient pas qu'elle n'avait jamais été enceinte.

— C'est Rosemary qui vous a dit tout ça ?

— Pas exactement. Je passais tellement de temps chez eux que j'ai fini par comprendre ce qui s'était passé. Le Dr Sturgess venait très souvent pour discuter avec M. Gaynor et j'ai entendu des choses. Et je savais par mes amis à l'hôpital que votre cousine… son bébé était mort à peu près en même temps que les Gaynor avaient eu Matthew. Un jour… ils ne savaient pas que j'étais là… je les ai entendus parler de la fois où elle avait essayé de voler le bébé à l'hôpital, le docteur affirmait qu'il n'aurait pas pu prévoir ce genre de comportement. C'est à ce moment-là que j'ai su ce qu'ils avaient fait. Que le bébé de Mme Gaynor était en fait le bébé de votre cousine.

— Mais… Mais Marla n'a pas eu un fils. Elle a eu une fille.

— Ils lui ont menti, dit Sarita. Une fois le bébé emmailloté, comment vous faites la différence ? Je pense qu'ils lui ont dit que c'était une fille uniquement pour qu'on ne puisse pas faire le rapprochement. Ça se tient ?

— Non, ça n'a aucun sens, parce que Marla m'a dit que lorsqu'elle avait pris le bébé dans ses bras, il était mort.

Sarita me regarda, déconcertée.

— Ça, je ne peux pas l'expliquer.

La voiture continuait à klaxonner. Sarita se retourna sur son siège.

— C'est M. Gaynor. C'est sa voiture. Et je suis pratiquement sûre que c'est le docteur à côté de lui.

— Pourquoi est-ce qu'ils nous suivraient ?

— Ils doivent être à ma recherche.

Où nous avaient-ils repérés ? À la gare routière ?

— J'ai quelques questions à leur poser, dis-je en mettant mon clignotant et en relâchant l'accélérateur.

— Attendez, dit Sarita.

— Quoi ?

Je n'avais pas encore posé le pied sur le frein, mais comme je ralentissais, Gaynor cessa de klaxonner.

— Où est Marshall ?

— Votre copain ?

— Il était censé retrouver M. Gaynor. Il devait lui donner de l'argent. Alors où est passé Marshall ?

— Qu'est-ce que vous insinuez ?

— Je ne sais pas, mais j'ai un mauvais pressentiment.

— Sarita, il ne va rien arriver. On est en terrain découvert. Maintenant que vous m'avez confié toutes ces choses, j'ai quelques questions à poser à ces deux connards. Et je veux des réponses.

Cette fois j'appuyai sur le frein, dirigeai la voiture sur le bas-côté. Nous nous trouvions derrière le parc d'attractions de Five Mountains. Le long de la route, sur une vingtaine de mètres, s'étendaient des herbes hautes, puis une clôture d'enceinte. Un peu plus loin, une section de grillage avait été découpée et pliée.

Je reportai mon attention sur le rétroviseur, regardai Gaynor ranger son Audi noire sur le bas-côté, deux longueurs de voiture derrière la mienne. J'avais l'impression de me faire verbaliser pour excès de vitesse.

La portière s'ouvrit côté passager.

Sarita avait raison. C'était bien le Dr Sturgess.

— Je ne comprends pas. Comment ont-ils réussi leur coup ? Rien que pour les papiers. Comment ont-ils fait pour…

Sarita m'interrompit.

— Il est médecin, riche et blanc. Il a pu tout acheter : certificat de décès, acte de naissance, tout. Qui allait lui poser des questions ? (Elle secoua la tête avec colère.) C'est pour ça que j'ai ramené le bébé chez votre cousine. Quand j'ai découvert ce qu'ils avaient fait, j'ai cherché son adresse, je suis passée devant chez elle de nombreuses fois, en me demandant si je devais lui dire. Mais je ne l'ai pas fait. Il a fallu que Matthew n'ait plus personne pour s'occuper de lui.

Sturgess s'approchait de mon côté. Je vis son image grossir dans le rétroviseur extérieur.

Il semblait garder un bras plaqué le long du corps.

Je baissai la vitre.

— Docteur Sturgess, dis-je quand il fut à la hauteur de la portière.

Il sourit.

— Monsieur Harwood. J'étais pratiquement sûr que c'était vous. (Il se pencha légèrement, de manière à pouvoir voir ma passagère.) Bonjour, Sarita, comment allez-vous ?

Sarita ne dit rien.

— Je me demandais si nous pourrions avoir une petite conversation, dit Sturgess.

— C'est M. Gaynor dans la voiture, n'est-ce pas ? demandai-je.

— En effet.

— On va discuter tous ensemble ?

— Ce serait l'idéal, répondit-il.

— Où aimeriez-vous faire ça ?

— Si vous voulez bien descendre, vous deux, je pense qu'on pourrait discuter ici.

Je n'avais pas encore coupé le moteur, et je tendais la main vers la clé quand mon portable sonna.

— Une seconde, dis-je à Sturgess, un doigt en l'air.

— Il faut vraiment que l'on parle maintenant, insista-t-il.

J'agitai à nouveau mon doigt, sortis mon portable de ma poche de l'autre main.

— Allô ?

— Sauve-toi ! cria tante Agnes.

63

Barry Duckworth rappela Boston. Pour la seconde fois, l'hôtel transféra son appel à la gérante, Sandra Bottsford.

— Vous me disiez que la femme de M. Gaynor, Rosemary, avait passé deux ou trois mois avec lui dans votre hôtel. Ça remonte à quand ?

La femme réfléchit un moment.

— Eh bien, ce devait être il y a un an à peu près. Je peux vérifier dans les registres, mais je suis pratiquement sûre qu'elle est venue il y a environ treize mois, et qu'ils sont restés trois mois ensemble.

— D'accord. Si Mme Gaynor avait été enceinte, j'imagine que ça ne vous aurait pas échappé ?

La gérante éclata de rire.

— Oui, je pense que je me serais souvenue de ce genre de détail : elle n'était pas enceinte. (Un temps d'arrêt.) Aux infos, ils ont dit que Mme Gaynor laissait un enfant. Je suppose qu'ils ont dû adopter. Elle n'était pas enceinte quand elle était ici, et elle ne s'occupait pas d'un nourrisson.

— Merci encore, dit Duckworth.

Il mit fin à l'appel, puis s'assit et regarda fixement son écran d'ordinateur.

La question ne s'était jamais posée.

Duckworth n'avait jamais demandé à Bill Gaynor si Matthew avait été adopté. Il n'y avait aucune raison de le faire. Et en supposant que le bébé *ait été* adopté ? Qu'est-ce que cela aurait changé ?

Cependant il était maintenant en présence de ce qu'il appelait une « convergence d'événements ».

Le bébé de Marla Pickens était mort à peu près au moment où Rosemary Gaynor avait eu le sien. Et Duckworth savait maintenant que Mme Gaynor n'était pas enceinte à l'époque où Marla attendait son enfant.

Marla qui s'était retrouvée avec le bébé des Gaynor.

D'une manière ou d'une autre.

Elle avait affirmé que c'était son bébé, avant de revenir assez rapidement sur ces premières déclarations. Marla n'avait jamais sérieusement soutenu qu'elle avait accouché de Matthew. Matthew était en réalité un substitut.

Et de plus, n'était-ce pas une fille que Marla avait perdue ?

N'empêche…

L'inspecteur quitta son bureau avec l'intention d'aller parler à Marla. On procédait aux formalités d'usage, et Natalie Bondurant attendait qu'elle en ait fini.

— Je dois parler à Mlle Pickens, dit Duckworth à l'agent qui s'occupait de la jeune femme. Immédiatement.

— Que se passe-t-il ? demanda Natalie. Il est hors de question que vous lui parliez si je n'assiste pas à l'interrogatoire.

— Très bien, dit Duckworth. Allons-y tous les deux.

Dans la salle d'interrogatoire, il désigna de la main deux chaises vides de l'autre côté de la table.

— Je vous en prie, dit-il.

Les deux femmes s'assirent.

— Vous n'avez pas suffisamment d'éléments pour faire inculper ma cliente, commença Natalie, et même si c'était le cas, le moment est on ne peut plus mal choisi. Mlle Pickens est très fragile psychologiquement, et il vous faudrait la placer sous surveillance constante…

Duckworth leva la main.

— Je sais. Je souhaite interroger Mlle Pickens sur un sujet qui n'a rien à voir avec les charges qui pèsent contre elle. Rien à voir avec Rosemary Gaynor.

— De quel sujet parlez-vous ? demanda Natalie tandis que Duckworth s'asseyait sur la chaise en face d'elle.

— Marla… Je peux vous appeler Marla ?

La jeune femme hocha faiblement la tête.

— Je sais que c'est difficile, mais je voudrais vous interroger sur votre enfant. Le bébé.

— Franchement, intervint Natalie, c'est un sujet trop pénible pour être abordé.

— S'il vous plaît, dit Duckworth avec douceur. Marla, quand vous étiez enceinte, vous n'avez jamais songé à faire adopter l'enfant ?

Elle cligna des yeux plusieurs fois.

— Le faire adopter ?

— C'est cela.

Marla secoua lentement la tête d'un côté à l'autre.

— Jamais, pas une seconde. Je voulais avoir un bébé. Je le voulais plus que tout au monde.

— Il n'en a donc jamais été question ?

Marla leva les yeux au ciel.

— Il en était *constamment* question. Ma mère en parlait. Elle voulait que je le fasse. Enfin, au début elle voulait que j'avorte. Mais c'était exclu, alors elle s'est mise à parler d'adoption, mais ça non plus, je ne voulais pas en entendre parler.

Duckworth pianota légèrement sur la table.

— Vous n'avez pas eu votre bébé à l'hôpital. L'hôpital de votre mère.

— Non, dit-elle. On est allés à la cabane.

— N'est-ce pas étrange ? Je veux dire, votre mère dirige l'hôpital, et elle ne veut pas que vous y accouchiez ?

— Il y avait un microbe qui se baladait. Le *C. diff* ou quelque chose comme ça.

— N'empêche. Cela paraît bizarre d'aller accoucher dans un lieu si éloigné de votre domicile.

— Le Dr Sturgess nous avait accompagnées. Mais… (Elle baissa les yeux sur la table.) Mais le cordon s'est enroulé autour du cou du bébé, et ils n'ont pas pu le sauver.

— Cela a dû être… horrible.

Marla hocha lentement la tête.

— Oui. Même si j'étais un peu dans les vapes quand le bébé est né. Le Dr Sturgess m'avait donné des trucs pour calmer la douleur.

— Savez-vous quels médicaments il vous a administrés ?

Marla haussa les épaules.

— Non, désolée. Je souffrais. Ce n'était pas insupportable, mais le Dr Sturgess et ma mère ont dit que cela allait être bien pire, alors ils m'ont donné quelque chose. Et je n'ai rien senti quand le bébé est né.

— Mais vous l'avez vu après.

Marla hocha la tête.

— Oui. Je… Je ne m'en souviens pas, en fait… mais je l'ai vu. J'ai touché ses doigts et l'ai embrassé sur la tête.

— Mais si vous ne vous le rappelez pas, comme savez-vous ce qui s'est passé ?

— Maman m'a aidée à me rappeler. Parce que c'était tellement flou pour moi. Elle m'a raconté ce qui s'était passé encore et encore, alors c'est comme si je me le rappelais.

64

David

Je n'eus pas beaucoup de temps pour analyser ce que tante Agnes avait à dire. Quoiqu'elle ne m'ait pas dit grand-chose.

Pour m'enjoindre de fuir, elle devait avoir une idée de l'endroit où je me trouvais, et de ma situation.

Agnes avait l'air de savoir que je venais de retrouver le Dr Jack Sturgess.

Et elle voulait que je lui échappe le plus rapidement possible.

Une milliseconde après qu'Agnes m'eut crié à l'oreille, je tournai la tête sur la gauche pour regarder le Dr Sturgess. Celui-ci était en train d'écarter le bras qu'il avait gardé le long du corps. Je crus voir un petit objet cylindrique dans sa main. Une sorte de stylo pourvu d'une pointe métallique.

Non. Ça ressemblait davantage à une seringue.

— Merde ! dis-je avant de laisser tomber le téléphone, de mettre le contact, et de démarrer pied au plancher. La vieille Taurus de ma mère n'était pas une Ferrari, mais elle s'arracha suffisamment vite pour coller Sarita à son siège, couvrir l'avant de l'Audi de Gaynor d'une gerbe de graviers et obliger Sturgess à faire un bond en arrière pour ne pas se faire rouler sur les pieds.

— Arrêtez ! cria-t-il. Arrêtez !

La Taurus zigzagua sur le gravier, puis fit une embardée quand le pneu arrière gauche mordit la chaussée en crissant.

— Qui était-ce ? cria Sarita. Qui vous a appelé ?

Je n'avais pas la tête à répondre à sa question. Je jetai un coup d'œil dans mon rétroviseur pour m'assurer que nous ne coupions pas la route à un semi-remorque, et j'aperçus Sturgess en train de tripoter sa veste de costume, peut-être pour y glisser la main.

— Baissez-vous, dis-je à Sarita.

— Quoi ?

— Baissez-vous !

Je regardai à nouveau dans mon rétroviseur, craignant que Sturgess ne pointe sur nous une autre arme que sa seringue. Mais il courait vers l'Audi de Bill Gaynor.

Il y avait un croisement juste devant. Je coupai la route pour tourner à gauche, les pneus gémissant bruyamment. J'eus l'impression que la voiture s'était soulevée sur deux roues pendant une demi-seconde. Les mains en avant, Sarita s'arc-bouta au tableau de bord quand nous prîmes le virage.

— Que s'est-il passé ? demanda-t-elle. Qu'est-ce que vous avez vu ?

— Il tenait une seringue dans sa main. Une seconde de plus et il me la plantait dans le cou.

Il y avait un autre carrefour quatre cents mètres plus loin. Si je prenais cette rue, puis celle d'après, et encore celle d'après, je pensais avoir une bonne chance de les semer. L'Audi pouvait laisser sur place cette vieille casserole, ça ne faisait aucun doute, mais s'ils ne savaient pas quelle direction nous avions prise, la vitesse de pointe de ce chef-d'œuvre d'ingénierie allemande ne leur serait d'aucune utilité.

Je tâtonnai à côté de moi pour trouver mon portable.

— Où est mon téléphone ? criai-je.

Sarita regarda entre les sièges.

— Je le vois !

— Prenez-le ! dis-je en maintenant ma vitesse et en jetant un coup d'œil dans le rétroviseur : ils n'étaient toujours pas en vue.

Le carrefour suivant était trop éloigné. Je craignais que l'Audi n'apparaisse dans le virage derrière nous, que Gaynor et Sturgess ne nous aperçoivent avant que nous puissions prendre le prochain tournant.

— Attendez, dis-je.

Je pilai, laissant deux longues bandes de caoutchouc sur la chaussée. Je pris tout de suite à droite pour m'engager en trombe sur le parking d'un Wendy's. J'allai directement derrière le restaurant, et m'assurai qu'on ne pouvait pas voir la voiture de la rue. Ce fast-food et beaucoup d'autres commerces le long de cette portion de route étaient sortis de terre pour absorber le trop-plein de clientèle de Five Mountains et vivaient sans doute un sale moment maintenant que le parc était condamné.

Mais ce n'était pas ma principale préoccupation à cet instant. J'étais juste soulagé d'avoir trouvé un endroit où me cacher.

— Qu'est-ce que vous faites ? demanda Sarita. Vous avez *faim* ?

Je restai là peut-être cinq minutes, puis je longeai lentement le côté du bâtiment et m'approchai de la route. Je m'avançai tout doucement jusqu'au bord, regardai des deux côtés.

Aucun signe de l'Audi.

Je repartis dans la direction par laquelle nous étions arrivés.

— Le téléphone, dis-je.

Sarita se remit à fouiller entre le siège et le tunnel de transmission.

— Je n'arrive pas… Ça y est, je l'ai !

— Très bien. Retrouvez le dernier appel et appelez-moi ce numéro.

Elle appuya deux fois sur l'écran, puis me passa le téléphone.

— Ça devrait sonner.

Agnes décrocha immédiatement.

— David ?

— C'est quoi ce cirque, Agnes ? criai-je. Ton putain de docteur était prêt à me planter une aiguille dans le cou !

— Tu as pu t'échapper ? Est-ce que ça va ? Où es-tu ?

— Je retourne en ville. Comment as-tu su ? Comment as-tu su ce qui allait arriver ?

— Je ne peux pas t'expliquer au téléphone. Je... Je ne peux pas. Je te retrouve chez tes parents. Je t'expliquerai. Je t'expliquerai tout. Sarita est avec toi ?

— Bon sang, et ça, comment tu le sais ?

Était-on surveillés par satellite ? Comment Agnes pouvait-elle être au courant de tout ça ? Elle avait peut-être parlé à Sturgess. Ou à Gaynor.

— David, écoute-moi, continua Agnes. Tu dois protéger Sarita. Je ne peux pas t'expliquer pourquoi maintenant, mais...

— Ce n'est pas la peine. Je crois avoir compris. Je te vois à la maison, Agnes. Il faut que je raccroche. J'appelle Duckworth, que ça te plaise ou non.

— Je ne peux pas t'en empêcher.

Je perçus de la résignation dans sa voix. Je coupai la communication.

— Laissez-moi descendre, dit Sarita. Je vous ai tout dit. Il faut que je parte. Vous pouvez me laisser n'importe où. Je ferai du stop.

Je secouai la tête.

— Je regrette, Sarita. Sincèrement. Il faut démêler cet imbroglio.

Je baissai les yeux sur le téléphone le temps d'appeler le 911.

— Je dois parler à l'inspecteur Duckworth, dis-je à l'opératrice. Je dois lui parler *immédiatement* !

65

Quelque chose turlupinait Wanda Therrieult, le médecin légiste de Promise Falls. Elle passait en revue les photos qu'elle avait prises pendant l'autopsie de Rosemary Gaynor. Des photos du corps entier, avec plusieurs gros plans des marques sur son cou et de l'entaille sur son abdomen. Elle les avait transférées sur son ordinateur et les examinait, cliché après cliché, assise à son bureau, une tasse de café – une saveur au nom imprononçable – posée à côté du clavier.

Elle n'arrêtait pas de revenir sur les photos des contusions sur le cou de la victime. L'empreinte du pouce d'un côté, des quatre autres doigts de l'autre.

La blessure au couteau qui allait d'une hanche à l'autre. Le léger fléchissement vers le centre. Cette entaille que Barry Duckworth avait comparée à un sourire.

Elle repensa à la démonstration très personnelle qu'elle avait faite sur l'inspecteur pour expliquer la manière dont elle croyait que Rosemary Gaynor avait été attaquée. Elle s'était placée derrière lui, avait mis une main sur son cou, l'avait ceinturé avec son autre bras pour montrer comment le couteau avait été planté.

Ce n'était pas évident de faire le tour de Barry.

Ils se connaissaient depuis longtemps, suffisamment en tout cas pour que Wanda puisse faire ce genre de geste sans qu'il y ait la moindre équivoque. Elle adorait Barry en tant qu'ami et collègue. Il était agréable de toucher un corps vivant de temps à autre.

Elle avait toujours considéré les cadavres comme des clients. Et elle les traitait avec le plus grand respect, parce qu'ils n'avaient qu'une seule occasion de passer à sa boutique. « Le client a toujours raison », se plaisait-elle à dire, parce que les morts ne mentaient pas. Les morts, croyait Wanda, voulaient désespérément lui parler, et ce qu'ils voulaient lui dire était la vérité.

Au fil des années, elle avait accepté l'invitation d'un certain nombre de groupes – Probus, Rotary, la chambre de commerce locale – pour parler de son métier.

« J'aime à penser que tous ceux qui se retrouvent sur cette table sont des individus. Que chacun d'entre eux est spécial. On ne veut pas qu'ils se fondent en une masse indistincte, si vous voyez ce que je veux dire. Même après toutes ces années, je me souviens de chacun d'eux. »

Il lui était arrivé de voir quelque chose sur une victime qui lui rappelait une chose qu'elle avait vue sur une autre. Dix ans auparavant, la police recherchait quelqu'un qui agressait des clients de prostituées dans le sud de la ville. Il les frappait à la tête avec une brique et leur volait leur portefeuille. Souvent il repartait les mains vides, n'ayant manifestement pas compris que quitte à détrousser le client d'une prostituée, mieux valait le faire avant sa visite qu'après.

Deux de ces pauvres bougres y avaient laissé leur peau. Wanda Therrieult avait remarqué que bien que les meurtres aient été commis à plusieurs semaines d'intervalle, les microscopiques fragments de pierre retrouvés dans le crâne des victimes étaient similaires. Le tueur se servait de la même brique.

Un soir, alors que la police patrouillait les quartiers sud, un véhicule avait été arrêté pour défaut de clignotant. Et la brique était posée là, sur le siège avant.

« C'était ma brique porte-bonheur », avait déclaré l'homme avant d'être condamné à quinze ans d'emprisonnement par le juge.

Il y avait quelque chose dans la mort de Rosemary Gaynor qui lui rappelait une chose encore très confuse dans sa tête.

Étant donné la mémoire photographique dont elle était dotée dans ce domaine, elle se demanda pourquoi la réponse ne lui venait pas tout de suite. D'habitude, elle pouvait fermer les yeux et visualiser des blessures par matraque ou par arme à feu comme des photos dans un album de famille.

Ce qui était arrivé à Rosemary Gaynor ne lui rappelait pas quelque chose qu'elle avait vu, mais quelque chose dont elle avait entendu parler.

Une affaire qui remontait à trois ou quatre ans.

Un autre meurtre.

Wanda ouvrit un programme sur son ordinateur. Des dossiers photo d'autres affaires, classés par dates. Elle ouvrit un dossier après l'autre.

Une fillette de cinq ans renversée par une voiture.

Un couvreur de quarante-huit ans tombé du toit de l'église qu'il était en train de restaurer.

Un étudiant de Thackeray de dix-neuf ans, originaire de Burlington, dans le Vermont, qui avait pris la Porsche de son père à la fac pendant une semaine, avait perdu le contrôle du véhicule et avait percuté un chêne centenaire à cent trente kilomètres à l'heure.

Une jeune femme de vingt-deux ans qui…

Minute…

Wanda cliqua sur le dossier.

Afficha les photos.

Prit une petite gorgée de café en examinant les images.

— Bon sang ! dit-elle.

66

Une fois qu'Agnes Pickens eut fini de parler à son neveu, elle monta à l'étage et s'enferma dans son bureau. Elle s'assit à sa table de travail, démarra l'ordinateur, ouvrit Word et sélectionna le format lettre.

Elle tapa son texte, puis sélectionna « Aperçu avant impression », pour s'assurer que la lettre était présentable. Elle ne l'était pas : elle avait repoussé le message trop bas sur la page. Elle supprima quelques alinéas au-dessus du texte, puis afficha à nouveau l'aperçu. Satisfaite du résultat, elle appuya sur « Imprimer ».

La lettre sortit sur l'imprimante, et elle la relut une dernière fois, cherchant d'éventuelles fautes de frappe. Il aurait été tellement gênant de laisser des coquilles ou des fautes d'orthographe dans un texte de cette nature.

Agnes l'avait daté en haut, puis avait écrit en dessous :

Je démissionne par la présente de mes fonctions d'administratrice et de directrice générale de l'hôpital de Promise Falls, avec effet immédiat.

Elle avait songé, brièvement, à développer. Dire un mot de ses regrets. Peut-être une ligne ou deux sur son engagement de toute une vie pour la communauté de Promise

Falls et la santé publique. Un mot d'excuse, pour ne pas avoir réussi à se montrer digne des hautes exigences qu'elle s'était fixées. Mais à la fin, une lettre de démission simple, sans fioritures, lui sembla être la forme la plus adéquate.

Elle la signa, la plia, et la glissa dans une enveloppe sur laquelle elle écrivit : *À l'attention du conseil d'administration de l'hôpital de Promise Falls.*

Elle la posa sur le clavier, puis se mit en quête de son mari, Gill. Agnes avait pensé qu'il était à l'étage, peut-être dans leur chambre, mais il n'y était pas. Elle le trouva au sous-sol, debout à côté de la table de billard, tenant une queue à la main, verticalement, le talon posé sur le sol. Les billes n'étaient pas éclatées, mais Gill restait là, regardant la table d'un air absent.

— Gill.

Il se retourna.

— Oui, Agnes.

— Je dois sortir.

— Tu as des nouvelles de Natalie ?

— Pas depuis qu'elle est arrivée au poste. (Elle hésita.) Mais tout va bien se passer.

Gill posa la queue sur la table.

— Mais si tu n'as pas de nouvelles de Natalie…

— Ils vont abandonner les poursuites contre Marla. Avant la fin de la journée, je suppose.

— Qu'est-ce que tu en sais ?

— Je suis… assez sûre de moi.

— À propos de Carol… je…

— Ça m'est égal, dit Agnes.

— Mais…

Elle leva une main.

— Ça m'est égal. Ta trahison n'est rien… en fin de compte.

— Je ne comprends pas.

Agnes secoua très légèrement la tête.

— Sois fort pour Marla. Elle va avoir besoin de toi. Quelles que soient les réserves que je peux avoir à ton sujet, il n'y en a jamais eu aucune en ce qui concerne Marla. Je sais que tu l'aimes très fort. La période qui vient va être très difficile pour elle, mais j'espère qu'elle trouvera quelques motifs de consolation. Qu'elle obtiendra ce qu'elle voulait. Ce qui lui a été enlevé.

— De quoi parles-tu ?

Agnes tourna les talons et s'en alla.

67

David

— Qui êtes-vous ? demanda l'opératrice du 911.

— David Harwood. L'inspecteur Duckworth sait qui je suis.

— Je vous transfère sur une ligne réservée aux appels non urgents.

— Mais c'est une…

Elle n'était plus là. Quelques secondes plus tard, un homme répondit.

— Allô !

— Inspecteur Duckworth ?

— Non. C'est Angus Carlson. Vous voulez laisser un message ?

— Trouvez-le. Passez-le-moi. Dites-lui que c'est David Harwood qui demande à lui parler.

— Je ne sais pas trop où il est, là tout de suite. Je viens d'arriver. Ne quittez pas. (Plusieurs secondes s'écoulèrent, puis :) Il est occupé pour l'instant. De quoi s'agit-il ?

— Il s'agit de Marla Pickens. Et de Rosemary Gaynor. Je sais ce qui s'est passé.

— Oui, eh bien, je suppose que l'inspecteur Duckworth le sait aussi. Il est avec la fille Pickens à l'heure qu'il est, en interrogatoire.

— Elle a été arrêtée ?

— Ouais.

— Dans l'affaire Gaynor ?

— Non, pour avoir traversé en dehors des clous.

— Marla est innocente.

— Vous êtes en train de dire qu'on aurait arrêté une innocente ? Je crois qu'on ne me l'avait jamais faite, celle-là.

— Et vous faire traiter de sale con de flic, ça vous est déjà arrivé ?

— Oh, désolé, je vous entends mal, dit-il, aussi distinctement que s'il était dans la voiture avec moi. Réessayez plus tard.

Carlson raccrocha.

— Tête de nœud, dis-je en rendant le téléphone à Sarita.

— Qu'est-ce qui s'est passé ?

Je secouai la tête, trop en pétard pour lui faire un résumé de ma conversation avec cet imbécile de flic.

— Ils ont arrêté Marla. Ils sont en train de l'interroger. (Je marquai une pause pour qu'elle comprenne bien.) Elle va aller en prison, Sarita. Elle va aller en prison si vous ne dites pas à la police ce que vous savez et ce que vous avez fait pour Marla.

— Et s'ils pensent que c'est moi la coupable ? J'avais du sang de Mme Gaynor sur moi.

— Non, ils vous laisseront tranquille. En revanche, le Dr Sturgess et M. Gaynor vont avoir des comptes à rendre. Sarita, cinq secondes de plus, et Sturgess m'aurait tué. Il allait me planter cette putain d'aiguille dans le cou. Et après, il se serait occupé de vous. La chose la plus intelligente à faire, c'est de raconter aux flics tout ce que vous savez.

Elle se mordit la lèvre inférieure, regarda à nouveau par la vitre.

— D'accord, dit-elle sans me regarder. Je vais le faire. Je vais coopérer. Je n'essaierai pas de fuir.

— Merci.

— Je pense… Je pense que fuir et se cacher, ce serait encore plus difficile pour vous. (Elle se retourna, et je vis qu'elle pleurait.) Vous allez combler Marla de bonheur quand elle va apprendre que son bébé est vivant.

Je ne quittai pas le rétroviseur des yeux pendant tout le trajet, sans jamais y voir l'Audi. Dès que je serais rentré, j'essaierais de rappeler Duckworth. Je lui expliquerais pourquoi Marla était innocente. Je lui parlerais de Sturgess et Gaynor. Ce que j'ignorais, je persuaderais Sarita de le lui révéler.

Il y avait beaucoup de choses que je ne comprenais toujours pas.

Si le médecin avait réussi à faire croire à Marla que son bébé était mort afin que les Gaynor puissent l'adopter, comment avait-il fait pour tromper Agnes ?

Ça s'était passé sous son nez.

À moins qu'elle n'ait pas été là.

Non, Agnes était allée à la cabane. Il était impossible qu'elle n'ait pas été totalement impliquée dans ce qui se passait. Tante Agnes n'était pas quelqu'un qu'on bernait facilement.

J'espérais avoir très vite quelques réponses.

Quand je me garai dans l'allée, je vis papa sortir du garage par la petite porte, une bière à la main. Cela ne lui ressemblait pas.

Il s'approcha de la voiture au moment où nous en descendions, et lança à Sarita un regard perplexe.

— Sarita, je vous présente mon père, Don Harwood.

— Bonjour, dit-elle en tendant la main.

— Euh, bonjour, fit mon père, en la prenant dans la sienne, son regard allant et venant d'elle à moi et réciproquement.

Peut-être se demandait-il si j'avais une nouvelle copine.

— Très heureux. Alors, comment vous êtes-vous rencontrés, vous deux ?

— C'est une longue histoire, papa. Où est maman ?

— Dans la maison quelque part. Elle est peut-être montée s'allonger. Sa jambe l'enquiquine. (Il regarda dans la rue, son attention attirée par une autre voiture qui approchait.) Tiens, qui c'est, ça ?

C'était Agnes. La voiture s'arrêta dans un crissement de pneus. Ma tante descendit avec une telle précipitation qu'elle en oublia de claquer la portière. J'entendis un signal sonore : elle avait laissé la clé sur le contact. Elle alla droit vers moi.

— Tu n'as rien ?

— Non, ça va. Tu savais.

Elle pâlit.

— Tu savais qu'il allait se passer quelque chose. Que le Dr Sturgess allait tenter de me tuer, Agnes. Il était prêt à me planter l'aiguille de sa seringue dans le cou…

Elle leva la main.

— S'il te plaît. Je sais tout ça. (Elle posa les yeux sur Sarita.) Vous êtes la nourrice.

Sarita acquiesça de la tête.

— C'est vous qui avez emmené le bébé chez Marla. C'est comme ça que Matthew s'est retrouvé là-bas.

Sarita hocha de nouveau la tête.

— Parce que vous saviez, dit Agnes.

Troisième hochement de tête.

— Savez-vous qui a tué Mme Gaynor ? lui demanda ma tante. Savez-vous qui a tué cette femme ? Ça ne peut pas être Marla. Dites-moi que ce n'est pas elle.

J'intervins :

— C'est Sarita qui a laissé le sang de Mme Gaynor sur l'encadrement de la porte.

— Mais ce n'est pas moi qui l'ai tuée, protesta la jeune femme. J'adorais Mme Gaynor. Jamais je ne lui aurais fait du mal.

— Qui, alors ? demanda Agnes.

Sarita secoua lentement la tête.

— J'ai des soupçons, mais je ne suis pas assez sûre de moi pour désigner quelqu'un.

Agnes se retourna vers moi.

— Il y a certaines choses que je dois expliquer.

— Sans blague, dis-je.

— Je n'ai jamais eu l'intention… Je n'aurais jamais pu imaginer que cela irait aussi loin. Il faut que je te dise… ce que j'ai fait. (Elle nous regarda tous les trois, comme si elle comptait dans sa tête.) Où est ta mère ? Où est ma sœur ?

— Dans la maison, dit mon père. Tu ne devrais pas laisser tes clés dans la voiture, Agnes.

Mais elle marchait déjà vers la porte d'entrée.

— Il est inutile que je me répète. Allons la trouver.

Dès que nous fûmes entrés, mon père appela :

— Arlene !

— Là-haut, répondit-elle.

— Descends ! Ta sœur est venue te voir !

— J'arrive dans une minute. J'ai mis de la glace sur ma jambe, ça me soulage.

— Qu'est-ce qu'elle a ?

— Sa jambe est toute gonflée depuis qu'elle est tombée hier.

— Ne bouge pas ! Je monte, cria Agnes.

Nous gravîmes les marches et trouvâmes maman assise dans son lit, sur les couvertures, deux coussins calés dans son dos, une jambe de pantalon remontée au-dessus du genou, une serviette fine intercalée entre sa jambe et la poche de glace. Il y avait un verre d'eau à moitié vide et un flacon ouvert d'Advil sur la table de chevet, ainsi qu'un roman de Lisa Gardner au dos craquelé posé ouvert sur le dessus-de-lit.

Elle ouvrit de grands yeux en nous voyant débarquer à la file.

— Qu'est-ce que ça veut dire ? dit-elle.

Elle rougit de gêne, surtout en voyant Sarita, une parfaite inconnue.

Je la lui présentai et ajoutai :

— C'est cette femme qui a amené le bébé chez Marla.

— Quoi ? Alors Marla disait vrai, finalement ? Oh, merci, mon Dieu. (Elle regarda sa sœur d'un air confus.) Même si je n'ai jamais douté d'elle.

— Moi aussi il m'a fallu longtemps pour comprendre ce qui s'était passé. Je ne voulais pas croire que Marla avait tué cette femme et pris son bébé, mais j'ai su, dès que j'ai appris d'où venait le bébé, que ce qui s'était passé ne devait rien au hasard.

— Je ne comprends pas, dit ma mère.

— Voulez-vous que je jette un coup d'œil à votre jambe ?

— Quoi ?

— Vous devriez la surélever un peu, mettre un coussin en dessous.

— Sarita travaille à Davidson Place, dis-je. Elle aide les gens.

Pendant que Sarita s'occupait d'elle, maman, le dos pressé contre la tête de lit, comme si elle rechignait à accepter l'aide de cette inconnue, répéta :

— Je ne comprends pas, Agnes. Pourquoi dis-tu que le hasard n'a rien à voir là-dedans ?

Comme Agnes semblait avoir du mal à parler, je me proposai de l'aider :

— Parce que le bébé est vraiment celui de Marla. Matthew est le fils de Marla.

Ma mère en resta bouche bée. Agnes nous regarda, maman et moi.

— Il a raison. (Puis, s'adressant à moi :) Je ne m'imaginais pas que tu découvrirais autant de choses. Et aussi vite.

— Si tu m'avais mis sur la touche, comme le Dr Sturgess a tenté de le faire, je me serais demandé pourquoi tu ne voulais pas de mon aide, c'est ça ?

Agnes ferma les yeux une demi-seconde, comme si elle souffrait, et hocha la tête.

— J'avais toujours l'espoir que la police ne trouverait pas suffisamment d'éléments pour l'inculper, mais la situation a changé.

— Je suis au courant.

— Je ne comprends toujours pas, dit ma mère. Ça ne rime à rien. Don, tu y comprends quelque chose, toi ? Tu es au courant de tout ?

— Tu veux que j'aille chercher tes clés dans la voiture ? demanda mon père à Agnes.

Sarita s'écarta quand Agnes s'assit au bord du lit.

— Je ne pourrai jamais être comme toi, dit Agnes à maman.

— Être comme moi, comment ?

— Aussi conciliante.

— Agnes, je t'en prie, dis-moi ce qu'il se passe.

— J'ai fait quelque chose d'absolument horrible, dit ma tante. Tu n'as pas idée.

Maman avança la main pour prendre celle de sa sœur.

— Quoi que tu aies fait, tu peux me le dire.

— Je n'en suis peut-être pas capable. Mais la question est de savoir si je pourrai le dire à Marla.

Sarita, mon père et moi, nous nous tenions à côté du lit, osant à peine respirer, nous demandant ce qu'Agnes était sur le point de confesser. Je voulais rappeler le poste de police afin de joindre Duckworth, mais je n'arrivais pas à m'arracher à cette scène.

— Toi, tu as toujours été capable de laisser les choses suivre leur cours mieux que moi, dit Agnes à ma mère. Moi, j'éprouve le besoin de… les contrôler.

Nous eûmes tous le mérite – même si Sarita ne connaissait pas Agnes comme nous la connaissions – de ne pas ricaner.

— C'est ce qui a fait ta réussite, lui répondit ma mère. Tu dois contrôler les choses. Tu as beaucoup de responsabilités.

Tu tiens la vie de centaines, voire de milliers de personnes entre tes mains.

— Je l'ai abandonnée.

— Abandonnée… Marla ? demanda ma mère.

— Elle voulait ce bébé. Quand ce garçon l'a mise enceinte, elle était décidée à le garder. Je n'ai pas réussi à l'en dissuader. J'ai essayé de la convaincre d'interrompre sa grossesse. Je lui ai dit que ce garçon n'était pas un bon parti, même s'il était prêt à assumer sa paternité.

Agnes prit un moment pour reprendre son souffle, puis continua :

— Mais Marla ne voulait rien entendre. Impossible de la raisonner. De lui faire comprendre qu'elle ne pourrait pas être une bonne mère. Qu'elle avait toujours été trop immature sur le plan émotionnel, trop… frivole, qu'elle n'était pas attentive, qu'elle était trop distraite pour s'occuper d'un bébé. Je savais que si elle avait cet enfant, je devrais m'occuper des deux, de la mère et de l'enfant.

Elle tamponna une larme au coin de son œil.

— J'ai évoqué la question de l'adoption. Qu'elle ait ce bébé si elle voulait qu'il naisse, mais qu'elle laisse une famille digne de ce nom, une mère et un père, avec des moyens financiers, élever l'enfant. Mais Marla ne voulait pas en entendre parler. Elle disait que si son enfant était adopté, elle le retrouverait et chercherait à le récupérer.

— Agnes, cette décision lui appartenait, dit ma mère avec douceur.

Agnes se concentra sur le tissu du couvre-lit, le caressa avec sa paume.

— J'en étais presque arrivée à l'accepter, dit-elle tout bas. Et puis une occasion s'est présentée. Jack… le Dr Sturgess m'a parlé d'un couple de ses amis, Bill et Rosemary Gaynor, qui étaient également ses patients. Ils essayaient depuis longtemps d'avoir un enfant, en vain. Et quand Rosemary a subi une hystérectomie, ça a été la fin à leurs espoirs. Ils avaient eu l'idée d'adopter, mais avaient trouvé le processus long, difficile et frustrant. Jack leur a dit qu'il avait peut-être une solution non seulement à leur problème, au mien et à celui de Marla, mais aussi au sien.

— Le sien ? demandai-je.

— Il devait de l'argent. Beaucoup d'argent. Il est accro au jeu. C'est pour ça que sa femme l'a quitté. Il a négocié un arrangement des mois à l'avance avec Bill Gaynor. Cent mille dollars, et il leur trouverait un bébé. En l'occurrence, le bébé de Marla. Avec un acte de naissance en bonne et due forme. Rosemary ne savait pas que l'arrangement était frauduleux. Jack a fait en sorte que tout paraisse légal, mais, pour protéger l'anonymat de la mère, il a dit à Rosemary que tout le monde devait croire que l'enfant était vraiment le sien, c'était une condition non négociable. Alors elle a vécu à Boston les derniers mois qui ont précédé la naissance du bébé de Marla.

— Où veux-tu en venir, Agnes ? demanda ma mère. Qu'est-ce que tu as fait ?

Il fallut plusieurs secondes à Agnes pour trouver les mots.

— J'ai laissé croire à ma fille que son enfant était mort.

Ma mère retira sa main.

— Mon Dieu.

Agnes baissa les yeux.

— J'aimerais pouvoir dire que c'est ce que j'ai fait de pire.

68

Duckworth retourna à son bureau, s'assit, réfléchit. Quelque chose n'allait pas là-dedans. Marla met au monde un enfant mais ne garde aucun véritable souvenir de l'événement. Exactement au moment où Rosemary Gaynor donne naissance à un petit garçon.

Sauf que Rosemary Gaynor n'avait jamais accouché.

Il feuilleta ses notes, trouva le numéro de portable de Bill Gaynor. Il décrocha le combiné de sa ligne fixe et composa le numéro.

Plusieurs sonneries, puis :

— Oui ?

Un seul mot, mais l'homme paraissait stressé. Il y avait un ronronnement de voiture en arrière-plan.

— Inspecteur Duckworth à l'appareil, monsieur Gaynor. J'ai mal choisi mon moment ?

— Non, non… ça va. De quoi s'agit-il ?

— Deux choses. La question va peut-être vous paraître bizarre, mais je suis en train d'examiner quelques points de chronologie.

— Je vous écoute, dit-il avec hésitation.

— À propos de Mme Gaynor… je me demandais si elle avait eu son bébé à Promise Falls ?

Un silence.

— Non, non. Nous n'étions pas là à ce moment-là.

— Je vois. Où étiez-vous donc ? À Boston ? Le bébé est né dans un hôpital de Boston ?

— Eh bien, en fait, permettez-moi de revenir sur ce que j'ai dit à ce sujet. Rosemary a eu Matthew presque au moment où nous sommes rentrés. Mais je travaillais à l'extérieur de Boston et je ne voulais pas laisser Rosemary seule à un moment aussi important de sa grossesse, si bien que nous nous étions arrangés avec un hôpital de la ville.

— Quel hôpital ?

— Euh, laissez-moi réfléchir. Ça va me revenir.

— Y a-t-il un médecin en particulier qui suivait votre femme à Boston ?

Un silence. Puis :

— Il y en avait plusieurs. Je n'ai plus tous les noms en tête. Mais ce que je voulais dire, c'est que le bébé n'est pas né à Boston, en fait.

— Matthew est donc né à Promise Falls ?

— Oui, exactement. Nous étions à peine rentrés depuis quelques minutes. C'est sur le chemin du retour, nous étions presque à Albany, que Rose a eu ses premières contractions. J'ai appelé le Dr Sturgess, il nous a retrouvés à la maison, et le bébé est arrivé en moins de temps qu'il n'en faut pour le dire.

— Le Dr Sturgess ?

— C'est ça. Jack Sturgess. Notre médecin de famille. Et un ami de longue date. Un homme bien.

— Pourquoi ne vous a-t-il pas dit d'aller directement à l'hôpital ? Ça aurait été plus prudent, non ?

Un autre silence. On avait presque l'impression que Gaynor parlait à quelqu'un dans la voiture.

— Désolé, j'avais du mal à vous entendre. Quelle était votre question ?

— Je vous demandais s'il n'aurait pas été plus logique d'aller à l'hôpital ?

— Eh bien, avec le recul, je suppose que oui. Mais Rosemary tenait vraiment à rester à la maison, et le docteur était déjà en route, alors… ça s'est passé comme ça. Il y a un problème ? J'ai un certificat de naissance en bonne et due forme pour Matthew, signé par le Dr Sturgess.

— Je n'en doute pas, monsieur Gaynor. Écoutez, vous êtes sur la route apparemment, et je ne voudrais pas que vous preniez une amende parce que vous téléphonez au volant. Je vous rappellerai dans la journée.

— Mais je ne comprends pas l'intérêt de vos questions. Je serais ravi de vous aider si vous vouliez bien m'éclairer sur…

— Non, ça ira, monsieur Gaynor. Je vous rappelle.

Duckworth raccrocha.

Quel menteur ce salaud-là.

Assis à son bureau, l'inspecteur fixait son écran d'ordinateur sans le voir. Il réfléchit encore. Le Dr Sturgess était donc non seulement présent à l'accouchement de Marla, mais également à celui de Rosemary Gaynor. Il avait même signé le certificat de naissance.

Sauf que Rosemary Gaynor n'avait jamais eu d'enfant.

Il avait besoin d'un café. Il alla à la cuisine du poste, se servit une tasse, et quand il revint, Carlson était assis à son bureau provisoire, portable à l'oreille. Lorsqu'il aperçut l'inspecteur, il mit fin à sa conversation, rangea son téléphone.

— Désolé, dit Carlson, c'était ma mère.

Duckworth eut un haussement d'épaules indifférent.

— J'ai fait tout ce que vous m'aviez demandé de faire, dit Carlson. Les écureuils, ça n'a rien donné. Personne n'a rien vu. Et je n'ai pas pu interroger ces étudiantes de Thackeray. Mais j'ai eu plus de chance à Five Mountains. J'ai trouvé l'endroit où l'homme qui a déposé les mannequins dans la grande roue a fait un trou dans la clôture. Plus j'y pense, plus je me dis que cette journée aura été une perte de temps. Les écureuils morts, tout le monde s'en fout, le chef de la sécurité s'est chargé de l'aspirant violeur, et ce qui s'est passé à Five Mountains n'est pas très grave, à part la clôture qu'ils vont devoir réparer, et encore, vu qu'ils prévoient de tout liquider, ils ne vont peut-être même pas s'embêter à le faire. Si je dois travailler dans ce service, donnez-moi du vrai travail.

Duckworth tourna lentement la tête dans sa direction.

— Ah, dit Carlson, vous avez reçu un appel pendant que vous interrogiez Pickens. Harwood. David Harwood.

— Il a appelé ?

— Ouais. Un vrai con.

— Qu'est-ce qu'il voulait ?

— Il a dit que Marla Pickens n'avait pas tué Gaynor. Il a dit qu'on avait fait une grosse boulette.

— Pourquoi vous ne me l'avez pas dit plus tôt ?

— Je viens de le faire. À l'instant. Vous étiez parti, et je suis allé prendre un café, et maintenant je suis revenu et je vous le dis.

Duckworth feuilleta de nouveau son calepin et trouva le numéro de portable de David Harwood.

Deux sonneries, puis :

— Oui ?

— Monsieur Harwood ? Inspecteur Duckworth à l'appareil. Vous avez essayé de me joindre ?

— Marla est innocente, dit Harwood. Sarita Gomez, la nounou des Gaynor, aussi, mais c'est elle qui a emmené le bébé chez Marla. Parce que Matthew est le bébé de Marla.

— Comment le savez-vous ?

— Parce que j'ai retrouvé Sarita, et qu'elle me l'a dit. Elle est avec moi.

— Et on peut savoir où vous êtes ? demanda Duckworth.

69

David

— Chez mes parents, répondis-je à l'inspecteur Duckworth. Je pense que vous connaissez l'adresse.

Après tout, il y était venu quelques années auparavant quand j'étais plongé jusqu'au cou dans mes ennuis.

Je rangeai le téléphone et m'adressai à Agnes :

— Désolé. La police est en route.

— Bien sûr, dit-elle avec lassitude.

— Tu as dit que tu aurais voulu ne pas avoir fait pire que tromper Marla. Qu'est-ce qui pourrait être plus grave que ça ?

— Le mensonge, ce n'était que le début, répondit ma mère à sa place. La suite, ce sont les conséquences de ce mensonge. Regarde ce que tu lui as fait. Regarde ce que tu as fait à ton enfant.

— Je pensais agir dans son intérêt. J'essayais de la protéger. J'essayais de lui donner un avenir.

— En la poussant à faire des choses complètement folles ? Agnes, elle a essayé de voler un bébé. À cause de ce que tu lui as fait.

— Je sais.

Maman secoua lentement la tête, sans détacher les yeux de sa sœur. Agnes continuait à caresser le dessus-de-lit, examinant le velours, mais j'étais sûr qu'elle se sentait transpercée par le regard de ma mère.

— Tu as toujours été dure, Agnes, dit-elle, mais je ne savais pas que tu étais un monstre.

— Ce n'est pas à cela que tu faisais allusion quand tu disais qu'il y avait pire que ça, n'est-ce pas, Agnes ?

Elle tourna légèrement la tête dans ma direction.

— Jack Sturgess a dû régler certains problèmes quand les choses ont commencé à mal tourner. Il a dû prendre certaines mesures.

— Comme tuer Rosemary Gaynor ?

Agnes changea de position de manière à pouvoir me regarder en face.

— Non, il n'aurait pas fait ça. Il… n'aurait jamais fait ça. Ça ne cadre pas… C'est inconcevable.

— C'est toute cette histoire qui est inconcevable, dis-je. Mais Sarita a compris ce qui s'était passé, et elle l'a dit à Rosemary. (Je regardai Sarita.) C'est bien ça ?

— Elle a dit qu'elle ne me croyait pas.

Je continuai :

— Rosemary a dû comprendre que Matthew n'avait pas été abandonné de bonne grâce par sa mère. Que l'adoption était bidon. Si elle se présentait à la police, si elle commençait à poser des questions, si on finissait par découvrir ce que le Dr Sturgess avait fait, ça aurait été la fin pour lui. Tu penses qu'il n'aurait pas été prêt à tout pour éviter ça ?

Agnes secoua la tête catégoriquement.

— Un homme a essayé de faire chanter Bill Gaynor, aujourd'hui.

— Marshall, s'écria Sarita. Je lui avais dit de ne pas le faire. Je le lui avais dit…

— Ça n'a plus d'importance maintenant, dit Agnes. Jack… s'est occupé de lui.

— Non, pas ça ! s'écria Sarita.

Agnes la regarda.

— C'était votre petit ami ? Il n'aurait pas dû faire ça. Et… je crois qu'il y a peut-être quelqu'un d'autre. Une vieille dame.

Un calme étrange sembla s'emparer d'elle.

C'est fini. Tout est fini.

On frappa violemment à la porte d'entrée.

— Duckworth, dis-je. Il n'a pas traîné.

— J'y vais, dit mon père, et il s'esquiva.

— Tu vas aller en prison, dit ma mère.

— Oui, dit Agnes. Sans doute pour longtemps. (Puis, d'un ton presque mélancolique :) Ou peut-être pas.

— Je ne vois pas comment Marla pourrait te pardonner un jour. Je sais qu'à sa place, je ne le ferais pas.

Agnes ne dit rien.

Je m'approchai de Sarita, posai les mains sur ses épaules et la laissai s'appuyer contre moi. Elle pleurait.

Tant de malheur dans cette pièce.

Au rez-de-chaussée, j'entendis la porte s'ouvrir.

Agnes demanda à Sarita :

— Vous leur direz ?

La jeune femme, à moitié protégée par mon épaule, regarda ma tante et déclara :

— Je leur dirai tout.

Agnes sourit, et son visage parut sur le point de se lézarder.

— Merci.

Il semblait qu'une discussion houleuse se tenait à la porte d'entrée. Je crus entendre papa dire : « Allez vous faire foutre. »

Je fus surpris de l'entendre tenir ce genre de propos à un inspecteur de Promise Falls.

— Une minute, dis-je en lâchant Sarita et en me dirigeant vers la porte de la chambre. Dans le couloir, je sentis une odeur flotter dans l'air, comme si quelqu'un brûlait des feuilles ou des broussailles dans le voisinage. Puis je vis deux hommes monter l'escalier. Papa ouvrait la marche, Jack Sturgess le suivait, sa main gauche enserrant le bras droit de mon père. Dans sa main droite, il tenait la seringue que j'avais déjà aperçue. L'aiguille était à quelques centimètres du cou de mon père.

— Agnes, appela Sturgess, tu es là ?

De l'intérieur de la chambre, Agnes répondit :

— Jack ?

Sturgess et mon père étaient arrivés en haut des marches. Je restai là, pétrifié, les yeux sur l'aiguille.

— Ça va aller, papa. Posez cette seringue, dis-je à Sturgess.

Agnes apparut sur le seuil de la porte.

— Jack, mon Dieu !

Sturgess pouvait distinguer l'intérieur de la chambre. Il vit Sarita, maman sur le lit.

— Qu'est-ce que tu leur as dit ? demanda-t-il à Agnes.

— Je ne peux plus continuer, répondit-elle.

— C'est terminé, dis-je. Toute la vérité est en train d'éclater.

Les yeux de Sturgess semblaient danser, comme s'il essayait de suivre du regard une nuée de lucioles. L'aiguille oscilla tout près du cou de mon père.

— Où est le bébé ? demanda Agnes. Est-ce que Matthew va bien ?

— Dehors, dans la voiture, avec son père, répondit le médecin en mettant l'accent sur le dernier mot. Son père légal.

— Qu'est-ce qu'il fait, Gaynor ? demandai-je. Il attend que vous nous ayez tous tués ? Vous avez combien de seringues ? Vous croyez pouvoir éliminer tout le monde ? C'est ça, votre plan ? Parce qu'il n'y a pas que nous. La police aussi est au courant.

— Fermez-la, dit-il. Vous vous croyez malin, mais vous ne l'êtes pas assez pour planquer votre putain de voiture.

Il n'avait pas tort, en l'occurrence. Il connaissait la Taurus de maman pour m'avoir filé le train quelques minutes auparavant, et la laisser devant la maison n'avait pas été l'idée la plus brillante de la journée.

— Pose cette seringue, dit Agnes à Sturgess. Je t'interdis de toucher à Don.

Je pouvais lire la peur dans les yeux de mon père. Il n'osait pas bouger, craignant de faire un faux mouvement qui lui serait fatal. Nous n'avions pas besoin de savoir ce que contenait la seringue. Nous savions que Sturgess n'était pas là pour nous vacciner contre la grippe.

— On va trouver un arrangement, dit-il. Si tout le monde se tient tranquille, je ne le tuerai pas.

Si la situation n'avait pas été aussi dramatique, on aurait pu en rire.

— La police est déjà en route, lui dis-je. Il n'y a pas d'arrangement possible.

Sturgess resserra son étreinte sur le bras de mon père. Approcha l'aiguille de quelques millimètres.

— Alors le vieux vient avec moi. J'ai besoin de temps. J'ai besoin de temps pour fuir.

Je décidai de m'en tenir à mon meilleur argument :

— La police sera là avant que vous ne passiez la porte.

— Non. Ils ne viendront pas. C'est des conneries. On s'en va.

Il commença à reculer, se servant de mon père comme d'un bouclier.

— Don ! cria maman sur son lit. S'il vous plaît, ne l'emmenez pas !

L'odeur que j'avais sentie dans le couloir une minute plus tôt s'accentuait. J'avais une idée assez précise de son origine.

— Je suis sérieux, dis-je. J'ai eu l'inspecteur Duckworth au téléphone il y a quelques minutes. Il est en route.

Sturgess tira encore plus fort sur le bras de mon père.

— Alors j'imagine qu'on ferait mieux d'y aller, vieux…

Le bruit strident de l'alarme me vrilla les tympans.

Ce devait être le détecteur de fumée du salon, celui qui se trouvait devant la porte de la cuisine. De la fumée montait déjà du rez-de-chaussée.

Je me retournai pour jeter un regard à ma mère, et je crus lire sur ses lèvres les mots « côtes de porc ».

70

David

Mon père dut se dire que c'était sa seule chance.

Alors que Sturgess était brièvement distrait et déboussolé par le hurlement du détecteur de fumée, mon père parvint à libérer son bras et se rua, manquant tomber, dans ma direction.

Sturgess se projeta en avant pour le rattraper, mais je réussis à m'interposer. Je saisis son avant-bras et le frappai contre le mur, mais il ne lâcha pas la seringue comme je l'avais espéré.

— Lâche ça ! hurlai-je.

Il essaya d'attraper la seringue avec son autre main. Je me plaquai contre lui pour empêcher la manœuvre.

Un genou surgit de nulle part et me frappa violemment à l'entrejambe, me coupant le souffle. La douleur était atroce et, l'espace d'une seconde, je relâchai le bras droit de Sturgess et trébuchai en arrière.

Tel un fou, il brandit la seringue en l'air comme il l'aurait fait d'un couteau. Alors que nous nous rapprochions de l'escalier, je reculai vivement pour tenter de lui échapper.

Papa passa derrière Sturgess et lui assena un coup de pied dans la cuisse droite. Le médecin tomba à terre. Je remarquai que la seringue n'était plus dans sa main : dans la confusion, je l'avais perdue de vue.

— Espèce de fils de pute ! cria mon père.

Je profitai de ce que Sturgess avait un genou à terre pour tenter de lui décocher un coup de pied dans la poitrine. Je manquai ma cible, ne réussissant qu'à lui faire perdre l'équilibre. Son épaule heurta le mur. Au moment où je m'approchais de lui, il prit son élan en s'aidant du mur et me plaqua au niveau des genoux.

J'allai au tapis.

Des volutes de fumée commençaient à s'élever jusqu'à l'étage. Si les côtes de porc que ma mère avait laissées sans surveillance avaient pris feu, on pouvait être sûr que les placards en hauteur et le rideau à côté de la cuisinière étaient déjà la proie des flammes.

Sturgess se jeta sur moi, s'assit à califourchon sur mon ventre et me frappa à la tête. Je détournai le visage, sentis son poing effleurer mon oreille.

Il ramena sa main droite à la hauteur de sa main gauche et entrelaça ses doigts, prêt à me frapper de revers avec ses deux poings réunis.

Ça allait faire mal.

Mais avant qu'il ait pu porter son coup, j'aperçus Agnes qui se tenait au-dessus de lui.

Un objet dans la main.

Elle plongea la seringue dans son dos. L'aiguille traversa sa veste de costume et sa chemise.

— Merde ! dit Sturgess, qui s'écarta de moi et se releva en titubant.

Il regarda par-dessus son épaule, tentant en vain de voir la seringue, qui était toujours plantée dans son dos. Il se tourna vers Agnes.

— Tu sais ce que tu as fait ?

Agnes fit oui de la tête.

— Je n'ai pas beaucoup de temps. Je n'ai que quelques secondes. Tu dois… Tu dois faire vite.

Agnes ne bougea pas.

— Meurs, dit-elle. Dépêche-toi de mourir.

Sturgess chancela, plaqua violemment son dos contre le mur. On entendit un petit bruit sec, puis la seringue, sans son aiguille, tomba par terre.

Je me retournai pour regarder dans la chambre. Sarita la tenant par un bras, maman s'efforçait de sortir du lit.

— Dépêchez-vous. Le feu se propage peut-être.

Mon père saisit ma mère par l'autre bras. Ils se dirigèrent tous les trois vers l'escalier. Le Dr Sturgess était en train de glisser le long du mur.

— Tu ne peux rien faire ? demandai-je à Agnes.

Elle me regarda.

— Même s'il y avait quelque chose à faire… Je regrette qu'il n'y ait pas une autre seringue. Pour moi.

— Il faut sortir de là.

Agnes hocha calmement la tête. Sturgess était par terre à présent, mais il n'était pas mort. Ses paupières palpitaient. Je me baissai pour le prendre sous les bras et pouvoir ainsi le traîner dans l'escalier.

— Crois-moi, dit-elle. Il n'arrivera pas vivant à la porte d'entrée.

Les paupières cessèrent de bouger. Je cherchai un pouls à son poignet, en vain.

— Viens avec moi, dit Agnes.

Nous descendîmes l'escalier ensemble. On voyait des flammes dans la cuisine. Tous les autres étaient dehors. Papa était allé chercher une chaise sur la véranda et l'avait traînée dans le jardin pour que maman puisse s'asseoir.

Une voiture de police banalisée s'arrêta dans un crissement de pneus le long du trottoir, la portière s'ouvrant brusquement sur Duckworth. Il s'était débrouillé pour bloquer l'Audi noire, au volant de laquelle était assis Bill Gaynor, nerveux comme une souris prise au piège.

Il y avait quelqu'un sur le siège passager du véhicule de police.

Marla.

Duckworth, voyant la fumée, courut vers nous.

— Il y a encore quelqu'un à l'intérieur ?

— Sturgess, répondis-je, en soutenant mon père. Mais il est mort.

— Dans l'incendie ?

— Non. Il nous faudrait une ambulance pour ma mère. Elle peut à peine marcher. Mon père aussi est peut-être blessé.

Duckworth dégaina son portable, aboya une adresse, demanda véhicules de pompiers et ambulance. Des voisins sortaient en nombre de leurs maisons pour voir quelle était la raison de ce remue-ménage.

Plus loin dans la rue, j'aperçus Ethan qui revenait de l'école, sac à dos sur l'épaule. Il se mit à courir.

Je vis Agnes marcher vers la voiture de Gaynor. Elle lui dit quelques mots, pointa sur lui un doigt accusateur, puis fit le tour jusqu'à la portière arrière côté passager.

Gaynor ne fit rien pour la stopper.

Marla descendit du véhicule de Duckworth, regardant la maison fumante, plus émerveillée qu'autre chose. Elle était trop absorbée par le spectacle pour voir sa mère détacher Matthew du siège enfant à l'arrière de l'Audi. Une fois le petit garçon dans ses bras, elle se dirigea vers la voiture banalisée.

— Papa ! Papa ! s'écria Ethan en se jetant contre moi, une expression horrifiée sur le visage. La maison !

— Ce n'est pas grave, lui dis-je. Ce n'est pas grave.

Je l'enveloppai de mes bras, le serrai fort tandis qu'un autre drame se déroulait sous mes yeux.

— Marla, dit Agnes.

Marla se retourna, vit sa mère approcher avec Matthew dans ses bras.

— Maman ? dit-elle d'une voix qui se brisait.

— Tu connais Matthew, évidemment, dit Agnes, qui lui tendit l'enfant.

— Qu'est-ce que tu fais ?

— Prends-le. Serre-le dans tes bras. Il est à toi.

Marla le prit avec hésitation.

— Qu'est-ce que tu veux dire ?

— Je veux dire que c'est ton bébé. C'est le bébé que tu as porté. Le bébé que tu as mis au monde.

— Comment… ? Comment… ?

Les yeux de Marla s'emplirent aussitôt de larmes. Son regard exprimait à la fois une joie intense et une confusion totale.

— Ne t'inquiète pas de ça maintenant, dit Agnes, enlaçant Marla et l'enfant.

— Oh, mon Dieu, murmura Marla. Oh, mon Dieu, ce n'est pas vrai.

— Si, c'est vrai, ma fille. C'est vrai.

En larmes, Marla dit :

— Merci, maman ! Merci beaucoup ! Je t'aime tellement ! Tu es la meilleure mère du monde ! Merci de l'avoir trouvé ! Je ne sais pas comment tu as fait, comment ça a été possible, mais merci ! Merci de m'avoir crue !

Agnes mit fin aux effusions, regarda sa fille et dit :

— Je dois m'en aller. Prends soin de toi.

— Maman ?

Je regardai Agnes retourner à sa voiture, dont la portière était toujours ouverte. Elle s'installa au volant, recula lentement dans la rue, puis s'éloigna tandis que Marla prenait le tout petit poignet de Matthew pour qu'il puisse, avec sa mère, lui dire au revoir de la main.

LE LENDEMAIN

71

David

— Alors, vous êtes prêt à vous y mettre ? me demanda Randall Finley.

Quand j'avais vu son nom s'afficher sur mon portable, j'aurais dû attendre que la messagerie se déclenche. Mais comme un idiot, j'avais décroché.

— Ça ne fait que vingt-quatre heures, lui dis-je.

— Oui, mais à ce qu'on dit, votre sœur est hors de cause.

— Cousine.

— Cousine, sœur, on s'en fout. Elle est innocente, non ?

— En effet. Mais il reste quelques petites choses à régler.

— Lesquelles ?

— L'enterrement de ma tante, pour commencer.

— Ah, oui, merde. Putain, j'ai entendu ça. Elle a sauté dans les chutes ?

Juste après avoir quitté la maison de mes parents.

— Oui, dis-je.

— Mes condoléances, dit l'ancien maire.

— Et je dois trouver un endroit où vivre. Il y a eu un incendie chez mes parents.

— C'est peut-être un mal pour un bien. Vivre avec ses parents à votre âge, ce n'est pas bon.

— Ils emménageront avec moi pendant qu'ils feront refaire la cuisine.

— Ouille. Si la poisse faisait de la publicité, vous seriez son homme-sandwich. Alors, vous dites quoi ? Deux jours ? Parce que je vais bientôt annoncer ma candidature. Il faut que je goupille un programme, ce genre de connerie. Pour montrer à quel point je suis attentif aux autres, à l'écoute de l'homme de la rue.

— Ça saute aux yeux.

— Oui, mais certaines personnes ne captent pas les signaux. Il faut leur faire un dessin. Vous voyez ce que je veux dire ?

— Je crois, oui. Et si je vous appelais en fin de semaine ?

Finley soupira.

— Admettons. Heureusement pour vous que je suis bonne pâte. La plupart des employeurs ne prendraient peut-être pas aussi bien qu'un nouveau collaborateur s'accorde des congés avant d'avoir commencé à bosser.

Il coupa la communication.

J'étais garé devant la maison des Pickens. Gill et Marla étaient à l'intérieur. Elle devait s'occuper de Matthew, et il était certainement en train d'organiser les funérailles d'Agnes.

Les Services à l'enfance et à la famille de Promise Falls, dans l'attente d'une évaluation ultérieure plus formelle, avaient décidé de confier Matthew à la garde de Marla aussi longtemps qu'elle habitait avec Gill. Même si l'enfant était le sien et qu'un crime terrible avait été commis à son encontre, la question de sa stabilité mentale continuait de se poser. Elle avait, après tout, tenté d'enlever un bébé à l'hôpital. En outre, elle avait attenté à sa propre vie. Mais Marla avait accepté d'entamer une psychothérapie intensive et de se soumettre aux visites régulières d'une assistante sociale.

Si Marla était la seule à bénéficier d'un soutien psychologique, cela ne signifiait pas qu'elle était la seule à en avoir besoin.

Ma mère était dévastée.

Agnes était morte. Et c'était peut-être avec les dernières paroles de sa sœur à l'esprit qu'elle s'était jetée dans les chutes.

« Tu as toujours été dure, Agnes, mais je ne savais pas que tu étais un monstre. »

Malgré les ignominies qu'Agnes avait commises, ma mère regrettait ces paroles.

D'une certaine manière, elle s'en voulait. Elle se disait que si elle avait été une meilleure sœur aînée, peut-être que rien de tout cela ne serait arrivé.

On avait retrouvé le corps d'Agnes en aval, arrêté par un rocher, à un endroit où les rapides étaient peu profonds. Elle n'était pas la première personne à mourir en sautant du pont qui enjambait cette falaise d'eau tumultueuse, et sans doute pas la dernière. Mais je ne pensais pas qu'on l'ait fait et qu'on le ferait jamais en y mettant une telle détermination.

D'après les témoins, Agnes avait marché calmement sur le trottoir jusqu'au milieu du pont, avait posé son sac à main, s'était assise sur le garde-fou, et, avec grâce, avait fait pivoter ses deux jambes par-dessus.

Avant que quiconque ait pu réagir, elle avait disparu.

Je n'arrivais pas à décider si son geste était courageux ou d'une colossale lâcheté. Peut-être un peu des deux. Le fait qu'elle n'avait jamais rien dit à Marla me faisait pencher pour la seconde interprétation.

Elle avait laissé à Gill et à d'autres le soin d'expliquer son geste.

Tout compte fait, Ethan surmontait plutôt bien l'épreuve. Emménager dans un motel pour quelques nuits pendant que je nous cherchais un toit était pour lui une aventure. L'incendie avait été maîtrisé avant qu'il ne se propage à l'étage et ne détruise ses affaires. Le circuit de train électrique que papa avait construit au sous-sol avait été inondé, mais les michelines et les wagons de marchandises ainsi que le château d'eau de Promise Falls finiraient par sécher.

Mon fils avait connu pire. Nous traverserions cette épreuve ensemble.

J'allais descendre de voiture pour voir comment Marla et Gill s'en sortaient quand mon portable sonna. Je ne reconnus pas tout de suite le numéro, mais au moins ce n'était pas celui de Finley, et je répondis.

— Allô ?

— Espèce de salaud.

Une voix de femme.

— Sam ? C'est toi, Samantha ?

— Tu m'as bien eue, hein ? Bien joué. J'aurais dû me douter que tu travaillais pour eux. Je savais qu'ils voulaient récupérer Carl, mais je n'aurais jamais cru qu'ils s'abaisseraient à ça.

— Sam, je te jure que je ne sais pas de quoi tu parles.

— C'était malin de me baiser dans la cuisine. Comme ça, ils ont pu mater par la fenêtre et prendre de jolies photos. C'est ce qui s'appelle se faire baiser au propre et au figuré.

Mon cœur cognait, mais je m'efforçai malgré tout de comprendre ce qui s'était passé.

Le pick-up bleu aux vitres teintées.

— Sam, écoute-moi… je n'ai rien fait. Jamais je…

— Tu me le paieras. Fais-moi confiance. Ne reviens pas frapper à ma porte. La prochaine fois j'appuierai sur la détente.

Sur quoi elle raccrocha.

Je la rappelai immédiatement, mais elle refusa de répondre. Je lui laissai le message suivant : « Je ne sais pas de quoi tu m'accuses, mais je ne l'ai pas fait. Je le jure. Si je t'ai causé des ennuis, je le regrette, mais je ne t'ai tendu aucun piège. (J'hésitai.) La vérité, c'est que j'ai envie de te revoir. »

Je m'efforçai de trouver autre chose à dire, mais rien ne me vint. Alors je raccrochai à mon tour et mis le téléphone dans ma poche.

— Merde, dis-je dans ma barbe.

Gill ouvrit la porte dix secondes après que j'eus sonné.

— David, dit-il d'une voix monocorde. Entre.

— Je viens voir comment va Marla.

— Bien sûr. Elle est dans la cuisine avec Matthew. Je suis au téléphone en train de régler les détails. Pour Agnes.

Je hochai la tête.

— J'espère que tu ne t'attends pas à des remerciements de ma part.

— Pardon.

— Tu as largement contribué à faire éclater la vérité. J'imagine que ce n'est pas rien. Mais maintenant ma femme est morte, et je dois m'occuper de ma fille et d'un petit-fils. C'est ce que la vérité m'a apporté.

Je ne pouvais rien répondre à ça.

Je le suivis dans la cuisine. Une chaise haute avait été achetée. Matthew y était sanglé au moyen d'une minuscule ceinture de sécurité passée autour de sa taille. Marla, assise sur une chaise de cuisine en face de lui, lui faisait manger avec une toute petite cuiller en plastique rouge une sorte de purée verte dans un petit pot en verre.

— David ! s'exclama-t-elle. (Elle posa le petit pot pour bébé, se leva d'un bond, se jeta à mon cou et planta un baiser sur ma joue.) Ça me fait tellement plaisir de te voir.

— Moi aussi.

Marla se rassit.

— Prends une chaise. Je suis en train de lui donner son déjeuner.

— C'est quoi ce truc ?

— Des petits pois. Il les aspire littéralement. (Elle me jeta un coup d'œil.) Je peux te poser une question ?

— Bien sûr.

— Tu crois que je dois continuer à l'appeler Matthew ? C'est le nom que les Gaynor lui ont donné, mais moi, je l'aurais appelé autrement.

— Je ne sais pas.

— Parce que même s'il est tout petit, il réagit probablement déjà à son prénom. Si je devais l'appeler par un autre nom, et je penche pour Kyle, il faudrait que je commence tout de suite.

— Je ne suis pas certain d'être le mieux placé pour te conseiller. Il se pourrait même que ça pose un problème d'ordre juridique. Et ce ne sera probablement pas le seul.

Marla hocha la tête.

— Tu as raison. J'en discuterai avec maman.

Je frissonnai. Je lançai un regard à Gill, qui prenait des notes à côté du téléphone. Il regarda dans ma direction avec des yeux morts.

— Avec ta maman ?

— Quand elle pourra revenir. (Marla dut lire l'expression dans mon regard, et elle sourit.) Je sais ce que tu penses. Que maman s'est jetée dans les chutes. C'est ce qu'ils disent tous. (Elle baissa la voix et se mit à chuchoter.) Mais elle a été obligée de simuler sa mort. Elle doit attendre que les choses se tassent. Après elle reviendra pour m'aider.

J'étais stupéfait.

— On raconte beaucoup de choses à son sujet, continua Marla. Des choses qui ne peuvent pas être vraies. Le Dr Sturgess était quelqu'un de très, très méchant. Il a dû faire croire à maman que mon bébé était mort. C'était un complot. Les Gaynor en faisaient partie. Maman n'a pas pu être impliquée dans ce genre de chose.

Un autre sourire. Marla glissa une cuillerée de petits pois dans la bouche de Matthew. La moitié coula sur son menton.

— Oh, regarde-toi, dit-elle. On s'en est mis partout, hein ? On s'en est mis partout. Il n'est pas beau mon bébé, David ?

— Si, très beau.

— Je trouve qu'il tient un peu de papa, dit-elle. Tu ne trouves pas, papa ?

— Si tu le dis, répondit Gill. (Avec difficulté, il ajouta :) Je reconnais un peu d'Agnes aussi dans ses yeux.

Marla dévisagea le bébé.

— C'est vrai. Je le vois. Je le vois vraiment, ce qui est assez incroyable pour moi. Et toi, David ?

Je regardai.

— C'est bien possible. Je passerai te voir de temps en temps, si ça ne t'ennuie pas.

— J'aimerais beaucoup. C'est un peu chaotique pour le moment. Il y a tellement de choses à organiser. Il se pourrait même que je ne retourne pas chez moi. Du moins, pas avant quelques mois. Quand maman reviendra, elle arrangera tout ça. (Un sourire.) C'est ce qu'elle fait, tu sais. Dès qu'elle passera cette porte, elle prendra les choses en main.

Je serrai Marla dans mes bras et lançai à Gill :

— Merci. On se voit aux obsèques. Pas la peine de me raccompagner.

Quand j'ouvris la porte pour partir, deux hommes se tenaient sur le seuil. Un jeune homme que j'avais déjà croisé, et un monsieur plus âgé qui, à première vue, devait être son père.

Derek Cutter était sur le point de presser la sonnette.

— Oh ! Monsieur Harwood.

— Bonjour, Derek.

— Monsieur Harwood, je vous présente mon père.

L'homme me tendit la main. Sa poigne était ferme.

— Jim Cutter.

Dans la rue je repérai un pick-up avec les mots « Cutter's Lawn Service » peints sur le flanc.

— Ravi de vous rencontrer. Je suis David. Tu es au courant, Derek ?

L'étudiant de Thackeray hocha la tête.

— Marla m'a appelé, dit-il, la gorge serrée. Je suis papa finalement.

Jim Cutter, qui se tenait légèrement en retrait, posa ses mains sur les épaules de son fils.

— Les circonstances ne sont pas vraiment idéales, mais on est quand même venus faire connaissance.

J'appelai Marla pour lui dire qu'elle avait de la visite, puis je montai dans ma voiture et retournai au bercail.

72

Le médecin mort faisait un suspect idéal.

Le mobile était tout trouvé, songea l'inspecteur Barry Duckworth. Si le Dr Jack Sturgess craignait que Rosemary Gaynor ne se mette à poser trop de questions sur les circonstances qui avaient entouré l'adoption de Matthew, il avait peut-être estimé qu'il n'avait pas d'autre solution que de la tuer.

Il n'avait montré aucune hésitation s'agissant de Marshall Kemper. Bill Gaynor, qui avait décidé de tout avouer, les avait conduits à son cadavre dans les bois. Duckworth avait également établi que Sturgess avait assassiné la vieille voisine de Kemper pour effacer ses traces.

Il était donc tout à fait capable de tuer pour sauver sa peau.

Angus Carlson avait reconstitué la chronologie des déplacements de Sturgess le jour où Rosemary Gaynor avait été assassinée, et son emploi du temps était plein de trous. Il avait donc eu l'opportunité de passer à l'acte. Et elle n'aurait pas hésité à le faire entrer chez elle. C'était son médecin, après tout.

Pourtant, aucune preuve matérielle ne reliait Sturgess au crime. Et la façon dont Mme Gaynor avait été tuée ne semblait pas correspondre au style du docteur.

Il s'était débarrassé de Kemper au moyen d'une injection mortelle. Il avait tenté de tuer David Harwood et son père de la même façon. Il avait étouffé la voisine de Kemper avec un oreiller, mais il y avait une certaine logique là-dedans. Cela aurait très bien pu passer pour une mort d'origine naturelle. Pour autant, un homme qui tuait deux personnes sans effusion de sang irait-il jusqu'à éventrer quelqu'un ? Un homme qui se servait d'une aiguille ou d'un oreiller tailladerait-il une femme comme une citrouille d'Halloween ?

Duckworth avait discuté de cette question, entre autres, avec Bill Gaynor, qui était en détention provisoire et devait répondre d'un tas de chefs d'inculpation.

— Je ne sais pas, lui avait dit Gaynor. Il y a un an de cela, je n'aurais pas cru Jack capable de ce qu'il a fait cette semaine. Je ne sais plus quoi penser. Je commence à me dire que c'est possible.

Gaynor lui dit en revanche que Sturgess et lui avaient réussi à persuader Rosemary, des mois auparavant, que l'adoption de Matthew était légale. Le médecin lui avait raconté que la mère de Matthew était une jeune fille de seize ans issue d'une famille pauvre, et qu'élever l'enfant qu'elle portait serait pour elle et ses parents un fardeau trop lourd à porter. L'identité de la jeune fille devait donc rester secrète. Mais Sturgess avait falsifié des documents qu'il avait fait signer à Rosemary et qui étaient allés directement dans la déchiqueteuse de l'hôpital de Promise Falls. Le médecin avait persuadé Gaynor qu'il trouverait un moyen pour qu'une partie de l'argent revienne à Marla, alors même qu'il avait prévu de tout garder pour lui dès le départ. La chef de la police, Rhonda Finderman, avait hâte de voir bouclée l'affaire Gaynor. Elle voulait cocher une croix dans la colonne des affaires résolues. Et le plus beau, c'était que Sturgess n'avait même pas à passer en jugement.

Duckworth lui demanda plus de temps pour éclaircir certains détails.

— Bientôt, lui promit-il.

L'affaire Gaynor n'était pas le seul caillou dans sa chaussure.

Il y avait ces foutus écureuils. Les trois mannequins peints. Cet étudiant de Thackeray abattu par cet abruti de Clive Duncomb.

Le numéro 23.

Assis à son bureau, il griffonna le nombre plusieurs fois. Il était très probable qu'il ne signifie absolument rien.

Il réfléchit aux écureuils. Aux écureuils seulement.

Disons que vous êtes un malade qui a un message à faire passer. Vous décidez de tuer des animaux pour attirer l'attention. Mais pourquoi pas dix ? Pourquoi pas une douzaine ? Ou bien vingt-cinq.

Pourquoi choisir ce nombre, vingt-trois ?

Duckworth fit une recherche sur Google. Le premier lien à apparaître était celui de la page Wikipédia. « Une source fiable », dit Duckworth tout bas.

C'était le neuvième nombre premier.

C'était la somme de trois autres nombres premiers consécutifs : cinq, sept et onze.

C'était le numéro atomique du vanadium, quoi que puisse être le vanadium. Duckworth pensa que ça pourrait être le nom d'un des cafés aromatisés que Wanda lui avait proposés.

C'était le numéro du maillot de Michael Jordan quand il jouait pour les Chicago Bulls.

Dans un des épisodes de la saga *Matrix*, on disait à Neo que…

Le téléphone sonna.

— Duckworth.

— C'est Wanda.

— Tiens, je pensais à toi justement. C'est quoi, le vanadium ?

— C'est une sorte de minéral. Il a certaines applications médicales.

— Comment tu sais ça ?

— J'ai fait des études de médecine, je te le rappelle. C'est important ?

— Probablement pas. Je regardais juste…

— Je me fiche pas mal de ce que tu faisais, dit la légiste. Ramène tes fesses ici.

— Qu'est-ce que tu faisais ce mois-ci il y a trois ans ? lui demanda Wanda Therrieult.

— Je ne pourrais pas te dire, là, comme ça. Je bossais, j'imagine.

— Je te parie que non. Moi, je ne travaillais pas. J'avais pris des congés pour être avec ma sœur, qui vivait ses dernières semaines.

— Je me rappelle. Duluth.

— C'est ça.

Duckworth réfléchissait.

— J'étais en vacances, dit-il. Pour l'ouverture de la pêche au brochet. En Ontario. J'étais parti avec un ami dans un endroit appelé Bobcaygeon. Je m'étais absenté presque dix jours.

— Assieds-toi, dit-elle en montrant du doigt une seconde chaise qu'elle avait fait rouler jusqu'à son bureau.

Elle déplaça la souris pour ranimer l'écran. Trois photos d'autopsie apparurent.

— J'imagine que ça te dit quelque chose, dit Wanda.

Duckworth pointa l'index, sans toucher l'écran. Les trois photos étaient des gros plans.

— Oui. C'est le cou de Rosemary Gaynor. Il y a l'empreinte du pouce ici, les quatre autres doigts ici, et là, c'est l'endroit où il l'a poignardée. Le… sourire.

— Ce n'est pas Rosemary Gaynor.

Duckworth pinça les lèvres.

— Continue.

— C'est Olivia Fisher. (Elle marqua un temps d'arrêt.) Tu te souviens d'Olivia Fisher ?

Elle cliqua sur la souris, fit apparaître une petite photo de la défunte. Jeune, cheveux noirs mi-longs, souriant à l'objectif. En arrière-plan, Thackeray College, où elle avait été étudiante.

— Bien sûr, dit Duckworth. Mais je n'étais pas inspecteur principal sur cette affaire. C'était Rhonda Finderman. Avant qu'elle ne devienne chef.

— C'est pour cette raison qu'on n'a pas fait le lien tout de suite.

— Merde. Elle aurait dû le faire. Mais elle est tellement accaparée par des choses qui n'ont rien à voir avec Promise Falls qu'elle ne sait pas ce qui se passe dans sa boutique.

Wanda effectua quelques frappes et manœuvres de souris à la vitesse de l'éclair, et afficha des photos d'autopsie de l'affaire Gaynor, ainsi que la photo d'Olivia Fisher, qui avait été diffusée par un site d'information.

— Tu as raison, dit Duckworth. Les blessures sont quasiment identiques. (Il tendit la main vers l'écran comme s'il avait voulu toucher le visage de Rosemary Gaynor.) Regarde ses cheveux, son visage. Les cheveux noirs, le teint des deux femmes.

— Très similaires, acquiesça Wanda.

Duckworth secoua lentement la tête.

— Bon Dieu, c'est maintenant que j'aurais besoin d'un donut.

— Qui a tué Rosemary Gaynor, Barry ?

Il hésita.

— Finderman penche pour le docteur.

Wanda montra l'écran du doigt, les deux femmes mortes.

— Tu penses que c'est Sturgess qui a fait ça ?

Barry Duckworth étudia les images.

— Non.

— Alors tu sais ce que ça signifie.

L'inspecteur acquiesça de la tête.

— Ça signifie que ton gars est revenu, dit-elle. Ou bien qu'il n'est jamais parti. Qu'il a toujours été là.

73

Je me sens reposé.
Prêt à m'y remettre.
Il y a encore tant à faire.

Remerciements

Les auteurs ont besoin d'aide, et je n'en ai pas manqué. Mes remerciements vont à Susan Lamb, Heather Connor, John Aitchison, Danielle Perez, Bill Massey, Spencer Barclay, Helen Heller, Brad Martin, Nick Whelan, Kara Welsh, Graeme Williams, Gaby Young, Paige Barclay, Ashley Dunn, Kristin Cochrane, Juliet Ewers, Eva Kolcze et D.P. Lyle.

Et, comme toujours, aux libraires.

Collection « Belfond Noir »

ABBOTT Rachel
Illusions fatales
Le Piège du silence

BALDACCI David
L'Heure du crime

BARCLAY Linwood
Cette nuit-là
Les Voisins d'à côté
Ne la quitte pas des yeux
Crains le pire
Mauvais pas
Contre toute attente
Mauvais garçons
Fenêtre sur crime
Mauvaise compagnie
Celle qui en savait trop
Mauvaise influence
La Fille dans le rétroviseur
En lieux sûrs

BLACKHURST Jenny
Une cruelle absence

BLANCHARD Alice
Un mal inexpiable

BRYNDZA Robert
La Fille sous la glace

BYRNES Michael
Le Secret du dixième tombeau
Le Mystère de l'arche sacrée
La Malédiction de Lilith

CLEEVES Ann
Des vérités cachées
Morts sur la lande
Noire solitude
Blanc comme la nuit
L'Heure écarlate
Bleu comme la peur

COBEN Harlan
Ne le dis à personne
Disparu à jamais
Juste un regard
Innocent
Promets-moi
Dans les bois
Sans un mot
Sans laisser d'adresse
Sans un adieu
Faute de preuves
Remède mortel
Sous haute tension
Ne t'éloigne pas
Six ans déjà
Tu me manques
Une chance de trop
Intimidation
Double piège

COLLECTIF
présenté par Harlan COBEN
Insomnies en noir
(Recueil des meilleures nouvelles policières 2013)

CRAIS Robert
L.A. Requiem
Indigo Blues
Un ange sans pitié
Otages de la peur
Le Dernier Détective
L'Homme sans passé
Deux minutes chrono
Mortelle protection
Règle numéro un
La Sentinelle de l'ombre
Meurtre à la sauce cajun
Coyotes
Suspect

CROSS Neil
L'homme qui rêvait d'enterrer son passé
Captif
Luther : l'alerte

EASTERMAN Daniel
Minuit en plein jour
Maroc

EISLER Barry
Macao Blues
Une traque impitoyable
Le Dernier Assassin
Connexion fatale

ELO Elisabeth
En eaux profondes

ELTON Ben
Amitiés mortelles

EMLEY Dianne
Un écho dans la nuit
À vif
Jusqu'au sang

GLAISTER Lesley
Soleil de plomb

GRINDLE Lucretia
Comme un cri dans la nuit

GRIPPANDO James
Le Dernier à mourir

HARRISON Colin
Havana Room
Manhattan nocturne
La nuit descend sur Manhattan
L'Heure d'avant

HAWKEN Sam
Les Disparues de Juárez
Guet-apens

KNOX Tom
La Malédiction du Livre noir

LESIEWICZ Aga
À perdre haleine

LOEHFELM Bill
Face au mal
L'Antre du mal

MCDONALD Craig
La Tête de Pancho Villa
Rhapsodie en noir
On ne meurt qu'une fois
La phrase qui tue

MCKENZIE Sophie
Je ne t'oublierai pas
Appelle-moi

MCMAHON Jennifer

Tu ne m'attraperas pas
La Ville des enfants perdus
La Nuit du croque-mitaine

REICH Christopher

La Loi des dupes
Les Lois de la vengeance

RIGBEY Liz

L'Été assassin
La Saison de la chasse

SANDFORD John

Une proie mortelle
La Proie de l'aube
La Proie cachée

SCOTTOLINE Lisa

Une affaire de persécution
Une affaire de succession

SHEEHAN James

Le Prince de Lexington Avenue
La Loi de la seconde chance

SMITH Tom Rob

Kolyma
Agent 6
La Ferme

UNGER Lisa

Mémoire trouble
Et surtout ne te retourne pas…
Charlene ne reviendra pas

WALLIS MARTIN J.

Le Poids du silence
Descente en eaux troubles
Le Goût des oiseaux
La Morsure du mal

Composition et mise en pages
Nord Compo à Villeneuve-d'Ascq

MIXTE
Papier issu de
sources responsables
FSC® C003309
FSC
www.fsc.org

Achevé d'imprimer en décembre 2017
par Normandie Roto Impression s.a.s.
61250 Lonrai (Orne)
N° d'impression : 1704577

Imprimé en France